中国文学佳作选

短篇小说卷

王晓君 主编

中国出版集团公司
华文出版社

图书在版编目（CIP）数据

中国文学佳作选. 短篇小说卷 / 王晓君主编. —— 北京：华文出版社，2022.7
ISBN 978-7-5075-5645-2

Ⅰ. ①中… Ⅱ. ①王… Ⅲ. ①中国文学－当代文学－作品综合集 ②短篇小说－小说集－中国－当代 Ⅳ. ①I217.1

中国版本图书馆CIP数据核字（2022）第100805号

中国文学佳作选·短篇小说卷

主　　编：	王晓君
策　　划：	胡　子
责任编辑：	寇　宁
封面设计：	李琳琳
出版发行：	华文出版社
地　　址：	北京市西城区广外大街305号8区2号楼
邮政编码：	100055
网　　址：	http://www.hwcbs.cn
投稿信箱：	hwcbs@126.com
电　　话：	总编室 010-58336239　　责任编辑 010-58336195
	发行部 010-58336267
经　　销：	新华书店
印　　刷：	三河市航远印刷有限公司
开　　本：	710mm×1000mm　1/16
印　　张：	15.25
字　　数：	280千字
版　　次：	2022年7月第1版
印　　次：	2022年7月第1次印刷
标准书号：	ISBN 978-7-5075-5645-2
定　　价：	49.00元

版权所有　侵权必究

目 录

1	蒋子龙	桃花水
20	韩 东	我们见过面吗？
31	李 浩	影子武士
45	郑在欢	离与骚
61	阿 袁	与顾小姐的一次午餐
74	南 翔	遥远的初恋
91	汤成难	正午一点前
99	俞 胜	一只叫钱钱的龟
112	文 博	绵羊
117	了一容	古城黑牛儿
125	季 宇	就当从没发生过
142	杨献平	抑郁症与日常的悬念
153	蒋一谈	嘴
173	周李立	每周要闻
185	鬼 金	献给星先生
193	卢文丽	贝蒂太太
201	陈崇正	开窗
215	霍 君	难言之隐
227	赵 焰	太祖皇帝的刀

桃花水

蒋子龙

午后,在黄土高原特有的蓝天骄阳下,面包车沿着五百里无定河岸缓缓爬行。深陷于巨壑、断涧之中的无定河,在广漠的峁塬上兜兜转转,时而河面被冰雪覆盖,时而满河冰凌……不知从哪儿开始,无定河悄然跃升到地面,没有陡峭危深的河岸,也没有细润漫平的河滩,一片大水就在道边,浮浮漾漾,缓缓而下。深冬季节竟没有一丝冰凌,也算是奇观。

有人一声惊呼,面包车上的人都掉头窗外,讶异、赞叹、大呼小叫,要求停车,亲近一下无定河。这时车内响起一声尽量压低音量的断喝:"安静!先别下车!"发声者竟然是平时极少说话,经常用相机挡住眼睛和嘴巴的祝教授。大家顺着他的镜头望去,在面包车的右前方,确有一幅奇异的画面:

在大道与高塬之间有块不大的三角地,三角地中央兀突突立着一盘石碾子,上无遮盖,下无水泥碾道,两个半大小子和一个比他们略小一些的姑娘,在说说笑笑地推着碾子碾米,一个老太太就着旁边的土坡将碾好的面子过箩。土坡实际上是三角地最长的那条边,是一条从河边大道通向塬上的土道。在老太太的上方坐着一位少妇,头发挽在脑后,深绛色的斜襟短袄,右手托着一管细杆烟袋,烟袋嘴儿没有含在嘴里,而是顶着腮边,定定地望着无定河,像是在看,又像什么都没看见,是出神,却带着几分落寞。她一动不动像尊雕像,背后的夕阳反射出满天红光,越衬得她沉静秀异,神韵天然。

车内不免有人轻声议论起来:

"啊,好美哟!"

"你是说人,还是风景?"

"景美人更美,这黄土窝里难得见到这么漂亮的小媳妇!"

"外行,米脂的婆姨绥德的汉,就离这儿不远,历来出美女。"

"她手里那杆烟袋太美了,抽烟的女人都是有个性、敢爱敢恨的角色……"

"祝教授自己不吸烟倒喜欢抽烟的女人?"

"这你就不懂了，抽烟的女人媚而不俗。有高人说，男人抽烟是馋，女人抽烟是醉。"

……………

祝教授一声不吭，摇下车窗，按了许多次快门之后才让大家下车。十来位艺术家下车后大多奔向左侧看河，尤其是画家和摄影家，对风景的兴趣最炽烈。而编辑、记者、作家们则在河边拍完照就转到右侧，他们对在没有村庄的大道边凭空出现的碾米一家人充满好奇。

少妇早已起身，用簸箕从地上的口袋里舀出黍米，倒在碾盘的中间，又把碾子边上已经碾好的黏面用簸箕收起来，倒进老人的细箩里。她深腰高臀，身姿轻盈，由于天不冷，薄薄的冬装裹不住健硕又不失柔美的曲线。一看便知这是那种能承担生活压力的俏女子。

与陌生女子特别是漂亮女子交流，是年轻艺术家的强项，一直默默地从各种角度为这碾米一家人拍照的祝教授，从别人和少妇的对话中，他大致知道了这一家人的情况：

快过年了，碾点黏米做油糕。从坡道上去走十来分钟，是这位少妇的家，其实是娘家，村名叫清水湾。箩面的老人是她的母亲，推碾子的两个少年中略高一点的是她哥的儿子，另一个是她的孩子，已经14岁，那个女孩12岁，是她的女儿，孩子们都放寒假了……现场晚婚晚育乃至不育的艺术家们一阵咋呼："你这么年轻孩子都这么大了！"

其中有些人的艳羡还真是发自内心的。

这群人是北京组织的文化下乡活动中的一个采风小分队，眼看天色将晚，领队便招呼大家赶快上车，于是纷纷道别。一直没有作声的老太太忽然大声说："你们留下吧，明天早上吃油糕。"

领队感谢了老人的美意，并解释说晚上市里还安排了活动。大家都陆续上车了，只剩下祝教授最后一个走到少妇跟前，问道："从你们这儿到市里还有多远？"

少妇似乎才注意到他，随随便便地穿着一件很好的红色外套，面容清癯，却赫然一头乱发，眼神离离即即，看她的时候却很专注。好像搞艺术的这般神头鬼脸的很多，便缓缓答道："你们坐车也就一个多小时。"

"好，我晚上来给你送照片。"

少妇似乎并没有被吓一跳，或许觉得艺术家精神上有毛病的也不少，她眼眸幽深，内心稳定，只是看着他没有出声，不知该不该相信他的话。祝教授冲她点点头，没有被拒绝似乎已经觉得很欣慰了，转身快步登车。

教授一上来，面包车里就像炸了锅，大家相处快一周了，正好熟悉到可以相互开玩笑，特别是带点荤腥的玩笑：

"教授，你是糊弄人家，还是晚上真的回到这无定河边上演《西厢记》？"

"祝教授这是学雷锋，这家人太孤单了，老太太盛情挽留，也是为了她的女儿。她们碾的那个黏面子就是做油糕的，是过年才吃的好东西，可见老人是真心想留我们。"

"祝教授要小心点，别让她丈夫撞见被暴打一顿……"

祝教授终于忍不住接茬儿了："诸位，请口下留德，别再拿这件事八卦了，我一个半大老头子无所谓，不要毁了人家清誉。我只是想给她塑像，因为泥在宾馆里，必须再回来一趟。"

"塑个像，太棒了，可作永久纪念！"

话题老是岔不开，祝教授计上心头："这样吧，我跟你们打个赌，我出个字谜，在到达宾馆之前，你们只要有一个人猜对了，我晚上就不回来了，雇个司机来给送照片，我答应人家的事不能食言。如果你们猜不对，今后在任何场合都不能再谈论今天的奇遇。敢不敢应这个赌？"

领队赞叹："祝教授果然才思不凡，这个赌打得好，想来不是一般的字谜，大家不敢应赌也算输。"

一年轻气盛的高级记者不服，高声应战："这个赌打了，我不信这么多才子才女还猜不出一个谜语。但是有一条，你不能瞎编，最后谜底揭开，得合情合理，有根有据。"

"那是当然，这个字谜是当代一位很有才华的作家给我出的，他是为八大山人立传的，一本难得的好书。你们准备好了，我可以出题了吗？"

"请出题。"

"刘邦大笑，刘备大哭，打一字。"

霎时，面包车里安静下来，都在脑筋急转弯，谁都想率先破谜。憋了好一阵子，却无人憋出门道，甚至越想越摸不着头绪，觉得此谜好难猜。有人开始跟邻座交流破解之道，渐渐全车人都加入了讨论，希望靠集体智慧猜破此谜，你一嘴他一嘴，反而越说越复杂，好像离谜底也越来越远……祝教授乐得换来难得的心静，低头专心检查自己相机和手机里的照片。

车进榆林市，很快就要到宾馆了，大家急于想知道谜底，只得宣布认输，请祝教授讲出答案。祝教授不慌不忙地收好自己的相机和手机，一板一眼地说道："刘邦一生中最开心的一次大笑，是项羽死，他要真正当皇帝了。刘备最痛心疾首的一次号啕大哭,是关羽死。项羽简称或自称'羽',关羽简称或自称也是'羽','死'在字面上也叫'卒',象棋里小卒子的'卒'。'羽死'惹得二刘一笑一哭,'羽死'就是'羽卒',上面一个'羽',下面一个'卒',是什么字?"

"翠!"

"对了,诸位请记住你们的承诺。"

有人恍然大悟,有人抱怨这太难了,但又不能说是胡编的……这个话题一直到进了宾馆下了车还在议论,还在回味。

祝教授下车后请当地的面包车司机帮忙包了一辆出租车,他先去照相馆洗照片,然后跟大家一起吃晚饭,饭后向领队请了假,回房间提上那一坨雕塑用泥,坐出租车去照相馆取了照片,然后直奔清水湾。车行没多远,他忽然冒叫一声,才想起来下午忘记询问少妇一家人的姓名了,怎么去找?好在司机认识清水湾,并告诉他村里没有几户人家,你只要认识本人,就很容易找到。

于是他放下心来,拿出照片一张张地挑选,效果太差的放到一边,自己需要的留下,放进外套口袋,剩下的都送给少妇一家人,有老人的,有孩子的,他们会高兴的……

晚上九点多钟,老娘喜欢的省台电视剧播完了,捅醒了在一旁打盹的老爹,并催促着三个孩子上炕睡觉……

少妇自己这一晚上却有些心神不宁,主要是那个乱头发教授临走前扔下的那句要给送照片来的话。如果他真来,就得到大道边去接一下,不然这塬上一片黑灯瞎火,他往哪儿去找?如果他就是随便一说,这十冬腊月的晚上,她一个人站在土坡上,岂不是冒傻气?犹豫再三,她还是穿上大衣,裹好围巾,拿着手电筒出了屋门。

快到年底了,峁塬上的夜格外黑、格外静,却没有风,也不是很冷。无定河都没有结冰,还能冷到哪儿去?世道变,天道也变,她记得小时候天一凉就天天刮黄风,进九后再砸开无定河的冰,有二尺厚,那时候的冬天才像冬天,就像诗里说的,北方的冬天不是一个季节,而是一种占领、一种霸道……仗着路熟,她打开手电筒顺着坡道缓缓往下走,竟觉得一个人在这漆黑的旷野里走一走也很舒服,特别是现在用不着担心会受到野兽、强盗之类的伤害。塬上甚至连人都越来越少了。

她的眼睛渐渐适应了黑暗,看见远处的青黑的夜色中有一条淡淡的白色长带,那就是满天星光投射下的无定河。黄土高原上的夜晚,不管初一、十五,繁星总是这么贼亮贼亮的。为了让来人远远地就能看到她,没有去河边,而是站在高坡上,手电的光柱指向从榆林来的方向。四野一片寂静，大道上没有一辆车，眼看就到年根底下了，跑车的人谁不往家里跑啊？

她蓦地想到了自己的丈夫，还有几天就是他当她的丈夫的最后期限，他会不会回来？这已经是他第四个春节没有回来过年了，她甚至连恨都恨不起来了……她希望自己能这样，有时也相信自己已经达到了这个境界，跟别人也总是这么说。其实她的心里恨丈夫，已经恨出了一个洞，这个洞至今并未长好。好在过了这个年就一了百了啦！

时间真是一盘细磨，慢慢把人的心磨出了茧子，天大的事也会不怎么在乎了。细想起来也不能全怪他，自己当初如果跟他一块儿出去打工，他可能就不会找别的女人，就像自己的嫂子，大哥去哪里就跟到哪里，把孩子和地都扔给老人。她也试过，实在忍受不了那种外出打工的生活，吃不像吃，住不像住，最主要的是没有自由和尊严，被呼来唤去，谁都可以指使你、呵斥你，累个七死八活，说不要就炒你，说不给钱就可以真不给，甚至连工厂也是说黄就黄……

那时她的两个孩子还小，舍不得丢下，结果却把丈夫丢了。也怪现在的男女关系太乱了，男女一乱，家就乱了，家一乱就把女人毁了……她的脑子里胡思乱想，却没有影响她看到从市里来的方向，真的出现了一对车灯，向着这边越驶越近，她赶紧移步下坡迎上去。

车速减慢，在她脚边停下来，乱发教授慌忙从车里钻出来，声音里带着异乎寻常的感动："不好意思，还害得你在这儿等候，冻坏了吧？"他伸出双手似乎要给少妇暖暖手，或者只是想握握手，却半截又缩回来返身打开车门，"快上车，里面暖和。"

少妇迟疑着，她以为对方把照片交给她不就可以返回了吗。

祝教授可能明白了少妇的意思，解释说："我想到你家给你塑个像，只是打草稿，不会占用你太长的时间。方便不方便？"

少妇虽然还不完全明白"打草稿塑像"的意思，却不好拒绝他想到她家里去的要求，何况自己的母亲下午邀请在先。于是她上了车，引导着爬坡上塬，来到自家院门前，她下车打开院门，让车开进院子，然后将乱发贵客或者说是不速之客让进屋里。她也想让司机进屋，司机却坚持在车里等候。

刚才女儿一个人出去了，老太太自然不放心；妈妈出去了，孩子们更不会睡觉，听到汽车进院的引擎声，都从里屋跑出来。少妇将客人引进自己和女儿睡的房间，祝教授从兜子里掏出照片放到炕上。拍照片是祝教授专业的一部分，相机又好，照片自然拍得很好，而且人人有份，个个神态自然生动。大人孩子抢着看，一阵惊讶，一阵欢笑。

祝教授拿出一张自己的名片递给少妇："我叫祝冰，是中国工艺美大的教师，搞雕塑的，还没有请教你的芳名？"

少妇一边低头看着祝冰的名片，一边答道："我叫孙秀禾。"

祝冰反客为主，把墙边的杌凳搬到屋子中间光线最好的地方，让孙秀禾脱掉大衣，只穿一件藕荷色的斜襟薄棉袄，身子微微向左侧着坐下，他嘴里叨咕着："你的这个侧面美极了！"

随后他自己也脱掉外套，里面只穿着衬衣，外套一件毛背心。他将大炕对面的桌子移到孙秀禾对面，把塑泥放到桌上，眼睛像刻刀一样在孙秀禾的脸上死死地盯了一会儿，两只手倏然变得像魔术师一样灵巧有力，那坨泥在他的手里既柔软又坚硬，软到随着他的手指任意变化着形状，凡经他捏出来的形状就硬到决不扭塌。他的眼睛甚至常常不看手中的泥，只盯着孙秀禾的脸，十分专注，且锋利无比，仿佛能看到她的骨头缝里去。也有柔情脉脉的时候，饱含着迷恋，甚至是崇拜。却又不是那种色眯眯的、猥亵的，孙秀禾也就没有顾虑的随他看个够。

屋子里安静下来，老人和孩子们不再看照片，而是围在祝冰身边看那塑像，首先是孙秀禾的儿子嚷起来："像，像妈妈！"

其他孩子连同老太太也都随声附和："是像，还真像！"

老人说完强行把孩子们都赶到自己的屋里去睡觉，然后又给祝冰和女儿各端来一碗枣茶，并随手替他们关好了屋门。祝冰的工作却停了下来，反复地看看塑像，再看看孙秀禾，他显然是遇到了困难。

他脱掉毛背心，只穿一件衬衣，回手端起那碗枣茶一饮而尽，放下碗看着孙秀禾眼睛说："小孙，我能摸摸你的头吗？"

说完他使劲在衬衣上把两只手擦干净，不等孙秀禾反应过来就走到她的近前，双手捧住了她头颅的两侧，由上到下，又由下到上，随后是耳朵、脖子、脸、眼睛，甚至嘴唇……他的手时而轻柔，时而有力。她极紧张，却又不是没有一点舒服的感觉，她害怕和厌恶自己这种紧张又受用的感觉，从小到大，还从来没有人这样摸过她。她越来越感到祝冰的手指上带着火，带着电，火烫烫要把她烧化了，击倒了。她呼吸慌乱，双颊发热，胸部膨胀……偷偷地抬起眼睑瞄一下祝冰，原来他是闭着双眼在摸，可她却感觉不到他是在瞎摸，他的手上就像也长着眼睛。他没有像自己说的只摸她的头，顺势又摸了她的双肩、双臂，甚至捏弄了她的每一根手指……

他睁开眼回到塑像跟前，不说话，也不再看她，注意力全部集中在塑像上，拧着眉头，眼瞳强力收缩，闪出一股兴奋和冲动，仿佛把她也忘了一样。过了好一阵子，他停下手，抬起头，端详着塑像，自言自语又像说给孙秀禾听："行了，今天就到这儿，回去再细加工。"

孙秀禾早就忍不住走过来看那塑像，心里一阵惊喜，眼睛火辣辣地燃烧起来……这个乱发教授真不是白当的，这么一会儿的工夫就重新塑造了一个孙秀禾。她太喜欢这个塑像了，这是自己，似乎又比自己更好，好在哪里她一时还想不明白，是比自己更漂亮、更有精神？

祝冰移开凳子，让孙秀禾站到刚才坐的地方，身体仍然微微向左侧一点，然后从兜子里拿出个硬壳大本子，飞速地用笔画出她的站姿，随后又拍了照片，才长出一口气。一眼看见孙秀禾没有动的那碗早已冰凉的枣茶，端起来一仰脖子灌下去，擦擦嘴角冲着孙秀禾笑了："以后我还会麻烦你，能不能告诉我你的电话？"

两个人交换了电话，加了微信，祝冰开始收拾东西，把自己的零碎儿全放进随身带的大兜子，穿上毛背心和外套，从口袋里掏出一个信封递到孙秀禾手里："这个信封里有一张卡，信封上的数字就是密码，里面还有10万元多一点，这不是你让我塑像的报酬，是给孩子过年的红包。"

孙秀禾吃一惊，没想到这个乱毛还有这一手，坚决不要，但她更没想到的是祝冰手劲极大，摁住了她的手："别跟我争，不要吵醒老人和孩子。"他强把卡塞进炕上的被垛下面，然后用自己的围巾裹好塑像，小心翼翼地抱在怀里，轻轻出了房门，并返身将孙秀禾推回屋里，轻声却很强横地说："外边冷，你不许出来！"

这个祝冰简直就是疯子，他不听你说话，也不管你心里是怎么想的，来一阵风，走一阵风，等孙秀禾反应过来，从被垛底下翻出那张卡，披上大衣追出门，只看到汽车尾灯顺着坡道渐渐消失在塬下。

她站在院门前，呆呆地望着黑糊糊的远处……

老娘不知什么时候也出来了，或许她老人家根本就没睡，一直在听着这边屋的动静，天底下只有娘最清楚女儿这些年心里的苦。老人轻轻地在女儿身后说："外边冷，回屋吧。"

孙秀禾顺从地回身进院，并随手锁好院门。

这一夜，孙秀禾还能睡得着吗？

孤寂沉郁了许多年的少妇之心，被这个疯子教授的出现搅乱了，脑子里涌出一堆问号：他到底想干什么？他为什么非要给她留下那张卡？是认为农村人穷，瞧不起她？这让她的心里很不自在。其实她真不想要他的钱，而想要那个塑像。可她张不开口，实际上也没容她开口，那个疯子抱着塑像就跑了。他在她的身上又摸又捏，分明是占自己的便宜，可她当时却无法抗拒，甚至还产生了一种说不出口的异乎寻常的刺激和感动，事后想起来还觉得脸红耳热，心里嘣嘣乱跳……

她几次拿起手机，有一股强烈的冲动想给他打电话，问个明白，可她又怕自己说不出口，有些话在电话里也说不明白。他如果还在出租车上，当着司机能说什么呢？如果已经回到宾馆，说不定已经休息了，人家刚走电话就追过去，也不太合适……麻烦，孙秀禾陷入一种从来没有过的心慌意乱、顾虑重重、犹犹豫豫、拿不起又放不下的境地。

早晨，天一放亮，她穿戴齐整，跟老娘打了声招呼，戴上头盔，骑着电动车直奔榆林市，她怕去晚了采风小分队的人走了。就这样等她赶到宾馆，艺术家们已经上了面包车，正要出发。她在面包车跟前下了车，从前到后扫视着车里，却发现祝冰并不在车上。

面包车上的人本来就喜欢跟她搭讪，看到她一大早从乡下赶来，惊异而充满好奇，有人抢先告诉她，祝教授有紧急任务赶回北京，刚走不一会儿，去机场了。

她愣在原地。

有人喜欢多嘴，问她："你找他有事吗？"

废话！这么着急地跑来怎会没事，可有事能告诉大伙吗？

她沉了一会儿才答道："昨天祝教授有东西落在我家了。"

面包车里有人笑着说，"八成是他的魂儿丢在清水湾了。"

车上的人开始小声嘀咕："老祝可能闯祸了，这叫惹火烧身，他到底是北京真有急事，还是吓得赶快逃了……"

领队提醒道："大家别忘了昨天对祝教授的承诺。"

孙秀禾知道是自己给祝冰惹麻烦了，这些人脑瓜本来就比别人转得快、想得多，自己一个乡下女子昨天刚认识，今天一大早就追到城里来，也难怪人家会多想。

面包车载着艺术家们的玩笑声和怀疑的眼光开走了，一遇到这种事人们一般都不往好处想，他们肯定在不怀好意地揣度祝冰和她昨天晚上到底发生了什么事情……她心里猛地也上来一股狠劲，索性一不做二不休，把电动车存在宾馆，到门口拦了辆出租车，向机场追去。

她追到机场，看见祝冰正排队办理登机手续，怀里抱着个裹得严严实实的东西，旁人一看就会认为是珍贵的瓷器或其他怕磕怕碰的宝贝。他用脚踢着跟前四个轱辘的行李箱，缓缓向前移动。孙秀禾看他这么爱惜自己的塑像，心里泛起一波暖意，站在远处定定地看了他一会，才走到他身边，伸出双手要从祝冰怀里接过塑像。祝冰嗖地往旁边一躲,刚要厉声喝问,看清是她,十分惊讶:"你怎么来了?"

孙秀禾笑笑:"给你送行啊,要走了也不打个招呼。"

祝冰没想到还要向她辞行,解释说:"今天早上临时决定的,太急了。"

孙秀禾要替他抱着塑像,他却让她帮着推箱子,不肯将塑像撒手,外行人不懂得这个塑像对他的意义,他怕万一摔了。

她说:"我替你抱一会儿都不行?"

他竟实话实说:"我自己抱着心里踏实,不敢也舍不得让别人抱。"

"我是别人吗?自打昨天晚上塑好了我还没有碰过,你总得让我抱抱自己吧?"

祝冰这才把塑像交给她,让她到旁边的空椅子上坐着等候。他托运了箱子,领了登机牌,才来到她身边坐下。她腾出一只手,伸到外套里面的口袋里掏出那张卡,还没容她开口,祝冰眼快手疾夺过来又掖回到她里面的口袋里。

孙秀禾不敢挣脱、推让,脸却红了,毕竟候机厅里人很多。

她轻声说:"我不要你的钱,我不是你的模特。"

"模特?模特一节课只有几十块钱,我带着学生上写生课,四节课整整半天,才给模特二三百块钱。你怎么会是模特?你是女神,黄土高原的女神,我的艺术女神!"

"满嘴胡说,当教授就是这么哄人的?"

祝冰并无半点油嘴滑舌之相:"我接了一个项目,憋了好几个月就是找不到感觉,昨天一见到你脑子轰然开窍,灵感终于降临,昨晚回到宾馆创作欲望像火一样烧个不止,各种想法和细节源源不断地从脑子里冒出来,我一夜没合眼,边写边画,直到天亮。你说你不是上天派来拯救我的灵感女神吗?"

这个疯子说着兴奋起来,眼睛里迸射出奇异的火花,一只胳膊伸过来搂住她的肩,不顾众目睽睽在她的脸上亲了一口。

孙秀禾僵着不敢动,努力保持神色自然。

祝冰继续说:"你怎么老提那张卡,那不叫钱,再说我要钱也没有用,当时我就想给你点东西,表达我的心意,可我身上没有什么好东西,就那一张卡。要过年了嘛,给自己和孩子买点喜欢的东西,从今天起,恐怕三个月内我都得在创作室里工作,没有工夫给你买年礼。"

"可我不想要钱,想要这个你给我做的塑像。"

"这个塑像我回去还要处理,不然会裂。再说我抱回去还有大用,今后的三个月内我一刻也离不开她,现在你明白我为什么说你是我的艺术女神了吧?这个工程完成后我本来想自己留着,放在书房的桌子上,天天看着,时时给我以灵感。如果你想要就给你,我还想给你雕一个大理石的全身像……没关系,我是搞雕塑的,你想要什么样的像我都给你塑。"

她不自觉跟他说话变得随便起来、自然起来，盯着他的眼睛不让他躲闪："你说话算话？"

"当然，我是跟石头、金属打交道的，虚一点都不行。"

"你到底接了个什么项目？"

"还没开始，不敢说。中途如果卡壳需要女神垂顾，我再请你去。"

祝冰的航班早就开始登机了，广播里喊着他的名字催促他快点登机，他站起来从孙秀禾怀里接过塑像，非常小心地放到椅子上，然后在大庭广众之下很绅士地拥抱了孙秀禾，并在她脑门上亲了一下。然后在耳边嘱咐道："回去的路上要小心，有的路段上有冰。"

孙秀禾："你到家后发个信息来。"

"那是一定。"祝冰边说边快步走向登机口。

她看着他，眼神茫然，心也茫乱。

她打车回到市里，趁便用祝冰的卡买了一大包老人、孩子以及家里过年所需的东西，绑在电动车的后架上，正准备出发，收到了祝冰的微信："我已落地，勿念。你到家了吗？"

她回复："有人接吗，是您太太去接吧？我还在路上，到家再复。"发完微信她又觉得不妥，平白无故怎么会想到人家的太太呢？

祝冰的回复又来了："秀禾放心，学生接我，我的太太十几年前就带着女儿去美国了。"

她很高兴他称她"秀禾"，显得亲切。但他又何必表明自己的太太不在身边呢？她没有再复，保留这个回复的机会到家后再写，却一路上都在猜想祝冰的生活状态，十几年来难道是他一个人在生活吗？对于一个大学教授来说这有点不可想象……

她回到家，老娘已经做好了午饭，她从车上把年货解下来搬到屋里，大人孩子一阵忙活，欢欢喜喜，立刻有了要过年的样子。自打早晨她就没有吃东西，却并不觉得饿，进屋先给祝冰发微信："我到家了，母亲做了油糕，可惜没有让您和您的朋友们尝到。"

一下午她都把手机带在身上，却没有接到祝冰的微信。到晚上，忍不住找了个理由又给他发了一条微信："还忘了跟您说声谢谢，谢谢您给的过年大红包，今天路过市里，给老人和孩子买了点年货。"

他如果再不回复，两个人的关系或许就到此为止了。

祝冰果然没有回复。

晚上10点多钟，她在女儿身边躺下准备睡了，心里却空落落的似有所失。她问自己失去了什么？祝冰没有给你任何许诺，他当众抱你、亲你，以他的年龄和身份并无什么不得体，不过是城里知识分子的一种礼节，也可以说是逢场作戏，是你自己想多了。别忘了自己只是一个被农民工抛弃的农家女，千万别被城里人特别是大教授的随口恭维迷惑了，他不过是看你长得好看，拿你当回模特。这是他有眼光，你自小就是塬上最漂亮的丫头。其实这也算不了什么，他在城里特别是在大学里，年轻漂亮的女孩子不知见过多少，在农村突然见到一个顺眼的，半真半假、好听的话一大堆，千万别太当真，想歪了……也是由于昨晚没有睡好，她这样一数落自己，竟真的很快就睡着了。

尽管已经睡着了，手机一有动静，秀禾赶紧坐起来，屏幕上显示快12点了，是祝冰的微信："女神，我刚从创作室回到家，今天开头很顺利，这应该感激你这位女神，你占据了我整个人，满脑子都是你，极为端丽的五官位置，温婉循循，一切都在我心里活起来，何况旁边还摆着你的塑像做样板，创作起来得心应手，一气贯下来。只是有点累，我要先洗个澡。"

这个疯子竟是从机场直接去创作室，一直工作到现在。孙秀禾想象不出他进入创作状态时的样子，心无旁骛，精神高度集中是肯定的，去洗个澡也要告诉人家……她写道："您太辛苦了。请您以后别再叫我女神，叫得我很不好意思，我就是一个农妇。"

过了很长时间祝冰才回信："秀禾，你就是我心里的女神，女神是不能随便乱封乱叫的，我是由衷的。我也喜欢自己的这种心态，这对我的创作有好处。你最大的特点是美得真实，我不需要那种没有人间烟火气的漂亮。你如果愿意，有空时也可以跟我讲讲你的经历，你的家庭、丈夫、孩子，我看你的气质、谈吐，至少是上过中学了。"

"高考时大意，将准考证忘在课桌里，下午耽误了近一个小时才进考场，题没有做完。落榜后就回家务农了。"

"生命的意义很丰富，不必死认一条路。我在你们那一带跑了不少地方，有些很好的古堡都空了，甚至有的镇都没有多少人了，年轻人似乎大都出去了，你没有出去是不是有什么想法？连我都觉得那些古堡、古镇都空了，太可惜，我还想在古堡上做点文章。"

"我也出去过，但没待几个月就跑回来了，我不喜欢打工的环境和精神上的压抑，再说打工的活，也不比在塬上种地轻松多少。比较起来我还是更喜欢在家里种地，天高气爽，自由自在，由于地多人少，维持生活很容易。"

"好，终于碰到一个喜欢农村的知音。我就是农村人，至今做梦还都是梦到童年时老家的样子，我想退休后找个农村或有荒地的山区，盖两间房子，种几亩地，优哉游哉。"

"真的吗？您能塌得下腰、吃得了农村的苦？"

"我是在农村长大的，对农村对土地有种天然的感情，现在的工作说到底不过就是个石匠，有时候还当铜匠、铁匠，都不是省力气的活儿。至于苦不苦，全在个人的感受，以后若有机会我会证实给你看。"

"我也喜欢我们这个地方，有人说，在我们这儿当个牛、当个羊都是快活的，犁地有犁地的歌，拉车有拉车的歌，所以羊肉不膻，有奇香，您再来的时候一定让您尝一尝。"

"你的歌一定唱得很好了？"

"好不好不敢说，自小在民歌中长大，陕北人哪有不会唱民歌的。"

"好好好，我一定会找机会听到你唱歌的，那将是一种幸运，一种大享受！现在的年轻人喜欢农村的不多，你能喜欢自己的家乡这太好了，难怪叫秀禾！汉世祖刘秀出生那年，他的父亲刘钦看到自家麦地里有一颗麦子长出九个麦穗，于是他给儿子取名'秀'——'嘉禾之瑞'。你就是陕北黄土高原上的嘉禾！我没动脑子脱口叫你女神，看来是叫对了。"

祝冰的话让孙秀禾心里很受用："您真不愧是大教授，这个名字我叫了三十多年，没人给我解释过，我自己也没有这样想过。"

"你看这样好不好，为了奖励你难得的对家乡的热爱，今年放假你们一家人可以到北京来玩，开我的车随意去你们想去的地方，全部费用都不用你们操心。"

"谢谢您的好意，我出不去，这个年我将非常忙，三十要回婆婆家一趟，如果我丈夫回来就利用放假这几天把婚离了，如果他还不回来，一过年我就得到县法院起诉他，强制离婚……"她突然打住，不知自己是怎么回事，竟跟人家说起这些家丑。

"你的婚姻出了什么问题？"

"前年我知道丈夫在外打工又有了别的女人，我提出离婚，一直对我不错的婆婆给我跪下了，不让我离婚。我提出一个条件，他必须离开外边的女人，回家跟我一起种地，若真是一扑纳心地想跟我过好日子，我可以考虑不离婚。他父母几次三番地去信催，甚至还派人去叫，他都没有回来，还跟外边的女人有了孩子。即便是为了外边那个女人和孩子，这个婚是离也得离，不离也得离。我给定的最后期限就是今年年底，他回来就协议离婚，不回来我就通过法院打官司离婚！"

隔了好一会儿祝冰的信才发过来："对不起秀禾，惹你谈起这种令人不快的事。但我要感谢你告诉我这些，现在我知道你身上那种沉毅清肃的风致是怎样形成的了。那天初见，你很特别，可以叫卓然而立，也可以说是孤独，一下子打动了我。孤独是心灵的深刻和敏感造成的，只有优秀的人才能在孤独中发现自己。"

不等孙秀禾回复，祝冰的微信又发过来了："西方一个知名的哲学家说过，婚姻是一种必要的苦恼。生活中充满悖论，你失去一个，说不定还得到一个；得到一个，也许还会失去一个。当今世道，西方人找不到上帝，东方人找不到神仙，各行其道，大主意自己拿，自己主宰自己的生活。"

"前两年我很绝望，觉得活着一点意思没有，完全是老人和孩子使我撑下来。"

"大可不必，所谓绝望就是心死，心绝路才绝。有什么念头，就有什么命运，变换心境，就是变换生命。你肯定知道林青霞，一个优秀的演员，却情路坎坷，婚姻失败，陷于困境时圣严法师用八个字开导她：面对，接受，处理，放下。她放下后焕然一新，风华依旧，写了许多很漂亮的文章，展现了她的另一种才华，更重要的是证明了优秀的女人具有强大的自我修复的能力。"

"我放下了，但两边的家庭、老人和孩子放不下。他是我高中同学，各方面都很一般，我喜欢的男孩子考上大学走了，我们不可能有结果，便接受了他。看中的是他很老实，可以踏踏实实地跟我种地过日子。不想他一出去见了点世面，人就变得那么快。"

"你因高考失误，竟在婚姻上退而求其次，这就叫凑合，为什么要委屈自己？而对方自卑的老实，是靠不住的，那是没有条件不老实，一旦有了机会自卑者反而更容易膨胀，要在另一个女人面前当大丈夫，这是一般规律。爱情的本质是分享，相互分享喜怒哀乐，当不但不能分享，甚至一方感到痛苦委屈时，就不能再继续委屈下去。情知不是伴，何必要相随？从我看到的你的状态，以及刚才你讲述此事的语气，可见你器识大度，自尊不允许你死缠乱打，这就是黄土高原上女神的境界！"

孙秀禾感到一种被理解的欣慰和感动，从来没有人跟她说过这样的话，都是劝她忍，等待那个或许她从来就没有爱过、高看过的男人回头。他们总是说，男人在外边野够了自然会回家的，农村人都抱着"宁拆一座庙不毁一桩婚"的观念，其实堡子上的庙一解放就都被拆了，光剩下违约毁婚了……

她忽然想到自己耽误祝冰的时间太长了，要说这个人的精力也真是好，在农村五十多岁就是老头了，看看他，一夜没睡，又长途奔波，回到北京不休息直接工作到深夜。她赶紧写道：

"谢谢您对我的开导，时间太晚了，今天您也太累了，赶紧休息吧，等您有空时再聊。"

"现在已是凌晨，时间不是太晚，而是太早。但我们确实都该休息了，既然是睡觉就道一声晚安！"

"晚安！"——临睡前有个人跟她互道晚安，这让她的心里温暖，还有一种别致的感觉。

自此以后，每天晚上无论多晚，两人都要互通微信，或者通个电话。话题越来越广泛，几乎无所不谈，也越来越深入，她自然也问到自己最关心的祝冰和他太太的关系，这复杂微妙的问题若通过微信说清楚得写多长？他只有在电话里告诉她：只是因为两人都忙，没有时间离婚，而且特别讨厌离婚的麻烦，被逼着要回答许多问题，两个人又都还没有再婚的打算，婚离不离的无所谓。或许等他再去美国时，两人到拉斯维加斯去办离婚手续，花30美元，几分钟就可拿到离婚证。

祝冰在讲述他的婚姻状况时跟讲笑话一样，常常逗得孙秀禾忍不住想笑。他妻子是画家，爱干净，最忍受不了他工作后一身脏兮兮，回家往床上一躺像死狗一样。她最初爱他的才华，其实他的才华就在一双手上。他也非常爱妻子，喜欢给她按摩，为她摸骨，一开始她很享受，后来有了孩子，不管她处于什么状态，他的疯劲一上来就要又摸又捏，特别是创作遇到困惑时，拿自己的妻子当骷髅那样摸，让她受不了。他最早也是学绘画的，小时候在乱葬岗子拣了个骷髅头，用河沟里的水洗干净，就藏在自己的被子里，没事就摸那个骷髅，晚上搂着骷髅睡，一遍遍地在纸上、河滩的沙子上画那个骷髅……

后来他的妻子送女儿到美国读书，就没有再回来。失去妻子的前几年他非常痛苦，家庭是天性和文化的妥协，他很后悔当初不懂得妥协。刚结婚时无论是他们自己认为还是在别人看来都是完美的结合，其实哪有完美的结合？只有在结合中双方趋向和谐，慢慢找到各自属于自己的完美。可惜他们错过了机会，走到了反面。

孙秀禾听到这儿禁不住想，竟然连祝冰这样的教授家庭也是走着走着就散了！农民的家在散，城里人的家也在散，有彻底散的，有名存实亡的，有正在散和准备要散的，家庭散伙似乎成了一种时尚……她险些脱口而出，我喜欢被你摸的感觉。话到嘴边改口道："您为什么要摸骷髅、摸人的骨头？"

他说："人都是骨头撑着肉，只有摸了骨骼和筋肉的形状和结构，对一个人的形体样貌才有把握。"

她还关心他一个人怎么生活:"您每天吃饭怎么办?"

"现在最不成问题的就是吃饭,吃饭有两个目的,一是为了生存,填饱肚子才能活着、工作;二是为了快乐。家里有厨房,学校有食堂,大街上有饭店,这两个目的都太容易就能得到满足。"

....

每天晚上两人的通信或通话,成了她最期盼、最快乐的事情。每晚一过10点她就处于一种焦灼、饥渴的状态,等待着他的信息。有时过了12点还没有他的信息,她禁不住一遍遍发微信甚至打电话,而他的工作不告一段落是不开手机的,他错过了通信的时间不是因创作大顺,就是创作不顺。他强烈地活在自己的创作情绪中,也感染着她跟着一起兴奋、快乐或担忧。两个人通信或通话,不知不觉也变得越来越无话不谈,且情意绵绵……

渐渐地她认同了他的工作规律和作息习惯,也开始试着接受他的精神世界。她敏感的心灵随着命运的安排开始活跃起来,自己都觉得与现在的状态相比,前几年简直就好像是假装在活着。就这样,自然而然地,她发现自己真的喜欢上了祝冰。

她虽然生了两个孩子,却根本没有真正恋爱过,上高三时有时与班长偷偷摸摸地传达情意,无法与眼前对祝冰的依恋相比,不要说一天接不到他的信息会发疯,他的信就是来得晚一点她都觉得受不了,后来她要求每到晚上11点,就是工作没结束也要打开手机。一旦听到他那些恭维的昏话,就羞怯欢恋,情致旖旎。

他有时甜言蜜语,有时胡言乱语,光是对她的称呼,一会儿秀秀,一会儿禾禾,一会儿小禾,甚至小丫头、小姑娘……她有时竟被这些亲昵的称呼就弄得魄荡神迷。或许女人就需要这样被自己喜欢的人溺爱,宠赞。她相信祝冰这样跟她亲昵,也是他自己感情的需要。当每晚跟他通完话再躺下来,她神思如醉,内心畅满。

有一天她终于忍不住说出了口:"我想你!你知道吗?"

"将心比心,我怎么会不知道?我也想你,所幸我可以天天看着你,把对你的思念融进作品。"

"这都怪你,天天说好听的哄着我。"

"说得不错,但不是我哄你,而是我让你认识了自己。一旦你明白如何去聆听自己,欣赏和爱自己,你也就能爱上别人。归根到底,你生命中所发生的一切,都是你自己吸引过来的。那天你不坐在道边举着烟袋出神,后边的一切都不会发生。"

"女人抽烟是不是很丑?那是我娘的烟袋,我有时累了、烦了,也会抽上几口。"

"有一种女人抽烟,益增其美,你就属于这样的女人,显得更成熟、更智慧。

你不见好莱坞电影里的许多美人都拿着烟，不是为抽，是为了美。"

"什么话从您嘴里说出来总是味道不一样，但我们不会有结果的。"

"那不一定，我是可以给你结果的，就看你的决定。再说生命的意义并不在于结果，而在于活着的每一个过程。每个人最终的结果都是死亡，所以人活着总要有点意思。说穿了，人生就是经历，当一个有意思的人，有意思地活着，做点有意思的事，这本身就很有意义。"

他的话像绕口令，却让她大脑开窍。

就这样两个人天天有说不完的话，情意越来越浓，孙秀禾觉得上一辈子就认识他了，他像她的情人又像她的父亲，哄着她，宠着她……

很快到了农历三月，塬上桃花开了，横山的冰雪融化，无定河的桃花水下来了。塬上的春耕春种也开始了，祝冰要来看她。

桃花汛期中的无定河，比冬季宽阔了许多，河水混浊而湍急，河岸边的花木郁郁葱葱，一派北方的暖春气象。祝冰开着自己的大众吉普，在灿烂的阳光下，远远就看到秀禾站在他们当初见面的道边等候。他将车驶近后在路边停住，推门下车，定定地望着秀禾桃花般娇好的面容，幽深而含笑的双眸，然后就扑过去，两个人熟悉得像久别的夫妻一样紧紧抱住，急切地相互寻找着对方的唇。

孙秀禾没想到自己一点准备没有，竟会这么自然顺畅地就走到了这一步。待他们的想念和焦渴得到暂时的满足后才松开对方，祝冰为她拉开车门，两人上车后拐上进村的坡道，直接开进了秀禾家的院子。爹娘下地了，孩子们还没放学，家里很清静。

祝冰打开后车门，车座上、座位下放满了箱子、盒子、兜子……他先把箱子拿下来，就在院子里打开，里面有两个硬纸盒子，打开盒子里面塞满泡沫塑料保护着两尊孙秀禾的塑像，一尊就是那个泥塑，另一尊是大理石的全身雕像。丰姿慧美，又卓然入妙，跟她完全是一个模子刻出来的，隽洁秀异，风致端凝，又多了一种雍容、幽淑的气度。她一时目定口呆，欣喜异常，转头在他脸上亲了一口。

然后分别把两尊雕像抱到屋里，一尊放到自己屋里，一尊摆到爹娘屋里的迎面桌上。祝冰拉着她的手双双坐到炕沿上，直视她的眼睛，怎么想就怎么说，他希望她相信，其实也知道她会信任他：

"秀秀，跟你说一件严肃的事。口北建了个北方博物馆，很堂皇，藏品也多，应该是北方最大的博物馆了。去年他们找到我，在博物馆大院的中央、主楼的前面立一尊塑像。我憋了几个月不知要塑个什么，几个月前看到你的那一瞬间我骤然开悟，既年轻漂亮，又要有历史感、有深挚沉静的母亲风韵。后来爱上你就更好了，这也是我的一个梦想，将自己爱人的形象借助大理石而不朽，永远矗立于人世间，供人们敬仰、膜拜！"

"这是好事，为什么总不跟我明说？"

"以前不敢跟你说明，怕你不同意，这毕竟使用了你的肖像权，如果你不同意我还要在面部做些改动，改得在像与不像之间。可我不想改，我就想以你的面貌立一个'大地之母'。基座80公分，塑像3.8米高，形神卓荦，仪态端静，既风神绰约，又满身散发着母亲的光辉。我给雕像定名为《大地之母》，你们这里有句老话不就是'千年老根黄土里埋'吗！当初因大陆板块移动，非洲的猴子从树上落到地面上，才渐渐成为人类，大地就是人类的母亲，我雕塑的就是黄土高原上的母亲，从内心到外表都很美，又年轻有活力，充满力量。无论是博物馆的人还是学校雕塑系的师生，看了完成的雕像后无不惊艳，一致通过。我自己也觉得这是我投入感情和心力最多的作品，是自己的得意之作。"

孙秀禾就是先被他的智慧和精神的强大所征服，渐渐才爱上他的，她没有明确表示同意和感激，却搂住他的脖子一阵亲吻。自从这次见到祝冰后她像换了一个人，老想贴在他身上，跟他亲近不够。祝冰今天穿了一件样式极少见的夹克，头面也收拾得干干净净，显得很年轻，她越看越喜欢，原以为自己已经枯竭的心灵又滋润起来，甚至像无定河的桃花汛一样开始奔涌、激荡。

祝冰继续说："后天塑像揭幕，我想请你跟我一起去参加揭幕式，揭幕式一结束，我们两个一块回来种地，行不行？"

孙秀禾有点顾虑："我不会给你丢面子吧？"

这回是他搂住了她，在她耳边轻声说："你只会给我增光，那天整个博物馆里所有人的眼光都将盯着你。所以我给你买了墨镜，参加揭幕式的时候，只让人们看到你女神的风采，不让他们全部看清你的面目。如果你摘了墨镜，一定会引起轰动，走到哪里都被围观。这个塑像以及创作过程，将成为一段佳话流传开来，也是我们感情的见证。"

他想了想又说："我的学生会称呼你师娘、师母，他们不是开玩笑，是尊敬，你大大方方地接受就是了。"

祝冰说完起身走出去，把车上的兜子、盒子都拿进来："我给你买了两身衣服，试试看合不合身？"

一身是休闲装，乳白色的紧身上衣，黑色高腰宽松裤，孙秀禾穿上以后整个屋子都亮堂起来，突出了她健美有致的腰身，真率天然，了无矫饰，越发显得轻盈灵秀，窈窕娟娟。秀禾对着镜子，目光荧荧，幸福感从心里往外溢："真想不到你还会买女人的衣服？"

"我哪里会买衣服，但我知道你的身高、三围，让服务员多拿几件，我来选。"说着他从兜子里拿出第二套衣服，是正装，准备参加揭幕式穿的。宝蓝色的直领衬衣和长裤，外面是浅棕色质地精良的薄大衣，肩上一系淡紫色的长纱，飘在襟前。他让她坐在炕沿上，耷拉着两只脚，他从纸盒子里拿出一双精美的深蓝近黑的半高跟皮鞋，却不给她试鞋，先捏她的秀足，从脚跟、脚掌到一个个脚趾，秀禾的身子都被他捏酥了，心里欢喜不尽地随他摆弄。他一边捏着一边说："以前我没有摸过你的脚，但看上去你的脚不大，我还有点奇怪，在农村少见有这么秀气的一双脚。"

她秋波盈盈："小时候娘总是给我做小鞋，说女孩子别让脚随便长，长个大蹄子，人没到脚先到，难看死了。让我穿小鞋，挤着点。"

"老太太有这般见识，难怪生出你这么漂亮的女儿。我买的大了半个号，不知合适不合适？站起来，到外面走走看。"

孙秀禾自己都觉得整个人被抬起来了，她到衣柜的大镜子前，前后左右看个没完，祝冰又拿出迪奥的太阳镜给她戴上，往她身上喷了同一牌子的香水，后退两步反复地打量着，惊奇自己努力的效果，面前的美人神姿艳发，如云出岫。他情不自禁地赞叹："太好了，活脱脱一位高贵女神的范儿出来了！"

他将自己的左臂弯伸到秀禾面前："是挎着我的胳膊，还是让我拉着你的手，咱们到外面走一圈试试感觉。"

秀禾选择了挎着他的胳膊。这样的衣服和鞋一穿，胸自然前挺，腰塌下去，头就扬起来了，双双刚走出院子，正碰上刚从地里回来的两位老人和放了学的孩子们，大家吓一跳赶紧让开路。

祝冰向他们点头打招呼，秀禾故意不吭声，挎紧祝冰的胳膊向河边走去。她越走越感到舒服，胳膊也挎得越紧，紧紧依偎着祝冰，悄声说："这要让你花不少钱，怎么好意思，你给我的卡里的钱还没怎么花哪。"

"为你花钱我心里高兴，没有比这个钱花得更值了。等春种完了，闲下来，你跟我一块儿回北京，要好好买几件适合你的衣服。女人，特别是像你这样有身材有容貌的女人，如果不穿着适合自己的衣服，不把自己的特长穿出来，就是一种悲哀。"

当他们走到河边再返回来的时候，院子前面站着一群看新鲜的村里人，孙秀禾松开祝冰的胳膊，摘掉墨镜，一双儿女大声喊着妈妈扑过来，她哈哈大笑弯腰将他们搂在怀里。

她的娘抹着眼角进屋做饭去了，女儿不知有多少年没有这么开心地笑过了。她的老伴则在里屋看着女儿的塑像闷头不语，他不知道，女儿的心被这个人搅和活泛了到底是福还是祸？刚离婚就这么张扬，好像多臭美似的，可这个城里人靠谱吗？年纪是不是也有点大？

老太太知道他的心思，走进来低声嘱咐道："你给我打起精神来，在贵人面前不许带相。"

农村历来是把姑爷看作"贵客"的。

"这个人只要让我女儿高兴，我就认他！再说他不是比前边的那个窝囊废强百倍吗？"

老头嘴里哼哼两声，算是答应。

中午吃面条，简单省事，图个吉利。老太太昨天都准备好了，只剩下打卤、切菜码、烧水煮面，这就简单多了。很快热气腾腾的喜面捞出来上了桌子，这也确是一顿喜气洋洋的午餐，卤里全是羊肉丁，真材实料，香气盈盈。

家里增加了一个祝冰，气氛跟往常完全就不一样。首先孩子们打心眼里感到新奇，闹闹嚷嚷。秀禾换上了那一身休闲装，看着格外的清爽喜悦。

祝冰大口吃完面条，对着两位老人宣布："老人家，吃过饭我跟秀禾就得出发，后天上午参加口北的一个庆典活动。最晚大后天我们回来。回来后我就不走了，跟着一块儿种地，等春耕春种完了再说。农闲时二老也可以跟着秀禾到北京休息一段时间，我北京的房子够住的。"

老头抬起头，第一次正眼看着他，似乎没明白他的意思。

祝冰笑了："大叔，我是石匠，还是有点力气的，您看到禾禾的塑像了吧，我是用一整块大理石雕成这样，没点力气行吗！我是河北阜平人，太行山脚下，小时候种过地。"

老头似乎笑了一下，点点头。孩子一听说祝冰再回来就不走了，兴奋起来，也希望他用泥也给自己捏个像……

饭后，祝冰从汽车的后备箱里拿出个大箱子，提到孙秀禾的屋里，对老太太说："大娘，这里边是我的衣服和杂物，回来用的，就不带着了。"

两个人一块儿上了汽车，老太太特意走到祝冰那一侧，对他说："路上千万要小心，高兴就在外边多玩儿几天，别惦记种地的事，地是种不完的。"

祝冰答应着，启动了汽车，顺坡缓缓而下。

原载《北京文学》2020年第10期

我们见过面吗？

韩　东

2001年，我在L市住过一百天。不是去出差，也不是旅游，只是租了一间房子在那儿待着。L市有我一帮写诗的朋友，九十年代纷纷下海，到了新世纪无论是否发财都再次想起了诗歌，他们计划办一个刊物，邀我前往L市共谋大事。我一去就喜欢上了这里的节奏。

一般上午大家都在睡觉，中午吃过饭陆陆续续才约齐，去一家茶馆喝茶或打牌。牌局开始的时候已经是下午三点多了，其间有人会打发伙计去隔壁端一碗面条，边吃边打（忘了吃午饭）。四个人在牌桌上鏖战，可能有超过四人在一边观摩。当然，我们也可以只是聊天，谈一点儿正事，但这正事现在已经不是任何生意了，而是文学事业。我的朋友计划重返写作前沿，办杂志是他们想到的一步。八十年代我们正是通过办杂志脱颖而出的。但毕竟时过境迁，我对杂志的效果提出了质疑，"现在，最自由的地方应该是网络。"

我的意思是将纸质出版换成电子出版，把杂志办到网上去。其实对网络我也不是很了解，只是在意识上比他们超前，在行动或者熟悉网络上我们属于一代人。

意见统一后便是招兵买马，搜罗技术人才。应聘者不仅要求懂诗歌，还需要知道我们这帮老家伙。因此有关的过程就难免比较漫长。好在我们可以坐在茶馆里打牌、下棋，在娱乐之余憧憬一番诗歌的未来也相当享受。有这么一件大事作为前提，他们棋牌为乐，我滞留不去就更加心安理得了。

这是下午三点以后的情形，这时离吃晚饭已经没有几小时了。我们边打牌边聊天，琢磨着晚上去哪儿喝酒。进食的愿望其实也不是那么强烈（刚吃不久），我们的饥饿感针对的是别的东西。酒精是其一，更重要的是酒桌上的氛围。下午的活动虽然身心放松，气氛毕竟不够热烈，况且由于刚刚起床整个人的状态也比较麻木。晚上的饭局就不同了。当城市灯光亮起，特别是当餐桌上的餐具被从一层塑料薄膜里打开，熠熠生辉，我们就像醒了过来，彻底清醒了。给我的感觉是，到了这会儿L市人的一天才真正开始。

九十年代下海的人中，有的发财了，有的生意没做好。后者比如宗斌（正是他邀请我来 L 市的），就曾经挣过大钱，享受过荣华富贵但最后血本无归。如今，宗斌的谋生都成了一个问题。幸亏他当年写诗上的名声，那些发了财的朋友都乐于帮助他。我到 L 市的时候，正逢宗斌盘下了一家小酒吧，他的女朋友彭姐负责经营，宗斌的任务则是拉客，就是拉那些发财的朋友过来消费。因此每天晚上的饭局结束后，我们的落脚地点就是宗斌的露露吧。

我们一落座，啤酒至少先上两打。这还只是开始，喝到深更半夜，平均每人消费一打啤酒也是很正常的事。我们这一桌是宗斌亲自带过来的。坐下后不久，在其他饭局上吃好的朋友也陆续过来了，往往成群结队。于是就拼桌子，最夸张的时候能拼起七八张小桌子，窄长的一条，如果不是房间的长度有限，还可以继续拼下去。整个酒吧里就只有这么一桌，客人能坐四五十号。有时候也不拼桌子，大家分头而坐，酒吧房间里和外面的露天座上都有人在喝酒。也有人拿着啤酒瓶子，到处串来串去。这是露露吧的鼎盛时期，也是它开业后一两个月时的情况，和我们的诗歌网站的创办基本是同步的。

那段时间的确很热闹，招兵买马也有了成效。几个年轻人加入进来，他们一概来自外地，不是 L 市本地人。但无一例外，他们都热爱诗歌，听说过我们（宗斌、朱晓阳或者我）。小伙子们的长处是了解网络，短处还是穷，谋生是一个问题。于是就吃住都在露露酒吧里。宗斌说了，"只要我有吃的，就饿不着你们。彭姐就是你们的妈妈，负责照顾你们"。年轻人也真是纯洁，对下午喝茶、晚上喝酒都兴趣不大，所有的心思都放在了网络上。露露诗歌网的框架不久就建立起来了。当时网络上流行的是论坛，因此我们的网站上不仅有电子书，还设立了论坛以及聊天室。最后证明，电子书几乎无人问津，论坛最为火爆，而聊天室则绝对是一个意外的发现或者说头号的惊喜。

总之，突然之间，网络成了一个话题，也成了我们在 L 市生活的一项重要内容。现在，晚上的饭局我们不像以前喝得那么多了，宗斌总是惦记着回他的露露吧，惦记着在那儿忙活的几个小伙子。露露吧最近购置了几台电脑，小伙子们在那儿上网。老家伙们也开始纷纷学习电脑。朱晓阳虽然年纪和宗斌相仿，但反应一向很快，电脑打字没几天就掌握了，继而成了露露诗歌网的 CEO。他除了管网站，还要管人，管小伙子们的生活以及小伙子们和老家伙之间的沟通。宗斌不同。一开始我提议将刊物办到网上去，他就持反对意见，这会儿网站启动，他又满怀着身不能至的忧虑和恐慌。一天宗斌没打招呼就提前走了，我问，"老宗怎么了，没喝多吧？"朱晓阳说，"他没事，去学习了。"

等我们到了露露吧，看见宗斌正缩在墙角里的一台电脑前打字。自然没有连网，他只是在练习，前面的墙上贴着一张儿童用汉语拼音字母表。宗斌叼着一支烟，两只手各伸出一根手指。他看一眼图表，敲打一下键盘，手指头能在半空悬上七八秒。那图表是针对幼儿的，比如 e 那一格里就画了一只鹅，i 的旁边画了一件小衣服，sh 就画了一头长毛狮子。宗斌的眼睛被香烟熏得眯成了一条缝，都不知道弹一下烟灰，咬着烟蒂的嘴里发出"恶""一""四"之类的怪声。

我给宗斌的建议是，不需要这么按部就班，找一篇文章或者一首诗，直接敲上去。不知道发音就查字典。宗斌说，"我是 L 市人，普通话不标准，小时候也没学过汉语拼音。"

朱晓阳说，"我也是 L 市人，也没有学过汉语拼音。"

在我和朱晓阳的鼓励下，宗斌不出一周就打字无碍了。但每天晚上的饭局他仍然提前离席，回到露露吧，然后直奔露露诗歌网聊天室。宗斌说露露吧是我们东山再起发动诗歌革命的指挥部，其实并非如此。也就是几台电脑成天在那儿开着，几个小伙子以及宗斌在那儿上网。网站的创建工作已经完成，剩下的只是日常维护，小伙子们把这儿当成免费网吧了。宗斌亦然，沉浸在自家网吧里，对小伙子们也不好过多指责。而且，彭姐也开始上网了。现在我们每次去，都见不到她人。好在都是老朋友，我们就自己去后厨的冰柜里搬啤酒，自己拿杯子、开瓶，结束的时候把钱压在烟灰缸下面。一次我问宗斌，"彭姐呢？"也不是想让她招呼我们，只是某种礼节性的问候，彭姐毕竟是宗斌的女朋友。宗斌盯着电脑显示屏，头都没有抬。"在和她的大卫聊天呢。"宗斌说。

"大卫？"

"嗯嗯，彭姐在网恋。"

还有一次彭姐出现了，溜达到我们这一桌，也不是要为我们服务，拿杯子、开瓶什么的，只是一种礼节。我们毕竟是宗斌的哥们儿。宗斌对她说，"你去和大卫聊天吧，去呀，这里没你什么事。"

宗斌说的应该不是反话，看上去他挺高兴。就像把彭姐支走去聊天，他也更有理由去上网了。

由于宗斌两口子（虽然没有结婚，但却是事实婚姻）无意于经营，露露吧的生意开始走下坡路。我来 L 市也有两个多月了，大家待客的热情也渐渐趋于日常。总体说来，L 市夜生活的气氛已不像当初那么热烈。每天下午的牌局照常进行，原本就比较平静，晚上也一起吃饭，但吃喝的时间却缩短了。参加者人数锐减，常常只有我、宗斌、朱晓阳和安龙几个人。如果有外人参加（所谓的外人就是没有参与搞露露诗歌网的），宗斌会变得非常具有进攻性，问对方说，"你会上网吗？"如果对方表示不会，便会遭到宗斌无情的嘲讽。宗斌说你就是老土，只知道挣钱，马上就要被时代抛弃了，死到临头还笑得出来。对方一头雾水。之后宗斌就开始了漫长的规劝和说教。饭桌上只有他一个人在说，被批判者偶尔抗辩一句，宗斌就要发作，和人家打架。这样的饭局只能是不欢而散。

我认为宗斌是故意的，如此一来他就可以早一点回露露吧上网了。等我们几个人回到露露吧，气氛甚是冷清。前来捧场的朋友越来越少，酒吧里常常只有我们一桌。不是四五张小桌拼成的大长桌，而是只有一小桌，并且坐不满。酒吧里面也没人服务，无论是彭姐还是小伙子们，都躲在后厨边上的小房间里上网。

我重点要说的事就发生在这一时期。一天晚上的饭局结束后，我们照例去了露露吧。彭姐和小伙子们自然不在，朱晓阳就自己搬来一箱啤酒，大家坐在小桌边便喝上了。露露吧的营业场地只有一个房间，大概三十几平方米，放了七八张小桌子。临街的窗户倒是很大，鼎盛时期透过一层玻璃能看见坐在外面喝酒的人，而此刻我们只能看见一些空着的桌椅。我们这一桌也没有坐满，只有我、宗斌、朱晓阳和安龙。安龙甚至都没有坐下就消失了，肯定是去后面找上网的小伙子了。

房间里没有灯，不是没有安装，是压根儿没有人想到开灯。外面的街道倒很明亮，通过那扇大窗户一些灯光照射进来，别有一番情趣。我们就坐在这半明半暗之中，喝着不冷不热的啤酒（由于彭姐怠工，现在的啤酒都不放冰柜了），一时无话。由于没有人陪我，宗斌也不好意思马上就去上网。他大概在懊恼怎么就让安龙抢了先呢？总之这酒喝得有些无滋无味。其间宗斌几次起身，去设在外间的吧台那儿转悠，并无具体的目的，看上去就像在活动腿脚，准备随时离开。我一小瓶啤酒还没有喝完，宗斌就领进来一个人，或者说那人是跟着宗斌进来的。显然是一位客人，也应该是宗斌他们的朋友。朱晓阳含糊地和那人打了个招呼，并没有起身。由于宗斌这么一领朱晓阳再一点头，那人就极其自然地坐到我们这一桌上来了。他的位置逆光，因此自始至终我都没有看清那家伙的脸。

朱晓阳介绍了那人，我记住了《L市诗刊》这个刊名。当然朱晓阳也说了他的名字，但我没有刻意去记，似乎是姓孙。姓孙的一身酒气，应该是刚从饭局上下来转场来了这里。他抓起桌上的一瓶啤酒就要和我干，我说我不怎么喝酒，还是慢慢喝吧。姓孙的就不乐意了，一连要求了几次，我不为所动。姓孙的说，"你不就是皮坚吗？我知道你。"还没等我回答，他就一仰脖子把自己手上的那瓶啤酒给干了。放下酒瓶姓孙的说，"你他妈的有什么了不起的！"

这时我的脑子转开了，这家伙和宗斌、朱晓阳到底是什么关系？熟人，这是肯定的，但熟悉到何种程度就很难说了。是不是朋友？如果是朋友又是哪种程度的朋友？或者说，宗斌他们和此人有什么利害上的牵扯？他是否帮过宗斌的忙，或者是朱晓阳的一个客户？一瞬间我想得很多，也很全面。再看宗斌和朱晓阳，一概沉默无语，似乎并不觉得发生了什么了不得的事。要不他俩正在一旁静观，等待事态的发展？这么想的时候我的表情始终是柔和的，尽量保持住脸上的笑意。"是没什么了不起。"我乐呵呵地说。

"知道就好，你他妈的懂什么！"

"是不懂什么。"我说。也许把对方当成一个酒鬼，不一般见识，这样的态度比较合适。

"那我问你一个问题。"姓孙的盯着我说。

"你问。"

"你忏悔了吗？"

"忏悔？我干吗要忏悔？"

"那么多人都忏悔了，你他妈的忏悔了吗？"

这时宗斌插进来对姓孙的说，"我也问你一个问题，你会不会上网？"

姓孙的愣了几秒钟，随即再次转向了我。他正要说什么，宗斌骂了一句"你就是一傻×！"骂完就起身离开了。宗斌又一次去了外间的吧台那儿。他大概是想分散姓孙的注意力，或者不过是在表示这一幕太平常了，不值得再逗留下去。我听上去却觉得他们的关系比较深。打是亲骂是爱嘛，能这样骂傻×而对方不回嘴说明了很多问题。没想到宗斌此举却成了某种诱导，"傻×！"姓孙的骂道，"你为什么不忏悔，我说你哪，皮傻×！"

我和姓孙的交情还没到那份上，能互相骂傻×而无所谓。但我的确毫无愤怒可言，只是觉得再这么闹下去就没完没了了。于是我"嚯"地站了起来，顺手抄起刚刚坐过的椅子，做出投掷状。我知道这把椅子肯定是砸不出去的，朱晓阳肯定会阻挡，如果不是这样我就不用这一招了。果然，在我站起来的同时，姓孙的和朱晓阳都站了起来，朱晓阳挡在我和姓孙的之间，对我说"这傻×喝大了"。回过头推着姓孙的就往外走。姓孙的大喊大叫，一副要挣脱朱晓阳过来跟我拼命的样子。这时宗斌也从外间进来了，两人合力将姓孙的拖了出去。自然是一边弄姓孙的一边骂，"你傻×啊，有病呀……喝不起就给老子省省……"我放下手中的椅子，又坐下了。

大概十分钟后宗斌、朱晓阳回来了，姓孙的终于被他俩弄走了。然后安龙也出现了，三个人就陪着我喝，大有给我压惊的意思。刚刚缺席的安龙最活跃，慷慨陈词，他的意思是他不在场，如果在场的话肯定得揍姓孙的一顿。"什么××玩意，就是欠揍！"宗斌则有点心不在焉，或者说沉闷。也难怪，由于这场风波耽误他上网已经太久了。朱晓阳似乎有话要说，但由于我在场又像说不出口。我能感觉到三个老朋友之间有什么说不清道不明的东西，我毕竟是"外人"。因此我喝完杯子里的酒就告辞了。

朱晓阳把我送到门口，嘱咐我别往心里去，我说不会的，小事一桩，开酒吧难免会碰见。朱晓阳说，"就是一个小杂毛。"这话我记住了，并且一记就是很多年。

去年我收到一个邀请，去给获奖的青年诗人颁奖，邀请方是L市的《L市诗刊》。这让我想起了一些什么。通过微信我旁敲侧击，问负责联系的小赵还有谁参加。小赵告诉我，因为经费有限，也没请什么人，除了几位获奖的青年诗人就是他们编辑部的人了。外地嘉宾只有一个名额。小赵说，这个奖每年都颁一次，都只请一个嘉宾，自然是在诗歌写作方面取得了瞩目成就且有分量的大家。他暗示我这是一份荣耀。

我回答，我考虑一下，看一下日程，然后给他答复。结束微信私聊后我马上百度，搜索《L市诗刊》，主要是查寻该杂志的编辑部人员名单。《L市诗刊》杂志社社长姓邱，就不说了，但主编姓孙，叫孙雪华，这不禁引起了我极大的怀疑。当年那个姓孙的不就是《L市诗刊》的吗？这么多年下来混成了主编也是合情合理的。之后我又搜孙雪华的照片，终于找到了一张报道有关文学活动的配图，照片上的孙主编怎么看都像当年向我挑衅的人。于是L市我就不得不去了。

这完全不是一个负气的问题，只是牵扯到好奇心。这个孙主编是不是那个姓孙的，并不是关键。关键是，如果他的确就是当年那个姓孙的，为什么会邀请我？也许孙主编是故意的，为当年的行为感到了后悔，想借机向我道歉（邀请本身就是某种道歉）。也有可能，他终于当上了主编，只是想当面炫耀一把。还有一种可能，孙主编早就忘记了当年的事，即使有所记忆也觉得是小事一桩，完全不值得计较。由于工作需要他们要请一位嘉宾，下面的小编辑推荐了我，孙主编也就顺水推舟地同意了。如果真是这样，那孙主编就是一个很大气而且心胸开阔的人……

然后，我就动身飞往L市。往返费用自然由《L市诗刊》出，他们给我订的居然是商务舱。从南京到L市不过两个小时，完全没有这样的必要。这说明孙主编对当年的事的确是怀有歉意的，对我的补偿业已开始。在宽大的座椅上我放平了身体，闭目沉思，想到两个有过节的人蓦然相遇，会发生一些什么。我如何应对倒在其次，因为理亏的不是我。关键是对方会怎么说，开头第一句说什么？脸上会浮现出怎样的表情？这之后，才谈得上我如何说话和做出什么反应。他会当成什么事也没有发生过吗？或者，开门见山，向我抱一下拳———

"老皮，对不起啊，当年得罪了。我也是喝高了，你大人不计小人过。"

我于是就说，"嗨，你如果不提，我早忘记了，多大的事呀，我要是在乎就不来了。"

他就说，"来得好来得好！这人嘛，不打不相识，当年我们都太年轻了。"

我说，"是是是，谁都有年轻的时候……"

然后是碰杯，一笑泯恩仇。

一路上我都在想象这次即将到来的见面。就像编写剧本一样，准备我的台词，也几易其稿。我设计了不同的开始和结局（一直到一笑泯恩仇），也没有好好享受一下商务舱，睡上一觉。然后飞机就正点抵达了L市机场。小赵接站，开着他自己的车来接我。我们一路向L市城里而去。

本来我是要先去酒店放下行李的，但由于下班高峰道路拥堵，耽误了时间，为我接风的晚宴已经到点了。更严重的情况是各级领导都已经到场。虽然我说了"不用等我，让他们开始。"但孙主编回话，"那怎么可以，一定要等，皮大师可是今晚的主宾！"（我们已通过小赵的中转开始互相对话）。不得已，我只好舍弃了酒店直奔饭店，因此所有在见面前的准备活动都没有按计划进行。我没能洗把脸，换一件衬衫，或者喝口水，提振一下精神，就风尘仆仆地出现在了酒宴上。

好在他们已经开始，并且至少开始已经半个小时了。我拉着行李箱走进一个大包间，但见烟雾腾腾，喧哗吵闹声响成一片。一个高个黑脸的人从主桌上站起来，指示服务员给我挪一个位子，此人定然是孙主编无疑。但从座位的安排看，他并不是这里官最大的。在座的还有社长、主管部门领导以及L市赞助此次活动的商界人士。孙主编一一进行了介绍。自然，我完全记不住，只是挨个点头握手致意。孙主编没有介绍他自己，就像我们早就认识了，也的确是早就认识了，否则的话他也不会是这样反应。孙主编介绍我说，"我们的颁奖嘉宾，唯一的嘉宾，皮坚，皮大师。能请到这个级别的大诗人过来我可是费大劲了！"后一句是睁眼说瞎话，但你也可以理解成是场面上的需要。

我的到来暂时打断了酒桌上的高谈阔论，引起了一点波动，但紧接着，就又恢复了原先热闹的气氛，接上了。其实我更愿意这样，赶紧埋头吃东西。我一边吃一边想：这算是我们正式见面吗？也许不算。这是我和此次活动的主办方见面，和一个集体见面，我和孙主编还没有单独相处的机会，没有形成狭路相逢，因此不能放松警惕。这时有人向我敬酒，我说我不怎么喝酒，就意思一下，您也随意。我注意到边上的孙主编看了我一眼，这大概让他想起了当初我们相遇的情形。然后场面就有些混乱了，大家相互敬酒，人人都大言不惭，说着肉麻恭维的话。其他桌上的人也举着酒杯过来串了，敬酒，说大话，絮絮叨叨。酒桌上也分成了一团一伙的，互相之间掰扯着什么似乎无比重要的事，袒露心迹、诅咒发誓、牛逼哄哄……孙主编似乎非常冷静，我也注意到了他的冷静，他也注意到了我在注意他。似乎，这包间里保持冷静的就只有我们两个人，只有我们两人在冷眼旁观。这就形成了某种默契，就像我们是一伙的，是同类人，再加上彼此的座位挨着，因此不得不说点什么。几乎是同时，我们将脸转向了对方，四目相对，完全没有避开的余地。狭路相向的局面就此形成。

我等待着，脸上浮现出一个似笑非笑的表情，目光坚定但充满探究。我早就在等待这一刻了，已经预演设想过很多次。孙主编终于扛不住，说了第一句话，他说，"皮坚，我们见过面吗？"

我的天，这句话是我完全没有想到的。内心震撼，但却面不改色，我说，"你说呢？"

孙主编说，"我觉得没见过，这是第一次。当然了，你的照片我见得多了……"

"那就没见过，我这人记性不好。"

"我记性还行，我说没见过，那就是没见过。"

我一面佩服这家伙的老道，一面，也禁不住怀疑起自己来了。也许，我真的没见过这家伙，眼前的孙主编并不是当年那个姓孙的？如果事情真的是这样，那他又何必问"我们见过面吗？"既然他的记性像他说的那么好，这么问难道不是多此一举吗……但无论如何，这次交锋以后我们彼此都放松下来。孙主编举杯向我敬酒，我不禁喝了一大口。很自然地，我说起了在L市的几个老朋友，首先是宗斌。孙主编并不避讳他认识宗斌，"宗斌呀，"他说，"就是一个傻×，不就是靠网络吗，离开网络他什么也不是，诗写得就像口水！"

孙主编的眼中几乎冒出火来，完全失去了刚才的镇定。他一仰脖子干了手上的啤酒，放下杯子他说，"口水就是唾沫你知不知道？用唾沫写诗……写诗得用鲜血！用眼泪！血泪才能造就这个民族的诗魂……这傻×！"后一句仍然是骂宗斌。

再没有任何疑问了，眼前的孙主编就是当年那个姓孙的。如此具有攻击性，如此自以为是和突如其来。我们见面不到一小时，说话大概不超过十句，他就开始骂街。当然不是指着鼻子骂我，但也和骂我没有区别。我已经说了，宗斌是我当年的朋友，他这不是故意的吗？孙主编大概是想给我一个下马威吧？

由于不便发作，我转向了坐在另一边的一个家伙，主动和他碰杯。孙主编继续骂不绝口，冲着我所在的方向。虽然现在我是背对孙主编的，但和我碰杯的家伙却面对着他。孙主编冲着我们两个人在大骂。和我碰杯的家伙大概职务比孙主编低，满脸堆笑不停点头，附和道，"是写得不行，这怂人我也认识……"

孙主编骂得兴起，由宗斌骂到朱晓阳，由朱晓阳骂到安龙。我在L市所有的这些朋友他都认识，所有这些人都令他极为反感。他对他们的愤怒已不是一天两天的了，终于逮着了一个机会。面对两个人的小范围的谩骂也渐渐地变成了一场讲演，酒桌上的很多人都被吸引了。这时敬酒的高潮已经过去，酒宴也已经接近尾声。

"……都老大不小的了，有五十多了吧，年过半百，不知道挣钱养家，给父母买套房，这他妈的还是人吗？根本就是人渣！说到底这他妈的就是一个伦理问题……你说《L市诗刊》是你什么？是你母亲，就是你妈啊，没有《L市诗刊》你他妈的这会儿还在地下拱呢！这宗胖子和这朱小瘦子的诗歌处女作不都是在咱这《L市诗刊》发的？俗话说儿不嫌娘丑……网络，网络能给你什么？到今天你还不是混得像个瘪三，见了老子都要浑身发抖……"

我已记不清晚宴是如何结束的，总之我就到了下榻的酒店，到了酒店的客房。准确地说，我身处客房里的一只大浴缸内，醒来的时候发现一条毛巾正在温暖的水波里半沉半浮。我吓了一跳，心想如果我淹死在了浴缸里（我是被一口水呛醒的），那不就成了一个笑话？赶紧起身，找到浴巾擦干身体，并套上了酒店的睡衣。在一段记忆空白和一场虚惊之后，孙主编的形象又浮现在了我的脑海里。

我准备给朱晓阳打一个电话。

按说我来L市首先要联系的是这帮朋友，但毕竟快二十年过去了，大家的情况都发生了不小的变化。宗斌早就不在L市了，去了北京，照孙主编的话说他离不开网络。从论坛到博客，再从博客到微博，再到微信，宗斌一路走来，如今在搞一个微信公众号。如今宗斌有自己的公司和团队，"露露写诗"拥有上百万的粉丝，宗斌俨然成了网络诗歌写作的头号教主。他人不在L市。朱晓阳也不在L市，不过动向和宗斌不同，回下面的县城老家去了。朱晓阳的父母年事已高，朱晓阳发愿要陪他们走完人生的最后几年，边写作边尽孝。而安龙已经淡出了诗歌圈，自从2001年我们见过以后再也没有碰到，他在不在L市都不重要了。

我打电话给朱晓阳，主要是想聊一下孙主编的事。电话只响了一下，朱晓阳就接了起来，就像他一直在等这个电话。

我说，"我在L市。"

朱晓阳说，"哦，我在乡下。"

我说,"我知道,你说过的。你现在方便吗,我要和你说一件事。"

朱晓阳说,"方便,老人已经睡了,我在看书。"

"《L市诗刊》的孙雪华你还记得吗,现在是《L市诗刊》的主编。"

朱晓阳说,"我知道他。"

于是我便从头说起,说了这次来L市的原委以及今天的遭遇,自然还有我不无复杂微妙的心理。对朱晓阳这样的老朋友我大可以敞开心扉。

"你说完了吗?"朱晓阳问。

"说完了。"

"孙雪华就是这么一个人,单位里的,你也不要太往心里去。"

我说,"我知道。我就是没想到,他居然会问,'我们见过面吗?'什么都想到了,我就是没想到他会这么说。真是太狡猾、太厉害了!"

然后,我们不禁又说起了当年在露露吧的遭遇,复盘一把。朱晓阳补充了若干细节,关键是我走后的那一段,他、安龙和宗斌之间竟然爆发了一场争吵。朱晓阳说宗斌没有尽到主人的责任,没有及时制止姓孙的胡闹。我是他们请来的客人,又是好哥们儿,那姓孙的是什么人啊,怎么可以任由他胡来?朱晓阳说宗斌被网络迷住了心窍,不辨东南西北了。宗斌反驳朱晓阳,问他为什么也不制止?他朱晓阳也是皮坚的朋友,况且身兼露露诗歌网的CEO,有义务调节各种纠纷。朱晓阳说这件事和网站无关,发生在酒吧里,而酒吧是他宗斌开的。宗斌则强辩,说露露酒吧和露露诗歌网是一体的,否则为什么名字都叫"露露"呢?朱晓阳说,那还不是应你的要求?安龙则站在朱晓阳一边,说如果酒吧是他开的,他早就让姓孙的站着进来躺着出去了。总之三个人吵得不可开交,当时他们又喝了不少啤酒,是边喝边吵的。说到激动处,朱晓阳将手里的杯子往桌上一撤,由于酒精作用力道没控制好,竟然将杯子给震碎了,碎玻璃扎进手指流了不少血。难怪第二天我见到朱晓阳时他的右手上缠着纱布。记得当时我问朱晓阳,他说是不小心摔了一跤手撑在一块石头上造成的。

这次复盘使我彻底平静下来了。我甚至能听见朱晓阳说话的间隙,手机里传来的呼呼风声。这个电话来自偏远的山区县城,我想象那里早已是黑灯瞎火。想来朱晓阳怕吵醒父母,是走到院子里去打这个电话的。也许他边打电话边看见了满天星斗。而从我所在的宾馆房间看出去则是一片灯海,夜市方向霓虹闪烁,充满了诱惑。这番景观也很不错。

最后,朱晓阳呵呵一笑,将他的幽默发挥到了极致。他说,"不过老皮,你的确认错人了,当年那家伙叫孙鹏,也不是《L市诗刊》的,而是《L市文艺》的编辑。两人既不同名,也不在一个单位上班,当然了,一个德性。"

"啊?不可能吧……"

"事实就是这样,两人都姓孙,也不能全怪你。"

"真他妈的荒唐,而且……虚无。"

原载《钟山》2020年第1期

影子武士

李 浩

1

一条淡淡的影子出现在石壁上,它闪了一下就隐在昏暗中,等我的眼神瞄向那里的时候,它已经消失,就像一层灰尘淹没在众多的灰尘中那样。"么玖,回来了?"我抬抬手臂,为对面的水杯倒上茶。

"还是没能瞒过你。"影子又闪了一下,落在我的面前。它飘落下来的姿态很是决绝,但我能感觉到它的小小失望。"教习,我回来了。你猜,这次我带来的是什么?"

我看到的,是一枚镶嵌有绿松石的硕大戒指,它的边缘处有一道暗暗的裂纹。

"哦。才仁上师。宁王。"

那枚戒指立即消失了。

2

我做"影子武士"的教习,已经三年或者更久——其实略加计算,我就能准确地说出我在麝林洞里所待的时间,但我不想计算,甚至是抵抗计算,有意不让自己想到"时间"。时间,对我和我们的影子武士来说是没什么意义的,真的没有。我们的"每天"都不是一个统一的长度,它的长度完全取决于训练的内容和具体的需要。有时候,影子武士要趴在雪地里一动不动,调整自己的呼吸和心跳,把自己与雪、与山岩融为一体,等他的这"一天"结束的时候,草叶早已发芽,对面高处的杜鹃已经铺满山坡。何况,出于保密的需要,"影子武士"的诸多训练都安排在麝林洞内进行,所有的时间都是灯光和火把的闪烁,完全没有早晨、黄昏、正午或者夜晚之别,所有的时间都一模一样,自然也就不需要计算了。

我是"影子武士"的教习——需要说明的是,"教习"这个称谓是宽泛的,负责教授武功的人被称为教习，负责教授忍术和制毒方法的人被称为教习，负责教授武士们使用各种材料和器械的人被称为教习，负责野外生存训练的人被称为教习，负责传达指令的人被称为教习，负责日常起居、餐食和相关记录的被称为教习，负责警卫和掩盖痕迹的同样被称为教习。可以说，除了那些"影子武士"，几乎所有的人员都是教习，所有人都是。在这里，我所负责的是整理和归档各地驿报的信息，以及教授"影子武士"提升观察和记忆能力的方法……我不会武功。

我是不会武功的教习，么玖曾尝试将他学到的武功教给我一点儿，他还拉来么柒，然而我对学习武功燃不起丝毫的兴趣，我是那么的笨拙……么柒不是那种锲而不舍的人，我也不是，我早早就放弃了练习的想法，但么玖却不那么容易放弃。

他会把他新学的武功，在我面前演练一遍，无论我有无学习的意愿。

"我要成为真正的影子。"他说。

我知道他的意思。

3

我的日常是和归梳房的七名教习一起，仔细阅读那些浩瀚的、从四面八方传到麝林洞的驿报、书信和文集，它们有时会堆积得像一座小小的山……我们需要从中找出某些信息，某些变化，某些可能，某些预兆——总之，我们要从那些毫不相关的，有的来自都城有的来自边陲，甚至来自异域的种种纷乱的消息中，寻找它们没有写出、但又有所透露的东西。譬如，我从来自涌流驿、芜苔驿以及瀚流郡白牛驿发往京都的几封驿报中，发现他们提到的骡马的数量较之去年、前年有不小的减少，推断瀚流郡一带在冬天应发生过旱灾，进而推断，长河郡与瀚流郡将在夏初发生饥民的暴乱——后来的事实证明了我的判断。再譬如，我从淮水郡与哈罕咔林的驿报中读到车辆增加、驿道上突然增多的马粪无人收拾的消息中判断，这里隐藏了一支来自淮咔尔部的部队，他们会很快发动对幽州的战争：事实上也正是如此。

更多的时候，我们要做的是：一、整理某些"重要"人物或指令需要搜寻的个人资料，他们的身份变化、亲属关系、个人爱好、一般出行情况和饮食习惯、资产情况和资产布局、身体情况和疾病史等等。二、官府文牒、信函中涉及"影子武士"的种种叙述，分析叙述内容和它的可能后果，毕竟，"影子武士"的存在事关重大，任何一种威胁都必须消灭在萌芽之中。三、关于"影子武士"的使用和后果评估。

"影子武士"也会来到我们归梳房，参与我们的整理、归纳和分析。偶尔，他们也会找到被我们忽略但其实很是有用的信息，当然这样的机会实在少之又少——之所以我与么玖的关系超出我与一般"影子武士"的关系，是因为在这个"少之又少"当中，极度认真、细致而又聪慧的么玖竟然提供了两次。他，不会放过任何的蛛丝马迹，这是我所喜欢的。

其实，在我完成我的教习的时候，我更愿意向他们发出这样的提问：这封来自泥瓦镇的信件，上面的水渍是从哪来的？它携带的气息是怎样的？你能从中发现什么？而那张抄录自瀚流郡的驿报，你们猜猜，这个抄录者多大年龄，性格和相貌是怎样的，他完成这篇驿报的抄录一共蘸了多少次墨，而这张纸，产地是哪里，它大约已经存放了多久，它上面的那点霉斑从何而来，你的理由是什么。我对他们说，"影子武士"是利器也是刀刃，锋利无比，所有知道"影子武士"存在的人一听到"影子武士"几个字都会感到一股寒气从胆和脾的位置升上来，但它又是双刃的，它的锋利也同样地作用于"影子武士"：任何的一点儿不察和疏漏都可能会让自己丧命，甚至危及主人。是故，我们的技艺首先是一种自保，让我们能从所有的细微中瞧出别人瞧不出的东西，这一点一点，就能使我们距离危险略远一步。

么柒一向懒散，缺少那么点进取之心，然而他的观察能力却又非常惊人，据说"出活儿"的时候异常勇猛，简直是另一个人。有一次，我与么柒聊起这个话题，他给我的答案是：他并不想做什么"影子武士"，但做了也就做了，没什么大不了的，就一个职业，像我这样的教习一样，就是一个职业而已。他的懈怠在于，"影子武士"九死一生，做得好的做得不好的都是这样，古来征战几人回。至于在"出活儿"的时候勇猛，不过是职业要求，他怎么也得像那么回事儿，再说，在"九死之中"死在哪一"死"上不是死，没什么好怕的。

"教习，你说是不是？"他斜着身子，叼着一片嚼了很久的草叶。

4

么玖不同，么玖可不是这个样子。他的志向是成为"真正的影子武士"。

他那么说的时候，我真的是吃了一惊。"你们，已经是万里挑一的'影子武士'了啊！我们都知道你们所经历的层层的选拔……难道说，你觉得你们不是？你见过别的样子的'影子武士'？"

"是，当然是。但我知道，在'影子武士'之上还有'影子武士'。他们才是真正的'影子武士'。"

我告诉他，我不明白。

"教习，我想你应当明白。我知道你有过目不忘的本领，我和你说这些，是想请你告诉我，成为'真正的影子武士'的方法。我想，我一定要成为他们。"么玖告诉我说，他从一位年老的武士那里得知，在他们这类"影子武士"之上还有更为卓越精良的"影子武士"，本质上，他们才能算作是真正的"影子武士"，因为他们是真正的"影子"，是一些武功高绝、极有修为的武士，利用自己的魂魄和意志再创造出一个"自己"，这个"自己"不单单有极高的功力修为，有和原来的武士同样高超卓绝的坚韧、力量和智慧，更重要的是，他们几乎是不死的，无论是刀剑还是火焰，洪水还是毒药，都无法让他们死亡。

"那，原来的那个武士如果死去，这个影子武士是不是也跟着死去？"

"不，他们告诉我，不是。他会继续活着，只是再也感受不到原来那个武士的存在。据说，杀死'真正的影子武士'只有一个办法，那就是摧毁他的意志——而那是根本办不到的。"

我告诉么玖，我听说过这类故事，不过那些都是传说而已，属于以讹传讹，不足信。它很可能是向往和幻觉，是"影子武士"们留给自己的想象。我们想象了雷神，可没有任何证据证明雷神是真实存在的，没有谁为我们勾画过雷神的脸；我们想象了天帝和天庭，然而同样地，没有任何人曾到达过那里。我告诉么玖，在成为教习之后，我读过大量的书籍、驿报、信函和密信，读过大量的官史和野史……说我过目不忘肯定是夸张，但如果我读到过相关记载是一定会有印象的。就在刚才，我梳理了我的全部记忆，就连蛛丝马迹也没放过，然而，没有任何一条与你所说的"影子武士"相关的记载，没有。我也飞快地搜索了周边这些国度里的记载，也没有。"不过，即使有记录，大约也不能轻信。我记得，有本上报的折子里提到某地突然开出了一朵金色的月季，而靠近花蕊的花瓣处有一行清晰的青蓝色的字：福寿，延康。我想，任何一个有点脑子的人都不会相信这个太过离奇的祥瑞，它不过是某地官员急于谄媚的攻心急火的燃烧罢了。"

么玖摇摇头：不，我相信它是真的。虽然我没有见过"真正的影子武士"，但我相信这个传说不会是空穴来风。

"教习，我希望获得你的帮助。如果你能帮我找到修炼成'真正的影子武士'的办法更好，如果一时找不到，那请你帮助我寻找凝聚精神和意志，将它们变成影子的方法。如果它也一时找不到，那，凝聚精神和意志的方法和药剂我也要。"

他的目光在浩瀚的、几乎没有尽头的归梳房的书架上搜寻。"我一定要成为他们。我可以不惜一切。"

5

"出活儿",是"影子武士"的术语,意思是任务委派。

由专门的教习负责接收指令,而另外的专门教习负责根据指令的难易程度选择委派,还有专门的教习负责为"影子武士"提供行程的装束和化装指导,专门的教习负责提供适用的武器器具,专门的教习负责将他们送到指定的地点……没有谁能知道完整的指令,教习们不知道,影子武士们也不知道。他们得到的都是局部,他们按照各自的局部指令行事,完成好属于自己的那部分就是了。

"割草",指的是小任务,一般而言可以由一位"影子武士"独立完成,当然也可以多派一位,负责放哨或消除痕迹。

"植树",一般由三至五位"影子武士"共同完成,需要分工和协作,它当然比"割草"要重要一些,计划也要周密得多。

还有"开渠",会有一小队的"影子武士"秘密执行,周期也长很多。而"雷霆",则会有"影子武士"和诸多的教习一起参与,据说他们还会获得另外一些不为人知的帮助。任务,当然属于绝密的级别,而归梳房则会在事后的驿报、信函和官府的来往公函中获取线索,并对事件的后果和发展进行种种评估。

还有一种用仙鹤的血浸染过的木质信笺传递的任务——"响蛇"。对于"影子武士"来说,"响蛇"就是他们的死亡信函,无论成功与否他们都不可能再回到这个隐秘的山谷,"响蛇"会是执行者最后一个任务。

所有"出活儿"都与我毫无关系,我和诸多的教习们都不能打探,否则会遭到重重的惩罚。但我会通过灰领教习们的忙碌以及在归梳院教习时"影子武士"们变化的空座判断,执行的是哪一类任务,大约有多少人参与。等"影子武士"归队,我便可以从各地的驿报、官府的文牒以及种种信函中判断任务的内容和执行的情况——

这并不是什么大不了的秘密。

6

真的,这并不是什么大不了的秘密。

时间久了你就会发现,那些貌似严格的规则和惩罚制度本质上是苍白的,没有谁真正把它们当回事儿,虽然每一个"影子武士"和教习都能倒背如流。它存在,悬挂在我们头顶上,但上面布满了漏洞,不仅能把水流摇晃下来,甚至可以漏得出游鱼。

它们，或许曾经被刻板而严厉地执行过，但慢慢地，慢慢地，总发条就会变松，这台严密的机器就会……时间久了你就会发现，没有人能够一直让自己绷紧，尽管他们是那么隐秘的"影子武士"。

"出活儿"之后，不出三五个训练日，参与"出活儿"的"影子武士"就会在只言片语中透露，他们是怎么做的，那里的墙，或者树，他们消除痕迹的手段是怎样的，"草"或"树"有没有警觉，等等。用不了多久，负责武功训练、易容术训练和伪装训练的教习们就会把前面的"出活儿"做成案例，尽管他们会略做些遮掩，模糊它发生的时间，但所有的"影子武士"都知道他们讲述的就是不久前发生的事，当然也因此更有趣味和修正的意义。没人在意他们在多大程度上已经泄密——这倒不是什么混乱或松懈，我不这样觉得，所有的教习和"影子武士"们也都不这样觉得：对于我们这些隐藏在幽暗的山谷里、和外界几乎完全隔绝的"影子武士"以及教习们来说，这些秘密根本没有机会传到外面去。我们就像是对着摇动的芦苇喊出"国王长着驴耳朵"的理发师，而芦苇从来不会在风中继续传递我们的话，它不会，它只能传递风声，而误入到山谷里的牧人或者骑士连风声也不会完整地听到。

他们会被在外围巡逻的卫兵或埋伏在草丛里、树枝上的"影子武士"们杀死，并且飞快地消除掉自己存在过的一切痕迹。

也正因如此，么玖才不会瞒我。

每次"出活儿"，尤其是"开渠"和"雷霆"，么玖都会带来一件小物件，譬如一柄剑剑套上撬下的镶嵌物，一枚虎骨鎏金的吊扣，一枚黑檀的棋子，或一方绣有荷花图案的手帕。我会根据他所提供的物件猜测：它是某某人的，这项任务，大约与某某王或者某某尚书有关……

么玖不置可否。他只是展现，把他在"出活儿"时得到的物件摆在我的面前，等我做出判断之后马上将物件收走，然后转向下一个话题。他的话题，多是跟"真正的影子武士"有关，他希望成为那样的人，他希望能从自己的魂魄和意志中抽出那样的一条影子。"我相信，我终能找到成为'真正的影子武士'的办法。"

我知道，更多地，他是说给自己听的。

7

我有超强的记忆力，虽然并不是真的过目不忘，然而在我成为"影子武士"们的教习之前，我竟然对自己的生活毫无印象，甚至，我都想不起自己曾有个童年，自己的童年是在记忆的训练中度过的还是在捕捉蜻蜓和游鱼的快乐中度过的。对此，我也十分不解，而归梳房那些同样记忆超群的教习们却不是这样，他们记得，他们甚至记得哪一年母亲给他烧的哪一道菜因为心不在焉而多放了几粒盐。

没有之前的记忆让我感觉空荡，我感觉自己好像是从什么地方飘来的，无论怎样努力也无法让自己生下根，落在地面上。"你其实没必要在意。"么柒说，"在这里的哪一个人，不是有故事有创伤的？记忆往往会让人更痛苦。终有一天，所有的记忆都会消逝，没人还能记下什么，再说记下又有什么用？怎样都不会让你重活一次。"么柒说，"反正我什么也不想记住，我死的时候，最好连自己活过也一起忘掉。"他的嘴角时常有取之不尽的草叶儿，"教习，我有时真希望那一天能来得早一些。当然，我也不会太过轻易死去。"

偶尔空闲下来的时候我会想，我究竟是和么玖亲近些还是和么柒更亲近些？我为什么要和么柒走得这么近？为什么感觉他的身上有我的影子？可仔细咀嚼的时候又发现没多少相同，他不是我，我也不是他那个样子。可是，我就是会突然感觉，他和我像。

么玖和我其实也像。就连那份坚韧、固执也像。有段时间他因为"出活儿"不来找我，我的心里就会生出太多纷乱的草来，尽管我对他"出活儿"并没多少担心。在万里挑一的"影子武士"中，么玖也是数一数二的高手，何况他心细如发，任何的危险都无法欺骗到他的嗅觉，就连从不参与武功训练、对武功高下没多少判断力的归梳房教习们也都认为么玖是"影子武士"中的天才，而这天才又那么刻苦努力，从不放过让自己精进的机会。

从不放过。

他的幻影术是"影子武士"中最高的，就连专门的教习都难以和他相较，他可以轻易地在教习们面前隐身，将自己的身形变幻成一片树叶，一只飞鸟闪过的影子，或者一只轻手轻脚的猫留在灯光中的身影——在麝林洞，他能骗过所有的人，而不知道为什么，我却……

我总能发现他的存在，尽管他拿出了十二分的小心。

"你，一个不会武功和忍术的人，怎么会……"说实话我也不知道自己怎么会发现他，大约是在归梳房阅读那些驿报、书籍文书和信件而过度敏感的缘故，大约是记忆力的缘故：我似乎能记住自己身侧的一切变化，哪怕只是一粒灰尘的坠落，一队蚂蚁的爬过。

"终有一天，我会让自己能在教习的面前隐身，让你根本发现不了。"

我也盼望有那么一天。但我不能说谎。

8

又一名"影子武士"在训练中死去。"可惜了，"胖教习在我们面前发出惋惜，"前不久，他还曾向我借阅《子恒教书》。这本很生僻的文论，在他之前只有一位武士曾借阅过。他在第四十七页的第三行点了一个莫名其妙的墨点，现在看来，颇有些一语成谶的意思。"胖教习的语气和他的表情很不匹配，从他的脸上我们看不出惋惜的成分，反而是笑意更多些。

简单的葬礼之后，么玖来找我，当然使用着"影子幻术"。我闭着眼睛，可来自空气的些微变化还是让我有所察觉。

"教习，你看看这个。"

是一个象牙白的酒杯。杯底镶嵌有两条奇怪的游鱼，一条似乎要将另一条吞下去。

"你们杀了孩子？"我问。

"不是，不是。"么玖说，"我是见它特别，'出活儿'之后就把它顺了来。当时天色太暗我并没看清，以为是象牙包银，没想到是婴儿的头骨。"

"镇西将军，刘鹤鸣。"我犹豫了一下，"关佑河，狼居胥节度使。"

"不，他是一个影子，一个隐藏在背后的人，"第一次，么玖对我的判断做出回答，"一个奇怪的人，居住在一座极为偏僻的民房里，屋外全是茂密的竹子。他有偏头疼的病，好饮酒，最后就死在了这上面。你猜不到，为了让他死亡，我们在竹林里埋伏了近半个月，他的级别竟然是'雷霆'。"

"程野。我不知道你们触动了什么，但应当不会风平浪静。"我望着存放驿报的地方，"奇怪的是，我们归梳房竟然没有发现半条蛛丝。"

"教习，你要相信我们的伪装术，没有人会发现他的死和'影子武士'有关，他死于头疼和略有些过量的酒……"

"即使他是正常死亡，也不会风平浪静的。何况，他们未必相信……"

"会不会，在你们已经销毁的……"

我看了么玖一眼。是的，在麝林洞和这些"影子武士"之间没那么多秘密可言，大家隐藏着，按照旧有的规则保守着，但秘密最后还是被更多的人知晓，然后是心照不宣，然后可能在闲聊中不小心泄露出来……归梳房的文档销毁是绝密的，由三位专门的教习负责。要知道，送至麝林洞来的驿报、信函、公文和秘札都是副本，有太多的、太多的不清楚面孔的人在为麝林洞秘密做事，我们可以想象，它是一张有着丰富的联结又各自独立的巨大的网……文档的销毁是连我这个归梳房教习也不曾参与的。我只知道它们会被送入一个密闭的大房间里,然后化淤池的一侧就会涌出蓝色的水流,水流略有一股腐草的味道。

"没有。这个没有是可怕的,它可能意味着,还有一条更为隐秘的我们也无法侦知的通道……"

9

我的报告第四次被呈上去,负责传递的教习用异样的眼神看着我,然后将我的报告丢在了一边,他抛出它的动作就像抛出一块石头。"这位教习,你怎么会以为……告诉你,归梳房的其他教习都认为你不过是草木皆兵,你提到的那条所谓的通道完全是子虚乌有。"

某个休息的时刻,胖教习过来找我,他说,他不是以归梳房总教习的身份和我谈话,而是以朋友的身份,毕竟我们已经共事这么多年,毕竟我们都已经彼此熟悉。我们边走边谈,从麇林洞的一个角落开始,我们谈论那些终年不见阳光却在山洞里长势良好的树,谈论植树教习们的辛苦,然后谈论麇林洞里林立的房子和它们的布局,谈论洞中的凉爽和我们的关节。他感叹,这里的每一块石头、每一片瓦片、每一条小溪都是精心设计的,如果我们能像"影子武士"那样飞檐走壁飞到洞顶去观察的话,会发现我们的麇林洞就像一个巨大的迷宫,所有的路都通向另外的路,而所有路的尽头看上去都仿佛是山穷水尽,再无转圜的可能……"我们在一个局部,是无法看清全貌的,我们的感觉时常会欺骗到我们自己。有时,我会沉思着向我自己追问:老胖老胖,你知道在这个国度里最具威权、最有影响力的人是谁么?国王?坐拥三十座城池、八十万勇士的镇北将军?或者,有三百位门徒、把持着诸多要害部门、深得国王信任的相国?是,但也不是。真正具有威权的其实是我们的主人,在他之上是看不见的命运。无论国王、将军还是相国,他们的权威都是具体的、看得见的,而我们主人不是,他在暗处,掌握着这个国度或大或小、或缓或急的全部血管。"胖教习盯着我,"你是不是也曾猜度,我们的主人很可能是这三位威权人物中的一个?"

我点头,是的。当然也可能不是,"影子武士"只听令于主人的命令,他是谁、他是不是这三个威权人物中的某一个其实无关紧要。他只是一个象征,或许我们的主人是个女人或者孩子,但那又怎样?

"是啊,那又怎样?"胖教习点点头,"论武功,我们的'影子武士'也许是最高强的，不只是在我们国度。论消息判断和汇总，我们归梳房也许是最拿手的，而侦察和反侦察能力，蛇草组的教习们也许是最在行的……而在这座隔绝的山谷之外，还有众多的、类似的或不同的机构在为我们的主人服务，我们也许只能算是九牛的一毛。你说，如果还有一条秘密通道，联络这三个威权人物或别的什么隐身人，我们的主人竟然会在几年的时间中发现不了？"他拍拍我的肩膀，"我也告诉你吧，你的上报我们并没有真正报上去。他们很可能以为，我们这样子虚乌有地猜度，要么是疯了，要么是想获取权力——无论怎么想，对我们归梳房都是不利的，很可能会引来山谷外面别的部门的攻击。你不考虑，但我不能不考虑。所以，我建议你也就别在这事上纠缠，你应当把你的精力……要知道，你可是我们归梳房最有能力和智慧的人。对了，听说你自来到麇林洞就没出去过，就连晒太阳轮值你也不想去？"

是的，基本是的，我出去过两次。我告诉他，是这样的，我觉得在麇林洞挺好，我没有任何不适，而在太阳底下暴晒我反而觉得很不好，有种……阳光能直接穿透我的身体把我晒化掉的感觉。我的皮肤还会被晒得变色。

"变色？"

是的，它会变黄，像是熟透的乳猪。所以，我就不再走出山洞，而把更多的精力放在驿报、信函和文书的归纳整理和分析上。我愿意尽职、尽责。

10

或许，他们是对的。

一个隐秘人的死亡似乎并没有制造起波澜，他就像是一块投入水池的石块，溅起的水花只有少数几个人看见，然后是平静，更为广阔和沉寂的平静。是那个叫程野的人原本没那么大的影响，还是程野背后的势力遭受了制衡，他们不得不做出妥协和让步，相互之间达成协议？还是，我们的主人就是程野背后的人，他发现了程野的某些不轨的迹象，或者是我们的主人做出妥协，以牺牲程野作为代价？……我不得其解。

不得其解的事儿就不再去想它，这是归梳房教习们的原则，也是我的原则。这个世界上不得其解的事儿实在是太多了，有时，生活未必会选取最有逻辑的那种方式来进行。它时有断裂，时有跳跃，时有摇摆，时有反向的、莫名其妙的汹涌……能被我们归梳房抓到规律的只是其中的一小部分而已，多数时候，我们会——不再去想它。直到事情出现结局，我们再集中为它寻找一个理由，牵强或不那么牵强的逻辑，然后拿来交差。好在，以归梳房这些教习们的智慧，理由和逻辑都是很好找的，而且足够让人信服。这就够了，不是吗？

我不再去想那条秘密通道，即使有，我也不会是揭开盖子的那个人，也没必要成为那个人，四封汇报的信函，我已经完成了我的责任，再说，我也开始怀疑我的判断，它可能真的是子虚乌有。最后一根稻草当然能将骆驼压倒，但为此怀疑和监视所有的稻草肯定是不智的，我觉得胖教习的这句话很有道理。

我不再想它。除了日常的归梳房工作，我把自己更多的精力投在么玖的武功表演和为他寻找凝聚魂魄和意志"创造影子"的方法上，它虽然同样荒谬，但至少是两个人的事，而且我只是愿意提供帮助的那一个。

11

么玖说，在他很小很小的时候，他就希望自己成为最强者，因为父亲反复地告诫他，文无第一，武无第二。第二和第七、第十、第三百没什么区别，因为他们都不是对手。

么玖说，在他很小很小的时候，父亲总是早早地起来逼他练功，无论屋外风急雨骤还是寒风刺骨。当时，他很是恨自己的父亲，但现在不恨了，早就不恨了，相反，他的心里对父亲充满感激。

么玖说，成为"影子武士"是他的荣耀，也是他父亲的。可惜的是，他没能看到自己的今日。而"真正的影子武士"最早也是从父亲的嘴里听到的，他听得出，父亲对"真正"的向往，父亲的态度也极大地感染到他。

"或许，你们归梳房的某处藏有暗道，里面存放的，才是关于'真正的影子武士'的修成方法？"

不可能，我说，绝无这样的可能。你知道我对环境的敏感，任何的异常移动都无法躲过我的眼睛，甚至我不用眼睛也能感觉到。就我所知，归梳房里没有暗道也没有暗门，因为除了那两扇供我们进出的门之外再无别的通道。我们，或许就在它的藏书中寻找更为合适。

"也许吧。"么玖的声音里包含了小小的失望，尽管他对这个"小小"也有了压抑。"教习，你看看我新学的武功。还有一点我体会不好，感觉总是……差一点，就一点。"

说着，他化身成一道迅捷的影子，我看到那道影子中冒出了蓝色的火苗。

他飞快地绕着墙壁旋转，偶尔拍打一下，好让我知道他的位置，知道他在哪个方向做出了雷霆。我兴致勃勃地看着，有时也会配合地把手伸出，将那团火苗接到我的手上。

我知道，他的演示包含了三个目的：一个是漂亮羽毛的展现，一个是提示我更加注意地为他寻找凝聚魂魄和意志的方法，第三个，则是他通过自己的身体试探归梳房的七十七间房子是否真的没有暗道和暗门。当然，我不会说破。

12

影子突然落下，然后又突然消失。

"么玖，你要做什么？"我问。

但它已经离开了房间。台阶上，多了一片剪掉了一半的羽毛。是鹰的，大约三岁。这片羽毛应当是鹰活着的时候直接拔下来的，否则它不会这么硬。

13

这次不是么玖，而是么柒。

他嚼着草叶，脸上多了些平日不常见的严肃。"教习，我终于见到它了。"

他递过来的是一块暗红色的木牌儿。"响蛇"，我说——我的声音竟然有些颤抖。

"是的。"么柒点点头，"本来，我觉得自己并不稀罕这副皮囊，然而真的要舍掉的时候，还是有那么一小点儿不舍。我也不知道自己不舍的是什么。"

我本想说我理解他的不舍。就在他刚刚将木牌递给我的时候，我竟然心痛了一下，仿佛有根针扎进我的身体，又飞快地拔了出来——但我没说。我觉得那样说有些太轻。我只是，递给他一杯茶。

"不错。"么柒吐掉了草叶，"在麿林洞内喝茶，和在外面喝茶很不一样。"他略略沉吟了一下，从自己怀里掏出一个夜光的小瓶，"留个念想吧——其实你也别专门记住我什么，那样也挺不好意思的……我是说，教习，你就留着它吧，还有点意思。你知道，我们'出活儿'，一般都会在不影响任务完成和消除痕迹的前提下顺点什么东西，给自己留个纪念，大家都这样……可我觉得没什么好纪念的，要能忘掉反而更好，所以我基本上没拿过什么。但它不一样，它在晚上的时候会自己发光，挺特别的。我就拿上了，后面也就把它丢在了箱子里。要不是'响蛇'，我还真想不起有个它。"

我盯着那个只有鹅蛋大小、渗着淡淡青色的光的小瓶，用力地盯着。

这时，我的身后闪过一道灰影。

"么玖，你也来了？"

14

"没有练成'真正的影子武士'，我不甘心。很不甘心。"

"我不想就这么死。教习，你说……"

"我不甘心。"

我对么玖说，很遗憾，我无法给你你想要的……我找不到任何关于所谓"真正的影子武士"的只言片语，我也从未在任何的文书资料和信函中发现有谁提及过所谓"真正的影子武士"。这说明，其实传说中的"真正的影子武士"只是结晶过的幻想，就像《山海经》里的种种神兽，就像《幽神之境》中的神灯武士和金龟武士，它们不过是人们想象的创造物。作为"影子武士"，你已经是卓越中最为卓越的那一个，你应当放弃自己的不甘。

"教习，如果我放弃这个不甘，"么玖的脸色更为阴沉，"我的不甘会变得更多。"

15

我说过我很不愿意计算时间，甚至会抵抗计算，有意不让自己想到"时间"。时间，它对我和我们的"影子武士"来说是没什么意义的，真的没有，而在么柒和么玖离开之后就更没有了。我觉得时间就像是一块裹在身上的厚厚的布，你能闻到它颜色的气息和棉质的霉味儿，不那么好闻，但你也不想完全挣脱出来；我觉得时间就像是布衣房里堆积得像小山一样的棉絮，你处在里面，无论往哪个方向走都还是棉絮、棉絮，它们像蛛丝那样碰着你的脸、你的手……我不愿意计算时间，尤其是在么柒和么玖离开之后，再没有一个"影子武士"能像他们两个。

偶尔，我会望着层层叠叠的驿报、文牒和信函出神，想象一种或者另外一种意外，么柒和么玖在"响蛇"的命令中挣脱，走上了隐秘和更深的曲折……我知道那不可能，但，我还是愿意让自己想象一下。

有一些"影子武士"在"出活儿"之后再没回来，而一些新的面孔则出现于"影子武士"的队列中……有时我会恍惚，感觉时间本质上是不动的，变动的只是微小的个人，他们才是所谓的虚幻泡影，是影子投在了时间的幕布上。

16

事发突然。它突然地,让我们每一个人都没有及时地嗅出空气里散布的不祥。

灯影晃动。我听见一阵脚步的乱响,有几个教习和"影子武士"毫无征兆地倒了下去。接下来就是火光,它一经点燃,就变得铺天盖地,只用了不到三个瞬间,整个麝林洞就沉陷进了火海,有着狂风和巨浪的火海——杀!杀!

麝林洞的洞顶被打开了十几个洞——可怜的么玖想到过暗道在房间里、地面上和水流中,唯独没有想到山洞的洞顶——一些金衣的武士从中跃下。他们或许是另一队"影子武士",或许不是,但他们的武功应该不弱于我们的教习和"影子武士",何况他们人数众多,有备而来。

我不得不在还没烧到的房间里穿梭、躲藏,这时候心里突然生出了一丝的后悔,我后悔当初没有认真地向么玖学那么一点点儿的武功,那样也许就不用像现在这样笨拙狼狈。么玖教的武功我都有一点儿似曾相识的感觉,只是我缺乏学习的意愿,甚至心理上还有些抵抗——一个金衣武士发现了东躲西藏的我,他朝着我的胸口射出了一支响箭,巨大的冲力将我的身体扑倒,我倒进了火焰里……

火焰里,我的皮肤又一次变成了斑驳的金色。我竟然感觉不到疼痛,而刚刚穿透了我身体的那支响箭,已经直直地钉在墙上,还在不停地颤动着。

我站起身子,心底竟然泛起了无比巨大的恐惧:原来,所谓"真正的影子武士"是存在的,而我就是。

原载《雨花》2021 年第 1 期

离与骚

郑在欢

端午节的前一天，中午，我打游戏的时候，收到表弟的短信：老表，你几时回？游戏已经开局，我匆匆回了句"最近没有回家的打算啊老表"，就火急火燎地投入到战斗中去了。我用的角色是少女波比，她长得憨憨胖胖，抡一把大锤，最大的绝招是把人砸飞。这些天我只玩这一个英雄，已经相当熟练，在这个以击杀对手从而获取快感的游戏世界，菜是原罪，为了不被人杀，只能勤加练习。我的对手往往都是大学生、中学生，也有偷着玩的小学生和没人管的辍学生，反正都是学生年纪，像我这样过了三十的老年玩家，反应跟不上，时间也不允许，不是被迫抛弃了游戏就是被游戏抛弃了。我坚持下来，并且玩得还可以，于是还能从中得到些许微弱的快感。凭着一天三个小时的苦练，我已经可以做到连杀七人而不死，杀到八个就"超神"了，听到系统里激昂的女声报出"Legendary"，总有种受到官方认可的荣耀。其间手机亮了两次，我没功夫去看。我想"超神"，我想听到系统播报我的"Legendary"，可惜我还是不够厉害，死在了成神之前。等待复活的45秒，我拿起手机，看到了表弟新发来的两句话：俺奶走了。恁姥今天中午走的。

我想了一会儿，不知道怎么回复，又想了一会儿，不知道怎么回复。当然这条信息肯定是要回复的，而我的少女波比已经复活，看到队友连点三个问号，我只能放下手机拿起鼠标。我给自己定的规矩是不能挂机，无论如何不能挂机，这是不负责任的行为。在五个人的游戏里，要是有一人挂机，对其余四人不亚于灾难。这就是游戏的迷人之处，游戏跟世界截然相反，每个人都极其重要。我承担起重要的责任，继续舞着波比的大锤砸人，当然我的心思肯定不在游戏上面了。我是个正常人，我不是莫尔索，虽然对于外婆一家来说我早就是个局外人了。小时候，外公确实短暂地把我接了过去，声称要助我远离继母的魔爪，信誓旦旦地让我加入到他们有爱的大家庭之中。那着实是个大家庭，我有五个舅舅和一直没搞清楚具体数目的表兄妹们，还有两个姨妈以及她们的儿女。在这个由自己一手制造的庞大家庭之中，外公向来以自己说一不二为荣。他已经习惯了掌控权力，不光在家里，在外面也是这样。他是镇上银行的要员，求他办事的人络绎不绝，当然，作为一个每天七点钟必须端坐在电视机前收看新闻联播的老人，他素来刚正不阿，且痛恨一切邪秽。只是他接我过去的时候已经退休，他用心培养的三舅也弄丢了职位，天天不管孩子，在街上胡吃海喝。他是个骄傲的人，然而他的子女带给他的耻辱与麻烦更多，这或许就是他食言的原因，只是我那时不懂，所以只能恨他。我在这个大家庭只度过了一个学期，第二年春节刚过，他把我叫到跟前，窝着一脸舒展不开的羞愧对我说，孩子，我不能再管你了。我没有说话，但他一定感受到了我的伤心，他提高声音说，你可别怨我啊。他一定想听到我通情达理地回应，只是我实在说不出话来。他也没话了。我偷偷看了他一眼，正好被他看到，那应该是他最接近理亏的一次，不过一发现我的目光立刻又板起面孔，用更大的声音说，你也没资格怨我，你们谁都没资格怨我，我也有我的苦处。那一年我十四岁，理所当然地对世界感到失望，并接受了命运。连他都能食言，我实在是不知道还能相信什么了。所以我没听他的话，实实在在地怨了他六年，或许还要更久一点，只是六年是个重要节点。六年后，我二十岁，大舅打来电话，告诉我外公走了，让我无论如何回去一趟。当时我正在快餐店吃晚饭，捂着话筒轻描淡写地告诉他，我刚找了工作，没办法回去。我说谎了，我没有工作，我只是条件反射地说了谎。挂掉电话我就开始反思，为什么要和一个死人置气？我本是一个喜欢热闹的人，我喜欢在一个热闹的场合看到各色人等的各色举动，这或许是一个作家的职业病。以外公的生平，他的葬礼一定很热闹，想不到跟他置气的冲动竟然抵消了本能。把对他的埋怨落实到不去参加他的葬礼，或许也算是一种仪式。他去世的前两年中风在床，头一年脑子还算清醒，只是雄风不再，没人再拿他的话当回事，虽然他还习惯性板着面孔。第二年已经糊涂了，我去看他，他要辨认一会儿才知道是我，然后马上就对我展开批评：你怎么都不来看我，你是不是还在怨我。我赶紧也装糊涂，我怨你什么呢，你对我那么好。然后他就真的糊涂了。有一次，他在刚清醒过来的时候看到我，用极其虚弱的声音问我，欢啊，你还怨我吗？那应该是他最接近可怜的一次，我几乎都要忍不住告诉他，我不怨你了，一点都不怨。可我说不出口，我也没有把怨说出口过，那不怨又从何而来呢。所以，真正知道我心里有怨，是从不去参加他的葬礼开始的。

十年前当然想不到十年后同样有一场葬礼要我参加，而我正玩着一局游戏。好在表弟发来的是信息，我有足够的时间想想该怎么反应，也有足够的时间把游戏打完。游戏赢了，我有十七个击杀，是全场的MVP。我获得MVP的次数不多，也没有刻意追求过这个，然而那局我就是。游戏完了，我给表弟打过去。

你回家了吗？

就准备回。我等会儿开车去接海浪,夜里就能到家(海浪是其弟,他叫海波)。

噢,你们开车回啊。

对,你怎么回。

我要回的话就高铁。

哦,好。

俺姥是怎么走的。

心梗,送到医院就不行了。

噢噢,葬礼什么时候办。

后天吧,明天端午肯定不行。

好,我知道了。我看明天能不能回去。

好,你看吧。

他的语气冷淡下来。

挂了电话,我去网上查票。我知道我的反应让人不太满意,可我实在没办法给出肯定答复,看车票的时候,我还是不确定要不要回去,虽然这一次同样没什么事情。这究竟出于一种什么心理,是习惯性不爱说肯定的话还是因为对外婆也有怨呢,一时很难厘清。我肯定是怨过她的,且怨得比外公更为明白。那时候,我和一众表兄妹依偎在她身边,吃她做的饭,睡她铺的床,盖她叠的被。她时常抱怨我们太吵,而我只是觉得幸福,可以和大家一起享受对调皮的斥责,让我觉得很幸福。有一次,我玩得太疯,裤裆破了,急忙忙拿给她,让她缝。斥责我们的调皮,抢救我们的狼狈,一向是她的拿手好戏。不过那一次,她拒绝了。"都让我缝,都让我缝,你们要把我累死吗?"——斥责我们的调皮。我嬉皮笑脸地举着开裆的裤子,等她接过去。"你没有奶奶吗?拿回家让你奶奶缝去。"——拒绝拯救我的狼狈。于是我只能更加狼狈,并且很快伤心起来,因为注意到她说的是"拿回家",看来她并不觉得这里是我家。后来回到家,我把这件事说给奶奶听,没想到奶奶一听就狠狠地记住了,在这之后常常绘声绘色地提起这一段,以至于连我都要怀疑,这件小事究竟是我记忆里的,还是奶奶帮我记着的。反正我是同意了她的论断:人还是跟自己养大的孩子有感情。"她的孙子都是她看着长大的,你是凭空过去的,她当然没那么疼你了。"所以我也接受了这个事实,我只是一个外孙,能尽的本分也就是逢年过节去走个亲戚。同样是奶奶的灌输,在外公让我回家的头一年中秋,我死活不愿再到他家去,是奶奶拿着竹竿把我赶到马路上,推我上了公交车。这个时候她则是另一套说辞:他们也不容易,那么多孩子,照顾不过来了、心烦了都是难免的,你做晚辈的不能记他们的仇。这两套说辞她全都说得情真意切,一个孩子很难不感到迷惑。

把所有车次看了一遍，还是没有决定要买哪张。下午两点了，我决定先给自己定个外卖，滑过鸡蛋羹时，突然想起去年的这个时候，外婆给我打过一个电话。

她从来没有给我打过电话，我也没有给她打过，我们的交往仅限于每年春节的一次探亲。一般是初三，我拎一箱鸡蛋和一箱牛奶去看她，这是外公在世时定下的礼物。有一年他看着我带去的饼干和饮料很是嫌弃，说你别再拿这些过来了，都让小孩子给吃了，你要带就给我带一箱鸡蛋。他说得很不客气，我则哈哈大笑，打心眼里喜欢他这样不拐弯抹角的脾气。舅妈在一边打圆场，说怎么还有跟人要礼物的，要我说什么都别拿，人来了就好了。他也哈哈一笑（他很少笑），说，我当然也不想让他花钱了，不过既然要花就花在正地方，别花冤钱。从那以后，我就只买鸡蛋了，后来随着行情上涨，又添了牛奶。去年春节，我像往常一样把给舅舅们的红牛卸在门口，亲手提着鸡蛋和牛奶去外婆的小屋，刚踏进门就被一股异样的气息裹住了，只是一时没有反应过来，于是问出那个愚蠢的问题：俺姥咋在床上躺着？她叹了口气，虚弱地说，唉，我瘫了啊。与此同时，我也注意到了床前的便盆和空气中若有似无的便溺味道。我只能尽量减小惊奇的程度，问她什么时候的事。有半年了。她淡淡地说。这时我才恍然大悟，为什么去年夏天会接到那样奇怪的一个电话。那应该是她刚刚患病的时候，因为从来没有接过她的电话，我很见外地问她有事吗。没事，就是想你了。她说。如果是奶奶，我肯定会毫不犹豫地说我也想你了，但我只是笑笑。噢哈哈。现在我还能准确地还原这一声笑，这是我使用频率很高的一种声音，主要用来缓解尴尬。她问了问我的生活和工作，我说挺好的。我问了问她的身体和天气，她也说挺好的。短暂的沉默之后，她问我结婚没，然后就毫无征兆地哭了，你总这样不结婚怎么办呢？我现在就挂念你一个了。就像一个不怎么熟悉的老同学突如其来地表白一样，让人无措，也让人尴尬。我只能忙不迭地劝她别哭了，让她不要想那么多，告诉她我过得很好。她的哭声一直没有止住，我很快就不耐烦了，推说有事挂了电话。想到那通电话她是躺在床上打的，我第一次有了愧疚之情。等人都走完之后，她悄悄摸摸地告诉我，外公给她撇下的钱还剩下不少。这个钱我是花不上了。她不无遗憾地说。当然，她也没有说要给我，或告诉我要给任何一个人。她只是真情流露，遗憾于终于财务自由之后却又丧失了花钱的能力。这是我最欣赏她的一点（这些年，我苦口婆心地向奶奶宣扬这一观点，从没收获任何成效，她宁死也不愿意给自己花钱），她生了那么多孩子，她成长在那么传统的环境，但她从来没有让人人鼓吹的奉献精神将自己吞噬，她始终秉持要照顾好别人先把自己照顾好的原则——说到这儿，我似乎有点理解她为什么不给我缝裤子了，或许这就是她的良苦用心呢？让我从小就学着自己照顾自己——当然，这么说无异于笑话，噢哈哈，如果你看到这里不笑的话，那就是不知道亲情说起来（尤其是写起来）多么具有欺骗性。不过笑话也有可能就是真相，而且是最难得出的那种真相，所以我想到笑话总会说出来，说出来的时候真相会一闪而过，然后就只剩下笑话。尊重真相的准则就是绝不能揣度，一旦开始揣度，最好的结果也就是得出一个笑话，其中含着一闪而过的真相，其后就是无尽的笑话，更坏的结果是什么都得不到，落入到揣度的无限深渊。所以我不能说她是否爱我，我们没到那个份儿上，我只能确定她对我肯定没有坏心眼，而且还会在力所能及的范围内款待我。比如我小时候不吃肥肉，每次我去，她都会准备好瘦肉，并且只做给我吃。这已经是很好的关系了，可惜那时候的我不懂。再大一点的时候，听外公说，在母亲刚死的那几年，她甚至不想见我，因为看见我她会伤心。但她还是忍着伤心见我了，并给我准备瘦肉。凭这一点，说她是个现代女性也不为过。

我买了第二天九点的票，截图发给海波。他已经在路上了。

我打给奶奶，告诉她明天回家的事。她先是开心，后又痛惜，接着又欣然。开心于我要回家，痛惜外婆的死，欣赏她走的方式。走得好，走得干脆，这样不受罪。她欢快地说。"她已经受过罪了。"我说，别忘了，她可是在床上瘫了一年。是啊。奶奶的声音又黯淡下来。我们又聊了十多分钟，一直聊到我的外卖送来。吃外卖的时候，才想起约了一个喜欢很久的女孩来家里过端午，本来说要做饭给她吃的。我只好忍痛取消这个约会，我没说具体原因，她也没有多问。再约吧。她说。再约。我说。说出口才发现这个词竟还有奢侈的含义。

下午五点，又一个表哥打来电话，他是大姨的儿子，脑子不太灵光，啰嗦起来没完没了，唯一有用的信息是大姨已经到家，大姨父正在回家，他因为要看店走不开。

晚七点，大姨父打来，问我要不要回去。我正在打游戏，敷衍地回应他。他跟他儿子一样啰嗦，不厌其烦地跟我汇报他如何乘车，如何倒车，车又是如何难找，正坐着的这辆车又开得多慢。我知道这段枯燥的乘车报告里隐含着抱怨，海波和四舅一家都是开车回家，却没人顺道搭上他。四舅自不必说，前些年因为和他抢生意曾大打出手，虽然四舅到那边做生意是他带去的。海波呢，自然站在本家叔叔一边，所以对他爱答不理。果然，很快他就抱怨出来，说到委屈处几近哽咽，害得我心烦意乱，连连阵亡。我最终忍不住说了重话，哎呀你快别在乎这些破事儿了，他们不理你你也不理他们不就完了。他悻悻然挂了电话。

晚上十点，五舅打来，是一个颇为正式的通知电话，也纠正了早些时候的一些谬误。我很高兴听到初八才办葬礼,那意味着初七回去也不迟,也就意味着明天的约会还可以再抢救一下。一挂电话,我就改签了车票,而后给女孩发了信息:没想到吧,我又来约你了。

  第二天,我醒得很早,在网上定了做饭要用的食材,洗了澡,然后就开始收拾房间。我擦了很久没擦的马桶,擦了溅满牙膏沫的洗手台和镜子,擦了积灰的灶台和洗碗池,收拾了茶几上的书和杂物,铲了猫砂,浇了花,收了衣服,叠了被子,这些都干完,还没到十点。我打开电脑,边玩游戏边等。

  十二点刚过,她到了。我下楼接她。她没走我指定的那个门,小费了一番周折才见到面。我接过她手里的红酒和粽子,夸了她的穿着。她一进门,我的猫就躲了起来,并且再也找不到了。做饭的间隙,我竭力搜寻各个角落,一开始是想找出来让她亲近一下,后来只是单纯地想要找到。有那么一瞬,我心慌至极,以为它趁我们进门的时候跑了出去,当然这是不可能的。又有那么一瞬,我毛骨悚然,觉得它有神力,想不让人看见就可以不让人看见。越找不到,就越焦躁,我不想让她看出这一点,只好放弃寻找。往油锅里放鱼的时候,溅起的油花烫了手,我没当回事,坐下来吃饭时虎口鼓起两个水泡。我展示给她看,她摸了摸,露出心疼。没什么,我说,太久没做饭了。这是实话,我得有四五年没有做过饭了,自从去影视公司上班以后,就没了做饭的工夫,不上班后,也丢了做饭的习惯。重操旧艺,我拿不准是不是做得还行。一共三道菜,豆豉鲈鱼——曾是我的拿手菜;清炒红薯叶——我想让她尝一尝儿时乡下的味道;蒜蓉西兰花——因为冰箱里刚好有西兰花;另有一道网购的捞汁海鲜,两个人吃足够了。她用实际行动表达了对我厨艺的肯定,把三道菜吃得干干净净,唯独剩下那份海鲜。你不爱吃海鲜吗?爱啊,但我更爱你做的菜。这样的幸福无以言表,除了喜爱,还有肯定,肯定的喜爱必然是最好的爱。

  吃完饭,我们又找了一会儿猫,实在找不到,我们去小区对面的商场看一部新上映的电影。这是一部充斥着怀旧摇滚的时尚大片,很对我的胃口。一整场,我都在跟着音乐扭动。她也在动,因为我花十三块九毛九为她的座椅开了按摩功能。散场后,天也快黑了,我带她去了常去散步的河边。正值盛夏,两岸野花喧嚣,河里水草丰茂,本不干净的水面也能映出人影。她摆出各种姿势,我找到各种角度,镜头前后都是一样从羞涩到变形的笑。

  晚上回家,她提议让我先进去找猫。为了显得逼真,我把她关在门外,找遍所有房间,还是一无所获。她进来后也不甘地找了一会儿,我只能一个劲儿活跃气氛,痛斥猫的软弱。晚饭只吃了粽子,喝完了剩下的红酒。一起坐在沙发上闲聊,接着喝威士忌。我拿来冰好的苏打水,她说自己正是生理期,不能喝凉的。于是我喝威士忌苏打，她喝纯的。酒起作用之后，话多了起来，主要是她说，我听。说到家庭，她说她的外婆八十多岁了，还能爬山，还能跟着她父母去新疆旅行。我由衷地说真好，但我没说外婆的事。在一个沉默的间隙，我吻了她。这之后，我忍不住说了昨天为什么毁约，今天又为什么能续约。她表达了遗憾，不过话题很快就转到了情感经历。主要还是她说，我听。这期间我一直想再吻她一次，但没找到机会，因为她的故事太精彩了。到十二点，她要走了，说明天还要上班。我把她送到小区门外，看她上了车。回来的路上，甜蜜而伤感。

次日的清晨，我躺在床上，看前一天给她拍的照片，挑了几张加上滤镜发给她。她正在地铁上，快乐地说自己要迟到了。我又睡了一会儿，起床，洗前一天的碗，这时发现手上的水泡更大了。我找到一根针，挑破水泡，开始玩游戏。到了下午，已经挑破的水泡再度鼓起来，于是再挑破。夜里，躺在床上看搞笑视频的时候，水泡又盈满了，伴着隐隐的痛，但我已经懒得管它了。大概凌晨一点钟，海波打来电话，问我到家没。我说明天到。那你不用回了，他说，恁姥已经埋了。

为什么？

因为坟地的事儿。他说，很复杂，总之已经埋了，你把票退了吧。

坟地的事儿？什么事儿？

很复杂。他说。不好说。

那你能说说吗？我有点生气了。

这事儿跟你也没关系。他说，简单说就是人家不让埋，我们硬给埋了。

谁不让埋？

巴狗。

巴狗是谁？

巴狗是恁姥爷的兄弟的孩子，能明白这个关系吗？按排行你得叫他八舅，只是咱们还小的时候，恁姥爷跟他们家就有过节，后来又和好了，所以恁姥爷死的时候能埋到他们家地里，那也是咱们的祖坟，但现在属于他们家。后来不知道因为啥，巴狗又跟恁几个舅不对付了，死活不让把恁姥埋到他们家地里，怎么说都不行。刚才我们拼埋了一下，说趁着夜里偷着把恁姥爷的坟挖开，给他们两个合葬，就等于是生米做成熟饭，那样巴狗也不能再怎么样了。

所以是刚刚埋的？

对，刚埋完，我正给人送挖掘机。

谁出的主意？

什么？

趁着天黑埋，谁出的主意？

我们一起决定的。他不耐烦地说，总之已经埋了，你也不用回来了，把票退了吧。

好吧。我这么说，但并没打算退票，我想的是等明天回家再问问清楚。

挂了电话，我感觉到一丝幽默，同时也有些沮丧。成年之后第一次奔丧，却是这样的结果，在内心里，我特别想见识一下这一干人等在葬礼上会是什么表现，我自己又将是什么表现。没想到，葬礼也能放人的鸽子。

我看不下去搞笑视频了，坐在床上抽烟。片刻之后，五舅的电话又打过来，这次我没问，他又把事情讲了一遍，最后让我把票退了。他的电话加重了我的沮丧，也坚定了我回去的决心。这种沮丧类似于盛装打扮要出席一场宴会，却被人告知宴会已经结束了，于是就有一股莫名的火，于是无论如何也要趁着这袭盛装出门一趟。

第二天一早，我去赶火车，当然不是盛装，不过也是一身新衣，因为是全黑的。四个小时的高铁之后还要坐一个半小时的汽车，在汽车上已是下午两点，司机开了雨刷，我才发现下了小雨，越往前雨就越大，不过始终没有大过小雨的范畴。我打给大姨父，问他在哪儿。他高声说在大舅家吃饭，话中已有醉意。我说还要半个小时到。他开心地说，那好，我等着你。

我先回了奶奶家，雨不下了，地已泥泞。我圈起裤腿，从柏油路上下来。因为奶奶坚持住在水泥路没有覆盖过去的老宅，必须要穿过门前的一大片树林。脚下的小路逐步收缩，直到被灌木吞噬。是啊，我们都不在家，这条路没有人踩，草木翻身做了主人。我被拦在这道绿色的围墙之外，研究着怎么走过去。林中鸟鸣如沸，一声大过一声，最大声的是斑鸠，此起彼伏的"咕""咕""咕"，不是鸽子的"咕咕咕"，就是单一的"咕"声连成一片，像机械的电子音乐，陌生且诡谲。曾经，这片林子是我们的儿童乐园，除了树能持续不断地长高，地上的草在孩子脚下从来长不过三寸，树上的斑鸠在弹弓和竹竿的夹击之中难有完卵，就连地下的蝉也很难活到脱壳之日。我们兴致勃勃地捕捉一切活物，致使它们稀有而宝贵，现在呢，这片老宅完全被鸟虫盘踞，还生活在其中的几个老人倒成了奇珍异兽。我研究好出路，踮着脚踏进一片荆芥丛，那条奶奶从来不喂的老狗汪汪叫起来。奶奶很快出现在门前，像往常一样惊呼：咦——，俺孙儿回来了。

放下包，跟奶奶聊了一会儿，我迫不及待要到外婆家去。电动车不在家里，奶奶说四叔骑着打牌去了。我问四叔怎么没有出海，奶奶说这会儿是休渔期，他回来有半个月了。天天不着家！末了她咬着牙抱怨。我给四叔打电话，传来停机的播报。我又打给二叔，同样不通。他们总是频繁更换号码。我打给二叔的女儿，也是我唯一成年的堂妹，她今年二十五岁，已经是两个孩子的母亲，目前正在闹离婚，同时也在跟她爸闹别扭。她告诉我二叔在家。

往二叔家的路上完全是另一番景象，平坦的水泥路，两边挤满三层高的楼房。二叔住在公路边上，同样的三层楼和大院子。去年他查出脊椎问题，做了手术，放了钢板，不能再去炼钢厂上班了，好在他用在炼钢厂挣到的钱买了这座院子。他曾是我儿时的英雄，严肃、干练、孔武有力，手臂上有一条自己蘸着蓝墨水刺的龙文身。他热衷于呼朋唤友，打牌喝酒，如今站在他拿肉身换来的大宅前，刚过五十的人已有了老态。我们在门前抽了根烟，望着不远处刚刚收割完毕的麦田，我问他收成怎么样。他说就那（样）。这是他的口头禅。他另一句口头禅是"实际上"，连起来说是"实际上就那"，这句话他说了半辈子，说到胳膊上的文身都褪色了。

我把电动车骑上公路，其间停下一次，拍了一张照片。刚刚收割过后的麦田留下一片绵延不绝的金黄麦茬，跟刚下过雨的灰色天空势同水火，这是我早就忘却的景色，如今可以被电子屏幕轻松保留下来。十五分钟后，我来到大舅家。大舅的二女儿刚好走出门，看到我热情而小声地招呼。她领我走进屋子，小声地通报：欢欢来了。

欢子回来了。大舅说着就掏烟。

欢子回来了。大舅妈挪了把凳子过来。

欢子回来了。大姨父坐着没动。

回来了？大表哥站起来冲我点了点头。

大表哥应该是我此行最想见到的人。他比我大七八岁，少年时我一来就找他玩。当然，我不能一上来就跟他讲话，我要先回应长辈。我接过大舅递来的烟（按理说晚辈是不应该接长辈的烟的，但我每次都接，我不会那一套推来辞去的繁文缛节，接过来反倒干脆），在舅妈给的凳子上坐下，回应大姨父关于行程的讨论。这有点像没话找话，但男人们聊起来总是兴致勃勃。坐了什么车？坐多长时间？多少钱？要不要转车？在哪儿转车？只有在这时候，才感觉衣食住行中的行是一件大事。把这些聊完，我觉得还是应该问一问外婆的事，虽然已经很清楚了。我说，那个巴狗，他咋那么厉害，说不让埋就不让埋？大舅咳了一声，说，那你有啥点子呢，那是人家的地，人家说了算。在整理冰箱的舅妈骂了一句，哎，他想的还不是以后，这一家那么多人，以后要是都往他家埋，那块地还能种吗。大舅斥责了一句，你说的什么话，难道老死八辈儿都往那儿埋啊，不是咱爹那一辈儿才埋那儿的吗。就是啊，舅妈顺着他说，就是说老八不懂这个道理嘛。看他们有了火气，我也不好说什么了。这时我突然有了一个疑问，这个叫巴狗的，是不是因为排行老八才有了这么一个外号（晚些时候我问了四舅，的确如此）。沉默延续了一会儿，大姨父又开始找我说话，问我工作怎么样，为什么不结婚，又埋怨我总不给他打电话。他明显还醉着，我敷衍地答话，后来有点烦了，就故意笑着呛了他一句，我老跟你打什么电话，咱们两个大老爷们有什么可聊的。舅妈也来帮腔，对啊，人家一个小年轻，跟你一个老头子说什么。大姨父不说话了。我有种完成使命的轻松，把凳子搬到大表哥身旁，拍了拍他的肩说，海潮，咱俩得有十年没见了吧。他不好意思地笑笑，说有那么多年了吗。我一时不太适应他的腼腆和木讷，小时候，数他鬼主意多，数他说话彩，再见面，他一下子就变成了一个精瘦沉默的中年人。他儿时得过小儿麻痹，瘸了一条左腿，右手也萎缩成爪状，即便这样，他仍是最有劲儿的那个，当然，那时候我们都还小。肯定有吧，我说，你走的时候长江（他大儿子）刚上学吧。噢，那有了。他说，你想想，长江今年都十六了。有那么大了？有。该上高中了吧？没有。十六还没上高中？噢，上了。到底是上还是没上，这是你儿子吗？是，上了上了。他又不好意思地笑了。

院子里一阵喧哗，听声音应该是二舅，我跟他得有二十年没见了，或者更久。自他赌博输了襁褓里的女儿之后就再没回来过，他因此成了外公不愿提及的存在，但我还是认识他的声音，源于去年在家族群里，他连发十几条语音，痛骂他的儿子吃里扒外，一个劲儿找他要钱。后来隔三差五他仍会发语音，内容多半涉及家庭矛盾与钱财纠纷，实在没事的时候，我会点开听听，出于一个作家对社会民生的关注。不过他的话大多没头没尾，很难弄清其中缘由。他掀开帘子进门，我站起来，叫二舅。他没听见一样，完全无视我的存在，继续院子里没骂完的话，我是拿那货没办法了，你们赶紧过去给他弄回来。这时我已猜到，他口中的"那货"多半是三舅。

谁有办法呢，他那样的货。大舅说。

哎，我就说别让他喝酒别让他喝酒，你看吧，喝两杯猫尿就出去惹事。舅妈说。

谁让他喝了呢，他自己掂着酒来的。大姨父说。

在他们你一言我一语并没打算解决问题的谈话中，我大致了解了事情原委：巴狗发现了埋下去的外婆，扬言要将其挖出来，经过中间人调节，这边商议后答应给巴狗两千块平息此事。三舅是在商议之后得知的消息，他极为不快，声称不用给巴狗一毛钱他就能摆平，"你们非要给钱，就给我吧"——这是他的原话。大家像往常一样，把他的话当成屁话，没料想他在喝了酒之后去找巴狗几兄弟闹事，在人家门前撒泼打滚儿，打狗骂鸡。大家倒是不担心他会挨打，只是怕好不容易谈拢的事再被他搅黄。而在他们并没有明说的情况下，我隐约猜到中午跟他喝酒的人是大姨父。

海波呢，我说，让海波去给他弄回来不就好了。

海波开车带你五舅妈去城里看病了。大舅妈说。

海浪呢，让海浪去。二舅说。

算了吧，大舅说，他不去还好些。

海浪刚刚二十出头。他出生时三舅正和三舅妈闹离婚，在外公的主持下过继给五舅抚养。外公死后，三舅在三舅妈的鼓动下通过几番打闹又把孩子要了回去，十来岁的海浪稀里糊涂跟着回了家，不过很快就发现这个所谓的亲爸跟把自己带大的爸有多大差距，等他再长大点，就又反戈管五舅叫爸，管亲爸叫"喂"。三舅妈虽和三舅离了婚，还是用多年积蓄给两个儿子分别买了房子，因此两兄弟尊母黜父，重回母系社会。三舅呢，对此种种不仅毫无芥蒂，反而乐得自在，五十岁的人照旧终日混在街头，像个没心没肺的逃学少年。在这个镇上，他确实阔过，有过一阵呼风唤雨的好日子，在弄丢职位的二十年里，他始终没有从阔绰的幻觉里走出来，就算已经沦落到破鼓万人捶的地步，他也坚信自己随便一鼓就有掌声。

在三舅回来之前，四舅先到了，这时我正和大表姐站在门口聊天，并且刚刚得知她已经离婚三年了（我知道，事件很密集，我之所以说这些盘根错节的事情，也只是想传达这一点而已——事件很密集，在一个久别重逢的大团圆场合，事件像冰雹一样兜头盖脸，我还没来得及说的事情有：海波也于去年离了婚，离婚的原因很古怪，他与妻子打闹时被孩子拍下抖音，刚学会认字的一年级男孩配了耸人听闻的标题：快救命啊！我爸又打我妈了！短短半小时这条视频就传遍亲友圈，妻子娘家的两位哥哥很快杀到，不分青红皂白将海波打得满地找牙。虽然最后误会解除了，婚还是离了——再晚些时候我会见到海波的新女友，江苏人，打扮得很洋气，据说家境优渥，帮海波还了二十万赌债；五舅的大女儿离了婚又结了婚，这次的丈夫是杭州人，我已经见到了，一个很老实的年轻厨师，开一辆很新的奥迪，让我吃惊的是他居然会说我们的方言；小姨一家不敢再来了，因为她假传遗言——或许是真传，反正被一众人等认为是假传——说外婆想把留下的四万块存款给五舅一人，除了五舅，所有人都说不可能。五舅心眼虽多但人怂，所以最后也跟着说不可能，于是小姨成为众矢之的。）四舅看到我，很高兴，热情地邀我去他家坐坐。我看到他就不太轻松，因他总找我借钱，从十八岁一直借到二十八岁，我一直谨守大姨训诫，从没如他所愿。只是一开始我稍显稚嫩，不太会拒绝人，实在没有理由搪塞他了居然很不明智地搬出这么一条：俺大姨不让我借给你，说你有钱就会去打牌。或许这也成了他跟大姨一家交恶的原因之一。后来随着次数累积，我已经可以做到外松内紧、词软意硬的高超境界。连我自己都惊讶，在和这些大人的交锋中不觉也成了一个阴险的大人。去年三舅给我打电话，不出所料也是借钱，我三言两语就把他打发了：三舅啊，你儿子有俩，侄子我都数不清，咋能轮到我这个外甥出面呢？你说多了我没有，少了只能算我孝敬你的，你说我给你个三百五百，你好意思要吗？恁外甥我连婚都结不起呢。说得他一阵讪笑，连说算了算了。挂了电话，我有些痛快，同时也有些难过。虽然我屡屡不卖他们面子，但他们每次见到我还是很亲热，二舅除外，毕竟我俩相当于陌生人。

我谢绝了四舅的邀请，谁知道他是不是又要旧事重提了呢。见我不去，他拉着我到大舅屋里，在我们那儿，"到屋里坐"是一种礼遇。我没有推脱这样的礼遇，是因为大姨父也在屋里，我想看看他们会有怎样的交锋。我们来到屋里坐下，大姨父拿出烟来让，先给了我一根，我接了，又一根递给四舅，四舅稍加迟疑，也接了，只是没点。他们的交锋仅此而已，一根香烟，姨父先让，四舅完胜。他们又聊了一会儿三舅的事，直到三舅吵吵嚷嚷走进院子。

二舅先迎出去，说，回家睡觉去。

四舅坐着没动，问，他跟谁喝的？

没人说话，有几个人望向大姨父，很快又收回目光。大姨父嘴唇动了几动，最终吐出一口唾沫。他们就是这么不讲卫生。我掀开帘子走出去，撞上三舅，亲热地叫他。他应了一声，继续骂骂咧咧，鉴于实在难以入耳且语义反复，我只能冒文学之大不韪，归纳大意如下：我没醉！在棠镇我说一不二！我想跟谁干跟谁干！我想干啥干啥！

趁他吐唾沫的空当，我插进一句，俺三舅啊，是不是又喝多了你，回家睡会儿吧。

他：我想干啥干啥！

我说，那你也别吵吵了，多累啊。

他：我想跟谁干就跟谁干。

我说，我知道，我知道你厉害。

他：在棠镇我说一不二！

我说，是是是，你渴不渴，到屋里喝点水吧。

他：我没醉！

他沉迷于醉酒后的兴奋与撒泼，像个小孩子一样需要人哄，但我又怕越哄他越兴奋，到头来缠上我可就麻烦了。我溜出院子，门外已经全是人了。我的表姐妹们抱着孩子，舅妈们逗着孩子，完全无视院里的喧嚣。过了一会儿，大舅出来了，紧接着二舅和四舅也出来了，最后是大姨和大姨父。院子里只剩下鸡和三舅了，他跟鸡又嚷嚷了几句，也出来了。他一出来，大家就散开了，故意不去看他。他去逗一个表妹怀里的孩子，用醉醺醺的脸去蹭人家孩子的脸，孩子哭了，他笑起来，又去逗另一个孩子。逗孩子的时候，他不忘见缝插针地发表箴言：就我说的，一毛钱都不给他们！他们敢挖咱娘我就敢埋他娘！在棠镇我说一不二！我想跟谁干就跟谁干！

大家吸取教训，不再接他的话茬，又说了一会儿，他似乎也知道渴了，到隔壁的五舅家找水去了。五舅家里有五舅的大女儿和女婿，他像是逮到漏网之鱼，又布道似的跟他们宣扬起来：我没醉！在棠镇我说一不二……

大家面面相觑，讪笑着，没话找话似的埋怨起他来。骂完他，又没话找话似的问起各自的行程，什么时候走？怎么走？海潮蹲在一截枯木之上，笑吟吟地看着每一位，被问到才公布了一个比所有人都晚的归期。四舅妈说是，你没怎么回来过，好好歇一阵再走。海潮笑笑，说我想给俺奶烧了头七纸再走。大家就都不说话了。我走过去，和他蹲在一起，问他这些年回来过几次。两三次吧，他说，过年肯定走不开，所以回不来。我知道这话的潜台词是过年有双份工资，所以不舍得回来。我问他平常有假期吗。他说没有，但可以请假，不过一般没事也不请。我又问，你在那儿干几年了？他用那只好手比了个手势，说，七年。这短短的两个字给我造成了很大的轰击，一时不知再说什么。七年时间，他只请过两三次假，除此之外，他日日守着宁波某地的一条马路，扫它。从天破晓到天落黑，他简直比那条路上的草木都坚挺，毕竟草木还有个落叶换季的时候。

干十五年就有退休金了吧。我说。因为叔叔之前干过这个，所以我知道。

对。

所以还有八年。

还有八年。他说。

我知道他只是说说，即使干满八年，只要他能干下去，就一定还会干下去。

那条街有多长？

什么？

你扫的那条街，有多长？

从这儿到桥那儿。

哪个桥？

就那边那个桥。

他指的那座桥被一座楼房挡住了，所以我并不能知道有多长，但肯定比那座楼房要长。

天擦黑的时候，海浪骑着电瓶车回来了。刚过二十的年轻人精神利落，被五舅家的伙食养得高高大大，头发染成银色，烫了卷，很像日本动漫里的人物。他在绍兴做理发师，听说很受女孩子喜欢。三舅还在五舅门前跟五舅那个明显已经听慒了的女婿宣扬他在这个镇上的生存哲学。海浪不耐烦地问，跟谁喝的？大家不说话，有几个人看看大姨父。大姨父清清嗓子，点了根烟。

海浪大步走过去，大声呵斥正说得眉飞色舞的父亲，回家睡觉去！

三舅看到儿子，来了精神，嬉皮笑脸地说，你谁啊，你凭啥管我。

海浪说，我谁也不是，我就管你。

三舅说，谁都管不了我，我想干啥干啥。

海浪说，你咋不上天呢，赶紧给我走。

海浪推了他一把，他趔趄两步站住，说，你干嘛，想打老子啊？我告诉你，能打老子的人还没生出来呢。他像是得意于口中这个"老子"的双重含义，咧嘴笑了一下，笑到一半就被海浪的又一推给打断了。他像个不倒翁一样晃了几下，顺势用肩膀去顶儿子的肩膀，嚷嚷着，咦？你真要打老子啊。海浪不服气地顶回去，说，打你怎么了，你敢打我吗？他摇晃两下又顶回去，说，你敢打我我就打你。两父子这么顶来顶去，像极了两个光说不练的小学生，就看谁率先顶不住败下阵来了。要不是三舅说了那句话，或许这出闹剧就在大家的哄笑声中可可爱爱地收场了。

我是你爹，我养活的你。

海浪当即炸了毛，用手指着他，你是谁爹？你再说一遍！三舅还在嬉皮笑脸地嘴硬，我说不说都是。海浪已经像头疯牛一样绕场子乱转，寻找趁手的武器。他先是拿起一块砖，因为上面鸡屎太多扔掉了，发怒的人视力受限，又转了一圈才发现立在墙边的铁锹。他舞起铁锹就要去砸，在我看来他并不是真的要砸，所以我用"舞"字，这个缓慢的动作里表演的成分居多。然而女人们还是尖叫起来，我那几个表妹都很年轻，叫起来格外刺耳。她们尖叫着去拽海浪，男人们则没一个动弹，只有五舅那个憨厚的外地女婿响应了女人们的关切。七手八脚之下爆出更大的尖叫，紧接着三舅头上的血就下来了。我站在那半截枯木上面，看得很清楚，是他们拉动海浪手里的铁锹时锹刃甩动，无意中刮到了额头。刚开始大家都没当回事，然而血越流越多，很快淋透了脸，染红了前胸。两父子扭打在一起，女人们的力气根本没法将其分开。我第一次近距离看到这样程度的流血冲突，心下一凛，本能地想要离开。稳住心神之后，我也想过要不要去把他们拉开，最终没动的原因有二：一、所有男人都没动；二、我穿的是一身新衣。女人们很快耗尽了体力，只能站在僵持的两父子身边静观其变。五舅的女儿带着哭腔冲我们大喊，你们怎么都不动啊，你们管一管啊。包括我在内的我们像是没听见一样，既不动，也不管。最终经验丰富的四舅妈发了话，你们把海浪推走不就行了。于是女人们统一作战，连拉带推把海浪带离了战场。

三舅顶着一脸半干的血，又骂了一会儿，期间他不小心说了一句实话：好啊，你们就这么看我的热闹谁都不管。跟他之前放过的狠话截然相反：你们都别动，看他能把我怎么样。没想到大家真的能做到不动，连我都没想到。他骂骂咧咧，见实在没人搭腔，从口袋里摸出一只老年机扬言要报警。五舅憨厚的女婿又去阻拦，一同拉扯之后，他还是拨通了电话。

等警察的间隙，大舅挨个儿附在耳边说悄悄话：等会人来了就说他是喝醉了自己摔的。大家一致同意，毫不费力。

天黑下来，大舅妈拿出一口大锅出来洗，挽留大家吃饭。四舅一家说什么也不肯留下，并且很热情地要拉我走。我几番推辞，他们只好悻悻离去。还没等大舅妈把锅洗好，四舅的电话又来了，说你过来啊，我跟你说点事儿。我想着饭还要等一会儿才好，去坐一会儿也无妨，就骑上电瓶车要去。大姨父很委屈地问，你要去他那儿吃吗？我说我不去，我就去坐一会儿，看看他找我到底有什么事。

四舅家在省道边上，两层的楼房，下面一层租给一户外乡人做汽修生意。我穿过油腻的地面来到楼上，看到他们已经开了饭，原来四舅在街上叫了外卖。我受不了家乡美食的诱惑，坐下来吃了。过一会儿海波来了，带着他的新女友，手里拿着三舅那部老年机，只是已经摔烂了。四舅埋怨他，摔他手机干什么，糟蹋东西。他不耐烦地说，不摔他就一直给局里打电话。话题彻底转到刚刚的流血事件，海波怪海浪出手太没分寸，并由此展开去，谈到打他的技巧：就给他绑起来，照屁股上狠打，打得皮开肉绽都没关系，哪能像你这样，往头上招呼。海浪默默吃着饭，不说话。

两兄弟很快吃完出去了，二舅又进来坐下吃，商量等会儿去给外婆烧纸的事。不多一会儿，大表姐大呼小叫地跑过来，说你们快去吧，海波和海浪又在打他爸了，打得都不行了。我们一行人风风火火地赶过去，到了地方发现海波手里拿着一根竹竿，海浪靠在奥迪车上，三舅捂着头骂骂咧咧。四舅说，怎么打得不行了，这不是好好的吗。于是大家又都散了。剩下父子三人僵持着，互相放着狠话，听下来还是海波的话比较在理：我以为你不会疼呢，原来你也知道捂啊。

二舅拿着一刀纸走出来，我放弃这场已经不太热闹的热闹，跟他去外婆的墓地。我们穿过公路，走在有些泥泞的麦茬地里，脚下咯吱作响。天黑透了，远处现出一团幽蓝。一路上，我们只说了一句话，或许也可以这么说，这一辈子，我们就说了这么一句话，小时候有没有跟他说过话我忘了。要烧纸前，他对我说，等会点着了纸我们就走哈，千万不要回头哈。我不知道这是什么规矩，也不方便问，只能点头说好。他蹲下来，嘴里念念有词，俺娘啊，给你送钱来了。俺娘啊，一路走好。如此念叨两次之后，他点燃纸钱掉头就走。我跟上去，跟着他埋头疾行。就要走出麦地的时候，他说，你先走，我撒泡尿。我有点奇怪，不能回头却能撒尿？当然我也不方便问，我只能头也不回地走。

原载《小说界》2021 年第 6 期

与顾小姐的一次午餐

阿 袁

一开始汤寓生和我聊的是一个英国短篇小说,《彼得·卡恩的第三个妻子》。"这小说挺好看的。"汤寓生说。"是吗？讲什么的呢？"我问。"一个叫克莱尔的女店员，爱上了一个男顾客的故事。""听起来似乎挺俗套的。""可詹姆斯写得不俗套。""怎么个不俗套法？""我给你读几句里面人物的对话如何？""好哇。"汤寓生于是开始读了，"'你和他风流过吗？''和他风流过。''什么时候？我们婚前还是婚后？''婚前也有过，婚后也有过。'你听听这对话，怎么样？"汤寓生每次推荐某本书的时候，都喜欢给我读上几句或一段。他的声音在电话里略略有点沙哑，听起来有一种温存的意味。我们俩其实住在一个小区，他住小区的西北角，我住小区的东南角，中间也就隔了几栋楼，以及一个类似小区广场的地方。说类似广场，是因为它太小，名之为广场有点儿夸张了，但它在小区确实担任了广场功能的，白天一群保姆推了婴儿车坐那儿聊天，晚上一群退休女教授在那儿跳广场舞。关于女教授竟然也爱跳广场舞这个问题汤寓生和我也探讨过，为什么女人——已经到了教授层次的女人，退休后还会去跳广场舞呢？如果只是为了锻炼身体，她们完全可以选择其他运动方式，比如散步，比如做瑜伽，比如在自家院子里或阳台上做体操。哲学系的孟教授就喜欢在阳台上做体操，和他的猫一起。他在这边一板一眼做着操，那只丑了吧唧的黑猫在那边若有所思地半瞅不瞅的，有意思得很。那些运动怎么说也比广场舞来得阳春白雪。当然，女教授们的广场舞和社会妇女的广场舞说起来还是有区别的，首先她们用的歌曲不同，社会妇女用的歌曲通常是《小苹果》《最炫民族风》什么的，很通俗很喧嚣的；而女教授们用的歌曲是《水调歌头》《独上西楼》之类，很舒缓很诗意的。而且，她们会把音乐的分贝调得很低，低到完全不扰民的程度。她们就在这种很舒缓很诗意的音乐声中，安静地跳着广场舞。隔远一点看，就像看哑剧。挺诡异的吧？汤寓生蹙眉问我，又不是跳芭蕾舞，用得着这么悠扬抒情吗？广场舞就应该有广场舞的样子，但她们把广场舞变成了另一种东西，一种不伦不类的东西。这就不对了。有文化的女人，怎么说呢？还是不老实。汤寓生说。汤寓生对有文化的女人有偏见，只要一谈论起来，就忍不住批评。其实，在同事的印象中，汤寓生是一个不苟言笑的男人，只有我知道汤寓生私底下其实挺苟言笑的，没事就爱和我八卦系里的同事。虽然他会把自己的八卦，升华成《世说新语》"品藻"篇那样的东西——这和女教授把广场舞升华成芭蕾舞异曲同工，都属于"不老实"的行为。但我只是这么腹诽一下他，不会诽出口。这也是汤寓生喜欢找我说话的原因之一，我厚道，至少表面厚道。当然，我们俩总厮混在一起，还有诸多其他原因，比如我们都单身，"是中文系的凤毛麟角"，资料室的姚老太太这么说我们。这是在损我们呢，我们听得懂，但我们笑笑，不和她计较。"和一个资料员计较，有什么意思？"汤寓生嗤之以鼻。汤寓生这个人，傲慢着呢，一般人都入不了他的法眼。但我不和姚老太太计较倒不是因为她是资料员，而是知道她对我们两个其实没有恶意。她之所以阴阳怪气地讽刺我们是"中文系的凤毛麟角"，不过是在表达她对我们的失望和不满。她热心地帮我们俩都介绍过不少对象呢，每一回都希望我们能"终成眷属"，却一回也没成。不是那些女的没看上我们，就是我们没看上那些女的——大多数时候都是我们没看上人家。"为什么？"姚老太太迷惑不解，"那么漂亮，单位也不错，为什么？"我们又笑笑，不和姚老太太解释。但我和汤寓生还是会讨论此事的。"姚老太太的审美绝对有问题。"汤寓生说。我也同意。姚老太太所说的漂亮女人，在我们这儿，大多数也就是尚可而已，有的甚至连尚可都没有。而且，两个男女要终成眷属，哪里是"那么漂亮，单位也不错"就可以的？那可是个复杂的高级的系统工程。而系统工程姚老太太就不懂了。"她连伍迪·艾伦的电影都没看过！""她连昆德拉是谁都不知道！"这些都是汤寓生对系统工程的要求。汤寓生很看重夫妇间共同语言之类的东西。"不然，以后漫长的婚姻生活里，我们谈什么呢？"汤寓生说。对此我倒不以为然。就算对方是个看过伍迪·艾伦电影且知道昆德拉是谁的女人，又怎么样呢？难道两人后来还会谈它们？不会的。夫妇生活到后来都不怎么说话的。我是过来人，对此有经验。我和前妻朱小荑就这样。我是朱小荑的师兄，朱小荑是我的师妹，两人都是学比较文学的，按说最有共同语言了。一开始也确实如此，但结婚几年后，我们两个的语言生活就变成冬季北方的梧桐树了，光秃秃的，只有枝丫没有树叶了。除了绝对必要的交流，我们什么多余的话都不愿和对方说了。而在开始时，什么不是话题呢？就连导师牙缝间的韭菜，我们也能杂花生树群莺乱飞地谈上半天呢。但后来我们别说导师牙缝间的韭菜，就连福克纳都不谈了，要知道，当初我们可是因为福克纳的《献给艾米丽的一朵玫瑰花》而发现对方是彼此的"灵魂伴侣"的。所以，对共同语言这东西，我是颇持怀疑态度的。"那你认为这个系统工程最重要的内容是什么？"汤寓生问我。我也说不上来。"一种感觉吧，或者说状态，让人身心舒泰的状态。好比一间房间，有的房间让人一进去就身心舒泰，有的房间让人一进去就紧张压抑。""哦，我懂了。你在说密西西比。"汤寓生嘿嘿嘿地笑了起来，隔了电话，我也能看见他一脸的狎媟。我们的对话总这样的，说着说着就会绕到密西西比那儿去。密西西比是我们的暗语，出自波拉尼奥的《荒野侦探》，里面一个叫多洛蕾丝的墨西哥女孩喜欢用数"一个密西西比，两个密西西比……"来计算做爱时间的长度。很奇葩的女孩。南美那种地方，就是会生产出这种奇葩女孩的吧——就像会生产马尔克斯和《百年孤独》一样，会生产薮犬和卷柏一样。密西西比于是成了我和汤寓生之间经常开玩笑的黑话。没办法，两个学院单身男人，日常生活中没有——也不能说完全没有，而是基本没有——密西西比这一项快乐了，所以我们就只能在语言里过过密西西比的快乐时光。但我说"好比一间房间"时完全没有隐喻这个的意思，这是汤寓生自己下流地"思有邪"了。我以为，密西西比这种东西，和夫妇共同语言还是一回事，到最后都会不了了之的，至少我的经验如此。我和朱小萸到后来对它也意兴阑珊起来，让我始料未及惊慌失措。我还以为它会像天上的太阳一样，永远周而复始地照耀我和朱小萸的婚姻生活呢。然而我错了，它不可能是太阳，因为没法保持太阳那样的炙热和高温。我们之间既没有出现第三者，也没有出现经济破产之类的不可抗力的天灾人祸，但过着过着，就意兴阑珊了，就没有感觉了。两人在一起既不想谈福克纳了，也不想——至少没有那么强烈地想——过密西西比生活了。没办法，只能分开过了。"如果我不曾见过太阳，我本可以忍受黑暗。"朱小萸说。在这种事上引用艾米莉·狄金森的诗，有点儿黑色幽默了，我觉得。但我自己的感受其实也差不多。离婚后我们偶尔还是会见上一面，都是朱小萸找我。"师兄，要不要一起吃个饭？"朱小萸又开始叫我师兄了。也是奇怪，朱小萸一叫师兄我就又找到一点点以前的感觉了。于是"一起吃个饭"就不止一起吃个饭了，有时会发展为密西西比的快乐。不，说密西西比的快乐或许不太准确，应该说会发展为阿奎那的"阴沉的乐趣"——我和朱小萸后来过性生活时很少说话的，有点儿像一张饭桌上"各吃各的"意思。但我们都没想过复婚。我不想。朱小萸似乎也不想。离婚后她一直"马不停蹄地找"结婚对象——有时她说自己"马不停蹄地找"，有时又说"筚路蓝缕地找"，这是夸张了，但朱小萸喜欢用夸张的方式来自嘲自黑。我对此倒是有几分欣赏的。不过，离婚女人找好男人确实不容易，远没有离婚男人行情好，这也是真的。朱小萸也喜欢和我吐槽她后来见面的那些男人，说某个男人如何如何小气，某个男人又如何如何猥琐，有时还会语焉不详地谈几句他们的性事。我从不打断她。我知道这有点儿低级趣味了，而且也不道德，但孔子不是也说过，"吾未见好德如好色者也"。所以我用不着对自己那么严格。人生乐趣不多,尤其是中年人生,所以管它是低级趣味还是高级趣味呢,有趣味就行。这也是我和汤寓生的共识,或者说秘密。在中文系女同事眼里,我们两个应该都是蔫了吧唧的无聊乏味的男人,但其实我们也有我们自己创造乐趣的方式。比如那天汤寓生给我读《彼得·卡恩的第三个妻子》里的那段对话,就是我们创造的乐趣之一。每回汤寓生看到类似的小说都会给我读上一段。读完之后,我们还要正经或不那么正经地讨论一番,有时是用密西西比那套话语体系讨论,有时是用学术那套话语体系讨论。不论哪套话语体系,我们都可以讨论很长时间,甚至上厕所也不舍得放电话,我能清晰地听到电话那头汤寓生小便的潺潺声和抽水马桶的哗哗声。其实我们用不着这样。我们完全可以见面酣畅地聊。他到我家,我到他家,或者哪家也不用到,就各自下楼在小区找张长椅坐下——我们小区有的是那样的长椅,灰白色条形防腐木座位,弯曲的花枝状铁艺扶手,放置在扶疏花木之间。坐那儿聊天应该是很赏心悦目的。但我们很少这样。比起见面,我们似乎更喜欢用电话聊天。这一方面是因为我们四体不勤,连下个楼都嫌麻烦;另一方面也是因为我们有点儿习惯和依赖电话了。电话可以像屏风一样,起到掩体的作用,毕竟两个男人面对面读小说这种事情还是让人有点不好意思。可两个男人经常像家庭主妇那样煲电话粥,想想也是件可笑的事情。但我们不管可笑不可笑,我们就爱用电话聊天。

那天的聊天也不知是怎么从《彼得·卡恩的第三个妻子》转到顾小姐那儿的。其实中间我们还聊了几句哲学系的鲍丽丽,鲍丽丽是研究古希腊哲学的,也是人文学院的老单身了。姚老太太之前打过汤寓生的主意,但被汤寓生婉拒了。"你知道鲍丽丽哪儿没长好吗?"之后汤寓生问我。我不知道,我这方面没有汤寓生在行。汤寓生是搞评论的,他有专业眼光,一部文学作品哪儿妙笔生花,哪儿是败笔——尤其是败笔,他一眼就能把它瞅出来,我不行。比如鲍丽丽,我虽然也觉得她有点不对头,但具体哪儿不对头,我就看不出来了。"哪儿没长好?"我虚心请教汤寓生。"她屁股不对称,左臀的半径看起来比右臀的半径要小上几厘米。"怪不得鲍丽丽经常穿裙子,原来是因为左臀右臀的半径不一般大。研究苏格拉底柏拉图的鲍丽丽,如果知道我们在背后谈论她左臀右臀的半径问题不知会作如何反应,说不定会写一篇有哲学高度的檄文讨伐我们呢,她可不是个好惹的,被学生誉为"战斗系女哲学家"呢。好在她不可能知道。我和汤寓生的这些议论,完全是封闭式的,只限于他和我这个小范畴。其实不仅是鲍丽丽,学院的不少女老师被我们如此这般形而下地谈论过呢。我们总是在谈论某文学作品的时候,突然由此及彼谈论起身边的某女老师来,用的还多是钱钟书式的讽喻体。"你发没发现?某某某开会时总去摆弄她胸前戴的那朵玉兰花。""为什么？难道那是一朵奥黛特胸前的卡特来兰？"我一本正经地问汤寓生。"那谁是斯万呢？"汤寓生又一本正经地问我。这种谈话总是让我们忍俊不禁乐不可支。学术生活是沉闷枯燥的，我们要在这沉闷枯燥中给自己创造出一点儿快乐。

顾小姐就是我们时不时拿来创造"一点儿快乐"的对象。那天我们是如何由此及彼到顾小姐那儿的记不清了。顾小姐又和她男朋友分手了，我记得汤寓生这么开头的。这不奇怪，顾小姐总是分手，而她一分手汤寓生就会在第一时间知道了。她多大年纪了？有三十五六了吧？应该是三十六，好像她比我小四岁，比汤寓生小六岁。姚老太太一开始是把顾小姐介绍给汤寓生的，姚老太太总这样，一有她认为条件更好的女人首先考虑的是汤寓生，其次才是我。她虽然嘴里把我们俩并列称为"凤毛麟角"，但两个"凤毛麟角"在她心目中的地位是不一样的，汤寓生是"凤毛麟角第一"，我是"凤毛麟角第二"。我倒也不争风吃醋。汤寓生条件确实比我好，长相比我好，学问比我好，更主要的，历史比我清白——所谓历史清白，也就是汤寓生没有婚史。"人家可是个花枝招展的美人。"姚老太太这么介绍顾小姐。姚老太太的介绍通常都不太可信，总是过誉了——这也是她经常失败的原因之一。但这一回倒是所言不虚。顾小姐的样子，确实称得上花枝招展，身段花枝招展，打扮也花枝招展。坐在汤寓生的对面，一下子就把他惊艳到了。"怎么说呢？差不多可以用《硕人》里的两句诗来形容：巧笑倩兮！美目盼兮！"汤寓生在电话里兴奋地说。这是汤寓生的习惯，每回相亲回来，都要给我打电话说一说的。看上了的要说，没看上的也要说。不过，没看上的一般三言两语就打发了。"乏善可陈。"多数时候他都是这么笼统地说上一句。但那天见了顾小姐回来，汤寓生讲个不停，这期间我在电话里已经听了两回他小便的潺潺声和冲马桶的哗哗声了，可他还舍不得搁电话，我只得打着哈欠说，"我明天早上一二节有课呢，要不咱们回头再聊？"他这才"哦"一声，意犹未尽地挂了电话。

之后有相当一段时间，我们的聊天基本就围绕顾小姐了，仍然是由此及彼地围绕。我们谈到马尔克斯在《霍乱时期的爱情》里写的茴香酒，汤寓生就说顾小姐喜欢喝什么什么酒；我们谈到《刺猬的优雅》里那个又老又丑的女门房竟然会读胡塞尔的现象学，汤寓生又说顾小姐喜欢读什么什么书；我们哪怕只是谈小区老孟养的那只黑猫，汤寓生也会说起顾小姐也养了一只猫，那只猫如何如何。而且，这一回汤寓生用的可不是钱钟书的讽喻体，而是冰心的赞美体——连对那只猫，用的也是冰心的赞美体呢。我有些惊讶，这顾小姐到底有多"花枝招展"呢，让一向擅长挑剔的汤寓生着迷到"你从万物中浮现"的程度。"你爱上她了？"我不无揶揄地问。

之前汤寓生说过,他这辈子再也不会爱了,因为被一个女人"深刻地"伤害过。"深刻地"是汤寓生的原话,至于如何"深刻地"汤寓生不说,我很不高尚地试探过,但都被汤寓生"不能说爱上,但有好感了"。"只是好感?""好吧,是相当有好感。"汤寓生十分愉快地承认了。"那顾小姐呢?她对你也相当有好感吗?""不知道,好像有,又好像没有。"电话那边又传来抽水马桶的哗哗声了,我怀疑汤寓生前列腺有问题。这也正常,大学里的男性,因为总坐在书桌前,十有八九前列腺都有问题的。

　　大概一个月后我就见到了顾小姐,是汤寓生安排的,或者说是汤寓生在顾小姐的指示下安排的。汤寓生一定在顾小姐面前说过不少我的事了,让顾小姐打起了我的主意。顾小姐有个离了婚的闺蜜,想介绍给我。我兴趣不大,倒不是嫌弃对方离过婚,而是那段时间我做什么都打不起精神。我总这样,会阶段性陷入一种萎靡不振的状态,这也是朱小萸决心和我离婚的原因——至少原因之一,"我自己就够丧的了,再加上一个更丧的,这日子没法过下去了。"她说她需要找一个生机勃勃的人,一个可以时不时给她打打气的人。好像她是一个气球,一个自行车轮胎,需要在身边备一个打气筒似的。我在心里这么揶揄,一边揶揄,一边又觉得朱小萸说得也有道理。生活是容易让人泄气的,常备一个打气筒也不错。

　　汤寓生也不管我有没有兴趣,自作主张安排了一个四人饭局。"别叽叽歪歪的,我已经答应人家了。"那就没办法了。一顿饭而已,吃吧,看汤寓生的面子。一开始汤寓生告诉我的地方是"小轩窗"。我惊讶。"小轩窗"的消费可不低,虽然食物一般,但景色好,临湖,一到夜晚,窗外就是滟滟随波千万里了。女人们都喜欢那情调。但汤寓生和我不作兴这个,我们虽然是搞文学的博士,但我们从来不愿意为情调之类的东西多花费。"犯不上,在哪儿看湖不是看,非要坐'小轩窗'看?""看一眼湖吃一口饭,吃一口饭看一眼湖,多有意境!"汤寓生和我一唱一和。我们又乐不可支了。显然"小轩窗"是顾小姐的主意。我无所谓,反正是汤寓生买单。不妨就"看一眼湖吃一口饭"一回。那天上午正好有一个学生找我谈毕业论文开题的事情,我约他十一点来办公室,我打算和他谈半小时左右,然后步行去"小轩窗"。它离学校不算太远,走过去也就半个钟头的事。但我这边刚约好学生,汤寓生又打电话过来说换地方了。"换哪儿了?""西厢记。""西厢记"我没听说过。汤寓生告诉我在梦时代广场。梦时代广场在这个城市的最东边,离我们学校远了。别说步行,即便坐公交,也要个把小时呢,还不算上堵车的时间。我只得很不高兴地打电话给我的学生,把见面时间改到十点。然而就在我准备出门前,汤寓生一个电话又打了过来,说还是在"小轩窗"。什么意思?吃顿破饭这么折腾人,我差点儿就不去了。汤寓生赶紧低声下气地说，"别别别，我用那本《文学讲稿》赔礼如何？那本书不用还了，你且留着。"纳博科夫的《文学讲稿》是我上学期从汤寓生那儿借的，我早忘记搁哪儿了，可这家伙竟然还记着呢。

顾小姐那天穿一件绿底粉红色花朵的连衣裙，身段娉婷，眼波流转，看上去果然花枝招展——还是南方的花枝，既有桃李春风中的自然，又有江南可采莲的清新秀气。难怪一向挑剔的汤寓生这一回如此上心。

比较之下，顾小姐的闺蜜就相形见绌了。虽然之前我说过兴趣不大，但落座时还是顺便扫了她一眼。五颜六色的，像摆在书店门口的那些封面设计花里胡哨的畅销书。不是我的路子。那女的应该一下也察觉到了我的意思，都是失败过的人，对失败气息很敏感的。刹那间脸色就暗淡了。汤寓生在桌子底下用脚踢了我一下，那意思，是要我表现好点。我觉得好笑，这汤寓生，什么时候学会了鸳鸯蝴蝶派的下流做派。这小动作如果被姚老太太看见，又有话说了。姚老太太之前就开玩笑说过，"你们俩开会老坐一起，并蒂莲一样，不是在搞同性恋吧？"

大学里的人，一般习惯独来独往，男老师就不用说了，即便女老师，一个个也都是"时见幽人独往来，缥缈孤鸿影"呢，像我们这样时不时就作成双结对比翼双飞状的男同事确实少之又少，也难怪姚老太太这般讥讽我们。

"苏编辑吃什么呢？"顾小姐的闺蜜姓苏，是一家少儿出版社的美术编辑，汤寓生殷勤备至地问。

"我随便。"苏编辑显然心情不好。

汤寓生看我一眼，那意思是——"这都怪你"。

我转脸看向窗外，大白天没有灯红酒绿，天气亦不晴朗，所以湖面上并没有滟滟随波千万里的景致可看，而是白茫茫一无所有。

"你呢？吃什么？"汤寓生在问顾小姐。

"嗯——我也随便吧。"顾小姐的声音和她的连衣裙一样，也花枝招展得很。

"菜单上有随便吗？我看看。"

"讨厌。"

我起了一身鸡皮疙瘩。也是一大把年纪了，这么俗套的对白，亏他们说得出口。

"我要黑椒牛柳煲仔饭。"汤寓生现在顾不上我，我只得自己顾自己了。反正"小轩窗"是套餐，各点各的，用不着管别人。而且，长一头浓密黑发的服务生还拿了笔和点菜小本子一直半弓了身子在桌子边候着呢。

哪怕是从头顶看——一个最暴露男人秘密的角度，这个服务生也是郁郁葱葱风华正茂。不像我和汤寓生,经过多年学术生涯之后,头顶早已"萧瑟兮!草木摇落而变衰"。所以汤寓生下楼时从来不走前面,每次都要礼让三先地请别人先走,"您先请,您先请",多温良恭俭让似的,其实是怕人居高临下地看见他稀稀拉拉的头顶。我也一样。虽然我不会说"您先请""您先请"这种话,但也会磨磨蹭蹭地等到最后走。

人在江湖飘,哪能不挨刀。这个上午,乘兴而来的苏编辑——我猜应该是乘兴而来吧——莫名其妙地挨了我一刀,我呢又莫名其妙地挨了边上这个郁郁葱葱的服务生一刀。人世间的伤痛真是猝不及防。

"这个先生点的黑椒牛柳煲仔饭是我们店的特色呢,你们要不要尝尝?"服务生笑靥如花地看着苏编辑和顾小姐说,他一定清楚自己的笑容在中年女性面前的杀伤力。

"行。"苏编辑却看也不看他。

我略略有点过意不去,我这个人,心肠还是挺软的,朱小荑因此说我有"妇人之仁"。当年我还引经据典地和她争论了半天,说我的仁不是妇人之仁,而是君子之仁。那个时候我们的关系还在绸缪束薪的阶段呢,而现在,却坐在这儿和别人相亲了——就算是被汤寓生半胁迫半收买来的,那也算一次相亲吧?

顾小姐之前虽然说了"我也随便吧",却一直还在翻着菜单,那被汤寓生形容为"美目盼兮"的两个大眼珠子,滴溜溜地从第一页转到最后一页,又从最后一页转回到第一页。总共也就三页的东西,她翻来覆去地看了半天。好像那是多晦涩深奥的文本。

"要不,我来这个?"

"不,我还是来这个。"

这样反反复复了好几次,到最后,顾小姐还是听了那个服务生的话,也点了黑椒牛柳煲仔饭。

汤寓生赶紧把菜单拿了过来递给服务生,"我也一样我也一样。"他们这一桌点单花的时间委实有点长,他一向是个自觉的人,估计怕一边的服务生等得不耐烦了。

但服务生倒是训练有素,又笑靥如花看了顾小姐问:"美女姐姐喝什么?"

他可能也看出来了,这一桌人,顾小姐才是月亮呢,其他人,或者是星星,或者什么也不是。

"苏,你想喝什么?"顾小姐转脸千娇百媚地问苏编辑。

"随便。"苏编辑低头看自己的手机,懒得搭理顾小姐的千娇百媚。

"柳橙汁？"

"行。"

"要不猕猴桃汁？"

"行。"

但有意思的是，最后顾小姐既没给苏编辑点柳橙汁，也没点猕猴桃汁，而是点了芒果柠檬汁。

这顾小姐做事情倒是别具一格，我看汤寓生一眼，如果是平时，汤寓生也会回看我一眼的，然后我们两人意味深长地笑。这是我们之间一贯玩的把戏。但这回汤寓生却没有回看我，也不知是故意的，还是没工夫。我只好又去看白茫茫的湖，不好看，又去看服务生的腰，服务生的细腰就在我眼面前呢。别说，这家伙的腰真是好哇，像一把小提琴般地弓了那么久，也看不出丝毫吃力。当顾小姐终于点好了单递给他的时候，他轻盈地一个转身，就扭出了一个无比风骚的姿势。

这一下就比出了我们的年纪。别说弓身这么久，就是在书桌前坐上个把小时，我起来时都要用双手抵着后腰呢，像孕妇那样。

我嘘了口气，以为一会儿就可以吃上我的黑椒牛柳煲仔饭了。已经十二点过半了，我已经饥肠辘辘。可我高兴得太早了。当服务生刚袅袅娜娜地走到前台，还没来得及把手上的单子交给传菜生呢，顾小姐又用她花枝招展的声音召回了他，"呃，我还是不要黑椒牛柳煲仔饭了，给我换那个吧——那个叫什么来着？"

顾小姐修长白皙柔荑般的食指所指向的，是前面桌子上刚端上来的油光锃亮的黑砂钵。热气腾腾的砂钵里偎红倚翠，看着确实诱人。

"哦，那是芥蓝腊味煲仔饭。"

"好吃吗？"

"挺好吃的，如果你喜欢港式煲仔饭的话。"

"我喜欢港式煲仔饭，能不能给我换那个？"

"好嘞。"

可服务生的"嘞"字还在空中余音袅袅呢，顾小姐"美目盼兮"的大眼睛又盼到了其他桌上。

"天哪！那个是什么呀？看着好好吃的样子哟。"

"哪个？"服务生"哪"字的发音终于有些重了，训练有素的他到底也不耐烦了。

"就是那个——那个。"

顾小姐柔荑这一回所指的方向，是左前方好几米外桌上的东西，看不太清，只见黑色的钵子里红红绿绿，凡·高画般鲜艳夺目。顾小姐的大眼睛，这个时候真是物尽其用地派上了用场。

"哦，那是我们新推的鹅嬷饭。"

"鹅嬷饭？用鹅肉烧的吗？"

"是的。"

"哇，太好了，我喜欢吃鹅肉。那我换鹅嬷饭好不好？"

"你确定？"

"嗯。"

"不变了？"

"嗯。"

服务生这回一点儿也不袅袅娜娜了，而是动如脱兔般把菜单交给了柜台后的传菜生。

如果不是后厨及时把鹅嬷饭做上了，不知道顾小姐还会换成什么。

后来的故事发展就出乎我的意料了，可能更加出乎汤寓生的意料——假如我告诉汤寓生的话。顾小姐竟然撇开汤寓生单独约我了，因为"费先生身上有一种，怎么说呢，一种优雅的书卷气"。顾小姐在电话里花枝招展地说。

她这么说的时候，我承认——虽然觉得突兀，然而听起来还是很受用的。

不是她的称赞有多高明，对一个在学校待了几十年的男人来说，夸他有书卷气实在算不得称赞——即便她说的是"优雅的书卷气"，那又怎样？就好比称赞一个厨师身上有"芬芳的油烟气"，或者称赞一个搬运工身上"有力拔山兮的力气"，基本是废话了。但我还是感到愉快，一种近乎不高尚的愉快——我竟然把汤寓生比下去了。在姚老太太那儿，其实也不单是姚老太太，在其他人那儿也一样，我排在汤寓生之下，是作为汤寓生的"其次"存在的。没想到，这个顾小姐却把汤寓生变成我的"其次"了——真是个别具一格的女人。

我因此暗暗沾沾自喜了好一段时间。

可我没去赴顾小姐的约，不能赴的，盗亦有道，连春秋大盗跖也懂的道理，我一个大学老师好意思不懂？而且，如果我去赴顾小姐的约被汤寓生知道了，那我们友谊的小船肯定说翻就翻了。我可不想发生这样的事情。

但我忍不住把这事告诉了朱小荑，朱小荑有些酸醋地说，"师兄，别这么轻浮好不好？你不过是人家的鹅嬷饭，说不定还不是鹅嬷饭，只是芥蓝腊味煲仔饭而已。"

"你才是芥蓝腊味煲仔饭。"我一把搂过朱小荑。那个下午,我们俩一边拿顾小姐的事打趣,一边在我公寓书房那张狭窄的深蓝色沙发上又体验了一回阿奎那的"阴沉的乐趣"。

而汤寓生和顾小姐就这样没有下文了。

之后某一天在资料室,当我和汤寓生又像并蒂莲一样坐在姚老太太面前有一搭没一搭地翻杂志的时候,她突然用幸灾乐祸般的语气告诉我们:顾小姐快结婚了。

"对方是浦发银行的高管,年薪听说好几十万,比你们俩加起来还要多呢。"

汤寓生没有和顾小姐谈成,姚老太太一直认为是汤寓生的责任——也不知道顾小姐是怎么和姚老太太说这事的。

在姚老太太面前,我们除了相顾一笑,能说什么呢?

但后来顾小姐并没有和那个银行高管结婚,好像是因为顾小姐嫌对方有个儿子,一个已经在英国读初中的儿子。

"唉,这个小顾,也是太挑了。找男人又不是吃鱼,总挑刺怎么行?其实有个儿子有什么关系?人家儿子远在英国,和没有也差不多的。"

"再说,她岁数实在也不小了,有个现成的儿子,不也挺好?"

"结婚这种事情,不马虎点,是不行的。"姚老太太看一眼我们说。

我和汤寓生都不作声。姚老太太这后一句,显然有言彼意此、指桑骂槐之意呢。

在姚老太太看来,我们之所以一直还在那儿当着中文系的"凤毛麟角",都是因为我们太不马虎了。

但她后来又不计前嫌地给我们介绍过好几个,结果和以前一样,都没有"终成眷属"。

为什么呢?偶尔我们自己也会探究一番。汤寓生认为我的原因是朱小荑还在纠缠我:"真是搞不懂你们两个,明明离婚了,又这么不清不白的。"

"谁的人生是又清又白的?"我问。

"那倒也是。"汤寓生说。

这是汤寓生的好,每每我一避实就虚,他立马就可以和我高山流水了。

"高山流水"只是我自己的说法,在姚老太太那儿,可是"沆瀣一气"。也不知为什么,在我和汤寓生的关系中,姚老太太固执地认为,我是焉坏的那一个。她甚至在汤寓生面前挑拨过我们的关系,"汤博士你别太老实了,单身这种事情,也不是喝酒,还要奉陪人家到底。"那个"人家"就是指我。姚老太太大概认为汤寓生是因为我，所以不结婚呢。

这是抬举我了，也抬举了我和汤寓生的友谊。我们的友谊其实还没到这个程度。我以为，结婚这种事情，也像文艺创作，和荷尔蒙有关系。趁着年轻荷尔蒙充沛的时候结了也就结了，一旦过了那种生命冲动期，就不那么容易了。老男人比年轻男人难搞多了。尤其是知识分子老男人，这帮老家伙哪一个没有养成"我与我周旋"的臭毛病？我和朱小荑的离婚与不想复婚，与这臭毛病是有关系的；汤寓生和我相亲总是失败，与这臭毛病也是有关系的。

当然，汤寓生和我情况还有些不同，他对女性的看法有些矛盾。一方面对文化女性持有偏见，认为有文化的女性"不老实"——一个个都是"假装天真无知其实世故算计的孙柔嘉"，或者"假装清高其实俗不可耐的苏文纨"，他甚至说过"文化婊"这种过激的话，好在只是对我说说，这种话倘若被鲍丽丽之类的女性听到，绝对会招来她们大义凛然的口诛笔伐。另一方面，他又要找一个有共同语言的女性做人生伴侣，"至少可以一起谈谈文学。"这就难了。就好比要求一只鸟既要会飞又没长翅膀一样，要求一条鱼既要会游又没有长鳍一样，完全是一种二律背反，怎么可能实现呢？

可汤寓生觉得可能。《围城》里那么多"文化婊"，不还有一个出淤泥而不染的唐晓芙吗？而顾小姐就是唐晓芙那样的女性。作为一个杂志社的图书营销编辑——至少在姚老太太介绍给汤寓生的时候她还在杂志社工作，和苏编辑是同事。后来听说跳槽到了一家广告公司做策划，再后来，就不知去哪儿了——她的文化程度刚刚好，没有高到"不老实"的程度，毕竟只是一个编辑嘛，还是营销编辑，严格说来，不算真正的文化女性，然而也有一定的文化基础，只要日后对她加以适度的熏陶，夫妇共同语言应该没有问题的。

所以，对汤寓生而言，顾小姐是那个可以把他的"我与我周旋"习惯，改变成"我与顾小姐周旋"的女性。他甚至已经草拟了一个循序渐进熏陶顾小姐的计划，包括熏陶方式，每个阶段要达到的目标，都写得一清二楚，和写教案一样严谨认真呢。

没想到，顾小姐不想给他熏陶她的机会。

"人生就如小径分岔的花园，看上去选择很多，其实呢，正确的选择只有一个。选对了就花团锦簇，选错了就颓壁残垣。"汤寓生在电话那头喟叹道。

我莞尔。汤寓生这是在替顾小姐喟叹呢。其实也不至于。就算顾小姐选了他，做了教授夫人，又怎么样？校园里教授夫人比比皆是，日子过得也算不上多花团锦簇。而顾小姐后来的际遇，怎么说呢？反正用"颓壁残垣"形容，还是有点过了。

顾小姐快结婚了。顾小姐分手了。顾小姐又快结婚了。顾小姐又分手了。这种消息不断从姚老太太那儿传到我们的耳里。

"怎么一蟹不如一蟹呀！"

确实。顾小姐后来找的那些男人，听起来真是每况愈下，最后那一个，好像是山姆店的烘焙师，或者是星巴克的烘焙师。总之，就是一个烤面包的。汤寓生说。

我倒不觉得烤面包的有什么不好，至少顾小姐早上能吃到香喷喷的面包。

只是不知道顾小姐喜不喜欢吃面包，也不知道最后她和那个烘焙师到底成没成。

姚老太太退休后，关于顾小姐的事情，我们就无从知晓了。

原载《北京文学》2021年第7期

遥远的初恋

南　翔

一

周日，我发了一段很长的微信给水根，约他来深圳南山参加我主持的一个"非遗会客厅"开幕式。他高兴地表示一定来，且会好好做准备。

一晃，我离开曾经工作过七年的袁江火车站已经四十多个年头了。

我发现一个人离开故地，与原单位同事尚保持较为密切联系的并不多，这跟发小和同学相处不一样，同学分别得再远再久，终究还有一根隐形的脉在牵引；你看看自己手机微信里的朋友圈吧，是不是都还保留了中学群，乃至小学群？

水根是我在火车站一直保持联系的少数朋友之一。

赣西那地方，女孩儿取名，用梅用丽用珍；男孩儿取名，用根用生用民，如水根火根荣根，春生秋生冬生，新民福民海民。

水根一直觉得自己的名字太土，偷偷从集体户口中抽下单页，请一位叔叔在派出所当所长的同事带去，将名字改成了水兵。我们车站货运车间一位南下干部的儿子，取了一个四个字的名字：邓坦克兵——概因坦克兵曾是他父亲履历中最辉煌的诗篇，颇值得儿孙辈用自己的名字来铭记。车站还有一位扳道员姓屠，名格涅，幸好他家庭出身是工人，不然在那个"家庭出身"主宰一切的年代，一个叫屠格涅的人，不会有人相信他是屠格涅夫的传人，只会使人对他的家庭或社会关系是否与"苏修"有瓜葛生出疑窦。

水根是那种内心无时无刻不缤纷着五彩冲动，为人处世却趋向中规中矩的人。他与我一样，心里一直埋着一颗文学的种子，这个同类项，是我俩能够走得比较近，且关系持久不衰的重要原因。

在行为做派上，我俩都有逾矩的冲动，却又从不敢越雷池一步。

还有，我俩无论家庭出身还是个人专长，都没有拿得出手的谈资，说白了，既无邓坦克兵那样铿锵有力的背景，又无屠格涅那样惊世骇俗的勇气。

那就把名字就着方便改一改吧。他把水根悄悄改成水兵。因为一直在原单位，水兵就成了户口本里的一个遥远的相约，大家都依旧叫他水根——一直叫到他两鬓飞霜，容颜渐老。

在火车站，我在装卸班扛过大包，在吊机班套过钢索，还干过总务与准秘书；水根则一直是一名火车司机——准确地说，我认识他的时候，他还只是一名司炉，后来才是副司机，再后来当了司机。

铁路上的工作林林总总，岗职分门别类，很是多样，外人如果想搞清楚，就需要像读俄苏长篇小说那样，先看一张人物列表。简单地说，火车站是运转、客运、货运和装卸四大车间，火车头及司炉、司机并不归属火车站，他们隶属于机务段管辖。

但是水根连同他所在的 2020 号蒸汽机车头——一台调车机，固定给我们袁江火车站使用。调车机每天的工作就是将站内不同股道里装好的或待装的车皮，调来调去。其他司机都住在东边一排宿舍里，水根却一直住我们车站的宿舍，跟我比邻而居。他后来告诉我，这是他自己跟车站提出的要求，因为一直喜欢跟我交流并互借书籍的缘故。这令我着实感动了一阵子。

一个人能否与自己的同性同事保持长久的友情，共同的志趣或爱好很重要，可仅有这一点还是不够的，水根的为人处事方式，使我感觉他是一个很善良的人。一个人既聪明又善良，这是我迄今依然最看重的两种品质，尤其难得的，当这两种品质集于一身，那就是千金不易的朋友之选了。水根的善良是我那时候就感受到了，水根的聪明则随着时间的推移，我才慢慢感受出来。尤其是他在身体残疾，提前退休之后，无师自通地做了大量的根雕，我才感叹，一个人的聪明才智，真的远不止在中考、高考、考研一条道上绽放！

前面我讲到，一台驻站的调车机，一天到晚要做的事情，简单而重复，就是将站内不同股道里装好的或待装的车皮，调来调去。水根令一众装卸工喜欢的原因：每当他开车便不厌其烦地将待装的车皮停在最精确的货位上，这会使卖苦力的装卸工大大节省劳动力！装卸工们只要看到车皮是否对准了货位，就能猜到今天的司机是不是水根。

那时候，我已经在袁江火车站装卸车间做了五年苦力——三年人力装卸，两年吊机装卸。因为在《人民铁道》《南昌铁道》等报纸发表过一些"节日诗"而被站长相中，抽调到车站"以工代干"做总务。任务主要有三：一是给各车间发放劳保用品，二是配合总务室老王头发工资，三是不定期地出节日与大批判专栏——这后一点加深了我与水根的交往和感情。我和水根都二十出头了，各自当了五年工人，成了老油条，简单的劳动不再有新鲜的东西刺激我们。同一栋宿舍的调车员、扳道员、货运员已经纷纷开始在黑夜出去相亲谈恋爱了，我和水根依然将空余时间要么虚掷在乱读书上，要么就在宿舍前面煤渣铺就的空地上练杠铃——两爿石磨套一根长长的轴承杆。

指导我们锻炼的是南京运输学校毕业的一位调车员，我们尊称他胡哥。对这位出生在苏州的胡哥，我和水根都佩服得五体投地。他对于文学所知甚少，对于文学之外的天地却无所不知。讲一件小事：一次水根过生日，他拿出一个月工资的八分之一——五块钱，买了一瓶菠萝罐头请客，并且说这是听了胡哥的建议，补充一点营养。我与他各尝了一块菠萝之后，觉得味道不对啊，再吃，还是不对，不是菠萝的味道。我俩举箸犹豫间，胡哥从宿舍那头过来了，我俩连忙招呼他过来吃菠萝。我和水根对视一眼，谁也不作声，想看看这位大城市来的胡哥吃后有何反应。但见他一箸一箸吃完，津津有味地一抹嘴道，这不是菠萝，这是菠萝蜜，是另外一种岭南水果，菠萝蜜就是这个味道！我和水根赶紧去抢，玻璃罐里却仅剩一点儿糖水，这才见红黄相间的标签上，确实印的是"菠萝蜜"三个大字。我和水根都以为，这个"蜜"是形容菠萝甜如蜜，哪里晓得袁江之外的南方，还有一种水果就叫菠萝蜜呢！

胡哥不仅指导我们锻炼，还提醒我们运动之后，需要经常补充营养尤其是蛋白质——肉蛋奶，以免过劳伤肝。那时候，车站职工确实患肝炎的较多，还有几例肝癌，体力劳动强度大是原因之一，加之环境污染——车站周边就是磷肥厂和农药厂，是否确与常年的营养不足相关呢？可是，足够的营养需要充盈的经济条件来支撑啊！那是一个花十几块钱买双上海产的白色回力球鞋，都能令我们激动半个月的时代。

因为出专栏，笔墨纸砚在我这里应有尽有，水根喜欢这种氛围，于是常来写写画画。他也喜欢写点小文章，"五一"有感想，"十一"有纪念。现如今看来不值一提的应景文章，那个时代却都是一种无限空虚的有限填充。上海出版的两种刊物《朝霞》《学习与批判》，我都以车站的名义订阅了。水根不时能从他在袁江中学教书的舅舅那里带来一些书刊，譬如苏联小说《第四十一》《这儿的黎明静悄悄》之类，都是从他给我的《苏修文艺批判集》中读到的。现在想想也真是有意思，主编为了"肃清流毒"、配合批判文章附的原文，反倒让"流毒"扩散了。当时却也还好，没有听说他们是为苏修文艺张目。水根不断的书刊接济，给我枯寂的身心，源源注入了一脉鲜活的溪流。即便从功利的角度说，也为我在1978年高考恢复之后，以小学生的底子考入大学，添上了一笔不容抹杀的功劳。

对于水根助力的回报，便是我常常在专栏里给水根留下一个显豁的版面，让他的荣耀感，焕发在全站两三百职工面前。

二

那是1975年"五一"之前，我提前一周向水根约稿。搞了那么多期跟运动相关的专栏，这一期我想做得软性一点，添加一些文学色彩。我把这个意图跟水根讲过之后，他眼睛一亮道，好啊，文学色彩就是五颜六色呗，不止于红与黑两种颜色。却又问我，写什么东西才叫有文学色彩？我现在是一名司机，每天开火车，感觉枯燥得很呢！你提示我一下？

水根所在的蒸汽机车头，我当然不止上去过一次。局促的驾驶室里，除了各式表盘，便是操纵杆，再有是一台长长的卧式锅炉，整日炉火熊熊。据说，世界上第一台蒸汽机是由古希腊数学家亚历山大港的希罗于1世纪发明的汽转球（Aeolipile），不过它只是一个玩具而已。后来很多人参与其事，尤其是瓦特改进最多，终于发明出了现代意义上的蒸汽机。可我们眼前的蒸汽机，夏天火热，冬天冰寒，司机更是整天一身油包，脏里吧唧的，火车司机——我这里强调的是真正意义上烧火的司炉和司机，绝不是一个轻松好玩的活儿。我曾经尝试过，在驾驶室里，双手一前一后，端起一大铁锹湿淋淋的烟煤，足有几十斤吧，一百八十度转身，均匀地倾洒到炉腔深处，那既是一个力气活，也是一个技术活。我给锅炉添了十几锹煤就再也端不动了，要害在于你要把一大锹湿煤撒进去，又快速收回铁锹，双手动作需要协调、有力、劲捷。我抹着头上的汗珠道，这烧火的活儿，比我干装卸还累啊！

水根和他边上的司机张大车一起笑了。

张大车说，你是坐了几天办公室，变修了——变修了这句话，只有二十世纪五六十年代及此前出生的人才听得懂，就是说，你变成修正主义了。换言之，就是肩不能挑，手不能提，再滑下去就是好逸恶劳了。

水根则给我打圆场道，他跟胡哥学过举杠铃的，两臂膀都是老鼠肉！烧锅炉这个活儿其实更需要腰劲，腰劲还练得不够喔。

张大车是司机中的老油条了，他戏谑我和水根，你们俩是一根藤蔓上的两只苦瓜，连女人的前胸和后背有什么不一样都没见识过，二十郎当的后生仔没有了腰劲，以后结了婚要遭人嫌的！

那天晚上，在月光下的宿舍前面，我跟他闲聊了很久，想从他开火车的经历中，找到一点写专栏稿子的蛛丝马迹。可惜直到菜地上空三星打横，蚊蚋成阵的池塘边蛙鸣声声，催促哈欠连连的我和水根回屋睡觉去，也没有聊出一两个可资写作的生动细节来。

第二天是周日，我到市内跟几个喜好文学的青年朋友小聚去了。那时候刚复苏的市文化馆已经在筹办一个文学内刊，为取一个刊名争议了很久。我建议就叫"袁江"，或者"化成岩"，因这两处都实有其地。但其他朋友不同意，认为不够响亮，更没有时代感。后来，一位熊老师就任执行主编，他拍板用了我取的刊名《袁江》。熊老师的理由很充分，样板戏《沙家浜》原本是上海人民沪剧团创作的现代沪剧《芦荡火种》，改编为京剧之后，用了一个地名沙家浜做剧名。就为这件小事，我心情激动了很久。困厄时代的人就像旱地里的野草，撒一点儿养料，就足以让它疯长几天。民国年代，二十出头的熊老师，就在《民国日报》（赣南版）当过主编，他有几把刷子，新诗、旧诗都能写，我们都很佩服他。围绕熊老师，还有一份直到"文革"尾声兴办起来的文学内刊，一群"文青"的肚子才刚填饱，却觉得双臂的肌肉格铮铮的，优美的词句经过锤炼都会从骨头缝里一个个迸发出来。

水根如果不是周日当班，肯定会跟我一起过去，要知道，那时候的河边小聚，即便石头桌上一杯清茶，吃一碗路边荷担叫卖的水豆腐或凉粉，但有文学铺垫，其对"文青"的吸引，不亚于现如今去大鹏海边吃一顿海鲜大餐。

晚上回来，但见宿舍走廊上的水根一身疲惫，坐在一张即将分崩离析的破藤椅上，不像此前见我回来，一脸讨好地打探，恨不得把我一天的活动，搜罗得底朝天。

我惊问，你怎么了，病了？病了就去卫生所啊！

袁江铁路卫生所就在我们宿舍头上，除了两位年长的医生，新添了一位二十出头的护士。这位姓沈的护士，眉毛很浓，牙齿很白，眼珠很生动；圆圆的脸庞，居然还有两个甜甜的酒窝。不笑的时候，眼里都是自然流淌的笑意。火车站除了客运、货运还有几位姑娘，运转和装卸车间，清一色的光棍。那一段时间，原本少有年轻人问津的卫生所竟然变得川流不息，出现了很多无病呻吟的与需要打针换药的后生仔。实在装不出像样的病，他们也会过来问小沈护士要一两块橡皮膏药，贴在到处开口的工作服上，临走还不忘自嘲："王老五，命真苦，衣服破了有人补。"

我发现水根也很喜欢沈护士，去卫生所两次都遇到他。后来才听说他俩有过两次约会——这家伙居然连我也瞒过去了，一起去东方红电影院看过《瓦尔特保卫萨拉热窝》。那天我在宿舍见水根悄悄拿回一件补过的工作服，便打趣道，你好啊，从此无需像我这样，用膏药补衣裤了！他的脸倏然一红道，这不算什么，她心肠好，给好多人补过衣裤。人家白白净净的一个护士，哪里看得上我这样一身油包的司机啊！

一语成谶，他俩很快就断了交往，水根拒绝给我透露此间缘由。再后来，沈护士嫁给了站长的儿子，可是她在婚礼上喝醉了，叫的却是水根的名字。这件事传出来，我们都为水根惋惜，追求姑娘就该放胆，不能做缩头乌龟啊！水根当时听闻，很是失落，一脸痛苦，很快却遮掩道，她喝醉了叫水根，未必就是叫我呢？天下同名同姓的多了去！

铁路卫生所的故事，有一部分被我择取，念大三时写过一篇小说《在一个小站》，刊发在《福建文学》上，那是我的处女作。

水根懒洋洋地告诉我，他没病，是今天触霉头了——触霉头这个词不是赣方言，是胡哥的口头禅。水根驾驶的2020号机车今天在东头道口边轧死了一头牛！

我并没有把火车头轧死一头牛当回事儿，那时候的车站与铁路沿线，并不是像现在这样的封闭式运营，轧死人的事情也时有发生，轧死一头牛又有什么稀奇呢！只不过水牛的体型巨大，而且牛皮坚韧，万一车头前面的排障器没有把牛顶出去，那就有翻车的危险。

我问，怎么会轧死牛的呢？

放牛娃没看好吧？他说不是的，是一个老汉放的牛，原本人和牛都在道口外边等，大概是火车的响笛吓到了水牛，它突然受惊，挣脱老汉手里的缰绳，从横栏边想冲过铁路去。2020号机车正要从到发线——用于旅客乘降和货物到发的股道，转头驶去粮库专用线，速度很快，轰的一声就撞上去了。所幸那头牛是完整地被顶了出去，倒在路基边，把两棵碗口粗的桉树都压断了。司机张大车、副司机水根和司炉小赵都下去查看。那个年代，铁路上轧死一头牛，根本不用负任何责任。他们见道口工一副受惊的样子，便把附近的扳道员屠格涅也叫过来，请他安慰一下惊惶无措的放牛汉，赶快去生产队叫人过来，用一架大板车把牛拖回村里去，每家农户分两斤牛肉，权当过个小年了。

三人先后上到驾驶室，张大车刚要启动，水根忽然道，等等。他伸手毫不犹豫地拉响了汽笛。蒸汽机车的汽笛耗气量巨大，两个气罐共有70升的容量。拉响之后，几公里之外都能听得见它先声夺人。

我骤然想起来，上午我们在袁江边座谈的时候，隐约听到了持续大约一分钟的鸣笛，我当时就想到车站那边是不是出大事故了？一般只有在轧死人或者列车出轨颠覆时，才会鸣笛。笛声凄厉，令人心颤。

水根道，张大车批评我擅自鸣笛，造成了不必要的惊慌，要我写检讨。我跟他吵起来了，互相骂娘了。现在想想不应该，一个是他年纪比我大几岁，再一个，他是司机，我是副司机。

我想了想说，虽然一般来讲，轧死一头牛，非特殊情况并不需要鸣笛，可是你鸣了就鸣了，做个口头检讨就行了吧。要不，我去跟张大车说说？

水根摇头制止道，我自己去说就行了。说实话，我看见那头倒在路基上的牛实在很伤心，实在不亚于看到轧死一个人！我觉得以后车经过道口不一定要鸣笛，不鸣笛牛就不会受惊，也不会乱跑。

我问，火车经过道口一定要鸣笛吗？

他答，不一定，根据瞭望的情况来判断。即使鸣笛，也不要拉得那么长那么响，没有准备的老年人，心脏病都会惊吓出来。

我赞同。

我们住在铁路边是习惯了，半夜常闻笛声也吵不醒。有一位下放农村的朋友，在我宿舍蹭过一晚，他说根本没睡着，他很惊讶我们能在这么吵闹的环境里日复一日、年复一年地生活。他用了一个大词来形容：惊心动魄。

我正要回屋休息，水根忽然叫道，有了，你的五一专栏，我就写一篇关于牛的稿子，题目就叫《致敬，老黄牛》，行吗？

我当即回答，很好啊！五一的专栏，写老黄牛，歌颂劳动者，再好不过了！

他眉眼一低道，我就想写牛，我家在农村，从小我放过牛。我不想老写那些歌颂的文章，没劲。

我附和道，当然可以，牛其实也是劳动人民的化身。你读过杨朔的《荔枝蜜》，那只勤劳的小蜜蜂，不就是劳动者的象征吗？

水根龇牙笑道，我就晓得你是这么想的了，写文章，出专栏就想到化身啊，象征啊，当然这终归比总写红旗飘飘，征途漫漫来得好看。

我跟他说，先不设定那么多框框，写出来再说吧。

未料第二天一大早，我就被急促的敲门声吵醒了。我穿一条短裤，睡眼蒙眬地打开门道，什么事情这么急，着火了吗？

水根递上几张稿纸，兴奋地告诉我，他几乎熬了一个通宵，总算写好了！自我感觉良好啊！

我看他两眼通红，虽未睡醒，也不忍浇灭他的兴头，一边叫他一旁坐下，一边读他的《致敬，老黄牛》，并很快就被他这篇纪实散文吸引了。水根写了自己小时候在家乡——一个叫渥江的村子里放牛的经历。牛是生产队的财产，让一些农家轮流放牧，他觉得那头名叫"花眼"的公牛特别有灵性——这头牛一只右眼从来就有一层阴翳,故而被人称作"花眼",听得懂人话。也许是水根常常兜里带点炒豆子、炒花生给它解馋,也从不鞭打它,甚至对话也是轻声细语,它对水根尤其唯命是从。里面有不少生动的细节,这不是我这个半拉学生出身的铁路工人想得出来的,如"花眼"嫉妒另外一头公牛向一头母牛献殷勤,不惜用嘴拱起一大坨牛屎,糊在那头公牛头上。还有,当"花眼"看见水根疲惫的时候,会在田埂旁较为宽阔的地方俯下身来,驮他回家。

除了写这头"花眼",文章还有两个似乎节外生枝却又意蕴丰富的情节,一个是当年他父亲陪着爷爷带着一头水牛入社的过程,再一个就是昨日为轧死之牛鸣笛致哀的经过。

这两个相隔几十年的细节,有情感上的关联。

爷爷加入合作社的时候,水根还没有出生,是父亲后来告诉他的。父亲说,让这头水牛披红戴花加入合作社之前,爷爷特意给它喂上豆子细料。这头牛是他们家最贵重的财产了,是爷爷从一头小牛犊一直养到"膀阔腰圆",耕田犁地,不舍气力。奇怪的是,这头牛似乎明白此去山长水阔,作别了从小养大它的一家亲人,只闻闻平时很难吃到的香喷喷的豆料,便把头扭开去。再后来,两滴泪珠滚出大大的牛眼,左边一滴挂在长长的睫毛上,不肯滴落。爷爷在旁边,糙手不停地抚着牛头,后来垂下头,肩膀一耸一耸的,爷爷也哭了。

送牛上路的时间到了,爷爷居然不舍得让牛负重,将一副沉沉的犁枷扛在肩上。牛走得很慢,比平时去田里慢很多。爷爷也不催它,就这样不到七八百米的一段路,爷爷和牛足足走了个把小时。走到挂着合作社牌匾的祠堂前,爷爷卸下犁枷,终于掩面大哭。牛掉转头来就想往回跑,早被两个精壮的后生仔牵过缰绳,硬生生拽进祠堂去了。

从小养过的有灵性的"花眼",再跟爷爷依依不舍牵牛入社,一幕一幕解释了水根对牛的感情深,不难理解2020号蒸汽机车在道口轧死一头牛后,水根鸣笛致哀的举动。一篇感人的散文呱呱坠地,源自作者丰富的生活啊。这篇散文的标题现如今看来有点硬,在那个年代却铿锵有力、无懈可击。我现在还能回忆起当时看了这篇文章的第一感觉竟然是嫉妒,这为什么不是我写的呢?当然,我并没有乡村生活经历,尤其没有放过牛,要我来虚构一头牛,写出来肯定不是水根笔下的这个样貌。

我当场拍板,说这才是一篇文学稿子,以前的都是宣传稿。我认为这篇稿子可以先给车站出五一专栏再交给熊老师,争取在《袁江》创刊号发表。那时,我已经在本铁路局的《前线铁道》报上发表了若干诗歌。"文革"期间发表的没有稿费,至"文革"结束,稿费制度逐渐恢复,在铁道报发表之后每篇有一块五到三块不等的稿费。我当年的月薪是41元,从1978年到1982年,这份薪资陪伴了我迷惑、匆忙而又充实的大学四年。

被我猛一夸,水根也兴奋莫名,他说,照你讲的,这篇稿子就是我的文学处女作,也可以讲是我的文学初恋。我一激灵道,失之东隅收之桑榆,你失去了人生初恋,却迎来了文学初恋。

他盯着我说,那是一块伤疤,我都快忘记了,你又提起!

我说,你的人生初恋,要是能与你的文学初恋合二为一就好了。

他转过脸去道,文学初恋我可以努力求的,别的什么恋,那是可遇而不可求。

三

出专栏前的稿件整理是一件琐碎而费时的事情,年纪大的人很少写稿,青工占了车站四个车间的二分之一,可是他们投稿却并不踊跃。征集到的稿子,可用的很少,大都需要斧劈刀削。现在想来,"斧正"一词是有道理的,有些稿子简直被我砍得体无完肤。不是我好为人师,本人其实很不愿意把同事们的文章改得面目全非。我自己第一篇诗歌《列车,一片流动的绿土》较早发表在《前线铁道》,除了姓名,被编辑改得几乎没有一句是原创,拿到报纸两眼一黑,差点一头栽倒。那会儿我就暗下决心,一旦担任编辑,面对纷纭的来稿,宁可不用,绝不擅改!可是我在车站办板报,出专栏,如果不用本站职工的稿子,那就面临无米下锅的窘境,总不能在自己的园地里照抄"两报一刊"社论吧?

硬着头皮改差稿,久之不仅心生厌倦,还会拉低自己的审美趣味。所以,我自己创作几十年,对一路过来遇到的心底无私的好编辑,总是充满敬意。

面对水根的纪实散文《致敬,老黄牛》,我当然无须大动,稍做调整的是,将他爷爷带着耕牛去入合作社时的掩面大哭,改作了:爷爷与牛分手的那一刻,不禁泪流满面,那是激动的泪水、高兴的泪水、幸福的泪水。牛跨进祠堂的时候,回过头来,既恋恋不舍,又义无反顾。因为它知道,前面才是它的新家、好家、大家……

现在回想起来,没有谁叫我这样改,那么,是不是不改会更好?不是的,在那种环境中过来,有一只大手抓着我的小手,自然而然改了,改得那么自然,那么顺畅,那么符合时代跳动的脉搏。

专栏做好的那一天,是"五一"前夕的4月30日下午,油墨未干,我就招呼水根下班过来欣赏。

我们的专栏就矗立在总务室窗外的路口,不仅铁路职工家属,还有一部分乘客以及路人,都能看到焕然一新的"五一"特刊——如果他们想留意或驻足的话。

我坐在总务室里,对每一位留意或驻足者,都报以微笑,且不管是熟人还是陌生人。先是货运员邓坦克兵过来了,他捧着一叠台账,边看边笑,说这篇写牛的文章最好看,细节生动。再是扳道员屠格涅过来了,他敲着搪瓷碗准备去吃饭,看完之后,他说喜欢右上角一首小诗。这首小诗是一位客运员写的,我后来才知道,屠格涅对这位诗写得很一般的湖南醴陵籍姑娘害着单相思。

心里隐隐蹿动着期待与不安,那是在等待一个人:水根。我想象他看到板报的表情无非两种:一种是满眼飞笑,夸赞主编改得好,另一种是双眉倒竖,斥责我不该改动。

文章是自己的好,大多数人都有不愿让他人动一字一句的固执。

到吃晚饭时间了,我下去食堂,飞速打了两钵饭上来,四两一钵;还有两份红烧肉,一份两角五分。等到一身油包的水根过来,天都擦黑了。他把一只盛满手套、榔头等物的藤篮扔在我的办公室门边,举起一盏号志灯,打一束白色追光,认真地看起板报来。他一束光一束光地跟着看下来,对我修改的部分看得格外认真。我调侃他很像样板戏《红灯记》里的李玉和,如果着一身褴褛的沾染血迹的白衬衫,脚戴铁镣,再手举一盏号志灯,那就惟妙惟肖了!看到结尾部分,他手里的灯光来回拉了几次,停住,收光,默默地进了办公室。

回到办公桌前,他把两只倒扣的赭红色的饭钵分开,扔一只在我面前,拢一份菜在自己肘边,瓮声道,饿了,先吃饭吧。

他这种态度是我没有预见的:有点儿垂头丧气,又似乎有点儿赌气。

他只顾埋头吃饭,一钵饭很快吃完了,我又扒拉了一半给他,他也吃完了,连同吃完的是一份肥肉远多过瘦肉的红烧肉。

我不无夸张地讲了邓坦克兵对他文章的点评,还生拉硬拽将屠格涅对客运姑娘诗歌的欣赏,转嫁到水根的文章上。我希望他吃慢点,或者停一停,讲几句话,免得窗外过往的人,误以为我是在边吃饭边训话。我其实是最不喜欢也不善于批评人的,这也是即将高考的1978年前夕,车站书记接到了铁路分局政治部给我的一纸调令——调我去袁江铁路子弟学校当教师,被我坚拒的原因之一:我能预见将来面对一群调皮捣蛋如今称作"熊孩子"的学生,自己的张皇失措与束手无策。

水根自顾自吃完六两饭、一份红烧肉之后,端起我桌上那只印有红色路徽的大白瓷缸,咕嘟咕嘟地喝茶。我忍不住问,你也不想评价一下,我改得好还是不好?

他猛然抬起头来，吓了我一大跳：两只眼通红通红，大颗大颗的泪珠一连串地滚落下来。

　　凭我那时浅薄的文学底子，当然也听说过一句出自某昆剧的"男儿有泪不轻弹，只因未到伤心处"。在水根的一篇令我嫉妒的文章上，我施了几板斧，没有改得更好吗？车站的专栏稿子，原本都要给书记审稿的，基于领导的信任，大多数情况下——譬如节庆专栏歌颂类的文字，料也跑不偏，他也就授权我直接出刊了。况且如果不满意我的"篡改"，直接说就是了，我再交给书记仲裁去！哭什么呢？

　　我摇摇头道，你啊你啊……

　　他摇摇头道，不是的，不是的……

　　4月30日，我会永远记得这么一个傍晚，因为一个不经意的修改文章的细节，我觉得自己在老朋友水根面前，产生了一道看似平滑摸起来糙手的隔阂。尤其是当水根这篇《致敬，老黄牛》以《老牛亦解韶光贵》为题刊发在《袁江》创刊号上，而且是随笔栏目中的头条——熊老师改的标题，源自他欣赏的一位当代诗人臧克家的一首《老黄牛》："老牛亦解韶光贵，不待扬鞭自奋蹄。"要紧的是，《袁江》刊发的稿件就是水根的原稿，熊老师只是订正了一些标点符号和错别字，爷爷牵牛入社的场景一仍其旧。带着油墨清香的《袁江》出刊之日，有一个评稿会在刚刚复办的市文化馆召开。熊老师一篇篇评过来，有赞有弹。唯独对水根的文章，熊老师是啧啧称赞。他说，经历过这么多年的宣传口号式的写作，水根写得有血有肉，牛与人的情感写得生动自然，有细节，有场景，有情怀，真是难得啊！尤其难得的是，没有说教，没有煽情，没有借物喻人之类！这才是文学，鲁迅认为：我以为一切文艺固是宣传，而一切宣传却并非全是文艺，这正如一切花皆有色，而凡颜色未必都是花一样。

　　这一次评稿会，我虽然并无稿件参评，内心的震动却很大，对我今后的文学创作之路，无疑也产生了潜移默化的持久影响。熊老师的烟瘾很大，飞马牌香烟在他焦黄的手指间，一支续一支地抽完了，剩下一个空烟盒被他揉成了纸团，还不时下意识地举在鼻子前嗅嗅。那以后很久，我才能回味熊老师以前经受的磨难，在他内心造成的忍耐与烦躁的双向撕扯，还有对他身心健康如风蚀雨淋般的击打——那次评稿会半年之后，熊老师就因小细胞肺癌，走了。

四

　　1978年上半年和下半年的两次高考（史称七七级、七八级），我都参加了，上半年这次落榜，下半年这次一箭中的。

水根上半年没参加，下半年这次跟我在一个考场——袁江中学二楼的一个教室。事后问及考试状态，他不无沮丧道，数学考试交的是白卷。

也难怪，我们都是小学没毕业，就遭遇了"史无前例"的十年，在学校"学工，学农，学军"三四年，就各自参加工作了。要不是我花费了半年左右时间主攻数学，拿下二三十分，其结果，只能与水根合并同类项。

我搭上了末班车，水根以10分之差落榜了。

拿着录取通知书，搭乘我无比熟悉的绿皮车去省城上大学，是一个清风徐徐的上午，我背着一个盛满杂物的工具袋，水根送我到立着一排梧桐树的站台，他肩头扛的是一只小小的樟木箱，那是自我七年前参加工作就始终陪伴我的唯一家具。

火车开动的瞬间，我朝水根招手，看见他在抹眼睛，不知是吹进了风沙，还是流泪了。

那以后，分隔两地，我与水根的关系，如同他说的：你我是两股道上跑的车，走的不是一条路啊——这分明是样板戏《红灯记》中，李玉和讲给日本鬼子鸠山听的。

我对他道，我俩还在同一个省呢，你就把我一掌推到"贼鸠山"那边去了！

通信的年代，我与水根一直有信函联系，或繁或简。

手机兴盛，我俩用短信与电话沟通，有短有长。

微信年代，互通有无更多。

我在写作的路子上走得较远，这源自我在大学主要教授写作，且个人兴趣在兹。水根原本也钟情文学，我答应过他的要求，一是将大学的书本一本不落地寄给他，甚至包括刚入校用的油印外语教材；二是老老实实地一课不落地记课堂笔记，寒暑假都带回去给他阅读、讲解。

他兴奋道，这样我就与你同时在读大学啊！我一定要跟你一起毕业！

很快的，大约半年吧，也就是1978年年底，一场事故，彻底改写了水根的人生。

铁路工作，最容易出的人身事故就是被火车轧了，血肉之躯要是被那么一个庞然大物撞上，非死即残。袁江火车站的一位广西籍调车员，像电影里的铁道游击队那样，雨雪天从依然高速行走的货车上跳下来，摔了一跤，举不起那只提号志灯的右手，才发现从肘部被铁轮碾断了。

水根的一场事故，跟火车有关，却与工作无关。那时候单身汉或小家庭烧水炒菜，兴起了一种叫煤油炉的燃具。煤油炉是洋铁皮敲成，装有8根到12根灯芯不等。点燃之后,蓝色的火苗妖娆而起,令人满怀期待。煤油炉自然要用到煤油,所谓靠山吃山,最便捷的搞到煤油的办法,就是到卸空的油槽车里去掏油。概因油库卸空后的槽车里,总有一些残留,赶巧弄得多的,能掏到半铁皮桶回来,在百物匮乏的年代,给了我们一个不小的惊喜。这个"我们"其实不包括我,掌握这种信息并能够捷足先登的,主要是火车司机和车站的调车员。但我揩过不少油,原因在于我有一个开火车的朋友水根。

水根每次馈赠给我煤油的时候,他的兴奋,一点不亚于我这个受赠者。

那种感受,用现在时兴的金句来表达:送人玫瑰,手有余香。

我永远不能忘记这个送我玫瑰,手有余香的水根。

可是,他却在最后一次掏煤油的过程中,提着马灯误进了一辆汽油的槽车,汽油不比煤油,见明火即轰然一声燃烧,将他周身烤了一遍。待得调车员小王等人手忙脚乱将他从槽车里背出来时,水根已然面目全非。

水根虽是个人掏煤油,却因是工作时间,所以认定为工伤。上南昌,去上海……高昂的医疗费虽然统统在报销之列,但那烧伤之痛,非过来人不能体会。记得我赶去袁江人民医院看他,他一身裹满纱布,偶然发出来的几声叫喊,撕心裂肺,洵非人声。

我的心骤然收紧,泪水簌簌而下。

事后,我听说沈护士也与爱人去看过他,走时在他枕头边放了一沓钱。

回到大学,我频繁地给他寄各种文学书刊,每周誊写课堂笔记寄去,鼓励他:你答应过我,一定要跟我一起毕业的。

很长时间,都是我给他写信,他很少给我回信。一则,他手脚不方便;二则,信中看得出来,他对未来的人生很是沮丧。终于,他给我回信说,你别给我寄书了,现在我看不了书,看书不仅头痛、走神,而且一合上书,前面看过的全都忘记了。

我无法判定他不能看书,是心理的问题,还是身体的问题,抑或兼而有之?无论上大学还是毕业留校,我都有寒暑假,还有一些节假日。我回袁江,除了看父母,必定要见的就是水根。掏煤油烧伤,给他留下了严重的外伤,以至夏天他都只有穿长衣长裤,左脸一块亮疤,从太阳穴一直游走到下巴颏,像是卧着一条面目狰狞、蠢蠢欲动的花蛇。他得抑郁症,是我带他到省一附院找专家调过两次药,避开了高血压危险和心跳过速的副作用。待水根拿着处方出去取药,我加问了一句,医生,我们互留电话,以后有事或要打搅你,有什么新药没有副作用,你就及时通知我。见我对朋友的病如此关心,眼前这位较早谢顶、态度和善的专家提醒我,你这位朋友服用抗抑郁药只是一方面，更重要的是心理调适，如果有爱好、有寄托，专注做一件事，减少胡思乱想，情况就会好很多。他老婆呢？身边人的关心是最重要的。

我往外看了一眼，道了一声谢谢，匆匆离开。

那一年水根才二十出头，初恋的一颗蓓蕾尚未来得及舒展，就被一场突如其来的事故击打得如轻尘一般凋谢了。再以后就是没完没了的治疗、皮肤修复，以及过早退出职场，无论从女方还是男方看，都很难建立起一种两情相契的感情。何况，疾患给此君带来了一副忧郁的眼神，可他的底色却是镀金的四个字：心高气傲。

我曾经把袁江火车站的老关系都发动了，毕竟水根在那里土生土长，很得人缘。我恨恨道，我前后撮合过几对比牛郎织女见面还难的姻缘，包括介绍一位以上海知青身份入学的大学同窗，与我在袁江火车站工作的师傅的女儿恋爱成婚，就是老朋友水根，高下都不成！

医生的话给了我一个提醒，既然像水根这样老大不小，又患有身心疾病的人，恋爱与成婚都大不易，只能随缘，那么专注一门爱好总还是可以的吧。

五

1998年12月，我调往深圳，与水根见面已然少了许多。我去，他来，却是有的。

凭着我与袁江市文化馆多年的感情，我鼓动他赓续前缘，重启文学爱好。我不止一次激将他，你可是《袁江》杂志创刊号的作者，你在20世纪70年代末发表的文章，一点不比现时发表的很多文章逊色。后来，他果然成了文化馆的常客——这是熊老师的儿子告诉我的。熊老师的儿子成了馆长，熊老师在天有知，会不会平添几分欣慰？只不过，此时水根耽恋的不是文学，头两年跟一位仙风道骨的书法老师，把欧颜柳赵的楷书都临了个遍；后两三年又迷上了水墨画，我叫他到深圳来，拜我的同事画家邹明为师——那一段邹明常常背着画夹在新疆做水墨写生。看了邹明老师满世界行走的水墨收获——戈壁胡杨，陵谷雄鹰，尽收笔端，水根感叹自己出道太晚了，不仅欠缺艺功，也没有体力。再后来他迷上了根雕，我不仅请熊馆长就近给他找了一位功力深厚的根雕老师，还请当地林场的一位朋友源源不断地给水根送去新挖的树根，材料费用自然不用水根操心。

三年前，我叫水根来深圳，参观了一个拓荒牛的木雕展，水根眼前一亮，赞叹道，我就应该这样，全心全意做牛雕啊！

是的，他出身农家，从小放过牛，开火车轧过牛，处女作写过牛……他对牛有一般人远远不及的感情。

我对他竖起了拇指，鼓励老友的根雕主攻牛主题。

根雕的创作原则跟写生有点相似：随物赋形。语出苏轼《画水记》："画奔湍巨浪，与山石曲折，随物赋形，尽水之变，号称神逸。"既然是随物赋形，那就得根据树根的原始面貌，或远山近水，或崖石树木，或苍鹰振翅，或老翁带孙……哪里都能雕出一头牛来呢！

水根就有这个本事，当他一心做牛雕之时，眼底胸中，无不有牛存焉。他手中的树根，无论虎啸猿啼，山奔水走，松挺石卧，媪慈孙淘……总会在不经意处，见到一头牛。

大牛、小牛、全牛、牛头……有的只隐隐露一张牛脸，你可以说它的身子都潜伏在水塘里了，如此这头牛之根雕就来意思，也来意境了，目睹者每每要在一尊尊虎豹鹰隼、茅店柴扉的根雕主题里，寻出一头或两头牛来。

从个案上说，牛是配角；笼而统之，牛成了主角。

水根在袁江及省城的根雕展，都很成功，他发图片和视频给我看了，我是他在异地朋友中的第一个分享者。

我却看到了隐忧：他的根雕单打独斗，固然也有一些售卖，经济效益却不高。恰好，我因写了一本非虚构的《手上春秋——中国手艺人》，瞄准的是全国各地一些不同类型的非物质文化遗产的传承人，在深圳"非遗周"上我结识了不少新朋友，知道作为改革开放的前沿城市，深圳的近两百个各级"非遗"项目，有不少都属于"非地非遗"——亦即其根不在本地，是从外地引进的"非遗"。我就想，能否把水根的牛之根雕引进到深圳来，成为"非地非遗"的一个新品种？

瞌睡送来枕头，恰好！南山区要做一个"非遗会客厅"系列活动，邀请我做策划及主持。开幕式那天，请来好几个"非遗"传承人，我事先跟水根联系，请他也来参加开幕式。他头天就乘高铁到了，我到深圳北站接他，没料到他随身带来几件沉甸甸的根雕，用泡沫塑料裹着，装满了两个大袋子。

我半是抱怨半是心疼道，你也太认真了，人来就行了，带上这些木头疙瘩，累不累啊！

他平静道，你把它们看成木头疙瘩，它们却是我的心肝宝贝！你是靠作品说话的，我也是靠作品说话的；你的作品写在纸上，我的作品刻在树根上。

我拍手道，讲得好！明天的"非遗会客厅"开幕式，你别忘了这几句话一定要讲。

中秋前,"非遗会客厅"开幕式在南头古城的简阅书吧二楼举行,市区两级的"非遗"管理者来了不少,其他的是剪影、锯琴、满绣等"非遗"传承人,再便是社区居民、读者及游客。

作为主持人,我概述了与水根相识相交的几十年,作为一名因事故提早退休的火车司机,张水根如果当年考上大学,文学成就毋庸置疑会在我之上。目前他的牛之根雕,也很有特色,在深圳这座以拓荒牛名世的现代化都市里,他的牛主题根雕如果能以"非地非遗"落地,或者就落地在南头古城,一定会绽放异彩,成为吸引远近游客的一个传统手艺项目。水根平时讲得少,准备了两张稿纸,却也并没有照着稿子念。十来分钟时间,他讲了自己出事故之后的彷徨、抑郁,绝望到曾经两度自杀——一次开煤气,也就是香港人说的烧炭,还有一次是服用过量的安眠药。我惊到了,我是知道他有抑郁倾向,还带他去看过医生,却没有朝自杀方面去考量。我从不知道他先后有过两次自杀的经历!

水根一度哽咽,座下有姑娘抽纸巾拭泪。

水根接着道,既然天不绝我,我就不应该自戕。生命对众生平等,只会眷顾一次。

他接下来讲到了我的助力,他的一一列举,令我羞愧,因很多细节我都忘记了,他却巨细靡遗地铭刻在心。一个人对另一个人的帮助,是可以如此涓滴不漏地记住。对比之下,一路走来,帮助过我的人和事太多了,我何曾像水根这样一件一件历数得如铁钉落盘,叮当有声!

他讲到此生对牛的热爱,直到遇见牛之主题的根雕,他才找到了生命的寄托。

当他把墙边袋子里的根雕一一捧出来,场上爆发出了热烈的掌声。

我盯着的是几位不同职级的"非遗"管理者的眼神,见他们在会心地交换微笑,不由松了一口气。小结之时,我特别提醒今天到场的家长,一是传统文化除了背诗诵文,也可以从日常生活中习得,眼前的这些民间技艺,就是日常生活的一部分;二是当我们的孩子在高考这条路上走不通的时候,是不是可以像各类"非遗"传承人包括水根这样,尝试着走走其他路呢?有些人没有上大学,照样可以有追求、有理想、有成就,如我《手上春秋——中国手艺人》里面写到的十四个传统工匠和一个当代工匠,又如我们今天见到的张水根……

活动结束之后,几个人同时上来询问水根的根雕是否售卖。水根想了想道,就不带回去了,太重了。他不大好意思报价,我越俎代庖,根据根雕大小难易,报了几个自认为合理的价位,几件根雕很快被抢购一空。

似乎马上就成了一体同行,南头古城街上的几个"非遗"传承人朋友热情地邀请我们过去坐坐，刘氏剪影花了二三十秒钟，给水根剪了一个惟妙惟肖的脸部轮廓；余氏丝袜奶茶请我们吃蛋仔饼、喝奶茶。

事后，我带水根走到小巷深处，寻了一处安静的小饭馆拾级而上。但见窗外一片葱绿，小叶榕，菠萝蜜，腊肠树，大叶紫薇……无一不沐浴在岭南日渐灼热的阳光下。有两位保安在菠萝蜜树下盘桓，手里擎着带弯刀的竹竿。

他忽然道，你好多年没见过调车员胡哥了吧？他是在铁路分局副分局长的位子上退休的。他有一次问到你，竟然还记得你当年在宿舍前面举杠铃的样子。

我有些激动道，你一定代我问胡哥好！我还记得他吃完一瓶菠萝蜜罐头才告诉我们，这是菠萝蜜不是菠萝，菠萝蜜的味道就是这样的！你看看这里多少菠萝蜜树啊。

我再问，对了，邓坦克兵和屠格涅，他们都好吗？

他却若有所思，俄而，不无失落地伸手，划拉手机给我看，问道，你还记得她吗？

手机图片里，一个胖胖的女人，犹有一头浓密的头发，只不过已经白多黑少了，多么熟悉的一张圆圆脸庞啊！我脑子里猝然闪过一个人，失声叫道，这是小沈，沈护士！天啦，她都这……她好吗？！

水根收回手道，她儿子大学毕业都几年了……

我愣住了，瞥见他眼里有隐隐的泪光，人生的初恋，原来可以藏得这么深，藏得这么久啊。

原载《作品》2021年第11期

正午一点前

汤成难

一

狗叫了一夜。她没合眼,天不亮就起来了,怕睡过头。

窗外是黑的,蒙了黑布一样,没一丝亮星儿。狗叫声在远处,又像在屋后,汪汪汪的声音后,是一阵黏糊糊的呜咽,像水开了,气泡咕咕往上顶。这叫声是第一次听,大概是从别处跑来的狗,不熟悉环境,或不熟悉主人,谁知道呢,反正白天没听过这叫声。夜晚总是会引起狗的警觉和孤独吧,今夜也许还会再叫。

她坐起来开始穿衣,睡前衣服都塞在被窝里,这会儿一件件掏出来,还是凉的。下床,也没点灯,用不着的,闭着眼都能做事。

照样摸着黑去洗脸,从水缸里舀水,水瓢正浮在缸壁旁。水是凉的,水倒进脸盆的声音也是凉的,"梆"的一声,吓了自己一跳。舀了水,瓢再放回去,在半空就撒了手,瓢准确无误地落进缸里,嗵——在水上弹了一下。到底没弹起来。

本来就没睡意,凉水一洗,睡意更光了。来回洗两遍,耳根、脖子、手背,用毛巾擦了又擦,到处都醒了。

洗脸水不乱倒,积在一只木桶里,满了就用来刷马桶或浇地,好一阵没下雨了,地里旱得慌。桶里原本就有水的,大半桶,新的水进去,"咕咚咚"几声,含混又笼统,算是招呼,水接受了彼此。

这时的狗叫声更急了,这狗东西,觉察到动静吧,叫起了劲。

从屋里出来,关上门,又是吱嘎一声,黑夜放大了声响。

她向东走,才走出几步,又折回来,哪儿不对劲似的——她还不习惯空着手走路,平时要么扛着铁锹,要么拿把镰刀,总之,像现在这样两手空空的,没一点重量,别扭得很。她回到屋里,可拿上什么农具都不合时宜,因为她不是下地,她要去凤凰山。

她在屋里转了一圈,最终,将挂在墙上的一只篮子取下,出去了。

篮子是空的，支在胯和胳膊之间。由于身体的单薄，这样便显得篮子过于大了，看着不像是她挎着篮子，而是篮子劫持了她。她将篮子一会儿换在左边，一会儿又换到右边，两条腿不太好，倒也走得很快，后面竟起了烟尘，好像有什么急事似的。

她要在一点之前赶到凤凰山。

二

从小官庄到凤凰山，这段路她走过，也就半天光景，这时候出发，肯定早了。

小官庄是三面环水的，一条东西向的土路连着远处的村庄，要是从高处看，这条土路和小官庄形成一只汤匙的形状，匙柄就是这条被踩得白亮的路了。现在这条土路上已经有了人影，墨蓝的夜色下，路面呈现出一种灰白色调。

路的两侧是麦田，但是被团团浓雾遮住了，夜里的雾不是白色的，是黑色，一重重地挡住人的视线。

要不是去凤凰山，这时候或许在地里干活呢。她这样想着。是的，她有一小块地，不大，种的粮食勉强够吃。地在村庄的后面，走过去也得二十来分钟。她清早下地，中午就吃带过去的两块饼，直到天黑了才将自己从地里拔出来。其实不仅仅是她，整个小官庄的人大抵都是这样的，即使在冬天，地里没什么活儿可干的时候，也会绕着田埂走上几圈心里才踏实——把陇上的虚土踩实了；把土坷垃再敲碎；或者，趁旱期把引水渠再拓宽一下。她突然想起几天前挑到田头的粪肥，还没散开呢，她打算选一个晴天去散肥。她会用铁锹铲起一块，用力甩出去，使它们在半空抖落成无数道抛物线。粪肥与麦苗混合在一起的气味，在阳光下四处弥漫，那气味里有盼头。衣服常常汗湿在后背上，但手上丝毫不松劲儿，握着锹柄的手更紧了，好像要把攒了一个冬天的力气全部用尽似的。当然，这也是从前了，因为，这几年她像一只漏气的皮球，力气越来越小了。

天亮了一点，原本的墨黑里掺入一点点白，看不远，像是被一块洗旧了的幕布遮住了。不远处的水杉早已掉光了叶子，枝枝丫丫分外可见，像投在幕布上的剪影。再后来，雾越来越白，浓浓薄薄，如没撒均匀的面粉，腾地而起。

因为看不见太阳，她有点捉摸不透时间。路上偶尔出现一两个和她一样赶路的人，在她前方，或相向而行。她低着头，急匆匆过去了。有人喊她，二嫂，杨嫂，也有可能只喊了声"哎"……没听清，不过，她还不想说话，她要赶路，她要在一点前赶到凤凰山。

天又亮了一些，雾轻了，丝丝缕缕地缠在远处的杉林间，她把头巾重新裹了裹，只露出半只脸来。头巾上有水汽，水汽凝成白绒毛，在鼻子底下漾来漾去。真是太冷了，呼进鼻子的空气像冰冻过，鼻子嘴巴都是红彤彤的。她的手因为要挎着篮子，也是通红的。有一阵，她将篮子从一只手上换到另一只手上，手指竟然僵硬得伸展不了。她责怪自己，为什么要带一只篮子呢？

她继续前进，路向东延伸，这是村庄通往外面的唯一的路，它那么长，那么笔直，笔直得仿佛不由分说。

太阳出来了，现在，应该是七点了吧，太阳出来她就晓得时间了，看了大半辈子天，准没错的。

穿过一个村庄，以及村庄另一头的河塘。原本路要绕着河塘箍半圈，可河塘里没有水，她便抄近路从河塘走，河底龟裂成一块块的，猛一看，像一张网。她从网里爬上来时，差点弄错了方向。

还有半里路就到渡口了，她记得的。过了摆渡是小王庄，小王庄再过去是小吴庄，小吴庄过去后是一条搓衣板路，至于为什么称它为搓衣板路，因为路面凹凸不平，如波浪起伏。搓衣板路有四五里地，走完了就是荒场了。

荒场又叫凤凰山。

三

附近村庄的人都称荒场叫凤凰山。没人知道原因，可能这名字听起来洋气多了。凤凰山不是山，是一片方圆十几里的荒草地，河沟很多，长满巴泥草和芦荻。芦荻是开花的，从初秋一直开到第二年春上。芦花的形状有点像玉米花，但比玉米花细和柔软，风一吹，飘飘然然，带着仙气。当然，她并不知道芦荻还有一个名字——蒹葭。蒹葭苍苍，白露为霜。多么美好的景象啊，可她没读过书，除了种地，哪懂得那么多呢。

终于到渡口了，远远地就听见有人说话的声音。

一只船泊在岸边，船舷上已经整齐坐着两溜人，她一上船，船就离岸，好像之前一直在等她似的。

船是水泥船，已看不出水泥的颜色，周身长满青苔，水下的那部分，吸附了一圈小螺丝。没人掌舵，一根绳子联系着两岸，人坐上船，从水里捞起绳子就可以自己渡过去了。

她记得跟儿子一起过河时，都是儿子抢着拽绳子，那时他还小，手臂上没攒起力气。船靠近岸，儿子便立即跳上码头，把船绳固定在木桩上，岸上的人见了，都会夸她儿子懂事、机灵。她现在还记得人们夸他的话呢。

河水颜色比从前更深了、绿的，河面很宽，过一趟需要二十来分钟，船上的人不管熟与不熟的，自然就交谈起来，格外亲密，有种同舟共济的意思。

去凤凰山啊？有人问。

她吓了一跳，转过脸来，才发现并不是和她说话。

是呢，去凤凰山。人群里有人回答。

你也去看啊？

是呢。

你看过几次了？

五次了。

哦，不对，回答的人又更正道，是七次，七次了，反正好多次了。那人开始掰开指头数着，然后很得意地将指头在半空晃了晃。

我才是第二次呢。

有人笑起来，笑声里有羡慕和遗憾。

看过七次的人开始描述了，从第一次到第七次，每一次都历历在目，他的记忆很好，回忆起来详细而生动。比如他说到第四次，是一个老头，头发都掉光了，瘸腿，被押下来的时候差点摔倒，可叫他跪下时，那只瘸腿真不听使唤，踹了好几脚才跪下来。他说老头叫王祺驹，不会错的，他胸前的牌子上就这么写的。那人说自己认字不多，"驹"字还以为是"狗"字呢，倒是旁边的人告诉他，那字读"jū"。他说那次来看枪毙的人很多，几个庄上的人都去了。人们站在一个小斜坡上看着呢，先是有人在他头上套了个布袋，这样他就看不见了——好像，后来就不套了，上次看枪毙时，就是这样开枪了，大概也是想省事呢。他说那个叫王祺驹的人因为瘸腿，跪不稳，总是倒在地上，有人上去扶一把，又倒。看的人都急了，不住地跺脚。那天真是太冷了，风吹得鼻涕直往下掉，大家袖着手，等着那一声枪响呢。

她转过脸去，专注看着河水，雾气在河面上缥缈着，使得河面像一口烧着水的大锅，即将沸腾。

船走得太慢了，慢得让人着急。她弯腰捞起绳子，绳子从水里钻出来，拖曳着水，与水面之间形成短短的一道水帘，松开手后，这一截绳子仿佛完成了使命，迅速又隐入水中。

船上的人仍在谈笑风生，笑声搅得雾气左右躲闪。他们又谈论起今天的枪毙，年龄？长相？罪行？哪里的人？大家纷纷猜测，又猜测不出。

可是，这有什么重要的呢。

砰——有人模拟出枪声。

她的手一抖，眼前黑了一下，绳子又掉进水里。

她从没听过枪声，这是她第一次去看枪毙。

四

上了岸，一条宽路分成细细的几缕，她突然不知该往哪走，要不是那几个也去凤凰山的，她定会迷路的。

其实，凤凰山她是去过的，就在前不久。可她还是把路给忘记了。

雾散尽了，灰白的世界裸露出来，一点生机都没有。穿过小吴庄，身上开始冒汗了，她看了看太阳，白晃晃的，时间还早。

那几个去凤凰山的人已经跑到前面了，她的腿脚不太利索，她已经走了很久的路。当然，她也想故意放慢脚步，和他们保持着距离。

她不时地抬头看太阳——真是个好天气，要不是出太阳了，她是难以计算出准确时间的。

十一点钟的时候，她已经走在那条搓板路上了，有一小段路泥泞得很，好像刚下过雨似的，地面有很多小水塘，灰白浑浊的水倒映着同样灰白浑浊的天空。她的腿越来越疼，每个关节都疼，好像连接关节的是一颗颗生锈的螺丝，松了，不得劲了。在跨越一个小水塘时，她竟然没抬得起脚，刮着烂泥就过来了，所以，此时她的腿又重了几分，鞋帮上镶着厚厚的黄泥。

前面终于白茫茫一片了，是灰白色，大片大片的，使她一阵眩晕。是的，凤凰山到了。

她又看见前面的人了，沿着曲折的河沟前进，黑黑的身影在灰白间忽隐忽现。向远处看，灰白色连接着天，分不出彼此。

她也走进了苇丛，因为瘦小，谁也看不见她。芦荻喜欢润泽的水边，经过河沟的时候，灰白色像泡沫似的仿佛要将她淹没。她在一个长坡后，选择了另一条路，这样她就和前面的人分道扬镳了。

两条路通往不同的地方，一条是通往枪毙现场的，据说看客可以站在一个斜坡上，等着被枪毙的人从他们身旁经过，能看清他们的五官，甚至脸上的麻子或黑痣。枪声从他们耳边擦肩而过，砰——有点震耳欲聋，如果没打准，还能听到第二声枪响，第三声枪响，砰——那个枪声真真切切，以至于日后与人交谈时也能栩栩如生地描摹出来。

而另一条路呢，就是她脚下的这条，也是通往枪毙现场的，但在离枪毙现场一百米的地方被一截院墙挡住了。院墙沿着河沟砌筑，有一处坍塌了，砖头不见了，露出一个半人高的洞。当然，这也有可能是被人故意弄坏的，或者只是为了窃走几块砖，谁知道呢。

从洞口完全能够看到枪毙现场的，据说被枪毙的人正好面朝这个方向，如果不被套上布袋的话。

她快步走着，她要走到洞口那里，这样，她就可以看见被枪毙的那个人的脸了。

路越来越瘦，好几处都被横支出来的芦荻挡住了，要不是前不久来过，她真不确定这也算是路。

她的篮子太大了，十分碍事。她从左手换到右手，又从右手换到左手，有时，篮子又被甩到身后去，总之，篮子的缘故，她走得十分费劲。

五

她在离洞口四五米的地方停了下来。河沟比上次来宽了一些，一些砖块掉在水里，被水草缠着，城府很深的样子。她扶着院墙一点点移过去，有一步没踩稳，鞋湿了大半。她赶紧揪住几根芦荻，整个身子歪在河岸上。

从洞口看过去，视线很好，高高低低的荒地尽在眼里，芦荻似乎比院墙外的更加茂盛，矮矮的，每一根都向天空吐出白沫。她看见不远处的那个坡地了，就是枪毙的地方，坡地光秃秃的，一览无遗。要不是自己脚下的泥土总在打滑，需要两腿使劲收着才能站稳，这儿真是看枪毙的好地方。

她又看看太阳——好像把一辈子的太阳都看够了——此时正是一天的日中，也就是说，正午十二点，不会错的，她信得过天。当太阳再往西偏一点点，差不多一只手的宽度，那时候就是一点了。她种了一辈子地，她的祖祖辈辈都种地，太阳从没欺骗过谁。

脚下又是一滑，这回是两只脚都踩在了水里，脚指头一阵冰凉。她慢慢挪上来，往回走了几步，在一个能落脚的地方站住。现在，余下的时间，就是等待了。

这是她第一次看枪毙啊，她从没听过枪响，据说那个声音很用力、很刺耳，能把芦花震得飞起来。

她坐下来，身下是恣意的巴泥草，即使在冬天，枯成了灰白色，它们也呈现出爬行的姿势，密密匝匝地交织，像布兜一样地兜着她。

她将篮子放在身边，半个身子依着院墙，那个半人高的洞口在她右侧四五米外。风从洞口吹出来，有时会发出呜呜的声音，像夜里的那只狗叫。

她盯着洞口一眨不眨地看着，越来越紧张了，好像即将枪毙的正是自己。她的身体痉挛起来，就连心脏跳动都失去了规律。她向后移了移，将身体用力地抵在院墙上，以此来平缓紧张感。眼前灰茫茫的一片让她无比难受，她不喜欢这个颜色。所以，此时她不得不去想自己的那块麦地，是的，绿油油的麦地。

她想起地里的粪肥，一旦散了肥，麦苗会长得快，开了春，再落上一两场雨，麦子就该拔节了。她会一天天地看着它们长高、长大，直到麦粒饱满起来。麦子秀了，她不会说"麦子成熟了"，只说"秀"，跟镰刀上铁锈一样，有了分量。

每一根麦子都得从手里经过的，要不然整个农忙都不踏实。从前，她在前面割着麦子，她的儿子在身后捡麦穗。那时他还小，只有半人高，小手只能握住一小捧麦穗。再后来，就是她捡麦穗了，儿子大了，总是抢着干活。他总是说自己有的是力气，让她歇一歇。他把脱粒后的麦子装进麻袋，扎紧，肩一提就扛上去了。她叫他少装一点，他不听，夯劲上来了，一次扛上两袋。她看着他细瘦的腰心疼。

是的，他太瘦了，有一次被吊在村头的树上，因为偷了生产队的粮食。别人劝她不要去看，怕她受不了。但她要去，老远地就看见他光着的细瘦的腰。她不知道他瘦成这个样子，枯枝一样，好像随时都会被折断似的。

砰——她听到儿子腰折断的声响，眼前突然一黑，耳朵嗡嗡的。半晌，才感到身后院墙的震颤。她连滚带爬，向洞口飞奔，砰——又是一声。很快，整个世界都寂静了，连刚才的风声都没有了。她的双腿却陷在河泥里，怎么也拔不动。

砰——

又一声震天动地的枪响，她感到五脏六腑都炸飞了。每一颗子弹都射穿她的胸膛，她站不住了，腿一软，倒在水里。

河水像一双宽厚的手掌托着她，她瞪大眼睛，愣愣地看着天空，太阳只偏移了一点点，离一点钟还有很大的距离，如果有钟表的话，分针才走了一小格。

猛然，她想起那个来通知枪毙时间的人了。最好，不看吧，别去看吧，你知道就行——那个人对她说，声音很低，很迟疑，半晌又说，一点，是正午一点，千万，别去太早——

她卧在水里，浑身冰冷。天空哑白，芦花轻轻地飞着。她张大了嘴，声音却卡在嗓眼，喘不上气来。她觉得心口空空荡荡，好像被一锹挖空了。她多想抱住什么，把那个细瘦的腰抱在怀里。

她看见和她一同跌在水里的篮子了，那只陪她一路走过来的篮子。此刻，它正躺在她的身边，像一个千疮百孔的人，她将篮子挪过来，抱住，抱紧。篮子真是太大了，将她的怀抱撑得满满的。

原载《湖南文学》2020年第10期

一只叫钱钱的龟

俞 胜

最后的难点聚焦在如何解决这只乌龟上。

金钱龟,背上有三条黑线,最长的那条线是在龟甲的中间,纵穿龟的头颈和尾尖,龟甲的边缘像镶了一圈夕阳的余晖。哥哥项午和妹妹项晨都辨不出这只龟是公是母。

"它大概有三岁了吧,长成了这么大的一坨。"哥哥说。

"妈喂得好呗。"妹妹说,"三岁不三岁的我不知道,反正来我们家有三年了,还是我给月月买的呢。"

"当初为什么要买这只乌龟呢?"哥哥问,语气里只是好奇,没有丝毫责怪妹妹的意思。

"月月两周岁生日的时候,你又回不来。"妹妹盯了哥哥一眼说。

哥哥尴尬地笑了笑,没说话。

妹妹接着说:"那几天,妈恰好带着月月在我们家。去市场买菜的时候,看见卖金钱龟的了,只有铜钱大小,一只只活泼泼地在水盆里乱爬,月月见了稀罕得不行,挪不开步子了,我就给她买了两只。"

"两只?"哥哥问。

"是呀,当初是买了两只回来,寻思让它有个伴呢。谁知第一个冬眠期没过去,妈就告诉我,死掉了一只。"妹妹又盯了哥哥一眼。

那只在龟缸中徒劳地兜着圈子的乌龟听见他们在谈论它,安静了下来。它爬上了龟缸中的晒台,伸长脑袋,用一双乌溜溜的黑眼珠瞅了他们一眼后,又慢慢地缩回了脑袋。

"妈怎么能认出它是一只雌的?"哥哥好奇地问。

"妈能辨出来呗!"妹妹简短地回答,语气里含着那么一丝嗔怪的味道。

妹妹的嗔怪不是为了财产。妈走前也没有留下什么财产,妈走后,家中值得送人的东西都送了人,只剩下湖边这一套孤零零的楼房。这套楼房,哥哥不会要,妹妹也不会要。它的将来注定是属于风的，属于雨的，属于日月星辰和这片湖水的。妹妹的嗔怪也不为哥哥对妈少尽了孝心。哥哥远在北京，在一家大国企里上班，回家看妈的次数的确不多，但哥哥生怕妈缺钱花，常把钱打到她的卡上。哥哥的钱不只是给妈的，也是给他的女儿项朋的。嫂子去美国的那年，月月才一岁半，哥把女儿送回了家，让妈帮着他拉扯大。妈没有多花哥哥一分钱，走之前，身边还攒有七万三千四百六十九元，其中五万八千二百七十三元是哥哥给她的，一万五千一百九十六元是妹妹给她的，谁的钱最后就归谁，妈不带走一分。妹妹当然也不会要哥哥的钱，妹妹虽然生活在县城，可她也是一个局的副局长，日子好着呢。

妹妹的嗔怪在于他的优柔寡断，在于连对一只乌龟的去向都举棋不定。再过三天，过了妈的头七，哥哥就要回北京了，还要带走他的女儿项朋——小名叫月月。他们都走了，这只乌龟怎么办？

月月扎着小羊角辫，鼻尖、两腮和新换的连衣裙上都沾满了泥浆，像一只小泥娃从秋阳中跳出来。她进了堂屋的门，手中提着一只玻璃瓶子，瓶底是三厘米高的水和几只活蹦乱跳的虾。

"月月，只许在田沟里捞虾，不许到湖边去，听见了没有？"姑姑嘱咐。

"知道啦，姑姑，我就是在田沟里捞的，给钱钱当食粮。"月月嘴上说着，身子已经窜到龟缸前，她把瓶底的水和虾一股脑儿地倒进龟缸。两只龟，月月当时给它们取的名字分别叫金金和钱钱，没有度过第一个冬眠期的是金金。

受惊了的虾在龟缸中拼命地蹿，有一只几乎蹿过了缸顶，不过它的落点在缸的中央，不在缸的边沿，所以又十分悲惨地蹦落水面。离了晒台的钱钱，张开粉红色的大口，往前猛地一伸，一口就叼住了尚在挣扎的虾。

"月月，月月，田沟里还有泥鳅——"一个和月月差不多大的小男孩在秋阳中喊。月月转身又往出跑。他是邻居项二伯家的孙子，现在的年轻人都进城了，湖边只剩下不到四五户人家。

"不许到湖边去，听见了没有？"姑姑又嘱咐。

"听见啦，姑姑。"月月跳进了门外的秋阳中，周身立刻镀上了一片金黄。

"妈在弥留之际，嘴在微微地动，我以为她有话跟我说呢，就把耳朵凑过去。谁知妈游丝一样的声音却是：'月月，月月呀……'妈最放心不下的就是月月了……"妹妹抽出纸巾擦眼泪。

哥哥也觉得眼泪在眼眶里打转，嗓子眼发紧得很，他一时说不出话来。稍缓了片刻，他才说："妈是觉得月月从小就没有娘，妈担心她受苦……"

"可不是嘛。"妹妹也缓解了一下悲痛的情绪，说，"妈在走之前，大概走前一周左右吧，还跟我说，要劝劝你哥，既然柴源源后悔了，为了月月，还得原谅她一回。人哪有不犯错误的，当初柴源源也是被那个男的迷了心窍。我想，妈这时候已经糊涂了。"

哥哥点点头。

"哥，"妹妹咬牙切齿地说，"柴源源那个女人，你可不能原谅她。夫妻生活中，别的错误都可以原谅，但原则性的错误绝对不能！"

哥哥点点头。

妹妹的电话响了。妹妹很优雅地拿起手机，很优雅地问候了一声，然而，没听对方说两句，就急躁起来："那份报告，你们起草后交给刘局审定就可以，不必再向我汇报！"妹妹干净利落地挂了手机，一点也不拖泥带水。

哥哥又点点头。

妹妹嗔怪了："哥，你不能光点头呀，关于这只乌龟，你得抓紧时间拟个方案、拿个主意，你不会想让它在这里颐养天年吧？妈不在了，谁喂养它啊。"

"要不，"哥哥迟疑着说，"要不放在你家饲养？"

"那可不行，每天就是换水，都够我受的了。再说，我们家谁有时间啊，老张成天不着家，显得比我还忙似的。"妹妹突然有了个好主意，"哥，你把它带回北京就是了。"

哥哥摇了摇头："领个孩子，途中还带一只这么大的乌龟？带也能带走，可带回去谁有工夫伺候它呀！"

"倒也是，这小东西长大了，又能吃又能造，可脏了，水一天不换就弄得臭气熏天的。"妹妹说，"还不知道我静雯嫂子讨不讨厌乌龟呢！"

"讨不讨厌还在其次，关键是都没有时间。"哥哥笑着说，"静雯做记者的，也显得比我还忙似的。"

"那只好放生了。"妹妹无奈地说。

"又来了。月月不同意，一提要放生，她的眼泪就噼噼啪啪地往下流。"哥哥笑得无可奈何。

"哥啊，你对她是太溺爱了。"妹妹说，"不过呢，月月的确对钱钱有感情。妈对钱钱也有感情，一天恨不得给它换三次水，给它喂小鱼、小虾还有泥鳅什么的，反正湖边这些东西都不缺，要不短短三年时间能长这么大？眼瞅着这个龟缸都有些小了，这都换过两回龟缸了。"

"妈怎么就能认出它是一只雌的？"哥哥又问了起来。

"妈说龟原来是天上的仙女，因为长得特别漂亮，所以天上的玉皇大帝要把她纳入后宫。可是她至死不从，恼羞成怒的玉皇大帝就把她打入凡尘，变成了乌龟……妈确认它是雌的，也许跟这个传说有关。"

"月月也说它是个小姑娘。"哥哥不甘心地补充了一句。

"月月自己就是个小姑娘嘛！"妹妹笑着说。

"现在看来，放生是最好的方法了。"哥哥把话题拉回问题的关键部位，"送给项二伯家也不是好办法，项二伯什么都敢吃，一准儿就给煮熟吃掉了。只是月月那里，怎么做她的思想工作呢？"哥哥为难的是这个。

"月月的工作就交给我来做吧。"妹妹胸有成竹地说。

小泥猴一样的月月从暮光中回来，白昼就在她的身后拉上了窗帘。吃完晚饭、洗了澡、疯够了一天的月月躺在床上睡着了。在她的脑海里，死亡的概念还不十分清晰，悬挂在正堂墙上的奶奶正从四周缠绕着黑纱的镜框中走下来，走到她的梦境中。

项午却难以入眠。田野里的稻子已经收割了，有些秋虫在引吭高歌，有些秋虫在浅吟低唱，不远处的湖水轻轻地拍打着岸边，仿佛岸边憩息着它的婴儿。

把月月领回北京的事，应该告诉静雯一声了。项午和静雯已经认识了一年，他们准备组建一个新的家庭。前几天，跑火葬场、到墓地、接待吊唁的亲友，无与伦比的、巨大的悲伤塞满了他的胸膛，他没有心情也没有时间把领月月到北京的事告诉她。闲下来的今晚是个机会。此刻的月月卧在床上，像一只乖巧的小狗。

静雯却生了气："这也太突然了吧，项午，你就不能提前和我商量一下？你让我一点思想准备都没有！你让我感到太意外了！你让我措手不及！你知道吗？"当记者的静雯用好几个感叹句表达自己内心的不满。

"妈刚走，你知道的，我心里不好受。"项午答非所问地说。

"我知道你心里难受，谁的母亲走不难受？这是两码事。项午，你说的是要领孩子回来，你得提前和我商量啊！"

"我这……不正和你商量嘛！"项午似乎有些理屈。

"你正和我商量是吧？"静雯冷冷地说，"那好，我向你表明我的态度——我不同意！"

一股火腾地就从项午心中生出来："你又不是不知道我是离婚带着孩子的，我们认识时我就告诉过你。我没有欺骗过你,我们的交往是在这个前提之下。"

静雯的声音猛然抬高了,那声音比窗外引吭高歌的秋虫还尖锐:"的确,你说得没错,项午同志,我知道你离婚有孩子,我并没有否定这个事实。可你的孩子毕竟没和我们一起生活过,现在猛然插进来,你倒指责起我来了?"

"奶奶走了,月月这么小。你说,不让她跟着我,跟谁?"项午忍着气说。

"她不是还有一个姑姑吗?"静雯说。

"你这话哪像个大记者说的呢!我是她爸爸,她爸爸又没死!她不跟着我,让她跟着姑姑过?"项午讥讽地说。

"我不管,我不管她跟谁过,反正不可以跟我一起过。我只是一个女人,一个未婚的女人,我不同意!"静雯气极了,说话的声音简直是吼了。

"不同意也得同意!"项午破釜沉舟地说。

"好你个项午,你怎么和我说话呢,你这是和我商量的口气吗?"静雯突然就泪珠纷纷了,"项午,你再别给我打电话了,我求求你,好吗?"说完就挂了电话。

项午握着手机,愣了一会儿神。是否该回拨过去?想想又放下了。项午叹了口气,一种茫然、无奈和愤怒混合在一起的东西充塞了他的胸膛。

手机这时候又响了。是静雯觉得刚才的话不妥了?项午心里一动,打开一看,却是柴源源发来的微信视频邀请。项午犹犹豫豫地接了。

那边是早晨,柴源源刚洗过澡,头发上裹着毛巾。窗外是一棵高大的雪松,仿佛也要当个第三者似的,一根枝条不依不饶地伸到柴源源的窗边来。

"你让我看看月月。"柴源源用命令的口气说。

"她睡了!"项午还是移动着手机让她看了看熟睡中的月月。刚离婚的那个月,项午不想接她的视频邀请。踏在了美利坚合众国土地上的柴源源,像一匹撒泼的狮子那样凶狠地威胁:"项午,你敢剥夺我探视孩子的权利,我就到法院去告你!"

当时项午说了一句赌气的话:"柴源源,你那么舔犊情深,还跟着别人的老公跑到国外做什么?"这一句赌气的话很苍白,还不如今夜秋虫的一声低吟。

所以,当时的柴源源理直气壮地说:"项午,我们每个人都有追求幸福的权利,我们每个人都没有剥夺他人幸福的权利。请你不要剥夺我幸福的权利好不好?"柴源源总是这么理直气壮。

今天的柴源源也是如此:"项午,你知道的,这边的疫情状况很糟糕,我每天看到的都是感染人数和死亡人数不断攀升的消息,我所在的小区就出现了病例。我要回国。"

"你想回就回嘛,又没有谁敢剥夺你回国的权利。"项午冷笑道。他也陆陆续续地知道一些她的情况,在国外的这几年,柴源源还没有拿到 H-1B 签证,她在一所大学做完博士后研究工作,又去了另外一所大学做博士后研究。

柴源源毫不介意项午的态度:"我需要你的支持,项午,你听明白没有?我需要你的经济支持。"

"需要我的经济支持?"项午大吃一惊,"你需要我什么样的经济支持?"

"我需要钱,你往我的卡上打一些钱。知道吗项午,现在光一张回国的机票就要几千美金,而且我在这边还有信用卡上的钱需要还。你知道的,如果我失去了信用,就再也不能踏上这片土地了。我做博士后一个月有多少钱,你是知道的。所以,我需要你的支持!"柴源源喋喋不休地说,"你也许恨我,可我毕竟是月月的妈妈,你没有剥夺我回国探看月月的权利!"

"我当然没有剥夺你回国探看月月的权利,可我也没有替你买一张回国机票的权利啊!"项午生气地说,"柴源源你怎么寻思的,你怎么好意思开这种口?"

"我怎么不好意思?我有难处,再不济你还是我孩子的爸爸吧,我们在法律上还有某种关系吧,我不向你开口,你说我向谁开口?"柴源源咄咄逼人地说,仿佛她要项午往她的卡上打钱,是她给项午的一个恩惠。

项午气极就乐了:"喂,你的那个什么明安呢?你有困难该跟他提嘛!"

柴源源落落大方地说:"廖明安早就回国了,何况我和他并没有任何法律意义上的关系,我们只是同学。项午,你放心,我柴源源不会白花你的钱,只要我回国了,回国后挣了钱我立马就还给你。"

项午哈哈地笑了起来,说:"柴源源,你别做梦了。如果不是为了月月,我早就删除你的一切联系方式了。"又想,当初你远走高飞的时候,能想到自己还有这么一天吗?心里竟涌出一丝报复后的快感。

月月翻了一个身,懵里懵懂地坐了起来,揉着眼睛问:"爸,你在和谁聊天呀,是妈妈吗?"

项午摇了摇头,立刻挂断了通话。他哄着月月躺下来,月月嘟哝了两句,又进入了轻柔的梦乡。

柴源源没了声息,项午以为她识趣了。谁知半个小时后,项午的微信收到了她发来的一条信息:项午,你真的见死不救吗?你真的忘掉了我对你的所有好吗?

柴源源有什么好呢?如果没有好的话,当初又怎么成了夫妻呢?这个晚上,项午再也难以入眠。他似乎听到不远处的湖水里,有大鱼跃出水面又落下来击打在水面的噼啪声。他披衣下床,看了睡熟中的月月一眼,带上了屋门。一轮圆月如澄澈的玉盘,他走过了门前的两条田埂,穿过了一片秋草萋萋的滩涂,来到了湖边。

月光下的湖水，闪着银光，一串一串的银光相互勾连着，谜一般地往前缓缓涌动。

　　早上，项晨那辆银灰色的丰田自由舰从县城驶回。她从后备厢中取出买好的早点：豆花、米饺、灌汤包和两碟小咸菜……兄妹俩和月月用餐的时候，母亲在墙上慈爱地看着他们。

　　那只总是一声不吭的小乌龟见早餐没有它的份，狂躁地在龟缸中打起转来，有意弄出一些砰砰啪啪的声响。月月用完了早餐，拿出龟粮往龟缸中撒了一把。乌龟不再狂躁，开始吃起龟粮。

　　项晨和项午相视一笑，也放下了碗筷。

　　项晨走到龟缸边，欣赏了一会儿正在吞食龟粮的乌龟。它吃龟粮也像在捕捉小鱼小虾，粉红色的大口一次次猛地往前出击。姑姑问："月月特别特别喜欢钱钱对不对？"

　　月月点了点小脑袋。

　　姑姑循循善诱："月月希望钱钱生活得更好对不对？"

　　月月又点了点小脑袋，乌黑的眼珠不明所以地盯着姑姑。

　　"所以呢，"姑姑蹲下身，抚摸着月月的小脑袋说，"月月想啊，钱钱在哪里会生活得更好呢？"

　　"钱钱和月月在一起生活就很好，月月会把它照顾得棒棒的。"月月有了某种预感，"月月不想把它放生。"月月的眼泪要流下来了。

　　"好的，不放生！"爸爸见不了女儿的泪，走过来安抚着女儿。

　　妹妹不说话了，只是盯了哥哥一眼。哥哥不好意思地笑了笑。

　　吃饱了的钱钱精力充沛地沿着龟缸的四壁打起转来，有时候它会直立起身子，把腹部紧贴在缸壁上，前爪抓住龟缸的上沿，后爪拼命地往起挣。钱钱一定是想爬到龟缸的外面去，可它终究心有余而力不足——前爪的力量不足以支持它的身子翻转开来。折腾了片刻，它只好缩了前爪，身子或慢慢退回缸底，或砰啪一声砸到水面。但不知道气馁、不知道疲倦的钱钱，总是在做着这些徒劳的动作。

　　"月月看呀，钱钱生活在这里，其实是一点也不开心的，"姑姑说，"知道它为什么要一次次徒劳地挣扎吗？因为月月这里，毕竟不是它的家嘛。"

　　"月月的家就是钱钱的家。"月月委屈地喊，那汪泪水瞬间填满了眼窝。

　　爸爸又心酸起来，走上前欲言又止。姑姑把爸爸推出了门外。

　　门外的秋阳还很燥热，项二伯的身子在远处的菜地里起起伏伏。一垄垄的稻茬齐刷刷地立在漫了水的稻田里，让项午一时间产生了它们是秧苗的错觉。人生一世，草木一秋啊，秋天的稻茬竟让人生出几分春天秧苗的感觉，这也是岁月的一种轮回吧。有两只白琵鹭像大将军似的，在稻田里昂首阔步，见项午走得更近了，才双双抖动翅膀，两片落叶似的飘向了湖边。

姑姑决定今天就解决小乌龟的问题，姑姑决定了的事情就一定能实现。姑姑把月月拉进怀里，像母亲似的抚摸着月月的小脑袋。"月月，告诉姑姑，是不是很想妈妈呀？"

"可是，妈妈回不来的，月月只能在手机里见到妈妈。"月月伤心地哭了。

姑姑的心情也不好受，她想起了自己的妈妈，她在手机里也见不到自己的妈妈了。姑姑的眼泪也无声地流淌了下来，但姑姑还得做月月的工作。

月月的啜泣声小了，姑姑擦净了两个人脸上的泪水，姑姑决定不再提"妈妈"两个字。"月月想过没有，钱钱也有它的爸爸呀，钱钱也有它的姑姑呀。你知道钱钱为什么总是不消停吗？"

月月抬起脸，两只乌黑的眼珠像两粒熟透了的黑葡萄，那里面满满的都是酸酸甜甜的汁水。

姑姑无限爱怜地抚摸着她的小脸蛋。"钱钱时时刻刻都在想着它的爸爸和姑姑呢，钱钱时时刻刻都在想着要回到它爸爸和姑姑的身边呢。"

"可是，姑姑，钱钱的爸爸和姑姑在哪里呀？"月月问，声音里有一丝哭腔。

"就在门前的湖里呀，钱钱在很小很小的时候，和它的爸爸、姑姑出来玩耍的时候，走丢了，你的姑姑和奶奶就把它带到了月月的身边。现在它长大了，月月该把它送回它的爸爸和姑姑身边了。"

月月认真地听着，后来点了点头，泪水像连成线的珠子顺着脸颊往下淌。

姑姑没有擦她的眼泪，任着她的眼泪流淌。

后来，月月自己抹了抹眼泪，瞪着潮湿的眼睛问："姑姑，钱钱还会回来看月月吗？月月从北京回来的时候，钱钱还认识月月吗？"

"钱钱当然会回来看你呀，奶奶不是给你讲过，有只放生了的乌龟后来带了一串小乌龟回来看望的故事吗？"姑姑松了一口气，说，"钱钱会永远记得月月的，只要月月想它，它就会回来看月月的。钱钱是有灵性的动物。"

"那它能到北京看我吗？"月月破涕而笑。

"那应该不会，钱钱又不能自己乘坐高铁或飞机。只有月月回到老家了，月月想它了，它才会来看月月。"姑姑信誓旦旦地说。

接下来的环节就迎刃而解了，姑姑喊回了立在门前田埂上的爸爸。月月恋恋不舍地往龟缸里撒了一些龟粮，但钱钱似乎不感兴趣，只捕捉了一粒就再也不想碰了，伸起脑袋用乌溜溜的黑眼珠瞪着他们。

月月捧着龟缸，项午和项晨跟在她的后面。那个抓泥鳅的小男孩——项二伯的小孙子——知道了要给乌龟放生，一下子窜到了队伍的前面。

白天的湖水与夜晚的不同，不单是光线使湖水的颜色更加澄澈，白天水流动的声音似乎也比晚上的要舒缓一些。那透明的水轻轻地往脚边涌过来，发出柔柔的一声哗，眼看着就要漫到脚边了，又轻轻地退回湖中，也发出柔柔的一声哗。多像一声声的叹息。

龟缸倾倒在湖边，钱钱迅速地爬出来。它只略微迟疑了一下，就撒开四爪，迅速地游进湖水里，似乎并没有多看月月一眼。

月月失望地喊："钱钱——钱钱——"

钱钱不肯回头，一直游到前方一片蒲草丛中，长长的明黄色的蒲草遮住了钱钱的身影。

月月不甘心地喊："钱钱——钱钱——"

爸爸说："钱钱现在正迫不及待地要和它的爸爸、姑姑团聚呢，现在它哪有时间回应月月呀。"

月月怅然若失地望着湖面。

"哥啊，其实我有好多年没来这湖边了，每次回家来看妈，都是急匆匆的。"妹妹有些羞涩地说。望着湖水，她想起了自己的童年。"那时候，你常领着我来这里划船呢，那种很小很小的船——我们叫作腰盆的，现在几乎不见了。哥啊，你划得那么好……"妹妹顿了顿又说，"小时候，我可是一直为你而自豪的，你是咱村第一个考上清华的，你一直是我的榜样。"

哥哥的眼前就出现了一个扎着羊角辫的小女孩。她竟是月月的翻版，赤着脚，尾随着他穿过门前的田埂，奔向夏天的湖，她咯咯的笑声惊飞了一路的水鸟。丰沛的湖水淹没了滩涂上的草，他们的腰盆似乎就在草尖上漂荡。不一会儿的工夫，就捞起了一蓬一蓬的菱角草，还有那拳头大小像一只只小刺猬似的、他们叫作"鸡豆包子"的东西——剥开那刺猬似的外皮，里面的籽像莲子一般粉糯，籽粒上裹着像石榴籽一样的果胶。回来的路上，妹妹的小手不小心被"鸡豆包子"的刺扎了一下，她一路的哭啼也惊飞了路旁的水鸟。

那时候的父母，还不到四十岁，一转眼都双双作了古。哥哥已经白发丛生，哥哥的脸上也挂起了老相。时光啊，就藏在眼前的湖水里，你抓是抓不回来的。

小男孩问月月:"你是明天就去北京吗?"

月月说:"是后天。"

"再也不回来了吗?"

"我会常回来看你的。"月月说。

哥哥和妹妹相视,会心地笑了一笑。

这天的午后,月月躺在床上睡着了。在她的梦里,那只小乌龟正从湖边爬回她的生活中来,她连喊了几声"钱钱"。项午走过去一瞧,她睡得正香,知道了她在说梦话。

午后的阳光让屋子的阴影像湖水一般在兄妹俩的眼前一点一点地蔓延,它终归要蔓延到湖水中。妹妹不动声色地问:"哥,柴源源想回国了?"

哥哥的眉毛往上一挑:"你和她联系了?"

妹妹不屑地说:"我才不和她联系呢,是她主动找我的。她说妈去世了她也很悲痛,她说她又梦见月月了,她想回来,她想给月月一个温暖的家。她的意思是想和你复婚吧?"

哥哥冷笑了一声。

妹妹看着哥哥的脸色说:"其实啊,我知道的,是柴源源在那边混不下去了。那个人,那个叫什么明安的,回国了,赶在这次疫情之前回的国。人家在广州有孩子,人家还是想回到孩子身边。水往下流嘛,妈常说这句话,其实一切都是为了孩子。"

哥哥的脸阴沉沉的,仿佛马上就要下一场暴雨。

"妈的话虽然有道理,但是,哥,你要有自己的原则,你一定不要答应她。"妹妹咬了咬嘴唇,"她就是一个坏女人!她当初那么义无反顾。你要让她后悔一辈子,你要让她知道这个世上根本就没有什么后悔药!"

哥哥的脸上终究没有下一场暴雨,他只是冷峻地点点头。

"我嫂子对月月回北京,应该没意见吧?我嫂子是大记者,应该是个通情达理的人。"妹妹管静雯叫"嫂子",管月月的妈叫"柴源源"。

"妈走得太突然,我还没来得及和她说呢。"哥哥抱起脑袋,仿佛还陷在母亲离去的悲伤中,一时难以自拔。

"你应该早点和我嫂子商量!"妹妹盯着哥哥说。

"有时候我想,其实柴源源可能也有她的苦衷,她未必像你想象得那么坏。"哥哥突然说。他像刚睡醒似的,用两张大手猛搓自己的面部。

妹妹没好气地挖了哥哥一眼。

月月醒来的时候，不见了姑姑，只有爸爸一脸慈爱地注视着她。

"姑姑回家了？"月月问，"姑姑总是那么忙呀？"

爸爸"嗯"了一声，手机也同时传来嘀的一声——微信消息的提示音。项午打开手机瞅了一眼。

"是妈妈发来的信息吗？"月月紧盯着爸爸问。

爸爸摇了摇头。

是静雯发来的消息。静雯觉得自己昨天的言辞有些过激了，她为这个向项午道歉。不过她还是不同意带月月回北京，她表示可以多出一点钱，让月月留在她姑姑的身边。项午没有回复这条信息。

屋子的阴影已经漫过了门前的一块稻田，阴影还像湖水一般往前蔓延，暮色将要降临。

月月惦记起钱钱来，她总觉得钱钱已经爬行在回来看她的路上了。她都听见了它爬行的声音。

爸爸伸出一只胳膊把女儿揽在怀里，他揽着她穿过门前的田埂，往夕照中的湖边走。一路上并没有钱钱的影子，滩涂上秋草萋萋，湖水在滩涂的尽头闪着金灿灿的光。

起风了，风吹着的湖水像一匹匹缀了金丝的青缎在招展。

"爸爸，钱钱会来看我吧？你说过它会来看我的，只要我轻轻地呼喊它。"月月奶声奶气地说。

"钱钱当然会来看月月了，月月是它的小伙伴。何况钱钱是一只有灵性的动物。"爸爸肯定地说。

"可是，它怎么还不出现啊？"月月轻轻地喊了起来，"钱钱——钱钱——我来看你了，钱钱——"

湖水还是像一匹匹缀了金丝的青缎在招展，什么异样的动静都没有。月月不甘心地喊了起来："钱钱——钱钱——我来看你了，钱钱——"

爸爸也紧张地注视着湖面，有四只两大两小的野鸭出现在视野中。它们是爸爸妈妈领着一双儿女吗？他怔怔地想。

他的手机又传来嘀的一声——微信信息的提示音。是那个不依不饶的柴源源发来的：项午，你必须给我买一张从纽约肯尼迪机场到北京首都机场的机票，你必须往我的卡上打两万元人民币。

他冷笑了一声，也没有回复这条信息。

但他突然睁大了眼睛："来了——钱钱来了——"他指着前方的水面对月月说。

"在哪里？我怎么没看见？"月月踮起了脚尖往水面上搜寻。夕阳落了下去，湖水抽了金丝，只像一匹匹光洁的青缎，四只野鸭也悠闲地游走了。月月什么都没有看见。

"在那边，在那一丛蒲草的那边，这回看见了吗？"

月月顺着爸爸的指尖看过去，在蒲草的那边，真有一个黑黝黝、拇指一般粗细的小脑袋犹犹豫豫地往这边移动。看不见它的身子，它的身子隐藏在湖水里。不过，也有可能是没在湖水中的蒲棒。

"钱钱——钱钱——"月月兴奋起来，把小手拢到嘴边，拢成喇叭状地喊。

它似乎听见了月月的喊声，那只拇指般粗细的脑袋又往水面伸高了一点。它迟迟疑疑地，脑袋随着水波起伏，似乎并没有往湖边移动。

"爸爸，它也许不是钱钱，它也许是一条水蛇。"月月见惯了在水里游动的蛇，有些沮丧地说。

"怎么可能是水蛇呢？月月见过水蛇的，水蛇在水里是弯弯曲曲地游动。"爸爸用一只手模拟着蛇形，后来那只手变成了一条笔直的线，"月月看呀，它又开始游动了，它就是直奔着你来的。"那个拇指般粗细的脑袋随着水波，似乎真的向湖边游来了。可是它似乎又迟疑起来……湖上突然生起一阵风，一阵大一点的水波荡过去，它就不见了踪影。

"钱钱——钱钱——我在这里！"月月拼命地向湖面招着手，那个拇指般粗细的脑袋再也不肯浮出水面了。

眼泪就汪进了月月的眼窝。"爸爸，也许它并不是钱钱，钱钱不会不肯见我的。"说着，那汪在眼窝中的泪就止不住地掉下来。两行清泪顺着她光洁的脸蛋往下流，像两条注定要注入湖水中的清溪水。

爸爸想用纸巾止住两条清溪水的步伐，可是，止不住。爸爸肯定地说："它就是月月的钱钱，我还看见它向月月点了点头呢。它知道月月就要离开家乡了，它是来给月月送别的。"

"可是，爸爸，月月怎么没有看见钱钱点头呢？"月月呜呜咽咽地说。

"爸爸看见了啊，爸爸看得一清二楚的，那还有假？"

"难道爸爸的眼睛比月月的眼睛还要好吗？"月月抹了抹湿漉漉的眼睛，她不哭了。

"当然是月月的眼睛比爸爸的好啦，可是，爸爸不是戴着眼镜吗？"爸爸小心地编织着语词。

"戴眼镜就能让眼睛变得更好吗？"月月问。

"当然不是这样了，只有眼睛不好的人才戴眼镜。"爸爸怕误导了孩子，"也许，月月刚才是太激动了，心里只有钱钱就要游到身边来了的念头，所以没有看得真切……"

"唉！"月月叹了口气，小大人似的，脸上盛满了无限的失望和懊恼。她又不甘心地问："爸爸，钱钱为什么不游到我跟前来呢？钱钱为什么只是远远地向我点头呢……"

"呃，大概是因为爸爸在月月身边吧。钱钱不熟悉月月的爸爸，所以，它感到害怕……"爸爸小心翼翼地解释。

"那妈妈不肯回到月月的身边，也是因为害怕爸爸吗？"月月紧紧揪住爸爸的话不放。

爸爸一时不知道如何回答。

圆圆的月亮升起来，她关切地注视着湖边的父女俩。月月仰着头期待着爸爸的答案。那两粒黑葡萄似的眼珠里各带着一只圆圆的月亮，投射到他的眼睛里，瞬间击穿了他心肠中最坚硬的部分，让那些最坚硬的东西软成了一摊泥。

"爸爸有什么可怕的，妈妈不会害怕爸爸的，妈妈……会回来的……"他喃喃地说。

原载《人民文学》2021年第3期

绵 羊

文 博

一

　　以唱歌为乐、放羊为生的穆仁，身材中等偏低，结实而健壮。长在圆脑袋上的粗硬的短头发里，虽然已经有了不少白头发，却依然茂盛。被太阳炙烤了五十来年的圆脸上，散发着黝黑泛红的光泽和闪烁在光泽里的淳朴的善意。因为光喝酒不抽烟，常年啃羊腿牛肋的牙齿，洁白而坚固。笑眯眯的细长眼睛，在浓密的眉毛下，像两条不爱游动的鱼，让人产生面对绵羊一样的安全感。

　　他每天最快乐的时光，就是叉开两条腿，躺在被阳光晒得暖洋洋的山坡上，看着羊群悠闲地吃草。成群的绵羊，在草地上缓缓地移动，就像天上掉下来的一朵朵白云。而他常把自己想象成一个驾着白云的神仙，无忧无虑地飞在蓝天下、绿草上。偶尔还会变成一条鱼，钻进蜿蜒清澈的河里，自由自在地游来游去。他满足于产生在这片牧场上的简单生活，从不喜欢被人打扰，很少有什么东西能勾引他。如果想欢畅地活动一下身体，他就骑上枣红马，信马由缰地往空无人烟的草原深处奔跑。整个人颠簸在马背上，放浪到极致，像身下有个女人，被马背带动的腰胯，节奏分明地前后摇摆，酣畅得动不动就扯起嗓子唱几曲长调。

　　他的歌喉非常好，有酥油茶香和羊奶味，能发出灵动鲜活的声音。那一声接一声的调子，别有一番直冲云天的声势，仿佛一匹喝了烈酒的草原狼，在空旷的天地间引吭高歌，没有半点加工性的改变，如同没有施肥喷药的草地，散发着浓郁的田野和泥土气息，能把人心里的所有阴郁，都驱散得干干净净。

　　天马行空的歌声，把经常行走在草原上的贩羊人巴图给震得张大嘴巴，一面控制着受到刺激而抿起耳朵、竖起尾巴的黑公马，一面在草原上寻找声音的来源，并脱口赞道："真他娘的走心呀！绵羊又唱歌啦！"

　　巴图本名叫金守财。他怕这个意图过于明显且简单庸俗的名字，引起别人的猜忌和戒备，在决定走进草原去做一个贩羊人之前，便给自己重新起了个名字叫巴图。他来自两百里外的县城。把鲜美的肥羊肉，卖给城里那些以羊肉为主要食材的餐饮店，是他最拿手的生存之道。自从做起贩羊生意，巴图对拥有牧场和羊群的"绵羊"们，从来就没客气过，在他们身上占尽便宜，年复一年地逼着那些"绵羊"，不得不把致富的希望寄托在母羊的繁殖能力上。

巴图循着歌声找到穆仁。他看见穆仁两脚悬垂在马镫上，缰绳早已失去了对马头的控制，正任由枣红马在草尖已经开始发黄的草地上，懒散地行走在弯弯曲曲的河边的胡杨林里，仰面朝天地唱着悠长的曲调，沉浸在自己的声波中，快活得如同畅游在水波里的鱼，更像一头因交配酣畅而酥爽到骨缝里的叫驴。

巴图的到来惊动了穆仁胯下的枣红马。它停下脚步，警觉地侧过头，紧张地看着巴图和他骑着的漆黑冷漠的黑公马。黑公马曾试图强暴枣红马。虽然没有成功，被枣红马限制在马蹄的攻击范围外，但并没有改变它对枣红马垂涎已久的眼神和贪婪。而骑在它身上的那个一看就不怀好意的巴图，单凭他那副阴晴难辨的刀条白脸，马鬃一样倒向一边的头发，善于察言观色的三角眼，阴沉的鹰钩鼻子和容易诱人上当的薄嘴唇，就知道他可不是一只绵羊，应该是一匹狼。

枣红马的紧张，引起了穆仁的注意。他回头看见巴图，立刻高兴地说："是你想跟我喝酒，还是你的马又想我的马啦？"巴图把嘴咧向一边，笑着说："我想跟你喝酒，它想跟你的马亲热，我俩各有各的想法。"穆仁哈哈笑着说："我跟你喝酒，这不是问题。但我的马和你的马，它俩确实不般配。你的马是见过世面的小伙子。我的马是没有出过家门的傻姑娘。傻姑娘不怕吃小伙子的亏，它怕拈花惹草的小伙子忘恩负义，伤害它的心。你的马跟你一样，心里的想法太复杂，实在让人伤脑筋啊！"巴图听穆仁说完，拉紧自己的马缰绳，以免黑公马跟枣红马靠得太近，惹来枣红马早已做好准备的马蹄子，在原地打着转说："才几天没见面，绵羊说话也会含沙射影啦！"穆仁笑着说："不是我含沙射影，是你们一人一马的好品行，早就名声在外啦。"巴图忍受着穆仁并无恶意的挖苦说："我看你这高兴劲儿，恐怕是有什么喜事吧？"穆仁眨眨眼，脸上的神采暗淡下来，扭头望着远处的蒙古包说："当然有喜事，但这喜事却让我发愁啊！"巴图拍了拍马背上被磨得锃亮的牛皮口袋，向前探着身体说："你爱喝的闷倒驴、爱吃的烧鸡，我这儿都有。咱俩再痛痛快快地喝一场，你说好不好？"穆仁说："那就喝吧。"

他们把马拴在树上，坐在胡杨林的阴凉处，一人一个碗，里面倒上闷倒驴。巴图扯下一条鸡腿递给穆仁说："说说你的喜事和愁事吧。"穆仁喝光碗里的酒，用手背抹了抹嘴巴说："我本来以为，我有个小母牛一样的老婆乌日娜，有个百灵鸟一样的女儿格日勒，有这片辽阔的草原和这群温顺的绵羊，还有我自己不喜欢受拘束的灵魂，就有了我想要的一切，不会再有烦恼。可我怎么都没想到，我的女儿格日勒，用甜美的歌声打动了南方的神灵，给她发来通知，让她去深造，将来做个百灵鸟一样的歌唱家，把草原的深情，献给可爱的人们。"巴图咧开嘴巴，把专门留着长指甲的小手指伸进去，从牙缝里抠出一条没嚼烂的肉丝，又给眼神迷离的穆仁倒满一碗酒，故作惊讶地说："这可是天大的喜事呀！你怎么还能发愁呢？"穆仁再次望着远处的蒙古包说："深造需要好多钱啊！我没有那么多。如果我拿不出这笔钱，格日勒就只能做一只关在笼子里的百灵鸟。她的肉体永远都要与绵羊相伴；而她的灵魂，会在天上和我面前，痛苦地飞来飞去。或许她，从此变成一只不再唱歌的哑巴百灵。我会为她感到生不如死。"巴图干了碗里的酒，将酒碗朝空中一抛，指着穆仁骂道："你这不长心的绵羊啊！忘了我巴图是你的朋友吗？你要钱买酒我没有。格日勒去当歌唱家，我的钱不就是你的吗？"

穆仁不相信自己的耳朵，伸出两只大手拉住巴图，激动地问："你能借钱给我？"巴图说："我不能借钱给你养绵羊，但我能借钱给你送格日勒去深造。"穆仁忽然站起来，躬身对巴图说："你是我愿意用生命报答的恩人。我一辈子都不敢忘记你的恩情。"巴图拉起穆仁问："你想借多少钱？"穆仁为难地说："有十万就够了。"巴图望着远处的羊群说："我相信你会还我的，因为我的钱也是借别人的。"穆仁说："大年三十头一天，我肯定会还你。"巴图有些顾虑地说："这个数目不小啊！你应该知道，十万元在我手里，每个月至少能贩一百只羊。每只羊我至少能挣上二百元。一百只羊就是两万元。我现在把钱借给你，到春节还有五个多月。这五个多月，我至少损失十万元呀！"穆仁满面愁容地看着围过来的羊群说："再过几个月，我把能卖的羊都卖掉，也就能有十五万吧。"巴图一拳擂在牛皮口袋上，拍着胸脯说："咱们不是朋友吗？朋友之间是有感情的。我不能把十万元损失，都算在你身上。你借我十万，到大年三十头一天，还我十五万就行了。我认赔五万，也要帮你把格日勒，送到南方去当歌唱家！"

穆仁跨上枣红马，一边高兴地欢叫着，一边朝远处的蒙古包奔去。

不消一支烟的工夫，从蒙古包那面奔过来三匹马。穆仁把他的老婆乌日娜和他的女儿格日勒，一起带到巴图身边。她们双膝跪地，躬身对巴图说："救苦救难的好人哪！我们永远都忘不了你的恩情！"

马头琴声在穆仁手上响了起来。乌日娜和格日勒为巴图跳起了舞蹈。穆仁的琴声饱含着无限真情，羊群慢慢地围了过来，白云也停下了脚步。乌日娜的身躯虽然已有些笨拙，但她用灵魂跳出来的舞姿，幻化出满天霞光。格日勒像刚刚飞出笼子的百灵鸟一样，从她红润的脸庞、明亮的眼睛、饱满的嘴唇里，流淌出来的美妙的歌声，像奔流的额尔古纳河，将无比的欢乐传遍了呼伦贝尔大草原。

巴图喝得很尽兴。直到太阳落在地平线上，他才骑着马，被穆仁一家和那群温顺的绵羊，像大慈大悲的神明一样，载歌载舞地送进天边的彩霞里。

二

时间就像无情的流水，带着我们这些水中游鱼一样的人，疲惫不堪地向前奔忙。一连七天的暴风雪，从腊月二十四，一直肆虐到大年三十晚上。大年初一天刚亮，巴图在楼下放了一串鞭炮，便来到楼上开始喝酒。他已经恼火两天了。若不是这场突如其来的暴风雪，巴图会去两百里外找穆仁，追讨那十五万元本金和利息。但这七天百年不遇的暴风雪，降临得鬼都不敢出门。被困在路上等待救援的汽车，被冻死在室外等待收尸的牛羊，被坏消息吓得不敢出门的人们，整天都在电视内外，共同感受着这个世界的末日情景。巴图只好说："穆仁是只老实的绵羊，不会不守信用的。一定是这场没完没了的暴风雪，把他耽误了。"

果然如此。

接近中午的太阳下，穆仁扛着马鞍子，摇摇晃晃地走进满街堆雪的县城。他挨家挨户地打听到巴图的家。巴图打开门，当场就吓得跳了起来。眼前的穆仁已经没有人样了。他的两只眼睛，像灌满鲜血的红葡萄，就要从塌陷的眼窝里掉出来了；两只耳朵被风刮得又红又肿，冻起了好几个大水泡；散乱的胡须上，结满了白花花的冰霜。从他开裂着血口子的嘴巴里，传出仿佛穿过一口深井的空旷的声音。他浑身颤抖着慢慢举起双手，摇摇欲坠地朝巴图行了一个躬身礼，嘴里吐出的每一个字，都像融化在烈火里的冰雪，冒着白气，发出嘶嘶的响声，羞愧难当、小心翼翼地颤声说："恩人哪！虽然我在路上走了九天，差一口气没和枣红马一起累死，但我没有按照对你的承诺，在大年三十头一天，把钱还给你。我是多么对不起你呀！让我在后半生，为此承受惩罚吧！"他解开羊皮袄的扣子，将挂在脖子上的一个用哈达捆扎成的包裹取下来，双手捧到巴图面前，再次躬身施礼说："我卖了所有能卖的绵羊，终于凑足了十五万，总算没有愧对你对我的恩情啊！"

巴图接过包裹，顺手摸了摸里面的钞票，脸上洋溢起难以克制的笑容，拉住穆仁的手，往屋里拖着说："快进来喝酒吧。我想你想得要死啦！"穆仁向后退着说："这是你们家人团聚的节日，我不能再给你添麻烦啦。我得赶快回去，乌日娜和格日勒，一定会以为我已经冻死在路上了。现在可能都哭死好几回了。"

巴图回身把钱放进屋里，拿出两瓶闷倒驴，递给穆仁说："带上这两瓶酒，路上暖身子。"穆仁眼里闪着泪光说:"你一点都没责备我,还给我带上这暖心的酒。能有你这样的朋友,我穆仁一辈子都知足啦!"

穆仁又扛起马鞍子,沿着县城的街道,步履蹒跚地向远处走去。巴图在他身后问:"咱们的百灵鸟格日勒,现在深造得怎么样啦?"穆仁停下脚步,一点点地回过头,脸上流着两行泪,悲愤地说:"她被那些不讲良心的人,给骗得好凄惨哪!"巴图愣了一下,只好用同情的口吻说:"那你赶快回去吧。替我安慰她。"

三

穆仁走远了。巴图打着哈欠说:"我该睡个踏踏实实的午觉了。"

原载《海燕》2020年第9期

古城黑牛儿

了一容

古城在彭阳的一个地方，现在是个小镇子。古时候，这里确有一座城。现在城墙坍塌，已是一片废墟，但墙体形迹依稀可辨。从古城内出土的诸多文物可以看出，古城在当年也是辉煌过的。据有关资料，针灸鼻祖皇甫谧的祖籍便是古城；也有些争议，说皇甫谧老家不是古城。这并不稀奇，像诗人李白，有说是四川的，有说是新疆碎叶城的，有说是山东的。《新唐书》讲，李白祖籍在陇西成纪，也就是现在的甘肃省静宁县，出生地在新疆碎叶城。李白自幼学习番语，所以他既会番语，又懂汉语，是个混血儿也未可知，后迁居四川，在游历名山大川时又旅居山东。但凡这一类名流，无论正史还是野史，不管野传还是正传，总会版本繁多，大家都希望能攀龙附凤似的把他们说成跟自己沾亲带故，或者牵强附会地把自己拉扯成和他们一个地方、一个种群的，聊以自慰。为此，大家常常会争得面红耳赤，乃至于愤慨，在网络上口诛笔伐的也有。倘若这人是一阿Q式的人物，或者是个小混子、讨饭的乞丐，抑或是个劣迹斑斑的小偷，那大家则会立即与之划清界限，撇清关系，仿佛离得越远越好。

这一个古城黑牛，本姓马，只因肤色黝黑，父母便取名黑牛。说黑牛是古城的，断定是没人争的，一是他名不见经传，二是他的父母都是底层最普通的农民。俗话说自古寒门出贵子，还有什么逆境出人才等等，然而黑牛一点都不爱学习，各项成绩都是倒数第一，每次考试必然是一塌糊涂。数学十分，英语二分，语文稍好一点，好也好不到哪儿去，皆是在六十分以下的地方苦苦挣扎和徘徊着。黑牛看到英语，不仅不感兴趣，甚至还有些莫名其妙地生气，认为学好了在这古城也找不到一个能够对话的外国人。人是环境的产物，也有基因的造化。这就像每个娃娃的爱好、专长，包括智商，都是不一样的。有些娃娃在学习方面，好像不怎么费劲，仅在课堂上听一听老师的课，下来也没发现怎么用功的，但一考试总是名列前茅。

黑牛从小就不爱学习，成天抱着父母省吃俭用给他买的一部手机，在上面刷小视频，主要是看上面哪个女孩子好看。一提到学习，他就开始装起病来了，说：

"哎哟哟，我头疼得不行了，头疼得不行了，赶快，我要好好休息休息，不然，我就要头疼死了！"

家里人就被他突然而至的病状吓坏了。对这个儿子，父母忧心忡忡，同时又把他视作心头肉，既不敢过分管束和逼迫，又不知如何才能让他变得喜欢学习，当然更怕把他逼急了，任性妄为起来，摔死绊活，再有个什么三长两短的，那就如同把他们的命系子揪断了。所以，家人就只是好言劝慰黑牛把医生开的头疼药吃上，想去学校了就去一下，不想去了就在家里歇缓着。

黑牛接过药，仰起脖子，装作用手猛然灌进了嘴里，实际上藏起来了，再装模作样喝上几口水，乘人不备时就把那药扔到房后面的一堆土里去了。后来，那些黑牛扔掉的药粒被母鸡找食的时候用爪子从土堆里拨拉出来了，善良的母亲觉得十分可惜和奇怪，问黑牛："牛牛，这药怎么跑到了后院的土堆里面去了？"

黑牛不说是他扔的，却说："可能是老鼠干的吧？"

"老鼠哪有那么大本事？会把药运到后院埋进土里？我看不像是老鼠干的！"

黑牛说："肯定是老鼠干的，你不要小瞧老鼠，它们可聪明了，一开始可能是当作十分可口的小点心来着，等运到后院，发现药粒原来是苦的，味道并不好吃，索性就吐到后院的土堆里面了！"

母亲想了想，没有再反驳，觉得药这个东西扔了也就扔了吧，不能可惜，这至少说明黑牛还没有到需要吃药的时候，就没有再继续追问下去。因此，黑牛过得非常之逍遥自在，无拘无束，像鸟儿一样无忧无虑，想去学校就去一下，不想去，就在家里长期装病。每次家人带他到医院检查，一套一套的仪器设备测下来，各项指标都好好的，没发现有任何异常，但只要让黑牛好好写作业，抓紧学习，他立即就说："头疼！头疼！"家人和学校对黑牛的行状都没有一点办法。但凡黑牛自己想去学校了，就让他去，不去了也不给他太大的压力。但黑牛之所以又愿意去学校了，是因为班里转来了几个长得好看的女娃娃。实际上，黑牛对学习没有丝毫兴趣，只是对班里的女生特别关注。所以，黑牛不是一个学习优秀的娃娃，而成了大家戏谑的对象，认为是苦了父母的一番辛勤耕耘，怎么生出这么一个怪胎来。没有任何人愿意说黑牛是他们村子里的，或者肯于承认是他们本家的。谁一旦说黑牛是古城的，古城的人听了，立马暴跳如雷，说人家是睁着眼睛在瞎说八道，古城是出皇甫谧这样的大人物的，怎么会诞生黑牛这样一个不务正业的娃娃来？古城外面的人听大家说黑牛是古城的，倒高兴了，说你们古城出了个"完货"，意思是生了个不成才的货色。倘若有人说黑牛是沙沟村子里的，无论古城的人还是古城外面的人都会十分满意。倘若干脆说黑牛是谁谁家门的，那大家则更加地高兴了，会幸灾乐祸地认为是在情理之中。这就像在鲁迅笔下,从来都没有人承认阿Q跟自己是一伙的,赵老太爷不仅不承认阿Q姓赵,还为之抽了他几个嘴巴子。阿Q走到任何地方都是不受待见的。世上没有人希望跟阿Q是一伙的,大家都是急着跟他断绝关系,甚至极端担心自己和他有什么瓜葛。

由于黑牛学习很差,同学们都不屑与之为伍。世俗社会,人间冷暖,无论是成人社会,还是娃娃们的世界,都是一样的。倘若有人说黑牛和张三的孩子在一个班里,百分之百张三就不乐意了,会非常地生气,说我们家的孩子怎么能和黑牛这样的娃娃在一起读书呢?无论如何都不能跟黑牛这样学习差的娃娃成为同学。他们千方百计要把皇甫谧说成是自家的亲戚,也不愿承认黑牛是自己的古城老乡。反正皇甫谧也好,李白也罢,他们都没法起死回生站出来证实自己,就任由人的嘴去说,大家的心里各自有各自的历史,要想正本清源,那就得先从人性的本质正起、清起。

闲话少说,古城黑牛已是一个十九岁的青年了,有人曾看见黑牛从古城的巷子里走出来,所以记为彭阳古城人氏是没有错的。他的大大、妈妈都是古城里老实本分的农民,耕种便耕种,打工便打工,能下苦挣点辛苦钱的便去下苦挣点辛苦钱。

黑牛不是什么名流和王侯将相的子嗣,只是古城里的一个小小的符号。众生平等,即便是烂泥塘里一只不起眼的蛤蟆蝌蚪子,那也是一条生命啊!

实际上,黑牛生于古城,长于古城,三四岁上,就是在他刚学会说话的时候,就有一个惊人的壮举。一天他对他大和他妈说出异乎寻常的话来:"我要找个老师家的女子给我当媳妇呢!"

家里人又好笑又心疼,笑黑牛说:"我们给你找个农民家的女子吧!"

"不要,不要!"黑牛着急了,说着一屁股坐到地上,摇头蹬土委屈地哭起来,"我就要老师家的呢,就要老师家的呢,不要农民家的女子!"

家里人只好依着黑牛,说:"黑牛,你放心,我们一定给你找个老师家的女子!"黑牛立即不哭了,破涕为笑,心花怒放的样子。

也有人在背后指责黑牛,说:"黑牛有些忘本了,不知道自己从何而来,要到哪里去了!"

很快,黑牛要找老师女儿的这一远大志向,一个传一个,不仅左邻右舍都知道了,连整个古城的人也都知道了,甚至连古城外面更远地方的人都传到了、知道了。

古城里符合黑牛这一条件的几户人家,却陷入了深深的沉思,觉得黑牛这个娃娃想得倒美,竟还要找个老师家的女子呢,这分明是在膈应人嘛。每次看到黑牛这个娃娃的时候竟不免要暗暗地观察和打量一番，觉得这个生得黑不溜秋，长得跟一块煤炭疙瘩似的娃娃，已经忘记了自己的出身，不知道天高地厚了。

其实黑牛产生这个"远大理想"的原因很简单，就是他那老实巴交的父母常常会谈论古城里的老老少少，谈谁家的女孩子干净，穿得好看，苦吃得少，福享得好。说来说去，说到老师家的女娃娃在这整个古城里各方面条件都要好一些，老师毕竟拿工资，家里吃得好、穿得好，还不用下田干活。他们两口子悄悄议论说："等咱家黑牛长大了，书念成了，当上干部或者老师了，我们一定要给黑牛找个老师家的女子结婚哩！"

这些话说得一多，让黑牛听见了，他就嚷嚷着要找个老师家的女子。

然而，随着黑牛年龄的增长，等到他读初中的时候，他对找媳妇的目标定位，调整为三个方面：要么找个富豪家的女子当媳妇；要么找个乡镇领导家的女子；如果老师家的女子实在好看，可以继续算数。黑牛之所以底气十足，是因为他觉得自己虽然学习不够好，但也是有些过人之处的，那就是他的个头比同龄的孩子要高出许多。另外他还有一手独门绝技，就是他无师自通掌握了用铅笔给人画像的能力。他画谁像谁，照着真人画也行，拿照片做参照也行。尽管他一天绘画都没学过，但是他用铅笔画出来的人物十分逼真、动人。所以，黑牛班里的女生都争着抢着让黑牛给她们画像，画好了她们拿回去装个框子挂在床头看，越看越喜欢。黑牛只给女生画，给男生画是要收费的。一张十五元左右，在古城一带，这不算低，也不算高。给女生画，黑牛则分文不取。所以，黑牛一回到家里，就会有女生成群搭伙地撵到家里来，找他画像。你来了她走了，络绎不绝，热闹非凡，把许多大人和同学都看得目瞪口呆，又嫉妒又诧异，就警告黑牛说，这样下去，学习肯定就耽误了。古城里的人开始议论说咱们古城这个黑牛，简直是个天生的情种，一天就知道勾引女孩子。大家不禁又想起他三四岁的时候的豪言壮语，说黑牛这娃娃没个指头长的时候就开始琢磨人家女子的事情了，可见黑牛的理想是一贯的，一直都没有偏离他自己定好的主题和轨道。

初中升高中那一年，黑牛没有考上。语文考得最好，但也没有过六十分；英语是外甥打灯笼，照旧（照舅），又是二分。老师和同学们都说，你就是选ABCD，蒙也蒙个二十几分呢，人家竟然给咱考了二分，你们说奇葩不奇葩。虽然黑牛没有考上，但是家人的意见是这个学还是要继续上的，就把家里的土豆变现后，四处托关系，总算是通过人情关系把黑牛弄到市里一所农校去了。这是一所技工学校，学的除了高中文化课程，还有专业课。黑牛的专业是绘画，他开始学速写和素描，但他总觉得书本上的方法不如他自己总结的一套办法好。在专业方面，黑牛从来不按老师教的方法来画，但是画得比老师画得还好。

　　来农校的第一天，黑牛见到了接他的一位学姐，学姐牙齿像贝粒似的又白又整齐，眼睛大大的特别有神采，鼻子和嘴巴都特别好看，黑牛一眼就看上了。看上了后，黑牛的心狂烈地跳跃，说不清的激动和兴奋。一开始，家人带着他来农校，他还愁眉苦脸地不想来，结果一来就认识老师的侄女黑金莲。黑金莲是三百户黑家大庄的，一庄子黑家，黑金莲比潘金莲还漂亮，还手脚麻利能干，接待新生有条不紊，赢得了同学们的一致好评。黑金莲的父亲一开始让那位知识分子的叔老子给女儿取个响亮的出息点的名字，叔老子就想到了金莲这两个字。但是父亲虽然没有多少文化，《水浒》《武松》的电视剧还是看过几集的，觉得潘金莲名声不好，对自己的孩子是一种伤害和侮辱，不愿意叫。但是知识分子的叔老子跟他的意见截然相反，说："这个名字一叫，绝对是就叫到福气上了。潘金莲原本是挺持家有道的一位女子，都是因为男人武大郎不配她，才出现后面那些不很光彩的事情。偷人也并不是潘金莲一人的过错，完全是封建社会的过错。如果换作新时代，那根本就不算个啥事，觉得不般配可以离婚再找。可封建社会，人跟牛马动物似的，嫁鸡随鸡嫁狗随狗，女人完全是男人的附属品。新社会，潘金莲那样的女人，是男人梦寐以求的最优秀女人的标准，如果都按照潘金莲的标准找女人，那每个男人都是世界上最幸福的。其二，潘金莲是美女的象征，只要一叫这个名字，天下的男人都会觊觎三分，只看名字不见真人就立马会心向往之，他们会像蜜蜂寻觅花粉一样前赴后继追求她，这其实未尝不是一件好事。俗话说一个女人后面没有一群男人帮忙支持，是非常不容易成功的，至于做人的分寸，自己掌握好就行了。第三点，潘金莲这个名字是从古到今女人的名字里面最响亮的，几乎是家喻户晓，你就这么一个宝贝女儿，我认为就应该叫黑金莲，这个名字一叫，就会潜移默化，有磁场效应，她也会变得越来越漂亮的，女娃娃漂亮就是最大的本钱，比黄金还珍贵！"黑金莲的爸爸听了，沉吟半晌，最后终于点头同意了。果不其然，黑金莲一天赶一天长得漂亮，一天赶一天出落得标致，有些人说这黑金莲比潘金莲还要好看上几分呢！这是一点也不夸张的。

　　古城黑牛来农校这一天，黑金莲的一颦一笑，被比刀子还狠地刻在了黑牛的心上。也许人家只是因为他是一名新生，按照惯例接待了他一下，帮他提了提行李，搬了一下东西，多说了两句，多笑了几次。黑牛却异常偏执地认为黑金莲是喜欢上他了，黑牛原本就是个多情的娃娃，这一次认定人家黑金莲是喜欢上了他。两个人还留下了联系方式，黑牛就把黑金莲看成是他的女朋友了。结果第三天，黑金莲跟另外一个老师的儿子爬东岳山去了。古城黑牛吃醋了，痛苦得不停拔自己的头发，拔了一把又一把，头疼得受不了，晚上也失眠了。他躺在宿舍里，听见窗外的秋风吹动树叶索索发响，心里更加凄凉。他觉得生活把他给欺骗了，与其在这里痛苦地遭受折磨，还不如回家算了。黑牛根本不想家里人为了他上这个学费了多大的力气，说不上就不上了。

第二天，黑牛请了病假，哭着回来了。回到古城的黑牛，用被子把头包了睡在炕上长哭，不吃不喝。父母亲在外面打工给他挣学费去了，黑牛却因为黑金莲跑回古城害起了相思病。父母反复给他打电话他也不接。给学校打电话说是请病假回家了。父母只好请黑牛幼时的玩伴，黑牛在省城的姑舅哥给黑牛打电话问问看黑牛在家里吗，到底是啥病，如果严重他们好赶回来找上两个钱带他到西安去看看。

黑牛的姑舅哥才确确实实是个画家，考上的是省城一所大学的美术系，专攻油画，两个人从小就能说到一起。从视频里姑舅哥看到黑牛躺在炕上，像个死人似的，消瘦了几圈，面庞蜡黄蜡黄的，眼睛哭得肿肿的就像两只大水泡，嘴皮干得都已经结了一层厚厚的血痂。到学校只有三天，见了黑金莲就一次面，就成这个样子了！姑舅哥觉得有些好笑和匪夷所思，说："你把你大和你妈的点心白费了，老人为了你的学业，在外面工地上泥里水里拼命给你挣钱，求爷爷告奶奶，总算是把你放到这个学校里盼你好好上学，希望你有一天能出人头地，为家族扬眉吐气，可你去了学校不好好念书，瞅的个啥对象嘛？"

黑牛振振有词，说："我今年都已经十九岁了，总不能没有一个红颜知己吧？"

"你的头怕让蜜蜂蜇红了，还红颜知己呢，你才狗大的岁数，不好好上学。等出息了，女子多得跟啥一样，你现在找，人家看上你个黑炭疙瘩的啥呢？"

"没有黑金莲，我感觉一天都活不下去了，她是黑金莲，我是黑牛，我们两个正好配成一对儿。黑金莲现在跟别人好上了，我看着头疼死了！"说着眼泪花儿在眼眶里打转转，一会儿顺着眼角流到了枕头上。

"你还是上学去吧。"姑舅哥耐心劝说黑牛。

黑牛生气了，说："我都病成这个样子了，你还让我上学，这么个样子，能上个学吗？我不去，我要在家休息养病呢，等养好了我再去！"

姑舅哥只好给黑牛的父母亲说，黑牛在家里呢，只是有病了，头疼着呢。他不敢说黑牛是因为一个叫黑金莲的女子而害了相思病。

"月里娃咳痰，还是老毛病，他时常害头疼的病。这次，一定要带他去好好看看，干脆凑点钱，带他到西安看一下！"黑牛爸爸惆怅地说。

听说娃娃已经不吃不喝，担心是病严重了，黑牛父母要工钱赶回了古城，要带黑牛到西安看病去。

黑牛一见父母，就只是"哎哟、哎哟"一个劲地呻吟。不吃不喝都几天了，实际上，黑牛已饿得受不住，悄悄在小卖部买了几包方便面，在被筒里偷偷地吃。他听说家里人要带他去西安看病，一下子精神大振，开始吃起饭来了。走到古城巷子里，一路扬风，广而告之，说他要到西安游玩去了，说那可是唐朝的首都，是国际大都市，他在快手里看到过的，夜里灯火辉煌，晚上如同白昼。炫耀一番之后，又去理发店给自己设计了一款好发型。毕竟是要去西安了，得把自己收拾打扮得洋气一些，不能叫城里人觉得他是从偏远的古城里来的一个彻头彻尾的山汉。所以，他去理发店要求人家把他的头理成啄木鸟头上那个冠子一样的形状，而且颜色要一边是红的，另一边是蓝色的。他还给人家理发员说，蓝色象征的是大海一样宽阔的心胸，红色象征着热血和年轻。理完发，还在头上打了定型的摩丝、发胶，太阳光打在上面，明光闪亮的。他带着这时尚的发型，在整个古城里又走了一圈，边走边问遇见的每一个人："你去过西安吗？那里繁华得很，算得上是国际大都市。我明天就要去西安旅游去了！"那些人就都笑着遗憾地说，他们一辈子都在这古城里，哪儿都没有去过呢！

黑牛说："你们这一辈子白活了，我以后还要去日本和美国呢！"心说，日本、美国的女子个个都是黑金莲，你黑金莲有啥看不起我古城黑牛的？回到家里，父母看到他头上发生了翻天覆地的变化，都是哭笑不得，说这娃娃可能头真的出了问题，得抓紧去看呢，再不看就严重了。因为心疼孩子，对黑牛没有再指责什么。黑牛自己对他这个头的造型是非常的自豪和满意的，洋洋得意要让大家都往他的头上看，只怕别人看不到他的头发。

第二天一早，他们一家人乘班车到了西安，住了一晚上，第三天上午好不容易才排上了西安交大医院的专家号，前前后后抽血化验，拍片子检查，折腾了一上午，最后医院要他把头发剃掉。

听说要把他头发剃掉时，黑牛死活不同意，说："这不是在开国际玩笑哩嘛，我这个病不看都成，但是发型不能破坏！"

医生和父母好说歹说就是做不通他的工作，再劝，黑牛说："你们再让我把头发剃掉，我就不活了！"

医生和家人听了这句话，只好任由黑牛自己怎么办就怎么办吧。黑牛的妈妈，那个因操劳苦得腰身都直不起来的女人，善解人意地对男人说："算了算了，不要再逼娃娃了，咱们把他的头发剃掉，他还拿啥耍牌子呢！"

男人听了，无可奈何地点点头，说："算了，随他的意吧！"

几千块钱在医院里就那么白扔了，黑牛头疼的病因还是没有诊断清楚。一家人在西安转悠了两天，问黑牛还看不看病了，黑牛说："这个西安也没啥意思了，咱们还是回家吧，等回去了，我要上学去了！"

家人一听高兴坏了，赶紧带黑牛回来了。黑牛在家又待了两天，老老实实上学去了。过了几天，班里的同学就看到黑牛画的一系列女同学的画像，尤其是他凭借记忆画的一张黑金莲的画像，把美术老师都看震惊了。

消息传到黑金莲的耳朵里，黑金莲向黑牛索要那张画像，黑牛大大方方把画送给了黑金莲。黑金莲回家就用一副别致新颖的框子装上了，挂在床头，时不时有滋有味地欣赏一会儿。有一天，她把奶奶的一张老照片拿来要黑牛也给画一张画，黑牛一口答应了。但是黑金莲奶奶的这幅画他画得异常慢。

有一天，他正在给黑金莲的奶奶画像，接到姑舅哥从省城打来的视频电话。姑舅哥问他干啥呢。看样子，黑牛的心情好多了，说在给黑金莲的奶奶画像呢，又说："哥，这个可千万不能马虎，这个一定要给老人家画好呢，要把老人的慈祥画出来呢，要透过慈祥，把老人年轻时候的美丽也隐约显示出来。哥，这是一次高难度任务，对我来说，是个挑战，千万要给画好呢，这可是黑金莲托付给我的大事，我感觉使命在身，肩上的担子很重，我要把它当一件大事来做呢，不能让黑金莲失望。"他顿一顿又说，"黑金莲其实跟她奶奶长得有点像，黑金莲未来的样子估计就是她奶奶现在的这个样子！"他一边给表哥介绍，一边把视频转过来让表哥看他尚未完成的画像。

这一看不要紧，把表哥给彻底震惊了，一是表弟黑牛的画功，可以堪称天才，其次是这个画了一半儿的老奶奶，竟然犹如一潭静水，祥和而干净，似乎穿越时光的隧道，让人能感觉到她年轻时候那倾国倾城的美！

姑舅哥号称凤城一支笔，尤其人物画是在全国拿过大奖的。但在这个执着向前、看上去疯疯癫癫却永远活得乐观真实、时常做着美妙梦想的表弟跟前，突然竟莫名地感到有些说不清的羞愧。

"看到了吗？姑舅哥，从老奶奶的衣着打扮，你能看出来吗？黑金莲家的条件肯定是高着呢！"黑牛自作多情和一厢情愿地说着，好像人家家里已经考虑要把黑金莲嫁给他了似的，好像已经到了要和他黑牛谈婚论嫁的节骨眼上了。

原载《星火》2021年第6期

就当从没发生过

季　宇

"就当从没发生过……我还是会记得，全世界停下来，看着我沉默……"这是近来一部热播剧的插曲。不知为什么，一听到这首歌我就会想起汪胜利。其实这首爱情歌曲与汪胜利毫无关系，但歌词还是引起了我的联想。

汪胜利和我是战友。那是二十多年前的事了。我们一起去部队当兵，走之前我们并不认识。我们的部队在一个海岛上，从家乡出发时谁也不清楚目的地，因为这是严格保密的。一路上我们乘坐汽车、火车和轮船。途中还经过了一望无际的大海，有不少人晕船呕吐，但我的情况还好，尽管肚里不断有东西往上翻涌。为了遏制恶心的感觉，我只好不停地来到舱外，站在甲板上任凉风吹拂，这样似乎可以好受点。

"来点这个！"有人在我边上说。

"啥？"

"生姜，我从伙房要的。"

他递过来一块生姜，让我含在嘴里。

"管用吗？"

"有点。"

我接过生姜含进嘴中，这才注意地看了他一下。他中等个子，瘦瘦的，皮肤光滑黑亮，颧骨凸起，眼睛深凹下去，有点像越南人。最突出的一点是鼻子大，还有点歪。不用说，他也是一个新兵，这从他身上那套不那么服帖的没有领章帽徽的军服上便不难看出。当时正是夕阳西下之时，海面上金光闪烁，瑰丽无比。但由于受晕船影响，我根本无心欣赏。

"别吃东西，"那人接着又说，"越吃越难受。"他像是挺有经验的样子。我说你不晕啊，他说也有点。我们聊了几句，知道他是五湖北乡马头山的，与我所在的东阳关相距六十多里。后来——谢天谢地，船总算靠岸了。大家脚一沾地，便仿佛死鱼般又活了过来，重新有了欢声笑语。转乘火车后，我与汪胜利坐在一起。那时，我还不知道他叫汪胜利，上了火车后通过介绍才得知。汪胜利和我一样也是高中毕业没考上大学才去服兵役的，希望找一条出路。不过，我比汪胜利要幸运，后来考上了军校并得到提干，而汪胜利只干了两年（没有比这更短的服役年限了）便复员了。当然，其中的原因说来话长。

汪胜利人很聪明，也很机灵，但他有时聪明过了头，反倒害了自己。在新兵连集训时，我和汪胜利在一个排，住在一个大房间。他学东西很快，可毛病是怕吃苦、怕吃亏。平时不论训练还是干活都想方设法偷懒，理由不是头痛，就是肚子不好。时间一长，大家都看出来了，他在使奸耍滑。相反，与己有利的事，他从来不甘落后。比如连里改善生活，他每次都抢在头里，狼吞虎咽，生怕吃不着似的。再比如发放服装用品，他也抢着去领，目的是领回来后先挑选一番，留下最好的给自己。我曾说过他，你挑啥挑？还不都一样？他说那可不一样。

最叫人瞧不起的是，他还喜欢做表面文章，搞小聪明。有一天早上，他们班轮值打扫院子卫生，他推说头痛不舒服，偎在火炉旁做病态状。我当时正在屋内擦窗子，忽见汪胜利一跃而起，窜出了房间，好像发生了什么紧急情况，倒把我吓了一跳。没等我回过神来，他已从一个战友手中抢过扫帚卖力地扫起来。我正疑惑间，只见连长从那边走了过来——这是巧合吗？我表示怀疑。后来又发生了几次类似的事（别人也对我说过）证实了我的看法。"他娘的，什么臭德行！"我在心里骂道。

然而，耍小聪明是不可能长久的。这样的事屡屡发生，当然引起众人的反感。后来，新兵连分配，我分到三连，汪胜利分到五连。听五连的老乡说，他的德行不改，多次受到批评，包括连长都点过他的名，后来虽有改进，但并不大，连里老兵新兵都烦他。他自以为聪明，实际上却害了自己。人心都有一杆秤，谁也不是傻子。我曾劝过他，人还是踏踏实实好，吃点亏没啥，好心总有好报的，他听了不置可否，并岔开话题，几乎每次都如此。我知道他不爱听。

我和汪胜利的关系还算比较好。在新兵连我们不在一个班，没有直接矛盾，加上我们有共同的爱好——打篮球。汪胜利个头不高，但比较灵活，速度也快，适合打后卫；我个头高，打中锋。我们配合默契，每次比赛我们排总拿第一。有时打完球，我们会坐在一起抽烟聊天，从他口中得知，他家中人口多，生活困难，兄弟姐妹九个，他是老幺，每次吃饭回家晚了，不仅吃不到菜，有时连饭也吃不饱。也许正是这种环境养成了他的所谓精明，我心里想。

汪胜利有个绰号叫狗鼻子。关于这个绰号的由来，说起来有点令人难以置信，而他退伍的真正原因也与此直接有关。汪胜利一生下来鼻子就不好，主要是鼻塞爱淌鼻涕，鼻涕是那种又黄又黏的液体，散发着臭鸡蛋的气味，到了春秋两季发作最厉害时，头还会隐隐作痛，像谁在他脑袋里砸了根钉子。由于常年鼻塞，他的嗅觉也特别差，几乎什么都闻不到。医生说他这是综合性鼻炎，很难治疗。有一次，省医的大夫下乡巡诊，一个专家用药钳伸进他的鼻孔，只看了一眼，便说他鼻正骨严重弯曲，并诊断说这是导致他鼻子毛病的根源所在，建议做矫正手术。汪胜利爹娘一听手术就吓了一跳，他们没钱也没这个工夫，也就随他去了。

　　七岁那年，汪胜利有一次放鸭子。他们家养鸭，每天早上都要放出去打食，晚上再赶回来。这个任务由汪胜利和比他大一岁的七哥轮流担任。这天轮到汪胜利。他早上出去，中午带了两块饼填饱了肚子，便躺在河堤上打起眯盹。也不知躺了多久，忽然一声炸雷把他惊醒，睁眼一看，乌云滚滚，天也黑了下来。接着电闪雷鸣，大雨倾盆。这雨来得太急太猛，惊得鸭群四散奔逃。汪胜利手忙脚乱，左挡右拦，可受惊的鸭子根本不听指挥。就在这时，他的七哥赶到了，好不容易把鸭子拢到一处。这时雨越下越大，天地间混沌一片，只见一道道闪电撕破天幕，凌空而下，雷声也越发猛烈。忽然，他七哥一回头，发现汪胜利不见了。于是大声喊叫，回过头去找这才发现汪胜利脸朝下趴在田埂上不省人事。七哥把他抱起来，看见他脸肿得像个馒头，连眼睛都陷进去看不见了，血水不知从哪里汩汩冒出来，随着雨水淌个不停，把周边的田埂都染红了……

　　后来，大人们赶来了。

　　再后来，他被送到了白马山镇医院紧急抢救。

　　算他命大被救了过来，但检查结果，令人惊愕。他的鼻梁骨被雷电击得粉碎（血正是从鼻子中流出的）。等到病情稳定后他被转去五湖市医院，CT片子出来后，吓了医生们一跳，他们从没见过如此严重的损伤。据说汪胜利的鼻梁骨碎成了三十几块，要不就是二十几块——他每次说的都不一样，总之碎得非常严重，以至于连手术都无法进行，只能将鼻子固定住，由它自然愈合。

　　幸运的是，这次雷击并未造成太大的后遗症。汪胜利的鼻子很快恢复，除了鼻子略显歪，加上药物刺激，软组织变得肥厚，看上去有点大外，表面上倒也看不出其他损伤。医生开始还担心他颅脑受损，因为如此严重的雷击，不损伤脑部几乎是不可能的，但核磁共振显示，除了轻微的脑震荡，没有发现任何问题。"这孩子命真大！"医生感叹道。

　　半年后，汪胜利恢复如常，他又去放鸭子了。让他惊奇的是，他的鼻塞突然好了，呼吸通畅了，鼻涕不淌了，头也不痛了。更让人惊奇的是，他的嗅觉变得灵敏起来，任何气味远远地就能闻到。有时丢了鸭子，他不用吹灰之力便能找到，因为他能循着气味寻迹而至。有人对他的说法表示质疑，可事实就是如此。他也说不出理由，至于这种情况是啥时出现的，他也搞不清楚，反正是在雷击之后，这一点确定无疑。打这，家里好吃的东西再也藏不住了，不论你藏在哪里他都能找出来。他五姐同学给她一块巧克力，她没舍得吃，藏在墙缝里，结果几天后发现不见了。他娘收的两个礼盒（是亲戚走动时带的，一般家里都舍不得吃，等到以后走亲戚时再拎上）挂到房梁上，结果不久也发现空了。他娘气得要命，对几个伢儿挨个审问，很快查清是汪胜利干的。他娘揪住他的耳朵，骂道："咋不让雷劈死你！"那天娘是气狠了，因为她正要去走一个亲戚家，事到临头发现礼盒空了，顿时措手不及，整个计划全打乱了。

慢慢地，汪胜利的鼻子开始出名了，但真正让他名声大震的是他十一岁那年发生的事。村里有个伢儿放学途中失踪了。汪胜利所在的村叫黄滩，村里的伢儿上学都去镇中心小学，那里距村五里路。路虽不算远，但要翻过一座山，山名小花山。山不高，路也不陡，有条小路可直插村中。那天放学，几个伢儿说说笑笑走上山来。这条道他们天天走，闭着眼睛也能走过来。后来有个伢儿说他要拉屎，便落在了后边，没想到此后便没了消息。当晚家人发现了，便四处邀人去找，最后惊动了全村。

村民们举着火把打着手电一字长蛇般上了山，可沿着山上小路来来回回找了个遍，又扩大范围，几经搜索就是不见人影。小花山不大，海拔二百多米，属火山地貌，形成与远古地壳运动有关。山上植被茂盛，水杉、雪松、毛竹等郁郁葱葱。不过，由于山不大，四周均为村落，不宜野兽生存，除了野猪外，几乎没有什么大型的动物。有人说解放初期山上曾有狼，可如今早已踪影全无，因此野兽伤人的可能基本可以排除，况且他离开同学是在白天，迷路的可能也不存在。

全村人折腾了一夜，毫无所获。丢伢儿的那家人哭得昏天暗地。天亮后民警接到报警也赶来了，查看地形后果断致电市刑警队请求调派警犬协查。

然而，没等警犬赶到，那伢儿就找到了。原来他掉进了一个十几米深的暗坑。那个暗坑就在离小路不远的低凹处，可能是岩溶作用形成的，也可能是大水之后土质疏松所导致。那伢儿不慎滑了下去，带起的浮土遮蔽了坑口，根本不易觉察，尽管人们多次走过那里，有的甚至离那个暗坑只有几步之遥，都没有发现。

立功的是汪胜利。汪胜利也在中心小学上学，那天本来要去学校，可他走到半道上临时改变了主意。他昨天就听说五叔公家的孙子走失了，满村的人都去找也没找到。他感到好奇，早上上学时又看到满山都是人便跟着凑起热闹。当然，凑热闹的不止他一个伢儿，还有好几个，大呼小叫地跟在大人后边。后来，他们来到暗坑附近，汪胜利嗅着鼻子突然大叫起来："在这里！在这里……"他大声唤道，可没人理他。汪胜利急了，他拉这人，这人说走开；他拉那人，那人说别添乱。还有人冲他吼你再捣乱看老子捶你。后来，村长过来了，抱着试试看的心理近前打探。这一看不打紧，竟发现了暗坑。当人们把那伢儿救出时，他早已昏迷不醒。事后，村长问汪胜利，你咋知道人在那儿，汪胜利答："我闻到了屎尿味。"

据救人的村民说，那伢儿被挖出来时，裤裆里满是屎尿，可能是吓出来的。村长看着汪胜利笑道："都说你鼻子灵，你他娘的还真灵！比狗鼻子还灵！"

这下，汪胜利狗鼻子的绰号便传开了。我曾问过汪胜利这件事，汪胜利很得意，他说要没我大胖早没了。大胖就是五叔公家的孙子——那个被救出的伢儿。我说你的鼻子还真这么灵啊，汪胜利说："那是的，牛皮不是吹的，泰山不是堆的。"

关于汪胜利的鼻子有许多传闻，比如他能隔着房间闻出谁有狐臭谁有汗脚，远在半里路之外就能说出伙房里今天烧的是啥菜，还有人说他能分辨人身上的气味。这个可能也许存在。我怀疑那次他从房里冲出来抢着扫地就是闻到了连长身上的气味。

当然也有人表示怀疑，他们承认汪胜利的鼻子比较灵，超过常人也是可能的，但绝对没有这样神乎其神。因为人的鼻子构造注定了不能与狗鼻子相媲美，这是有科学做依据的。有一次，我们和团里的军医聊起汪胜利的鼻子。这位军医毕业于军医大学，是个老大学生，他对我们说，人的嗅觉灵敏与否，主要取决于嗅觉神经。这根神经就在人脑中，比头发丝还要细几百倍，就连显微镜也看不见。他认为，如果汪胜利让雷击了之后嗅觉变好了，那不是因为雷击中了他的鼻子而是击中了他大脑中的嗅觉神经，但这种可能性几乎不存在。"如果真是这样，"他说，"如你们所言，那只能是奇迹。"

说奇迹，奇迹还真的发生了。那是在汪胜利入伍的第二年，说起来这又是一件令人难以置信的事。有一次，汪胜利跟班长去检查弹药库。海岛部队的弹药库大多修在坑道内，这是战备需要。所有的弹药库都制定了严格的管理制度。每天一小查，每周一大查，而且每次检查必须两人以上方能开库。检查重点一是防潮，二是防鼠。防潮主要在夏季，坑道里冬暖夏凉，冬天干燥，夏季四处渗水，这时就要加强防潮，以免对弹药造成影响。至于防鼠则不分季节。老鼠对弹药危害极大，尤其是手榴弹木柄具有甜味，很容易吸引老鼠啃咬。这样的教训不算少。从军区的通报看，有一些弹药库就是因为老鼠啃咬手榴弹柄导致爆炸，损失不可估量。

不过，这种情况并不多见，特别是坑道弹药库具有先天优势，首先它是用钢筋水泥浇筑的，厚度达到八十厘米以上，四壁如此，库门亦如此，密封性极强。老鼠即便善于打洞，但还不具备对付钢筋水泥的能力。不过，意外总是难免。比如开门关门时不注意让老鼠乘机钻入，这种可能也是存在的，尽管是小概率事件，但对弹药库来说，哪怕只有百分之零点一的可能也决不允许。

然而，谁也没想到，就在那天查库时汪胜利发现了问题。五连的坑道有数个弹药库，他们挨个儿对每个库都进行了检查，一切都很正常。到了最后一个库，汪胜利表现出了异常。他一个劲儿地猛吸鼻子，硕大的鼻头一进一出地扇着风，发出呼哧呼哧的声响（真像狗一样，后来班长形容说），然后不停地围着堆积如山的弹药箱四下乱转。"你咋了？"班长不耐烦地说。

"不对啊。"汪胜利一边吸着鼻子一边说。

"啥不对啊？"班长问。

"有问题，肯定有问题。"汪胜利嘴里咕哝着。

"你他妈的搞什么鬼？"班长有些恼了。因为开饭时间就要到了，他急着赶回去吃饭。营房离坑道还有两里多路。汪胜利说你别急啊。他又围着弹药箱转了一圈，然后说弹药里可能有老鼠。

"啥？"班长叫了起来，"你咋知道？"

"有老鼠味。"

"你胡说啥？这咋可能？"班长瞪起眼睛以为他在恶作剧。

"没错，我可没胡说。"汪胜利说，他眯起眼睛看着班长，那副认真的模样不像是在开玩笑。

班长是河南兵，他不喜欢汪胜利，嫌他人太滑，经常批评他。但这种事他也不敢掉以轻心。"你说的是真的？"他再次确认。

于是，一级级上报，最后报到连部。

连长和指导员都紧张起来。

"你肯定？"他们问。

汪胜利点头。

"这可不是闹着玩的，你真肯定？"在连长、指导员轮番询问之下，汪胜利显得有些犹豫，口气也不那么确定了。"反正我……我，我感觉是……"

"他妈的，什么叫你感觉是？"连长恼了，但恼归恼，却不敢掉以轻心。"走，看看去。"他说着就向外走，排长、班长和汪胜利跟在后边。刚走到操场，开饭号便响了起来。汪胜利说："开饭了。"他想提醒连长，生怕误了饭点，可在这当口连长哪有心思吃饭？他一瞪眼说："开个屁！"

几个人匆匆赶到弹药库，进行仔细检查，表面看没有任何异常，就连墙角上放的面包屑也依然如故，没有丝毫被触动的痕迹。这些面包屑是用来防鼠的土办法，因为老鼠进了库首先会食用这些面包屑，如果发现这些面包屑被啃咬了，就等于发出了警报。可是，自打进了弹药库刚才口气还有些犹豫的汪胜利这时又坚定起来。

"没错，"他使劲吸着鼻子说，"是老鼠味！"

连长将信将疑："你他妈的还真是狗鼻子？能闻出来？"汪胜利不置可否。连长说要是真有老鼠，那为啥不吃？他指了指地上的面包屑说。

"说的是啊。"排长、班长都附和道。

"这我哪知道。"汪胜利回答不了这个问题。

"这可不是闹着玩的。"连长又来了一句，自从接到报告后这句话他已说了好多遍。"这可不是闹着玩的，"他看着汪胜利说，"要是弄错了，我非扒你的皮！"

回到连队，连长和指导员召集几个连干部一起商量。有的说这种可能性不大，因为弹药库进出有严格的规定，老鼠不可能进去。但也有人说不怕一万就怕万一，一年三百六十五天，谁能保证不出闪失？况且就在昨天团里还补充了一批弹药进库，在搬运过程中会不会出现差错？商量到最后形成两种意见：一种认为汪胜利的话不可信，他的鼻子哪有那么灵？这不符合科学道理，而且面包屑没动也说明了问题。另一种认为汪胜利的话不可全信也不可不信，兹事体大，宁可信其有不可信其无。指导员是党支部书记，他提出一个折中办法，那就是再观察一下，看看面包屑下一步会不会有变化，如果出现变化就立即采取行动。大家都觉得有理。

然而，连长心里一直不踏实，睡到半夜让一个噩梦惊醒了。他一骨碌翻身爬起，推醒了指导员，说这事不能再等了，万一有事谁也担不了干系。于是，当天夜里连长便带了两个排赶往弹药库，下令将库内弹药全部搬出进行彻查。弹药库里有几千箱弹药，这可不是一个小工程，但坑道里地方小，人多展不开，便由两个排轮换作业。"这是干球呢？"有人打听，得知原委后都表示难以相信："他能闻出来？这怎么可能？"一些老兵气得当面骂："×你妈的汪胜利，你搞什么名堂？害得老子觉也睡不成，找不到老鼠，当心扭断你的狗鼻子！"

汪胜利也害怕起来。这事闹大了，如果真找不到老鼠，大家能饶他吗？他去找连长，声音里带着哭腔，说这事不赖他，他只是如实报告，到底有没有老鼠他也不敢保证。连长这时正污心烦躁，哪有心思理他。

"滚一边去，"他吼道，"现在说这些还有屁用？"

连续干了大半夜，弹药库眼见就要搬空了，全无老鼠动静。就在大家认为肯定白忙活一晚上时，忽然听得库内一片叫喊："看，在这里！""这里！""打！""打死它！"

接着又听见有人说找到了，还真有老鼠。汪胜利当时正在坑道里搬弹药，听见喊声便朝库内跑，他挤进人堆，只见一只小老鼠早已被踏成肉泥。人们欢呼起来，汪胜利一颗心落了地。"咋着？"他脸上浮起笑容，得意道，"我没说错吧？"

"嘿，"有人叫起来，"汪胜利你真神了！"

"太奇了！"

"真是狗鼻子名不虚传！"

一个老兵上来拧住他的鼻子，"小子，让我瞧瞧你这是啥鼻子！"汪胜利痛得大叫，说捏不得、捏不得，我这鼻子可碎过。众人听了，哄然大笑。

这事发生后，汪胜利神气起来。走到哪里都有人指指点点，说就是这家伙，简直是个神人。有一次老乡聚会，他对我说老子挽救了革命挽救了党，立了大功，要不是我麻烦大了，那口气牛得不行，就像一个挽狂澜于既倒的救世主。过去他与班长关系一直不好，这当然有他自身的原因，但他自己并不这样认为。"这小子嫉贤妒能，"他曾说过，"老子摊到他手下，啥也别想了。"说这话时情绪十分消沉，可这次聚会他却拿出入团申请书，请我帮他修改。我那时在三连当文书，是老乡中公认的笔杆子。"咋了？"我说，"你们班长同意了？"

"他敢不同意？"汪胜利说，"他要敢打坝，老子直接找连长！"那口气颇有点势不可当的味道。

就在那次聚会没多久，我所在的三连突然接到命令，去陆地上一个县执行农垦任务，那里有师部的一个农场，由各连轮调前往，时间一般两年。由于走得匆忙，我来不及向老乡们告别，到了农场后才分别写信告知。我也给汪胜利写了信，他也回了信，后来一忙也就没有联系了。

到了年底，忽然接到柱子的来信，说汪胜利复员了。"啥？"我吃了一惊，"怎么会？"我心里想，入伍才两年，这也太快了，除非干得太差，一般不会如此呀。那时还没有手机，我便摇长途电话，通过场部总机转师部、团部，再到连部，好不容易找到柱子。柱子与汪胜利是一个连的，在连部当通信员，也是我们老乡。

"这是咋回事啊？"我问柱子，"他不是刚立过功吗？"

"啥功啊？"柱子说，"你别听他吹。"

"他人呢？"

"昨天就走了。"

"他入团了吗？"

"做梦吧，那是不可能的。"

长途电话线路不好，时断时续，有时也听不清楚。柱子说，电话里讲不清，以后见面再说吧。说着便挂断了电话。

半年后，我去团部送军务报告。我们连虽然调去农场，但建制仍属原来团，每年都要向团部送交军务报告。进岛后，我在团部见到了二蛋。二蛋大名郑军，也是五湖老乡，在团部开小车。晚上他来招待所看我，谈到汪胜利时悄悄向我透了底。"这家伙太倒霉了！"他对我说，本来他是有功的，但这毕竟是一次严重事故（弹药库进老鼠那还得了）。当时团里正在创优，师部评比已到了最后关键阶段。于是，团里悄悄按下了这件事，只是做了内部处理，五连连长、指导员分别记大过处分，同时要求各连加强管理。这事没有对外声张，严格保密。至于汪胜利，留着自然是个麻烦，年底便让他走人了。

"这事胜利知道吗？"

"他咋会知道？"二蛋说，"我也是开车时听团长和人说起这事才听了一耳。"说到这里，他一再叮嘱我说，"这事千万别外传，我只告诉你一个。"

听了二蛋的话，我半晌无语，心里直为汪胜利抱屈。

不过，倒霉归倒霉，坏事有时也会变好事。复员军人的安置政策一般是哪里来哪里去，历来如此，不知啥原因，偏巧那一年省里政策有了变化，当年复员的军人一律安排就业。汪胜利本来是要回农村的，这一下走了大运，被安排进了一家国营单位——红星制药厂。他可高兴坏了，忙不迭地给部队各位老乡写信炫耀。他也给我写了信。信中说走运不如撞运，这样的好事千载难逢，打着灯笼也难找——这确是实情，在他复员后的第二年政策又恢复了老样子。很多老乡都羡慕死了，说这家伙祖坟冒青烟，撞了狗屎运。

汪胜利进了工厂，成了城里人，而且是正式职工。这是他梦寐以求的事。他当兵就是为了找出路，而除了提干还有啥比这更好的呢？汪胜利心满意足，开始鼓起理想的风帆，认真规划自己的人生。他在部队时家里替他说过一门亲，现在被他义无反顾地退掉了。"我要找个城里人，过双职工生活。"有一年我回来探亲时他漫不经心地对我说，口气中充满了优越感。那时，汪胜利确实比我们这些战友高出一等，因为城里人与农村人可是一道难以逾越的鸿沟。很多战友回来想见他一面，他都睬不睬，不过，对我还算高看一眼，因为我考上了军校，将来不出意外自然要提干，即便转业了也可留在城里，和他一样成为城里人。

然而，汪胜利找对象并不顺利。他是农村人，家里穷，在城里没房子，而且长相也不够好，除了黑瘦，眼睛凹，鼻子还偏大、偏歪。条件好的看不上他，条件差的他也看不上，就这么蹉跎了好几年。汪胜利表面不急，心里却上火。就在这当口，一个亲戚给他牵线了。那是一个肉联厂的姑娘，名叫沈菊妹，是五湖西乡大牯岭人，顶替父亲进厂，虽然家在农村，但毕竟是城市户口，又有正式工作，符合汪胜利"双职工"的基本规划。见了一面，双方表示认可。虽说那姑娘胖了一点，汪胜利事后曾对人说，但人家不挑他，他也没有理由挑别人。毕竟自己的条件在那儿，你想找舒淇、高圆圆得有那个命啊！

之后双方开始交往。让汪胜利满意的是，菊妹性格不错，事事顺着他。而且她身上的味道很好闻，是那种桂花和青草混合的味道——别人不一定能闻到，因为是从骨子里透出来的。来往了几次，汪胜利手脚便不老实了。菊妹也由着他（当然也喜欢），只要不越过最后的底线。每次见面，他们大部分时间都躲在护城河的树林里缠绵，每当这时汪胜利手和嘴都忙个不停，有时过分了，菊妹也不生气，只是咯咯笑着把他推开了。菊妹胖归胖，但摸上去手感很好。特别是那双奶子，肉乎乎的，特饱满。有一次喝醉了酒，汪胜利忍不住向别人吹嘘道："将来有伢了，奶粉钱肯定是省了。"

他们的关系进展很快，万事俱备，只等菊妹爹妈进城来相看便可定下终身。这天，汪胜利正在厂里加班，电话来了。是菊妹，通知她爹娘明天来，让他做好准备。"好嘞，"汪胜利兴奋地说，"一切等我安排，包他们满意。"他喜不自禁，立即开始在心里盘算：先和菊妹一起去接站，打辆出租车，再找一家饭店，档次不能太差。就在离他住处不远有一家同庆楼，是老字号，菜不错，汪胜利去吃过。酒是现成的，春节厂里发的好酒，他还没喝，正好拿出来。对了，不知她老爹抽不抽烟？如果抽的话就买一条中华，硬壳的便宜点，当然软壳的更冲气。"妈的，"转念一想，不就多几百元钱吗？第一次孝敬老丈人，索性多出点血……正想着，车间主任来宣布明天厂里加班，任何人不准请假。

汪胜利一听便急了。本来明天是周末，去接老丈人不成问题，他已答应菊妹，不好改口，便连忙去找主任说明情况。

主任老戚五十多岁，长得矮墩墩的，身体很结实。他脾气暴躁，驭下很严，遇到不顺心的事张口就骂人，车间里的人都怕他。此刻，他正在主任室做明天的加班计划，汪胜利来找他时，他头也不抬便说："你少来这套！你小子我还不知道？就会使奸耍滑，哪次不是屎屎尿尿的？就你事多！"

汪胜利一阵脸红，马上解释说这次是真有事，而且非常重要非去不可。但戚主任根本不信。过去汪胜利经常七屁八磨，每当加班就想尽办法逃避，加上平时上班也喜欢偷懒，溜班的次数也不少。戚主任对他的印象一直很糟糕，以为这次他又是故伎重演，顿时气不打一处来。"好了，好了，别啰唆，"他不耐烦地一挥手，"去去去，我可没有闲工夫，不行就不行，哪怕说下大天来也没用！"他干巴利脆地结束了谈话，不留一点余地。汪胜利的脸像苦瓜似的泛起青色。在他向外走时，戚主任又喊了一声："站住！你小子给我听好了，明天你要敢不来，这个季度的奖金就别要了！"

这一招直接打在七寸上，汪胜利别的不怕就怕扣钱。戚主任治他的办法很简单，专找命门，说到做到，毫不留情。有一次汪胜利翘班被主任发现，二话没说，当月的奖金便泡了汤，这让他心痛了好久。

万般无奈之下，汪胜利只好硬起头皮给菊妹打电话说明情况，菊妹平时好说话，但这次事关重大，关乎她和二老的颜面，于是也撂了重话："你看着办吧，来不来由你！"汪胜利左右为难了，便和菊妹商量能不能由她先去接站，他到班上应个卯，然后再溜出来，饭店的事由他安排。他还讨好说给二老买了好烟好酒。酒是十六年古井原浆，烟是软壳中华。听他这样说，菊妹也就答应了。

第二天，汪胜利早早去了厂里，身上穿着工作服，另外备了西装领带放在提包里，准备溜班后再换上。厂里的这批订单要得很紧，据说是支援亚非拉国家，各级领导都很重视，戚主任亲自盯班，车间里四处转悠。汪胜利好不容易抽了个空子，以上厕所为由，溜了出来。临走时他和白师傅打了个招呼。白师傅是班长，也是马头乡的人，他们村离黄滩只有三里路，平时与汪胜利关系不错，答应替他瞒着，但也讲明了如果瞒不住也别怪他。

汪胜利进了厕所，装模作样地尿了一下，然后直奔自行车棚。当他推出自行车，跨腿上去后才发现装西装的提包忘了带，只好停下回去拿。这一拿便误了事，都说细节决定成败一点不假，等他取回提包重新骑上车，一抬头看见戚主任迎面走过来，想躲也来不及了。

"小狗×的汪胜利，"戚主任怒道，"你今天要敢跑，老子就开除你！"说着上去锁了他的自行车，把车钥匙一攥，塞进自己口袋。汪胜利苦苦哀求，全无用处。这下麻烦大了！他心里想，那时还没有手机，想联系菊妹也联系不上。

回到车间，他心烦意乱，心里愁死了。接下来便发生了那件事——这件事后来轰动一时，确切地说与汪胜利的鼻子有关——当然，如果汪胜利那天逃班成功，也就没有这回事了，起码与他无关，偏偏他没有逃成。

据事后调查，时间好像是在上午九时，也许是十时，总之就在这前后吧，汪胜利闻到了一股奇怪的味道。这味道就在他所在的一车间。一车间是密封的，外边的气味很难传进来。"啥味儿？"他使劲地嗅了嗅，又问白师傅闻到了没有。白师傅说没有啊。"你们呢？"他又问班上其他人，回答也是没有。确实，当时在场的没有任何人闻到，除了汪胜利外。

这件事很快就被戚主任知道了，尽管他事后矢口否认，但事实是（据汪胜利所言），他当时正与白师傅和班上人讲这件事时，戚主任走了过来，看到他们交头接耳，便大声喝道："你们他娘的干啥呢？这是上班时间！"戚主任沉着脸，表情有些不悦。白师傅连忙汇报说，汪胜利闻到了奇怪的气味。戚主任一愣，使劲吸了吸鼻子，但什么也没闻到，"你们闻到了吗？"

"没有。"

戚主任扭过头来看着汪胜利，"你闻到了？"

"是啊主任。"

"什么味儿？"

"说不出来。"

"是不是材料味？"

"不是，以前没有过。"

戚主任将信将疑，制药需要氨气和氢气，但这两种气体很容易就可以闻到。为了安全起见，他叫来安检员让他立即检查设备和仪表。检查结果：一切正常。这时戚主任已经回到主任室。"去，"他说，"把汪胜利叫来。"

不一会儿，汪胜利来了。

"汪胜利，你想干啥？"戚主任斜起眼睛说，话语中压着不小的怒气。

"我没干啥？"

"哼，"戚主任冷笑道，"你小子别给我耍滑头，我警告你不要生事！"

"我没生事……"

"哪来的气味？"

"这我哪晓得。"

戚主任勃然大怒，"好你个小狗日的，你存心捣乱是吗？"

"没啊……我真闻到了……"

"放屁！"戚主任一拍桌子，"你当你真是狗鼻子啊？别给老子耍聪明，老子吃过的盐比你吃过的饭都多。你才多大？就和老子玩心眼。告诉你吧，你翘翘尾巴我就知道你要拉什么屎。你再敢惹事，看老子怎么收拾你！"

"主任……"

"滚！"

戚主任一通臭骂，赶走了汪胜利。事后有人说，这事也赶巧了，如果那天不是汪胜利溜班，戚主任也不会发那么大的火，或许对他的话引起重视也未可知。当然，这只是一种推测，不过在戚主任看来，汪胜利这么做纯属不满故意捣蛋，况且他平时就谎话连篇，三句话中有两句不靠谱。总之，他的话没人相信。不仅是戚主任，就连白师傅和班上的人也都不信。

"算了吧，别闹了。"白师傅好心劝他。"我没闹，"汪胜利说，"我真闻到了。"众人听了都笑，说到底是狗鼻子，厉害啊。汪胜利又气又恨，说我是担心出事。"出啥事？"白师傅说，"不都检查过了吗？快干活！"可汪胜利仍然喋喋不休。大家也见怪不怪，因为他平时也是这样，死抬杠，从不认输。于是也都不理他，各自干起活来。

汪胜利感到无趣，心里更为菊妹的事七上八下，心想我咋这么倒霉呢？摊上了这事？他越想越窝囊，干活也提不起精神。中午开饭前，车间里的气味更浓了。汪胜利又说起了这事，可还是没人相信，因为一切都很正常。汪胜利找到主任室报告情况，声称气味越来越浓了，肯定哪里出了问题。戚主任看他纠缠不休，以为他还在打逃班的主意，心里的火气又冒了上来。"汪胜利！"他说，"你小子没完了是吧？别以为我治不了你，再胡搅蛮缠，老子就停你的职！"汪胜利憋了一肚子气这时也火了，"停就停！有本事你现在就停！"戚主任吼道："反了你！我还不晓得你的鬼主意？今天你要敢离开岗位一步，我就报告厂里开除你！"

两人正吵着，厂长来了。他是来检查生产进度的，身后跟着办公室主任，忙问这是咋了。这时有人过来拉走了汪胜利，戚主任说这家伙不老实，想逃班被我抓住了便无理取闹，胡诌八扯散布谣言。"啥谣言？"厂长问道。戚主任便说了缘由，厂长倒是很警惕，"气味？啥气味？"

"谁知道呢？别人都没闻到。"

"以前有过吗？"

"没有。"

"查过了吗？"

"查了，都正常。"

厂长点点头，让戚主任再查查，又说小心无大错，安全生产马虎不得，更不可掉以轻心。戚主任连声说好，又派人去查。厂长接着坐下来，开始了解了生产进度，之后又提出具体要求。这时，派去检查的人回来了，报告说没有发现问题。厂长松了一口气，临走时说："他叫什么？"

"汪胜利。"老戚说。

"就是那个狗鼻子。"办公室主任插话道。

厂长新来不久，是轻工局派下来的。他没听说过汪胜利的传闻，也不感兴趣。

老戚补充说:"这家伙贼得很,今天他要请假,我没准,他就给我来这套!"

"那还成?"厂长说,"这种人要好好整治。我们要提倡好的厂风,不能让老实人吃亏,更不能让刁滑的人占便宜。"

下午终于过去了。好不容易熬到下班,汪胜利连晚饭也没吃,便忙不迭地跳上自行车去找菊妹。他心里火烧火燎的,生怕菊妹不肯原谅他,尤其是得罪了二老,后果严重,更让他忐忑不安。他心里发急,想蹬快点,可越急腿上越使不上劲。

渐渐地,身上开始发冷发软,头也一阵阵发沉。其实,这种感觉下午当班时就有了,伴随着咽痛、干咳、流泪,像是感冒,他也没当回事。汪胜利身体不错,平时有个头疼脑热,扛一扛就过去了,从不吃药。可这会儿情况好像越来越严重,胸口发闷,气也短促起来,嗓子里阵阵冒火。他不得不停下车,在路边买了一瓶矿泉水(要在平时他可舍不得花这个冤枉钱),喝了几口,借机喘口气。这时天光已经暗了,路灯陆续亮了起来。时间不早了,汪胜利定了定神,然后重新跨上车。又骑了一段,越发感到气力不支,浑身上下都不得劲。天气很冷,但他大汗淋漓,衣服全湿透了。难道真病了?他心里想着,兴许是急的?可现在顾不上这些了,他咬起牙继续蹬车。

前边到了状元桥,这里有一个上坡。坡并不大,平时他骑车到这里猛蹬几脚便上去了,而下桥不远便到了菊妹的住处,可此刻他实在蹬不动了,直感到浑身像散了架似的,动弹不得,不得不中途下了车,勉强把车推上桥去。到了桥上他不停地喘气,好一会儿才缓过劲来。然后重新跨上车,正想顺坡滑行下去,忽感天旋地转,随之一阵虚脱像山一样扑面压倒下来,他眼前一黑,便连人带车飞了出去……

汪胜利醒来时,已经躺在市中医院的病床上。他的胳膊摔断了,身上多处软组织挫伤,最严重的是头撞在桥栏上造成了重度脑震荡。医生给他进行紧急处理。从外伤角度看,他的伤情不难控制。可入院以后,他的心率、呼吸都在急剧下降和减少,人也昏迷不醒。医院紧急会诊,但却找不到病因,只得送进ICU,采取吸氧、打强心针等对症施药办法暂时缓解症状。到了第二天,他的病情继续加重,甚至一度出现弥留状况。直到傍晚,有人找到他,才使他脱离了危险。

来找他的人是市应急指挥部的成员,他们在排查人员名单时找到了汪胜利。据说他是最后一个被找到的。

原来就在汪胜利昏迷不醒期间,市人民医院急诊室早已人满为患。据急诊科的医生回忆,求诊者是在晚上六七点钟开始出现,此后逐步增加,密集涌来。患者主要表现为咳嗽、咽痛、胸闷、流泪、淌清涕等症状。时令已是冬季，正是流感发作期间，这种情况起先并未引起重视。医生只是按一般感冒施治，轻者开了药让他们回去休息，重者留下输液。后来求诊者越来越多，打吊液的挤满了急诊室，就连走廊和大厅也一个挨一个全是人。急诊科不得不向医务处求援，请求增派人手。一时间，整个急诊室人来人往，乱作一团。令人不安的还不只是患者人数众多，而是治疗毫无效果。几个小时后，不少患者的病情开始加重，有的出现肺部感染，还有几个年纪大的竟陷入昏迷。当天夜里，病情恶化的患者越来越多，其中一人因肺部积水抢救无效去世。此外，一部分先前开了药回家的患者这时又有许多被重新送到医院，他们的病情均有不同程度的加重。这开始引起了医院领导的重视。第二天一早，各科专家被紧急召来会诊，可这种奇怪的病症谁也没有见过，究竟如何施治，一时束手无策。会不会是什么流行病？有人提出了这个看法，主张立即向上报告。

省卫生厅接到报告后感到事态严重，立即派出专家小组。当天中午，专家小组便赶到五湖市。这时市一医的专家有了新发现，即所有患者无一例外均来自红星制药厂，而且患者具有明显的中毒现象。应急小组赶到后，在当地专家的配合下，进一步调查，很快查明罪魁祸首是三光气泄漏。三光气是一种固体光气，无色无味（只有轻微的类似光气的气味，人的嗅觉无法分辨），通过光、热或试剂引发氯化反应，是生产抗生素等药品的辅助材料。查明了原因，市政府立即成立了应急指挥部。第一步首先是切断毒气来源，第二步是全力抢救中毒人员。

从患者的情况看，一车间是光气泄漏的源头所在，所以人员中毒情况较为严重；其他车间由于远离源头，只是不同程度地波及，中毒情况较轻。三光气中毒虽然没有特效药，但可根据病情对症缓解。应急指挥部要求对重度患者集中救治，轻微患者则视情况采取住院和居家相结合的方法施治，但对红星厂所有当天上班人员必须逐一排查，不漏一人。

这项工作迅速开展起来。一些当晚没有去医院的患者陆续被找到送往医院，有的病情已经很重了，但都及时挽救了过来，只有一人找到时已停止了呼吸。那人也是一车间的，当晚他的妻子和孩子回老家了，只有他一人在家。人们撬开门时发现他已停止呼吸，就倒在离门一步之遥的地方，手还在向前伸着。在他的床头上，人们看到了一些感冒药品，估计他可能误以为感冒了，自己买了点药没去医院，这才造成了悲剧。

到了第二天傍晚，一车间所有人都找到了，就差汪胜利一人了。他的住处没有（他与人合租一间房，同屋者说他那晚没回来），老家也没有，谁也不知道他去了哪里。应急指挥部找到戚主任。他正躺在医院里打吊瓶，胸部严重感染，说话有气无力。据他回忆，汪胜利那天找他请假说要去接老丈人。当时他未准，还扣了汪胜利的车，下班后才把钥匙还给汪胜利，估计汪胜利是去了他对象那里。至于汪胜利的对象姓甚名谁，在哪里上班，住在哪里，他并不清楚，因为汪胜利没有说，他也没有问。

不过，好在汪胜利和白师傅说过这事。应急指挥部辗转找去，先是找到菊妹，菊妹说汪胜利没来过，她正为这事生气哩。经过一番周折，指挥部终于打听到在事发当晚状元桥上曾摔伤一人，被路过的民警送往附近的中医院，那辆摔坏的自行车经菊妹辨认正是汪胜利的。

汪胜利找到了，经过对症治疗，病情很快缓解。不过，不知是不是因为摔倒造成脑部受伤，损坏了嗅觉神经，他的嗅觉能力大打折扣。有一次家里的饭烧糊了，他也没有闻到，这在过去是不可想象的。他曾想过要告厂里，后来又放弃了这个打算。据说是菊妹不让他告，她说你告了厂里将来还咋混？汪胜利在事情过去第二年，与菊妹结了婚。有一次我回去探亲，他对我说起这事，还说厂长找他谈过话，要他以大局为重。他们所说的大局就是要汪胜利保持沉默，因为那次事故是由三光气瓶质量造成的，厂里只负次要责任，局里和市里的责任也不大，所有的损失均由三光气生产单位负责。厂长在事件中也出现了症状，但十分轻微，吃了一点药很快就恢复了。他对汪胜利说："其实我也无所谓，大不了撤职，可你想过这会把工厂搞垮吗？"据说那次事故的赔偿金额不会低，至少要好几百万。"如果把厂子搞垮了，这对你有啥好处？你是工厂的主人，厂兴我兴、厂衰我衰，为了工厂、为了大家，你说我们应该怎么做？"厂长语重心长，循循善诱，晓之以理，动之以情，最后把汪胜利说服了。"忘了吧，都过去了，就当从没发生过。"临走时，厂长紧紧握着汪胜利的手，甚至动了感情。当然，厂里也说话算话，承诺对受害人员的补偿也全部到位，据说补偿的金额相当丰厚。

这事发生几年后，红星厂进行了国企改革，转为民营，原来的厂长联合几个厂干部以很便宜的价格买下了工厂，转而搞房地产开发。工人们被买断，纷纷下岗。那之后，据说汪胜利南下东莞（一说是深圳）打工去了，我们便断了联系。

又过了几年，我转业回到五湖，在报社工作。有一天，市里开会，有人请客吃饭，不知怎么谈起当年的事故，在座的一个市领导，当年在卫生局任职，参与了应急指挥部工作，自认为最有发言权。他说关于汪胜利的事全是瞎扯，压根儿不可信。因为有人反映过这事，应急指挥部还专门进行了调查，结果根本无法证实。所有的当事人均已否认。为了慎重起见，他们还对汪胜利的嗅觉进行了测试。

"你们猜怎么着？"那个领导说。

"怎么着？"大家都充满好奇。

"他的嗅觉只有3级，"那个领导伸出三个指头晃了晃，"正常人是10级，差着一大截哩！"说到这里，他一撇嘴巴，用权威的口气概括道，"你们说这话能信吗？全是瞎扯！"

饭桌上一片笑声，只有我笑不出来，恍若一切都离我十分遥远。

原载《中国作家》2021年第9期

抑郁症与日常的悬念

杨献平

2015年秋天到2019年10月初，我又处在了单身的状态，开始不习惯，毕竟结婚已经十多年了，乍然离散，而且还是在莫名其妙甚至强词夺理的情况下戛然而止的。很长一段时间里，痛苦、自责、不解和孤独等涌上心头，如刀子戳心，夜以继日。可什么也耐不住时间消磨，2018年春天以后，我也慢慢地想通了，理解了人生某些事的无常与必然。人和人之间，夫妻也好，朋友也罢，哪怕是亲人，迟早都有离散的时候。

困惑和豁然只是一纸之隔，当我懂了，也就逐渐习惯了这种被婚姻流放和遗弃的生活，格外珍惜一个人时的慵懒和无所事事，不喜欢有人来搅扰和破坏。其实，人的一生，少年和青年时期大抵是团伙的。有了家庭，人才会发现，结婚之前，对这个世界无论多么美好的期待与理想，都会在婚后的俗世生活中泡成烂泥汤，臭不可闻，但还得一次次地陷入其中。家庭生活，大致是对人的天性中自由部分的阉割与绑架，也是一种毫无反抗余地的道德穿透和强制；这是对自我的一种深刻纠正和再造，也是自我在他人面前采取的现实性的肉身囚禁和心灵自伤的牢笼。它的唯一一个好处是，加强了血缘的联系，满足了传统文化和文明的某种低层次要求与繁殖的必要。但有些东西本身就脆弱不堪，比如爱情和婚姻，前者是荷尔蒙促发的生理与情感的双重需要——原始的欲求使得人在人生的某些阶段意乱情迷，又乐此不疲，甚至以生命和生存的必要基础如工作、钱财和前途等为赌注。

爱情真正解决的是人的生理问题，当然，生理的反应及其一般意义和现实的生成，也会使得爱情具备某些神圣与永恒。可是婚姻不同，婚姻是爱情之后的一种决绝的担当与合作。合作是其中最紧要的，也是唯一的本质所在。婚姻当中的合作是多方面的，包括肉身、情感、钱财、权利等，其实都是外在的。真正涉及心灵和灵魂的合作，正如我们在日常中所看到的，个体性的差异是一切合作、失败甚至崩溃、反目成仇的根源所在。

就像我，被现实以沉重的耳光劈头盖脸地打过来之后，才真正明白，婚姻中的男人和女人之所以能够维持长久，大抵是一种慈悲心在起作用。很多时候，婚姻被现实掣肘，比如房子和子女问题。一个人真的想要逃出婚姻，这些并不构成绝对的杠杆、羁绊与理由。

在上一段婚姻当中，我结婚成家可能是被动的。那时候我二十多岁，总觉得自己不适合婚姻，这有点离经叛道，尽管我很爱未婚妻，但结婚使我觉得可怕。向前一步，牢笼张着隐秘而又光明正大的巨口，它要吞噬，而且是一口下去，连渣滓都不剩。

可我还是结婚了，一个男人，为了未婚妻，最终还是屈服于世俗。她是无辜的，尽管那时候我还没有明白人和人之间（尤其是夫妻之间）的思想和境界要同步。

现实逼仄也强大，宽敞也紧束，它令人无条件地去进行、服从。进行的，无非是数千年来人和人类社会的某种同步性或者说亦步亦趋，我们的祖上、父母都是这么过来的。没有他们哪有我们？他们如此了，作为他们的后代，我们也必须按部就班，像他们那样，稀里糊涂遭遇爱情（或者另一些形式）进而步入婚姻，然后在艰难或者稍微过得去的生活中浮沉、挣扎和忍受，无论是刀山火海、悬崖峭壁，只要成人，就要成家。如此，每个人都必须奋勇向前，明知道前面是万劫不复的刀山火海，也要义无反顾。

当我特别享受一个人的时光的时候，另一些人总是会突然来访。就在最近，他们来了，那是一对父女。女的是我在被离婚后的第一个女朋友。诡异的是，和她一起来的她的亲生父亲居然对此一无所知。

此时的我，对他们的这种造访厌倦透顶，内心格外抗拒。这大致是抑郁症的副作用，这种当代病，让我无端地情绪低落，浑身的不适如影随形，心悸、四肢发软、头晕、沮丧、自责、愤怒、莫名疼痛等等，还有强烈的濒死感。这种病很奇诡，时好时坏，发作的时候，比死还难受，自己的肉身和精神简直就像是一架令人讨厌的机器，不断破旧下去，还经常出故障，每一次都很凌厉。

我病着，虽没卧床，但不轻松。有人来了，我必须得接待他们。傍晚时分，他们下榻在附近的一家宾馆，我从家里拿了香烟、白酒和一些水果，去接待他们。溽热的成都到处都是人和车辆，热闹的城市在傍晚更显得嘈杂无序。我站在路边，焦灼而又气急败坏地等一台迟迟不来的网约车。突然，左小腿疼了一下，是那种钝疼，显然来自他物的撞击。

是一台宝马轿车。

我暴怒，火药爆炸一般的暴怒，当即大喊一声，快步冲过去，用手机砸了砸宝马车副驾驶的车窗。他下车,是一个和我年纪相当的中年男人。我大吼说,你撞到我了。他走过来,一脸的无所谓,看着我说,撞哪儿嘛?走,要上医院,我送你。我看着他,心里充满了激烈的怨气,随即拒绝了,并且语带脏字地骂道,你×的,能不能看着点?他仍旧一脸平静,不吭声,转身,上车,慢慢开走了。

坐在网约车上,我忽然明白,小区门口一带若是空旷,或者在没有红绿灯的街边,刚才撞我的那台宝马倒车或者行驶速度再快一点的话,我的腿,就不可能只是猛然疼一下,破点皮这么简单了。由此可见,人在某些时候的遭遇,真是匪夷所思。

如此一想,心里觉得了安慰。人每时每刻都在虚妄之中,幸福、美好、如意和快乐,都是一种暗示,也可能是灾难与痛苦即将到来的前奏和铺垫。

日常的悬念及其可能导致的后果,时常令人毛骨悚然,如汽车,它们本质上是为人服务的,可是它们又对人具备超强的杀伤力。这种悖论,几乎每天都在发生。在我所住的小区,每隔几天,就会有警笛由远而近或由近而远,每一次听到尖啸的警笛,我都下意识地想,该不会是我以前的小区出问题了吧,再者,是不是我以前的家呢?我的前妻和儿子还在那里住。每次这样想,我就下意识地站在床边,朝他们所在的那个小区不住地张望。

他们安然无恙。

有一次在成都的人民南路,乘坐网约车驶过的时候,看到一台SUV翻转在地。因为没有目击事故的发生,我实在想象不出,一台车在平阔的街道上行驶,怎么就突然底朝天了呢?

见到女友和她父亲,吃饭、喝茶。

我忍着剧烈的头晕、心悸和意识恍惚,和他们聊天,说东说西。他们的话,有时候我根本接不上,明明一个简单的道理和问题,以往,我可以不假思索理解和回应,可是抑郁症发作的时候,我却不知所云,往往把谈话的对象也弄得一头雾,甚至觉得是我在轻慢他们。

抑郁症这个怪物,它最大的恶,总是不动声色地控制它的宿主,从肉身到精神进行高压统治与逼迫,让宿主无法真正地用语言向他人表述,甚至,连宿主自己都无法体会它在肉身之内的运作机制及其对意识和精神的复杂影响。

必须坚持。否则的话,对人很不礼貌。这样想的时候,我觉得自己又陷入了世俗的泥淖中去了。人在世上,有一些社会法则看起来是温暖的,但它们的另一面则隐藏或者显示着某种残酷。

红茶淡了,再来一壶。

这期间，我和她父亲成为主角。那是一位性格耿直的老人，生于二十世纪五十年代初期或中期。七岁时候，他的母亲去世，十二岁那年，父亲也没了，余下他一个人，只能吃百家饭，后来参军，思想意识里充满了自力更生、艰苦奋斗观念，以及拖不垮、打不死的坚韧意志。对此，我觉得悲悯，又觉得悲凉。他说有一次，在一个山坡下干活，一块巨石滚下来，就要砸到他了，他才跳开。生和死之间，只差那么一秒。我笑笑，为他感到庆幸，夸他机智，同时也想到，每个人似乎都是如此，一生当中，总有一些时候处在生死之间，而生和死在那时候与人的间距，不过几毫米而已。

这样的危险一瞬，似乎每个人都曾经遭遇并亲身体验过。据母亲说，我一岁那年的夏天，她带着我去舅舅家。中午，他们都在吃饭，我一个人在院子里爬着玩，一下子摔到院外高墙下面的猪圈里，那里有一块倒立的尖石头，我的头正好栽在尖石一边的猪粪上。一头老母猪见状，以为是好吃的，哼哼着上来就要啃。幸亏母亲跑得快，拉起了我。

还有一次，初三那年暑假，有一些学习好的同学都在学校补课，我也滥竽充数。当时，学校里一共不过十二三个师生，做饭的大师傅也回家农忙去了，我们只好自己解决。晚上，煤火要熄了，我和表弟两个人自告奋勇，去旁边一道黄泥墙下刨黄泥，运回来和煤用。

黄泥墙下面，有一个不大的洞穴，里面的黄泥细腻，和煤会很容易燃烧。我趴下，直着脖子就往里面钻。头刚进去，一块石头就砸了下来，幸亏洞口小，头和石头间距小，我只是被砸得啃了一嘴土。在外面的表弟看到，急忙喊说，快出来！我立马把头缩回，那一瞬间，黄泥土洞轰然塌陷。

听了我的讲述，他哈哈笑说，你小子命大，命不该绝。我也说，想想也是蹊跷，那个土洞早不塌晚不塌，就在那时候塌陷，也是奇怪。后来，我听村里人说，我们这些人还没出生的时候，有一个哑巴在那里挖土，泥墙倒塌，把他埋在了里面。

再几年后，在山西的某地，我右手食指不小心触电，而且是360伏的。那一瞬间，我觉得脑子一下子变白，跟电影屏幕一样，然后身子慢慢地倾斜，向下倒。当时，脑子里什么也没有想，只是觉得自己可能要死了，心情也是不悲不喜，空明至极。谁知，我的身体在倾倒的过程中，将原本就断开再接上的电线拉断了，再一瞬间，我忽然清醒，感觉像是一次短暂的睡眠。——确切说，是肉身自有的重量拯救了我。从那个时候开始，我才真正意识到肉身的重要性，它是灵魂及人生一切的容器，是基础性的建筑，现实性的存在，客观的证据，形象及其全方位的代言人。

几乎整个晚上，我们都在讨论这样的问题。

我觉得，人在某些时候的体验和理解，也是和自身的境遇，即现实所处周遭的各种因素有关系的。他还对我说，我的抑郁症也该是有的，木主神经，你原本很爱老婆孩子，在乎家庭，可家庭散了，你想不通，伤心肺，并脾胃，这样一来，虚弱在所难免，患病也是必然的了。

我静听，又觉得浑身不适，有一种强烈的晕眩感。

我知道抑郁症又开始了，很长一段时间，我必须在晚上十一点之前睡觉，一旦超过这个点，便会难受，浑身说不清的不适，犹如误食某种奇怪的毒药，又像是一种残酷的凌迟，不是疼痛，而是不适，并且不能够用语言表达的那种"不适感"。

此前很长的一段时间里，种种不适反复发作，比如，我正在街上走着，突然心悸，接着是濒死感，似乎眼睛眨巴一下就会倒地断气。我不想死，我还有儿子和母亲。我的责任还没有尽到，我一次次对自己说。看到医院，就趔趄着跑进去，浑身颤抖着挂急诊。

医院人满为患。我才发现，疾病笼罩了太多的人，有一半甚至多半人都在各种各样的疾病中痛苦不堪，不得不与之抗争，唯一的念头就是能够治愈，哪怕稍微好一些，目的是为了还能够活下去。

当活下去成为了唯一的诉求，人的悲哀就是无尽的。

抑郁症最严重的时候，我想到过自杀。前些年恐高，站在二层楼上就吓得要死。患了抑郁症之后，站在十层楼的阳台上，我都不觉得害怕了，看着下面的车辆、绿地和树冠，就有一跃而下的冲动。但我的心里总是会响起一个声音，在严厉地警告我，你还有老娘，还有儿子。你这个年纪，不再是一个人了，而是一个家。

相比药物，诸如百忧解、左洛复、怡诺思等等，人的精神或者说在俗世的所谓的使命和责任，才是真正的良药。

当我说了这些，他们父女才说，天不早了，你身体也不舒服，早点回去休息吧。

我感到一阵轻松，送他们上楼，电梯门关上的瞬间，我立即就扭身往街上走，一边用打车软件叫车。一上车，我就急着对司机说，快点，师傅。那时候，我只想回家，把自己像一个破麻袋那样扔在沙发上，闭上眼睛，什么也看不到，也不去想。

到小区门口，我下车，急匆匆地走，一台车飞驰而来。此时，已经是深夜了，车辆和人稀少，在这时候开车的人，大抵也是这么想的，也放松了警惕。当我停下，那台车忽然急刹车，车头偏向另一边。

哎呀，幸好又没事。我抱歉地看了看那台车，司机破口大骂，我却笑着，很卑微。我在感谢他的不杀之恩。这种惊险就在于，让遭遇者的生命介于一线之间，几毫秒可能会罹患大难，几秒钟也可能会躲过一劫。生命的不确定性于此暴露无遗。留给遭遇者的惊悸和悬念，可能轻描淡写，也可能深刻隆重。

也不知何时，电话响起，我懒得接，我知道是她打来的。她喜欢熬夜，且喜欢长时间和我聊天，可是我不想。我想告诉她我的情况，可是又无从说。她说，抑郁症病人不是很希望有人关心吗？不是很喜欢有人聊天吗？我苦笑着对她说，每一个抑郁症病人的身体反应是不同的，有人可能心悸、头晕、四肢乏力，有人可能是长时间失眠或者睡眠很浅，也有人是身体无端的疼痛，甚至肛门疼、腋窝疼等等，完全不同。

她却不懂的，只是强调自己的好心。每次都这样。我知道是她的电话，故意不接，也不想接。我也知道，微信里，她可能说了无数的话，我没回，她才这样的。电话铃声不依不饶。很多时候，我想长时间关机，不接任何人的电话，可又怕老娘打不通会担心我，单位有事找我……为自己而活，是一个绝对的伪命题。

我只好接电话。本想说一两句话就挂断，可她说起话来没完没了。如果我挂断，她会生气，以我女朋友的身份责备我。

这也是我特别喜欢独自享受一个人时光的原因之一。家庭是一种约束，不过被冠以关爱的名义；家庭也是一种篡改，被戴上责任、义务、道德的高帽。人的累，大多是自找的，明明是火坑，很多时候还要义无反顾往里跳。我以前的婚姻便是如此，每到一地，要给妻子说，晚上和谁一起吃饭、做什么事，任何事都要讲。智能手机普及之后，人的行踪已经无所遁藏，一切都被注视。看起来越来越透明的空间，阴影的指爪面积和力度也在层层累加。

人在对自我进行文明意义上的提升和改造的同时，也在制造另外一种野蛮。

当爱成为被监控，责任和义务也被涂上"优秀男女""楷模""榜样"等混沌的颜色之后，一切又都变得暧昧不清、无所适从了。

那一个晚上，我们又聊了很多，她可能是全神贯注的，而我却是睡意蒙眬，巴不得她在两分钟之内不再开口说话，我就可以丢开手机。可是她没有。一直到凌晨三点多，我实在忍不住了，几乎是异常恼怒着说，睡吧，不早了。她这才答应挂掉电话。

血缘之外的男女之间聊天大致分为四种：爱意（想念）、探讨、性、思想。这其实也是很混沌的，俗不可耐中有着天性的要求与激荡，清澈高远之间也充盈着某种来自肉身的情感与触觉，也反映了一个深刻的道理，即我们所在的宇宙、地球及其万事万物当中，都受作用于一种相对的状态，或者说一种制衡的状态。

眼睛肿着，像两个鱼泡。八点半了，我还不想睁开眼睛。此时，床成为了最偎贴肉身和精神的事物。可我必须起床去上班。不上班怎么办呢？我是一个人在这里生存，再不是一家人了，一家人的话，至少还有另外一个人支撑，或者想点别的办法。家，在很多时候就是心理和精神的堡垒；家，也是由两个陌生的男女凌空构建的。

血缘之外的婚配无疑最科学，可人类在漫长社会生活当中，却又一再因此而发生各种各样的问题。因为没有血缘关系，原本两情相悦的男女，看起来紧密无间，也最容易瞬间离散和崩溃。

无论是谁，其实每时每刻都生存在某一些悬念当中，原本美好的一对，可能在转眼之间而成路人，老死不相往来，甚至相互成为至死都不会原谅和饶恕的仇人。

我必须起床，没吃东西，洗了一把脸，就出门。此时的城市，如此明亮、拥挤、繁华又如此隐蔽、多变、悬疑，充满安静的动感，暗藏汹涌的不测甚至杀机。地铁上，人们都在向手机低头，眼睛打开的世界，遥远却又近在眼前，深邃又肤浅。如今人和人之间基本上是不互相端详的，哪怕碰了一下脚尖、撞了一下肩膀、面对面贴近，只要不是出于明显的恶意与携带色情的用心，几乎所有的举动都没有意义。

遥想古人手指一碰、脚尖的轻微邂逅、衣袂的无意识接触，都会引发内心的滔天波澜或雷霆暴雨。可现在，科技让个体越来越离不开他人，也让人口众多的城市越来越具备封闭性、防范意识和深刻的排斥。

他们大多都衣饰光鲜，面容姣好，尤其是女性。不知何时起，化妆成为了流行。以前只在戏台和影视中看到的妆容，现在充斥在现实的各个角落。我在想，那么多的粉、油、水、颜料下面，究竟藏着怎么样的原始面孔？

出地铁，就要到上班时间了，我就有些焦急。抑郁症的焦虑扩大开来，就是一种盲目性的慌张。我下了台阶，一台电动车冲来，撞在左膝盖上，我感到一阵疼痛，捋起裤子一看，又出血了。骑车的是一个比我年轻的小伙子，惶恐的神情背后，隐隐透露出对生活的无奈和愁苦。

他连声说大哥对不起。我说，不要紧，你走吧。他又连声说谢谢，骑着电动车没入广阔的人流和车流。到办公室，我拍了几张受伤的照片，发在微信朋友圈，好友们都说我太仁慈了。我却没有觉得自己多么仁慈。我一直觉得，本来就应当这样的，没什么大事就是没事。扭住一个人不放，或者采取更激烈的措施，我觉得这不符合人之常情，也不符合我们所追求的世道人心。

少顷，我又觉得后怕。悬念乃至可能的更大的恶劣后果，往往是隐藏在无意之中的，一秒甚至几个毫秒，就可以造成事故，人的某些生命形态甚至命运也可能由此改变。这些悬念，往往在日常中潜藏，寻机爆发。

她在朋友圈看到我受伤后，对我说，对不起，真的对不起啊，不该那么晚，还缠着你说话。我说，没事的。事情已经发生了，没事就好了。她说，抑郁症病人清醒的时候也是蛮可爱的。我笑笑说，不可爱又能怎么办？

事情已成事实，再抱怨谁都没用。

尽管话这样说，我心里的愿望却是，他们父女俩最好是今天离开。

作为一个单身的男人，我还是享受一个人的状态，可以随意躺着，或者玩，或者干脆什么也不做。有他人在，我就必须回到世俗，融入那种你我来往、觥筹交错、挤出笑脸甚至言不由衷的氛围中。

可他们并没有离开。晚上，我们三个一起吃饭的时候，又说了一些稀奇古怪的事情。我也象征性地喝了一点酒。此前，因为长期悲伤、沮丧、恼怒、颓废等，我的胃出了大问题，是萎缩性胃炎，据说是不死的癌症，也是癌症的前奏。

我吓坏了。自从前妻和我闹离婚，我一直想不通为什么。在家里，我自信是一个称职的丈夫和父亲，和岳父也非常投缘，情同父子。岳父夸我说，他们老两口这一辈子尽管没儿子，可我这个大女婿比有几个儿子都强！

我也乐意这样消受他的夸奖，也觉得，人的最大的美德，是孝敬长辈，并且力所能及地让他们过得好一点，再好一点。必须要坦白的是，在和前妻的婚姻中，我也曾花心过。尽管在婚姻之外，我没有做什么肉身的欢愉之事，但在精神上，是出过轨的。

每个人大抵是如此。在每个年龄段，人对异性的认知和看法，甚至角度和感觉都不一样。如二十到三十五岁，女人情感重心大抵是爱情的、婚姻的、家庭的和事业的，所有的精力都在其中，而一旦到了三十五岁之后，女人的生理得到了全面的锻炼与成熟，再加上各方面的稳定，性便占据了主要的位置。这大致是大多数女性的生命发展路径。但这个世界从来就有例外、就有奇迹，不能一概而论。男人则在很大程度上与女人相反，二十多到三十多岁偏重追求身体欲望的满足，再到四十岁之后，整个身心就慢慢地归于家庭了，年少轻狂与某些颠倒梦想都开始从他们的生活中不断抽离。

四十岁后，除了上班，我几乎足不出户。每天下班，第一件事便是去学校接儿子回家。晚上，睡觉之前，要和儿子躺一会儿，看着他睡着，再去和老婆睡在一起。早上起来做早餐，吃完早餐，再替儿子背上书包，把他送到学校后才去上班。

  我很乐于享受并满足于这样的生活状态。它让我有一种归宿感，还有精神的依靠和灵魂的安妥。我想，这大致就是最好的人生境界了。对一个普通人来说，没有相应的资源与机遇，做一个平凡的人，就是最好的了。

  可物极必反这个古老而新鲜的律令一直在发生作用。如《易经》乾卦第六爻"亢龙，有悔"，指的就是事物发展到极点便会急转直下，朝着相反方向发展。2015年9月10日早上，世界一如往常，可我没有想到，前妻一下子拉着我，开车去民政局离婚。我以为是玩笑，可没想到，她确实要和我非离婚不可。至于她是不是经过深思熟虑，我至今不知道。

  就当我多次四肢发软不能行走、头晕心悸扑在床上感觉到强烈的濒死感，站在高楼上想一跳了之的时候，我才发现一个历经磨难的男人，竟然也变得如此脆弱，在这样突如其来的打击中一下子就瘫倒了。

  我周身不适，但从来没有想到过自己会有抑郁症。

  有一次，我觉得马上不行了，急忙到医院，要求住院，核磁共振、CT、心电二合一、生化全套检查等等的结果出来之前，我以为自己可能患了某种不可治愈的大病。结果出来，却没有大的问题。可我的头晕、心悸、濒死感、疼痛等极端的不舒服依旧持续，还出现了暴饮暴食的情况。那年春节期间，一个人回老家，面对母亲和亲戚，我没有说任何话，也没有告诉他们我的遭遇，而是找理由说明我前妻为什么没有一起回来。那一刻，我的内心好像装满了刀片，而且在持续搅动。我也第一次体验到了什么叫肝肠寸断。

  我开始吃百忧解，根本不管用。后来，在几个朋友的劝说下，到生理卫生中心检查和治疗，吃怡诺思和思瑞康之后，才有所好转。就在这时候，我的女友又来了，和我一起住在病房里，她的这一份体贴，让我感到安慰。

  三天后，他们父女俩终于走了，我如释重负。这时，我才发现，自己如此贪恋一个人的时光。对于亲人，有需要我的时候，你们就打电话来或者来人；不需要我的时候，你们可以当我不存在。

  我应当主动关心和爱护儿子，可有他妈妈，我一个月给他三千块钱，他已经是一个马上就成年的人了，在学校，有老师和同学，他自己还有一些兴趣和想法。作为他的父亲，当儿子逐渐独立，我对他的影响几近于零，甚至是负数。

  进门，我就躺在沙发上，顿时觉得清静，好像整个世界与我没有一点关系，包括窗外的车声、人声，哪怕是传进耳膜的警笛声……我只想躺下来，看着天花板发呆，或者对着手机屏幕，看那些遥远又实际上就在身边的人们在不知羞耻地作，道貌岸然地装，自以为是地讲，虚妄地想与演……相比这些，我更在意远方的苦难，以及深山老林里的清修。

我饿了。吃点什么呢？冰箱里还有一颗大白菜、一块猪肉，葱姜蒜从没断过，橱柜里还有半袋大米……这就足够了，我一个人能吃多少呢？可当我起身，却发现自己还是晕眩的，整个脑袋里好像只剩下了几块硬硬的骨头，或者像是一截扭结在一起的钢丝。

经验告诉我，我只能抓紧时间做饭吃饭，只要肚子饱了，晕眩和心悸就会随之减轻。我也知道，这是抑郁症引发的另一个表现：暴饮暴食。这对胃肠的伤害很大。按照中医理论，人的身体也是一个小宇宙，需要各方面的平衡与对等，任何一个器官出了问题，其他器官也会受到牵连。

洗菜后，拿刀切菜的时候，才发现整个身体都在颤抖，而且很厉害。这样的情况已经发生很多次了。在我极端痛苦的时候，每当看到菜刀，就想到自杀。还有几次，我一个人在家里大声号啕，想起自己对爱情和家庭的信仰，自身的孤单与病痛的折磨，真的想翻转刀刃，对准自己。那时候，我脑子里响起的，还是"你还有老娘，还有儿子，你不能死，坚决不能死"的呼喊声。每次听到那个声音在内心回旋好几遍，我才会放下菜刀。

哎呀，手指猛然地一阵疼，让我惊叫出声。果不其然，切到了手指，一块黄豆大小的肉悬悬欲掉，暗红的鲜血先是聚在一起，慢慢饱胀，然后决口、下滴。

家里一直备有创可贴、医用酒精棉和纱布等，清洗创口，血随着清水进入下水道，这令我不自觉地想起看过的恐怖片，如《黑夜传说》《刀锋战士》《致命弯道》《隔山有眼》等等。我想，地下管道里，该不会也有那些生活在暗处的吸血鬼和狼人吧？

我拿医用酒精棉擦拭，再用创可贴包扎。切菜时，首先清理掉那些被鲜血玷污了的部分，再洗一次，然后下锅炒。

吃完就洗碗，这是我多年的习惯。还和前妻在一起的时候，她做饭，我来洗碗。其实我很愿意下厨，可是她并不喜欢我做的菜。这时候，才觉得了手指内隐隐的疼，像一支急于冲破障碍的箭矢。

我想起多年之前，木匠四表哥用电刨子时候，我拿着一根木头也放上去，一不小心，右手无名指就被电刨子咬了一下，一块肉翻卷，白森森的，过了将近一秒钟，鲜血才流出。

人一生中的悬念太多了，其中以肉身的猝然被伤害为最多。人所依赖的，灵魂和精神能够明确感知愉悦和痛苦的，也是看起来有些琐碎、卑劣、无耻的事，且需要不断喂养和维护的肉身。

双人床，那么宽，我睡着睡着，就斜了，或者头尾颠倒了。这是少小时候经常发生的事情，婚姻之中，这种情况几乎再没有发生过。现在，我又是一个人了，我的身体在无意识中无羁起来。这令我感到兴奋，有一种返老还童的感觉。每天晚上早早睡下，早上醒来的时候，觉得很轻松。我渐渐意识到，睡眠真的是一种对身体的聊胜于无的修复。

　　走在街道上，继续看人，各种各样的，也时常站在红绿灯下，为自己感到担心，也为其他人心怀忧惧。我在内心祈祷，让所有人都好好的吧，不要有悬念，以及悬念之后的种种创痛，尽量平安、平淡、平常，就像我此时此刻这样，出门一天，晚上按时回家；众人奔忙劳苦，多数人的生活和内心是苦难、琐碎、纠结不安的，而每个人所真正需要和觉得心有安慰的，莫过于跟随时间慢慢老去，在世上，在人群中，亮出自己的身影，然后悄然隐去。

原载《天涯》2021 年第 6 期

嘴

蒋一谈

如果想忘记一个人，那就在一段时间里使劲想他，直到自己想得筋疲力尽，脑子里没有了半点力气。大人们在理发店里说，他们会用这种方法忘记一个人。我当时正在理发，我看着镜子里的自己，在心里想，我没有想忘记的人，除了我爸和我妈，我也没有难忘的人。

你当时也在店里理发，你比我早到，坐在最里面的位置，我进来的时候没有发现你。我忽然在镜子里看见你结完账准备走出去的侧影，小声喊了一声："老师好。"你转身看见我，故意愣了一下，接着伸出手臂，拍了拍我的肩膀，说："嘴像什么？想出来了吗？"随后你笑着推开门走出去。我的眼睛一直追着你，你的头发比之前短了，我更喜欢你的长头发。同学们都说，我们的语文老师是诗人。

理发店的门关上的片刻，我眨眼的工夫，你好像在一辆车里消失了。接着，我听见女人的尖叫："撞死人了！撞死人了！"我跑出门，看见地面和轮胎上的血，你的身体蜷缩在巨大的轮胎下面，手臂和双腿很奇怪地缠绕在一起，脑袋像摊开了的红色肉饼，我还看见白色的脑浆在冒泡的血液里蠕动。一阵恶心翻上来，我惊慌失措，跑进理发店，瞪大眼睛坐在那儿，大口喘气，浑身不停地发抖。

今天上午，也就是三个小时之前，你还在给我们上课。你有个习惯，教完课本上的知识之后，你会用剩余的时间启发我们的诗歌思维，这也是我们特别喜欢的。那天的情景我至今记得清清楚楚，你把交上来的周记本摆放整齐，抬起头看着我们，我们知道该做什么，笑着一起喊道："诗歌是我们的小伙伴！"你笑了，你的笑无法掩饰你眼神里的忧郁。你说："我想问问同学们，你们喜欢自己的嘴吗？"

我们一起喊："喜欢！"

"为什么？"你继续问。

同学们开始七嘴八舌：

"我们用嘴吃饭！"

"我们用嘴说话。"

"我们的爸爸妈妈用嘴亲我们！"

一个男同学笑着说："谈恋爱离不开嘴。"

我们再次大笑。你点点头，说："嘴离我们这么近，我们每天用它，嘴挺辛苦的，所以我们要想着感谢它、赞美它，而诗意的想象，是感谢它、赞美它的好方法。你们觉得嘴像什么呢？"

一个女同学说："我觉得嘴像月亮，上嘴唇是半片月亮，下嘴唇是半片月亮，合起来是整个月亮。"你一边点头一边鼓掌，我也觉得这个比喻太形象了。一个男同学说："我觉得我的嘴像一根刚剥开了皮的香蕉，我爷爷和我奶奶的嘴，像剥开了皮放了很久的香蕉。"我们笑起来，有的同学忍不住拍打桌面。我在想，嘴像什么呢？在我思索的时候，一个女同学说："嘴像一个荷包。"

"荷包是什么？"一个男同学问道。

这位女同学继续说："荷包是女孩子的钱包。"

我扭头看了看，周围男同学的眼神陷入了对荷包的遐想。我依然在思考，嘴像什么？这时候，下课的铃声响了，你鼓励了大家的想象力，最后说道："我觉得嘴像一个没有插花的花瓶。这诗句不是我写的，是我从书上读到的。今天的课就到这儿，明天上午见。"

在火葬场送别你，我们哭得非常伤心。那天下着小雨，我们哭着哭着，小雨变成了大雨，我们不想让雨声盖掉哭声，我们鼓足力气，哭声更大了。我和同学们想看你最后一眼，可是班主任说，遗体告别仪式改在骨灰盒前集体默哀。回学校的路上，我听老师说，你的身体其他部位都是好好的，只是脑袋被车轮轧碎了，殡仪馆的工作人员实在没办法修复。我在想，在这个世界上，我可能是最后看见你的那个人，而我，也可能是你最后看见的那个人。

自那以后，我的眼前和梦里时常出现你的影子；吃饭的时候，想到那摊血，我会干呕。除了我爸我妈，你是第一个令我难忘的人。我也一直在思考你的诗歌问题：嘴像什么？因为这个思考，我想起之前的一次班会，你当时也在场。班主任问我们各自的理想，同学们都知道自己将来要做什么：公司老板、律师、金融家、外交官、医生和教师。我的理想模模糊糊。我爸是煤矿工人，每年春节回家住一个月；我妈开了一家服装店，春天卖夏天的衣服，秋天卖冬天的衣服。我和他们从未谈论过理想话题。班主任问我的时候，我说了这样一句话："我的理想是流浪。"同学们都笑起来，你也笑了，不过，你站起来说："流浪的心其实挺重要的。我觉得你的作文很好呀，成为作家和诗人也是很好的。"

因为你，因为那堂课，我有了观察别人嘴巴的习惯。有一天，我妈一脸迷惑地望着我，说："你越来越怪了，老是盯着别人的嘴看，人家都走了，还愣在那儿看，说梦话也是嘴像什么，嘴像什么。语文老师都死一个多月了，别再琢磨这个问题了，好不好？"

我妈发现我越来越怪，我其实也发现她越来越怪。这段时间，我妈回家做饭的次数一天比一天少，很多时候让我一个人去饭馆吃饭。我怀疑她有了其他男人。我的猜测是对的。那一天，我有意旷课半天，一直跟着我妈，她走进一幢居民楼，我就在楼下等着。差不多天黑的时候，我看见她和一个男人一起下楼，在旁边的饭馆里吃饭。那个男人坐在那儿，一只手打电话，一只手不停地捏我妈的屁股，他还亲了我妈的脸。我妈好像很高兴的样子，夹起一块肉送进男人嘴里。我抓起一块石头，想砸碎饭馆的窗玻璃，可是不知怎么回事，我的手又放下了，我突然没了这个胆量。我哭着跑回家，我并没有替我爸觉得委屈，我只是觉得我妈会和我爸离婚，这个家要散了，而我不想这样。

后来的几天，好像有什么力量驱使，我连续跟踪我妈和那个男人。我问自己：这样做的目的是什么？我不知道。我也想过，见到我爸之后，我会不会把这件事告诉他？我依然不知道，但我心里清楚，我爸很爱我，很在意这个家。不过，有一点又很奇怪，即使我妈找了男人，我一点不厌烦她，我还像之前那样爱她。

当我发现了那个男人驾驶的汽车，我有了目标，我要偷偷砸他的车。这样做是替我爸报复那个男人吗？可能是这样吧。我觉得那个男人侵犯了我的家，这一点最让我不舒服。我砸烂了汽车玻璃，迅速逃跑，我非常紧张，跑得飞快，像一匹野马。两天之后，我发现男人重新装上了新玻璃，我再次找准时机，用钥匙在车身上划了十几道长口子，还对着车轮撒了一泡尿。这一次，我兴奋得想流鼻血。

那天回到家，我妈铁青着脸看着我。她深深地喘口气，平静地说："如果你再毁坏别人的车，学校就会把你开除，我没有吓唬你。"

"我……我没干什么呀。"

"监控摄像头都拍下来了，要不是我求情，人家直接报案去了。"

我低下头，说："我不想看见你和我爸离婚。"

我妈叹口气，忽然哭起来，我的眼泪也在眼眶里打转。我哽咽着说："妈，别离开这个家，好不好？"我妈掏出钱拍在桌上，大声说："谁说要离开这个家了？快去吃面吧！"

我买了两碗牛肉面打包回家，我想和我妈坐在一起吃晚饭。远远地，我看见那个男人开着车朝我这边过来,他来回扭头看,好像寻找什么。快到我身边时,他的眼神和我的眼神碰上了,我没有躲闪,面无表情地看着他。他忽然朝我笑了笑,我的头皮有点发麻,他的笑里似乎含有某种东西。

我妈对我说,再过两周就放暑假了,服装店生意忙,她还要出去进货,想让我去我爸那儿住段时间。我能感觉到她在撒谎,我一点没生气,我也想我爸了,再说我也想出去玩一玩。我妈吃面条的时候有个习惯,她是一根一根地吃,碗里的面条像一条一条的白虫子,在她的嘴边晃来晃去;吃牛肉的时候,她又会反复不停地咀嚼,嘴巴会连续咬合几十下,之后再把肉末咽下去。我看着她的嘴,觉得她的嘴一会儿像吸管,一会儿像绞肉机。

晚上躺在床上,我回想着那个男人的眼神。我得承认,从他的面相和眼神来看,他不像坏人,倒像是一个善于享受生活、很会保养自己的悠闲男人。从这一点而言,我爸就是勤勤恳恳、任劳任怨的老黄牛。我依然会想,如果我妈因为这个男人和我爸离婚,我一定会报复他。我已经想好了,我虽然打不过他,但我会想办法把他车里的刹车油弄漏,让他跑高速的时候刹不住车,撞死在隔离带上。

我是带着这样的念头入睡的。我在梦里遇见了你。你问我:"那天在课堂上,你没有发言,嘴像什么,你现在想出来了吗?"我笑着说,嘴像吸管和绞肉机。你说你没听见,让我重复一遍。我大声重复,你依然说:"我听不见!我听不见!"我用最大的力气喊道:"嘴像吸管!嘴像绞肉机!"我把自己喊醒了。

再过几天,就放暑假了。我踢着石头子去学校,路边的流浪狗模仿我踢石头子。我走进教室,同桌对我说:"有个叔叔找你,他在校门口旁边的冷饮店里等你呢。"我忽然有异样的感觉。我知道是谁。我在厕所里待了一会儿。我在想,害怕是无济于事的。我走出校门,顺手捡起一根尖木头塞进裤兜。

那个男人坐在最里面靠窗的位置,看见我进来,他主动起身朝我招手,随后走过来,问我想喝什么饮料。我说随便。他点了两杯西瓜汁。我们面对面坐下,他脸上的笑更明显了,我垂下眼帘,我的余光能看见他的嘴,上嘴唇明显比下嘴唇厚,而且中间部位的肉有点往前凸,像多长出来的一点肉瘤,也就是说,在自然的状态下,他的嘴唇合不拢,门牙会露出来。他这张嘴亲过我妈,我讨厌这张嘴,感到恶心。可是,他的嘴像什么呢?我控制不住自己,而且越是厌恶,想象的欲望就越会在脑袋里膨胀。这张嘴像什么呢?我想到腐烂的桃子。

"听说……你们班的同学都喜欢语文老师。"我听见他的声音。我醒过神,喝了一大口西瓜汁,冷冷地说:"不是喜欢,是热爱。"他挺直身体,点了点头,手指敲打着桌面，仿佛陷入了沉思。接着，我看见他从包里掏出一个笔记本。"这是语文老师的诗歌写作本子，我去他家里取来的，你们语文老师是我的表弟。你要是喜欢，就拿去看吧。"他把本子推过来。眼前发生的事完全出乎我的预料。我又喝了一大口西瓜汁，他把自己的那杯西瓜汁朝我这边推了推。我想要你的写作笔记本，我很好奇，可是我想到了我爸，我讨厌这个男人。"我不想要。"我说。他的手指再次敲打桌面，这一次敲打的节奏比刚才快多了。

"听说，语文老师出事那天，你在现场。"

我瞥他一眼，点了点头。那天发生的事，我跟我妈说过，有几个同学也知道。

"你还跟老师打了招呼？"

"怎么了？"

他淡淡一笑，欲言又止，最后他这样说道："我去理发店问了，语文老师刚走出理发店的门就被货车撞死了，如果他早一点走出理发店的门，或者晚一点走出理发店的门，就没事了，其实也就是几秒钟的事……唉……"他叹口气，摇了摇头。我一下子紧张起来。那天的情景瞬间浮现在眼前：我在镜子里看见了你，我说老师好，这个过程用了一秒钟。你转身，故意愣了一下，这个过程用了两秒钟。你拍了拍我的肩，问我嘴像什么，我想得出来吗？这个过程用了差不多七八秒钟。最后，你转身，推门走出去，这个过程用了差不多十秒钟。

"一个人的命就是由时间安排的……"你叹口气，站起身，接着说道，"我再去买杯饮料，顺便去外面抽根烟，你等我一下。"他出去了，我看见他在窗外一边抽烟一边打电话。我觉得事情再明白不过了，他在提醒我，你的死与我有关，换句话说，很可能是我导致了你的死亡。我不该和你打招呼，这样的话后面的事就不会发生；或者这么说，我应该站起身和你打招呼，而不是像个傻瓜似的坐在椅子上，如果我站起身和你打招呼，就会多用去一秒钟甚至两秒钟；既然打了招呼，我应该和你多说几句话，这样既表达了礼貌，也能拖延你走出去的时间。我错失了第一次机会，这也没关系，因为我还有第二次机会。当你跟我说话的时候，我不应该沉默，我应该站起来听，或者我多说几句话，赞美你的发型，哪怕是瞎编也行，可是我当时什么话也没说，我其实很想和你说话，那一刻我不知道说什么好。我现在才知道，和你多说几句话，那剩下的十几秒的时间，就会在理发店里流过去，你会晚十几秒走出那扇玻璃门，那辆大货车也已经从那扇玻璃门前开过去了，而你就会和那辆死亡货车擦身而过。我越是这样想，越是清晰地看见这一幕，越是觉得你的死与我有关。我越来越后悔。你的诗歌笔记本摆在我眼前，我看着它，眼泪止不住地滚落下来。我抓起笔记本，跑出了冷饮店。

我沉默了好几天，后悔和害怕的情绪缠绕着我，有两三个晚上，我必须开灯才能睡觉。班里举办本学期最后一场联欢会，我谎称感冒没有参加，我不敢面对全班同学。我妈帮我收拾行李，我也提不起劲，哪儿也不想去，就想一个人待在屋里，谁也不见。我的反常肯定扰乱了我妈的情绪，她开始摔东西，走路的声音很大，磕磕碰碰的，好像屋里的桌椅板凳都是故意摆在那儿的障碍。夜深人静的时候，我听见她和那个男人通电话，声音非常温和。天亮了，我也不想起床。这一天，我妈突然推开门，手里举着电话对我说："你爸的。"我接过电话，我爸的第一句话就让我哭了："儿子，我想你了，你什么时候来呀？"我的眼泪不单单是为我爸流的，我心里很难受。

我爸接着说："儿子，你在听吗？快点来吧。"

"嗯……"我背对着我妈擦去眼泪。

放下电话，我第一次真真切切地意识到，你是我最想忘记的那个人。忘记了你，我心里的负疚感才能消散。我想起大人们说过的话，如果想忘记一个人，那就在一段时间里使劲想他，直到自己想得筋疲力尽，脑子里没有了半点力气。我站起身，摩挲着诗歌笔记本，封面上的蓝色和灰色线条交错出一个几何空间，一个黑色人影站在里面，抬头仰望着什么。我觉得那个人影特别像你。我打开笔记本，在第一页看到一行字：未经我的同意，请勿看第二页。我迅速合上本子，心怦怦乱跳，不过随后我明白了，我们都知道，你是幽默的人。我把笔记本放进随身的背包，我的心平静了很多。

我妈送我去车站，一路上，我没有主动说一句话。我用更多的沉默告诉她，我不想看见这个家散了，而且，我也在暗示，如果她继续这样，我可能会把这件事告诉给我爸。可是，奇怪的是，当我坐在车厢里，看着我妈一个人站在那儿，眼巴巴地望着我的时候，我的想法又变了。我爱我妈，她所做的可能有她的理由吧。我承认，通过这件事，我对那个男人的感觉发生了微妙的变化，他想让我明白，他知道了我的秘密。他做到了。

火车开了，绿色的树林在眼前铺展开来，船在河上扬帆，一群女人在河边洗衣服，她们甩起的串串水珠在阳光下闪着光。船上的人对她们喊着什么，几个女人使劲挥挥胳膊，示意他们快走。我取出你的诗歌笔记本，打开，翻到第二页的时候，我愣住了，我看见这样的诗句：

  蜗牛推开窗，春天过去了一半

那么多的女人在洗衣服
　　衣服上的花，是去年的

　　我扭头看窗外，河流还在，女人不见了。我有些恍惚，以为刚才看见的情景是灵异的幻觉。还好，你的诗描写的是春天，而窗外是夏天。我松了口气。时间过去了这么久，我依然记得我在火车上翻阅你的诗歌笔记本的心情，我喜欢你的诗歌，虽然有些作品我不能完全理解，但我知道那是你写的，是你平时说话的语气。我继续翻阅，下面是一首描写麻雀的诗歌：

　　仔细看去，冬日
　　暖阳下的麻雀一动不动，
　　像极了乖顺至极的小小囚犯，
　　同时又像喝醉了温暖的酒馆店小二。
　　依据心情，我倾向于脱下麻雀的囚服
　　穿在我身上，这可是生命反弹的绝佳良机。

　　麻雀和囚服联系在一起，是什么意思呢？我皱起眉头，这时，坐在我旁边的一个戴眼镜的叔叔用胳膊肘碰了碰我，问道："这是你写的诗？"
　　我摇摇头，说："我老师写的。"
　　"这首诗很有特点，我觉得，你的这位老师心情不是很舒畅，他想要自由，可是现在条件还不具备。"我看着他，不知道怎么回答。他从我手里拿走笔记本，翻阅了一会儿，目光停留在另一页。他说："这首写樱花的诗，挺不错的。我很喜欢樱花。"他小声念了出来：

　　樱花飘零
　　世界悬在半空

　　瞬息
　　永远

　　太阳失去性别
　　活着的不再害怕摔倒

他叹口气，眼望窗外。我忍不住问道："太阳失去性别，是什么意思？"他看着我，淡淡一笑，说："你见过樱花飘落吗？"我摇摇头。他接着说："樱花的生命周期很短，花开了，也意味着要落了。那些看樱花飘落的人是没有性别的，男男女女是共同的人，在那一刻，大家都在体会人的生命也像樱花那样短暂。"说完，他掏出一张名片递给我，说："我是文学杂志社编辑，这是我的地址、电话和邮箱，我喜欢你老师的作品，请你转告他，可以把这些作品发给我，我想在杂志上发表。"我感觉到眼里的湿润，我说什么好呢？我垂下眼帘，默默点了点头。

火车到站了，他提着行李走下车，随后走到车窗下面，看着我说："别忘了转告你老师，我喜欢他的诗，我等着他的作品。"我点点头，说道："活着的不再害怕摔倒，是什么意思，我不太懂。"

"读诗不一定要懂，诗是一种感觉，要多读几遍，慢慢体会。有些诗，等你长大了，就懂了。我对这句诗的理解是这样的。樱花飘零，会化成泥土，继续滋养土地和樱花树；在这首诗里，樱花的飘零，比喻一个人的死，一个人即使死了，也会继续鼓励亲人和朋友，不要害怕挫折，不要害怕摔倒，要好好活下去。"他说完，笑着挥了挥手。

我大声说："我还有一个问题，您觉得嘴像什么？"

他下意识地嘟起嘴巴，随后笑着说："我觉得……嘴像肉做的花。"

我笑了。我嘟起嘴巴，朝他不停地挥手，看着他走入出站的人流。

我想念我爸，但我有恍惚的感觉。火车进站了，我看见我爸追着车厢跑，他一身黑，晃动着脑袋四处搜寻，整个神态充满焦虑。我想对你说，那一刻，我看着我爸，脑子里全是你，我知道为什么，我必须时刻想着你才能忘记你，我想忘记心里的悔意和内疚。

我爸发现了我，大声喊叫着，用力挥动双臂，一团黑色的烟尘从他身上飘开。我提着行李下车，他张开双臂，等着我扑过去，这是我们俩时隔很久再次见面时的习惯动作。我似乎忘记了这个动作，我站在那儿，看着他，我现在忘记了自己当时的表情，我记得我爸戴着工作头盔，浑身上下是黑色的，他的嘴是唯一的亮色，就像黑夜里笑嘻嘻的小灯泡。我爸有些错愕，他快步走过来，接过我手里的行李，笑着说："儿子，路上累了吧？"我低着头，什么也没说。我爸走到我面前，歪着脑袋看我，眼神里有疑惑："儿子，你怎么了？"我说我饿了，我其实在撒谎，而我爸一下子放了心："儿子，我是上了井直接租车来接你的，脸都没洗，你……不会嫌我脏吧?"我沉默着,拉紧他的手,我想到我妈,我想用另一只手拉紧她的手。

回去的路上,我爸一会儿看看我,一会儿看看车窗外,不停地笑,我也冲他笑了笑。车拐了一个大弯后,我看见黑色的山,一座挨着一座;车继续往前,我看见山脚下的铁轨和十几辆货车交织在一起,我想到轧死你的那辆货车,心头一紧。工人们正在装卸煤块,黑色的粉尘一股一股升起,在山顶变成灰黑色的云,然后继续飘散,慢慢变淡。有几个工人站在煤山上,举着水管洒水,白色的蒸气随着水柱升起来。我爸说,天气太热,那些堆在一起的煤会自燃,需要时不时洒水降温。我呼吸不畅,咳嗽了两声,我爸急忙关上窗户,小声说:"老爸再干两年就回去,你要好好读书,我要把你读大学的钱提前挣出来。"他快速抚弄我的头发,长长地喘了一口气,随后,他指着一幢幢白房子说,那是宿舍区,那是办公区。

在煤山的映衬下,白房子极其耀眼。这和我想象的完全不同。我这是第一次到矿区,眼前的黑色世界我能想象出,可是白色的房子让我很惊讶。我爸笑着说,煤矿老板是个善人,对工人挺好的,但他有个怪癖,喜欢白色,一年四季穿白色的衣服和鞋子,房子也就刷成了白色,上周刚刷了一遍白。他指着一个穿黄衫的男人说:"看见那个人了吗?他在扫墙上的煤灰,他是和尚,听说在寺庙里犯了戒,被赶出来了,我们老板收留了他。我们都叫他'扫墙和尚'。"

我爸让司机在小商店前停下,他跑进去买一些日用品,一个女孩跑出门朝车里看,我看见了她,她也看见了我,她羞涩地笑了笑,又低着头跑回店里。我爸上了车,对我说:"这家小店是一个老乡开的,她家离咱们家五里地,很近,她男人三年前在井下死了,我们老板可怜她,帮她开了这家店,挣些钱把孩子养大。刚才出来的是她女儿小兰,读初一,比你小两岁。"

我跟着我爸走向宿舍,快到楼梯口的时候,我看见两只灰色的鸟在天上飞,一只在追,另一只奋力躲闪,不远处的"扫墙和尚"也在看这两只鸟。鸟消失在了山那边,我们收回眼神,相互对视,他在微笑,我也笑了笑。

房屋的外墙是白色的,屋子里却凌乱不堪,刺鼻的煤烟味和四处散落的脏衣服让我皱起眉头,地面黑黢黢的,闪着光,几乎能照出我的影子。我爸嘿嘿笑着,拿出新买的脸盆、毛巾和香皂,对我说:"儿子,铁蛋叔叔知道你来,昨晚就搬到其他屋住了,我还没来得及打扫。天气太热,你先去洗个澡,我去工地瞧一眼,待会儿工头要点名,迟到一次扣五十块钱。我过会儿就回来。"我爸说完急匆匆走了。

公共洗澡间在走廊尽头,我走上台阶,站在淋浴喷头下面,能看见扫墙和尚正在仔仔细细清扫墙面,他的动作轻盈缓慢,长长的扫把在他手里,就像一支长长的毛笔。墙面已经很干净了,他还在继续。我洗完了头,他还在墙上划动那支毛笔，动作的节奏几乎和之前一样。我似乎明白了，他可能在墙上写字，我努力猜测他写了什么，但没能看出来。我放弃了猜测，继续洗澡。我想起和我爸一起洗澡的情景，他每次回到家，我妈就会让我用刷鞋的硬刷子刷洗他身上的黑灰，我担心这样会弄疼他，试着用手指抠，可总是弄不干净。这时候，我爸会侧着脸对我说："儿子，你妈怎么说你就怎么做，我皮厚，不疼。"我用刷子刷过我自己，疼死了。洗完澡之后，我往外看，"扫墙和尚"正在收拾扫把，之后，他脱下长衫，轻轻抖了抖，又把长衫叠好，放在小手臂上。他站在那儿，抬头望天，他的眼神不经意间朝我这边移过来，我赶紧缩回脑袋。

一阵嘈杂的呼喊从远处传来，几秒钟之后，声音消失了。我愣了一会儿，觉得自己应该做些什么。我归置桌上的用品，把我爸的床铺好，把地面擦洗了两遍，水壶空了，我烧了一壶热水倒进去，我爸喜欢喝茶，没热水不行。我睡我爸的床，我爸睡工友的床，我把另外一张床也简单收拾了一下。屋子里亮堂整洁多了，我爸回来肯定会高兴的。

我忽然感觉到了睡意，天色还早，我躺在那儿睡着了。我在梦里看见了你，你站在讲台上，同学们好久没见你了，很想你，班里的女同学都哭了，有好多男同学也哭了。我没有哭，我坐在那儿，静静地望着你。我在梦里非常清醒，我的意思是说，班里只有我一个人知道你死了，其他同学还不知道这个消息。同学们问你去哪儿了，你说班里有一位同学知道我去哪儿了，你让同学们猜，大家不停地站起来猜，就像平时站起来争着回答你提出的诗歌问题。最后，班里的同学都看着我，因为只有我一个人没有去猜，只有我一个人默默坐在那儿，没发出一点声音。我显然是最可疑的。我非常惊慌，浑身有被绑住的感觉；我的嘴不停地动，但发不出声音，就像一个木偶的嘴在动……就在这时，一个声音把我唤醒："叔叔！叔叔！你在吗？"我跳下床，额头上有一层冷汗。

我打开门，小兰端着一盆饺子站在我面前，她看我一眼，低下头，急切地说："哥哥，我妈知道你来了，包了饺子给你吃。我……我走了。"我还未从刚才的梦魇里完全清醒，但潜意识告诉我，我需要抓住一个现实的人。我接过饺子，说："你现在回去有事吗？"她摇摇头，手指缠绕在一起。"我们说会儿话，好吗？"我边说边搬来一把椅子，顺手从包里抓出一把糖递给她。她拿了一颗，握在手里。

小兰告诉我，她是在矿区出生的，她还加重语气，说在哪里出生，哪里就是故乡，她随后又补充说："我爸爸的故乡是我的祖籍，这个矿山是我的故乡。"我喜欢听她说话。小兰还说，矿山老板是一个特别的人，三年前他去希腊旅游，回来后他就把办公区和宿舍区的房子刷成了白色。小兰看着我,说:"你知道他为什么这么做吗?"我摇摇头。小兰说:"希腊文明是西方文明的摇篮和发源地,希腊人最喜欢蓝色和白色两种颜色,蓝色是大海,白色代表圣洁,希腊人的房顶和墙壁,就是用蓝色和白色装饰的。"

我听得越来越入神。"奥林匹克运动会有个圣火点燃仪式,那些举着火种的希腊女人,穿的就是白色的裙子。这些都是矿山老板告诉我的。"说到这儿,小兰的情绪有些变化。她叹口气,接着说:"不过,我最喜欢的还是黑色,虽然我每天都能看见黑色,但还是觉得黑色最酷,我看不够,我们学校的校服,要么是绿色的,要么是红色的,难看死了,我只有长大后才能每天穿黑色。你喜欢什么颜色?"我挠挠头,我从未思考过这个问题。

她看了一眼窗外,说天快黑了,她要回去了。可是,我还想听她说话。我没话找话地说:"那个'扫墙和尚'……"

小兰急忙说:"嘘……小点声,那个和尚不喜欢别人这样叫他。"

我压低声音,说道:"听说,他在寺庙里出了事,被赶出来了。"

"我妈告诉过我,他的法号叫一灯。他的师父是寺庙的方丈,他是撑伞弟子。"

"撑伞?"

"我妈说,撑伞弟子可能是大徒弟的意思。"

我明白了。小兰接着说:"后来他的师父去别的寺庙当方丈,他没有跟着一起去,他说他命中注定离不开这个煤矿,离开了煤,他这盏灯就没魂了。再后来,他被新来的方丈的徒弟排挤出来了。我喜欢他的法号,一灯,一盏灯。"小兰站起身,往门外走,到了门口,她对我说:"我熟悉这片地方,你哪天有时间,我带你一起玩去。"我点点头,笑了。

我趴在楼道栏杆上,看着小兰消失在屋后。我回想小兰的模样,她的眼睛很好看,她的嘴很好看。她的嘴像什么呢?夕阳悬在山边,天上的云,这一片是灰色的,那一片是粉色的,粉色的云正慢慢追随着夕阳。我看见一群工人陆续从一辆面包车里走下来,他们自顾自往前走,脚步缓慢沉重,彼此没有说话。我爸肯定也在里面。他们穿着相同的工作服,手里提着相同的工具包,那辆面包车就像一台电脑,不停地把同一个人复制出来。

我坐在屋里,能听见他们上楼梯的声音,他们的鞋底拖着地面,好像地面上沾满了胶水,需要用力才能把脚提起来。他们三三两两说话,语调里夹杂着叹气:

"我叫他躲开,叫了好几声,他愣是没听见。"

"他今天迷迷瞪瞪的,咋回事?"

"再过一周,就能完成安全生产两年的指标,这下泡汤了,安全奖金没了。"

"小伙子挺老实的,听说交了一个女朋友,计划今年春节结婚。"

"这事不是发生在井下,应该不算矿难。"

我爸推门进来,浑身无力的样子,他坐下来,垂着脑袋,手里提着安全帽。我说小兰送来了饺子,他看一眼,没说话。他点上一根烟,深深吸一口,缓缓吐出来,上半身包裹在烟雾里。

"爸,出什么事了?"

他没说话,把大半截烟掐灭扔在地上,站起身往门外走。这时候,门被推开了,铁蛋叔叔乱蓬蓬的脑袋在门口闪了一下。我爸说:"我正想找你呢,走,外面说去。"我透过门缝看他们,没听见他们说什么,他们的嘴不停地动,还时不时狠抽两口烟,烟雾在嘴边转悠,既扭曲又怪诞。他们的嘴像什么?像两个烟灰缸。他们懊悔的表情和无奈的动作,让我充满了疑惑。工人们陆续下楼吃晚饭,我爸走进屋对我说:"我去洗个澡,你先吃吧。"我的确饿了。饺子是羊肉白菜馅的,我平时最喜欢吃。我爸洗完澡之后,随便吃了几口饺子,直接出去了。我站在楼道里,外面的天已经全黑,墙上的灯吸引了越来越多的飞虫。我看见"扫墙和尚"正走进屋,不多会儿又抱着一摞东西走进隔壁房间,又隔了一会儿,一辆白色的越野车开进来,一个身穿白衣的男人下了车,背着手在院子里慢慢踱步。我想他就是矿山老板。我听见一个声音:"老板来了,大家赶快下来!"工人们跑步下楼,把老板围在中间。

"我今天来,是想告诉大家,我刚去镇上问了,今天发生的事是意外,不是矿难,大家放心,该发的安全奖金,我一分不会少给,不过,我想提醒大家,这件事不要去外面说了,免得大家猜测议论。现在买煤的客户一天比一天少,生意不好做,竞争对手又多,我不是胆小的人,该我承担的责任我会承担。过几天,一灯法师会办一场法事,给这位工友超度,表达公司的哀思。"他说完,重重地叹了一口气,低着头往外走。工人们闪开一条道,目送他走出去。我站在上面看,矿山老板在一群模模糊糊的黑影里,像一道白光,这道白光顺着坡道一直往前,他的车在后面缓缓跟着。

这几天,我没有完全想你,因为我爸像变了一个人,神思会时不时恍惚一下,我问他,他也不说,我有点担心他。我和工友不熟悉,也没有去打听消息。我去小商店找过一次小兰,她领着我沿着山坡走到山顶,上面有很多草和树,叶子上沾满了黑色的粉末。小兰指着左前方的一个平顶山丘，对我说："我爸就是在那个井出事的，那一次死了五个人，四个人挖出来了，后来又发生了一次爆炸，我爸就再也找不到了。再后来，那个井就废掉了，不过，那个洞口还在，能往下走几十米。"我不知道说什么好。小兰接着说："你下过井吗？"我摇摇头。"我第一次下井，有点害怕，有下地狱的感觉，深不见底，不知道什么时候停下来，后来好不容易上来了，才发现顺着井绳一同上来的还有矿井里的回声，这声音一直在耳朵里嗡嗡响，响了足足有几分钟，我觉得这声音像地狱的回声。"我看着小兰，她眯着眼，好像还在仔细回味。小兰比我小两岁，说起地狱她怎么一点都不怕？小兰看着我，似乎看出了我的心思，淡淡地说："我妈说，家里有亲人死了，就不再害怕死了。"当我再看她的时候，发现她眼里有泪光。

  我们顺着山坡走。小兰告诉我，出事的那个矿工是被大石头砸死的。他下井前坐在凳子上抽烟，还跟人聊天，说昨晚失眠了，晕乎乎的，抽两口烟提提神。这时候，一块大石头顺着山坡滚下来，其他工友看见了，大声提醒他躲开，他也听见了，也有时间躲开，可是他的腰和腿好像没了力气，使不上劲，身体刚离开凳子，石头就砸中了他，当时就不行了。

  又隔了两天，我爸让我去小商店买烟，我拿起你的诗歌笔记本，一边走一边看。在我掏钱的时候，笔记本掉在地上，小兰帮我捡起来，还以为是我的暑假作业，打开来看，看着看着瞪大了眼睛："哥哥，这是你写的诗吗？"我支支吾吾，不知道说什么好。小兰坐下来仔细翻看，兴奋地说："这一首是写桃子的。虫子咬一口桃子，我咬一口桃子，为了配合它，我有了樱桃小嘴。我喜欢这一首！"

  "这是我的语文老师写的，他是诗人，我借过来看一看。"我说。

  "你写诗吗？我想看你写的。"

  小兰的妈妈在一旁说："你来了以后，小兰把一年的话都说完了，她平时可不爱说话了。"小兰的妈妈拿来西瓜给我吃。我从未写过诗，可是小兰的话暗暗鼓动了我。吃完西瓜，我起身回去，小兰对我说："哥哥，你想去洞里看看吗？"我点点头。

  外面热浪滚滚，太阳像一团巨大的火焰烘烤着大地。小兰说，我们跑过去，就能少晒一些阳光了。她的话让我笑起来。山洞洞口掩藏在一片半人高的草丛里，洞里黑乎乎的，里面很凉爽，需要低着头才能前进。小兰在前面走，我跟在后面，她不停地说话："别怕，里面没蛇，也没蝙蝠，只有一些小蚂蚁。我经常来的，差不多一个月来一次。"我停下脚步，回转身看一眼洞口，就像看一个光环。小兰说："马上就到了，我的百宝箱就在里面。"我顺着声音跟过去，小兰的身影渐渐消失了，我再一次转身看洞口，洞口更小了，像一枚发光的硬币。我忽然有些害怕，我想到了死去的你。"你在哪儿？"我叫了一声，我的回声有些刺耳。"我在这儿。"小兰回应了我，我下意识地伸出手，手指先是碰到洞壁，接着抓住了小兰的手。我的声音有点发颤："里面太黑了……"小兰没有说话，我能感觉到她的呼吸离我很近，她的手也抓紧了我的手。我们都没有说话，小兰的呼吸离我更近了，她小声说："哥哥，我……我喜欢你……"我的心怦怦乱跳，呼吸几乎停滞，我从未亲过女孩，我想亲她，可是在那一刻，我想到你，心里一片混乱，我突然哭起来，哭得非常伤心，我从未这样哭过……当我的情绪慢慢平复，我看见了亮光，小兰举着手电筒，说道："哥哥，你为什么哭？"我没有回答。小兰接着说："你刚才的哭声，像洞里的音乐。"我笑了。小兰给我看她手里的百宝箱："这是我的百宝箱，里面有手电筒，有我的纪念品。这是我爸给我买的第一个玩具，一个小恐龙，这是我上幼儿园得到的第一朵小红花，这是我读小学一年级时和我爸的合照，这是我爸用过的刮胡子刀，这是我爸过生日时，我送给他的手工做的钱包，这是我写我爸的作文，这是我爸最爱吃的沙琪玛，这一块快坏了，过几天我再换一块。"说到这儿，小兰沉默了，手电筒的光柱静静地照着洞壁。

"哥哥，你觉得我爸能知道我想他吗？"

"应该能知道。"

"我爸死的时候，我发现我妈没那么难受。"

"……"

"我觉得我妈不怎么爱我爸。"

"……"

"你妈和你爸好吗？"

"我想回去了。"

"越是想我爸，越是觉得孤单，哥哥，你能亲我一下吗？"

我低下头，轻轻亲了亲小兰的嘴。这是我第一次亲吻一个女孩。我想忘记之前发生的一切，可是我的脑海里还有你。小兰在轻声啜泣。小兰的嘴像什么？像清凉的湿滑的樱桃。

小兰开始在我的梦里出现，早上醒来，我按约定在洞口等她，我随身带着你的诗歌笔记本，但我还没有想好要不要把心里的秘密告诉她。在手电筒的光照下，我把你的诗读给小兰，小兰也选出喜欢的诗句读给她的爸爸。这些天，我也在脑子里想象着自己的诗句，我想送给小兰一首诗。

小兰问我:"一灯法师明晚举办法事,你会去吗?"

"我爸说,小孩不要去那种地方。"

"我想去。你要是不去,我也不去了。"

"我想去。"我说。

"好!我们一起去,他们不让进,我们就在外面偷偷看。"

"你以前参加过法事吗?"

"我爸死的时候,一灯法师还没来。"

"我很好奇。"

"我也是。"

"哥哥,你见过死人吗?"

我的脑袋蒙了一下。

"我爸对我说过,人活着,不容易,死反而比活着容易。我爸说,人有各种各样的死法,有被水淹死的,有被电死的,有被撞死的,有被火烧死的,有被刀砍死的,有被绳子勒死的;我爸说,还有被饿死的,被吓死的,被毒死的,被石头砸死的,被野兽咬死的。"

"我见过死人……"我喘口气,接着说,"他是被撞死的,我认识他,他当时就死了,好像没什么痛苦,不过我看见的时候,没感到恐惧,就是感到惊慌和恶心。"说完这些话,我的胸口舒坦了很多,我甚至还想说下去。小兰说:"我觉得我爸是被急死的,我爸他说了那么多死法,就是没有说急死。洞口太深了,后来又发生了爆炸,没人敢下去救人,我爸是急死的……"

"书上说,如果你不想让一个人死,他就永远不会死。"

一阵沉默。水滴从洞顶滴落下来。

"哥哥,你什么时候离开这里?"

"我爸说,我想走的时候,就可以走了。"

"我想跟我妈说,我想去县里上学。"

"就在我那个学校吧,我们每天都能见面。"

"我也是这么想的。我们一起好好读书,一起上大学。"

"好!"

"哥哥,你将来想做什么?"

"你问我的理想吗?"

"差不多吧。"

"我……"我忽然有些羞涩。

"说嘛。"

"我的理想是……成为一个诗人。"

"诗人？太好啦！我想读你的诗！"

我低着头笑了笑。

"我们班的很多同学都有理想，我现在还没有。不过，我的同桌倒有一个不错的理想。"

"什么理想？"

"家里蹲。就是什么都不做，在家里待着。"

我忍不住笑了，小兰也笑了。

早早吃完晚饭，我爸去洗澡，我坐在那儿读你的诗。我一字一句默念你的文字：

> 大寒之日，不规则的冰
> 让河流长出了牙齿，岸
> 变成了厚嘴唇
>
> 有了牙齿和嘴唇
> 河流开始了幽默表演：
>
> 一条睡醒的鱼
> 把嘴唇探出冰面，一只麻雀
>
> 明知鱼不是自己的孩子
> 还是把虫子放进了
>
> 它嘴里

我觉得自己是那条鱼，你是那只麻雀，在喂养我的心灵。不过，你忧郁的眼神，又会让我觉得你是那条鱼，一条孤独的在冬日的河里游荡的鱼。我们给了你什么？我给了你什么？我们除了在课堂上听你讲课，似乎没有走进你内心的念头，我们也不知道你的烦恼。或许我们有这个想法，只是缺乏靠近你的胆量。我只知道，我们热爱你，因为你的率真；我们敬畏你，因为你的才华。

我爸在我身后换衣服的时候，我才从沉思中醒来。他仔细梳理头发，衣服穿得很正式，鞋子擦得闪亮，就好像他去参加特别盛大的聚会。他对我说："我去参加法事，你一个人在屋里看书，想看电视也行。我走了。"

看见我爸进了举办法事的房间，我赶紧下了楼。我溜到房屋后窗，那里有一排竹子挡着，我站在那儿，没人看得见我。小兰还没有到。屋子里坐着几十位神情严肃的工人，没有人说话。一灯法师闭目坐在那儿，手指转动着佛珠，他面前有两个条案，一个条案上放着香炉和木鱼，另一个放着一顶安全帽和一套工作服，这可能是死者平时的用品。一灯法师睁开眼，站起身点上三炷香放在香炉里，接着合掌静默了十几秒钟。

这时候，小兰到了，我让她站在我前面。一灯法师重新坐下，敲了三下木鱼，念道："南无阿弥陀佛。"我爸坐在后排，支起脑袋往前看，很紧张的样子，铁蛋叔叔坐在我爸旁边，一会儿抬头一会儿低头，眉头紧锁，神情焦虑。一灯法师站起身，低垂眼神，一边转动佛珠念着"南无阿弥陀佛"，一边绕着安全帽和工作服转了三圈，香炉里的烟雾在一灯法师的头顶上环绕，有一种特别的氛围。之后，一灯法师回到刚才的位置，但没坐下，他看着大家，声音温和地说："这位工友，为大家挡了一个劫……"一灯法师的声音未落，铁蛋叔叔突然哭起来，工友们回头看他，我爸扶着他走出屋门。一灯法师再次低头默念一会儿，然后抬起头，轻声说道："这几天，因为这件事，总有工友和我谈起生死的问题，问我对死亡的看法，我想借这个机会说一下个人浅见。在我们身边，说起死亡，基本上是有两种态度，一种是对死亡的恐惧，避之唯恐不及，另一种态度就是，人总是要死的，死就死呗，好像死亡是一件顺其自然的事情。"一灯法师停顿的时候，屋子里非常安静，只有悬挂在天花板上的电风扇兀自旋转。

我听见铁蛋叔叔的哭声就在不远处，我爸不停地安慰他："我也有责任，这事跟我也有关系，我心里很难受。唉！唉！"到底怎么了？我越来越糊涂了。一灯法师接着说："刚才谈到的两种对死亡的态度，是有欠缺的。大部分中国人从心里怕死，所以才会贪生，现在有不少中国人戏谑死，所以才会醉生梦死、游戏人生。生与死，都是人生的一堂大课；生与死，表面上看是个人经历的事，与他人没有关系，事实上，一个人的生与死，都不是孤立的，万事万物都在相互联系……"听见一灯法师的话，我的心一紧。我再次听见铁蛋叔叔的哭声："我觉得是我害死了他……那天，我去其他房间睡觉，因为我的呼噜声太大，被赶出来了，最后我就去了老乡的房间，我老乡太老实了，明明知道我呼噜声大，宁愿自己睡不着，也不把我推醒，我跟他说过，他可以随时把我推醒，我不会生气。因为我的呼噜，他一夜没怎么睡，所以第二天才会没劲，看见石头来了也跑不快，我这老乡总是太想着别人，去年春节，他还把车票让给我，让我赶快回家见老婆孩子……我对不起他……以后见到他爹妈，我能说什么……"铁蛋叔叔的哭声更大了。我爸在一旁连连叹气。铁蛋叔叔的情绪渐渐和缓，我爸和他回到屋里坐下。

　　我已经知道了他们的心事，因为我的到来，铁蛋叔叔去其他房间借宿，他的呼噜声影响了老乡的睡眠和精神状况，导致老乡第二天被石头砸死。我感觉到了恐惧。你的死，与我有关系。这个工友叔叔的死，从源头上说，与我也有关系。我眼前有些模糊，但意识非常清醒，我并不想哭，我突然感觉到自己长大了，觉得人生不仅仅是一场青春期。一灯法师说："生和死，是一体的两面，就像一个人的正面和背面，就像一个人和他自己的影子；生，是此时此刻，死，也是此时此刻，而死亡会随时随地降临，这就是生活的无常，无常是设计不出来的。"我的心里忽然有了轻盈的感觉。无常是设计不出来的，这句话深深地缓解了我的心绪。一灯法师接着说道："死亡是一个既自然又严肃的话题，如果我们时常思考这个话题，死亡就不再令人害怕，死亡也不是简简单单地顺其自然，死亡会变成生命的另一个开端，是另一本新书的第一页，是一面让人反照过去事的镜子……"

　　我听见小兰在哭，我用胳膊肘碰了碰她，小兰的哭声变大了，我拉着小兰走进竹林的阴影。"我害怕……"小兰的声音在颤抖，"我觉得我爸的死跟我有关系……"我们在水泥台阶上坐下。天上有一轮澄明的月亮。"我爸出事前几天，我两次梦见他跟我说话，第一次他说要出趟远门，让我好好照顾我妈，让我好好学习，我问他什么时候回家，他不说话，只是在那儿笑。第二次梦见他用自行车往家里运煤，他对我说，他要把家里一辈子用的煤都运回来，这样我和我妈就不用发愁了。我当时有不好的预感，可是我没有对他说，也没有跟我妈讲，我就是觉得梦是反的。如果我当初提醒我爸，他很可能会特别小心，工作的时候也会更加留意安全，这样他就不会死了……"小兰的话令我动容，我忍不住说："我们不想任何人死，是不是？"小兰使劲点点头，随后说道："哥哥，半个月前，我从未想过能遇见你，你的出现对我来说就是生活的无常，是这样吗？一灯法师是不是告诉我们，一个人死了，并不是一件特别难过的事？"我看着小兰，她的脸在月光下特别美。

　　关于那个工人的死，关于铁蛋叔叔的悔意，我和我爸没有谈论过。不过，我能感觉到，一灯法师的话显然影响了铁蛋叔叔，他的脸上慢慢恢复了往日的平静。这天傍晚，矿山老板提着一个白色的大箱子来到宿舍区的院子里，他依照之前说的，把一摞摞崭新的钱币分发给工人们。工人们非常开心,纷纷去小商店里买烟买酒,我爸让我想吃什么就买什么,还叮嘱我多买几瓶啤酒。

我到小商店的时候,小兰正和她妈生气,她妈看我的眼神和往常不一样,我察觉出了什么,没和小兰打招呼。我走出去好远了,小兰追了出来,她妈站在门口喊道:"我昨晚梦见你爸了,他不同意你去县里上学。家里一堆事,你快点回来!"小兰的脸色很不好看:"哥哥,我妈不同意我去县里上学,说花钱太多了,家里没这么多钱。"我没说话,心里不舒服。小兰停下脚步,拽着我的衣角,说道:"哥哥,那以后咱俩还能见面吗?"我不知道,但我觉得我和小兰还会见面,还能见面。我看着她的眼睛,说道:"明年暑假,我再来看你。"小兰抿着嘴,使劲点了点头。

我们继续走了一会儿,小兰对我说:"一灯法师上午来店里买东西,他说明天一早,他会离开矿山一段时间,他的师父病了,他要去探望照顾。"小兰正说着话,突然指了指前方:"那不是一灯法师吗?他怎么又买东西来了?"一灯法师提着两个袋子,刚从小商店里出来。我劝小兰赶快回家,要不然她妈会生气的。小兰不情愿地望着我,悻悻地走了。看着她进了小商店,我继续往回走,一灯法师从我身旁走过去时,朝我笑了笑,说:"你来的那一天,我们俩都在看两只鸟,我们之间是两只鸟的缘分。"我走上去帮他拎一个袋子,一切看上去非常自然。

"一灯法师,我很好奇您在墙上写了什么。"

一灯法师看着我,说:"我在矿山两年多了,你第一个看出来我在墙上写字。"

我笑着说:"我猜不出您写了什么。"一灯法师停下脚步,舒了一口气,看了看周围的山,看了看天上的云,随后,他找来一根树枝,弯着腰在地上写了两行字:

天上有虚云
梦里见长老

我默念着,抬头看天上的云,虚无缥缈的云,就在眼前却又抓不住。我说:"一灯法师,长老是和尚的意思吗?"一灯法师直起身,说道:"长老是老和尚,是德高望重的和尚,是高僧大德,虚云和尚就是真正的长老。"

"虚云是人的名字?"

一灯法师点了点头,再次抬头看着天上的云,轻声说道:"一个是天上的虚云,一个是活在人们心里的虚云,我经常想象两个虚云见面时的情景。"他笑着摇了摇头,随后继续往前走。走到宿舍区的时候,我问一灯法师:"一灯法师,我想问你一个问题,你觉得嘴像什么?"一灯法师有点意外,他笑了笑,随后说道:"睡莲。"

这一夜是在欢闹声中度过的。我爸破例让我多喝了几杯啤酒，我没醉，只是眼前有些恍惚，小兰的影子时不时在面前晃。我爸拉着铁蛋叔叔的手，认真地说："铁蛋兄弟，我想把这次发的安全奖金留给你的老乡，你代我交给他爹妈。"铁蛋叔叔垂着眼帘，咬着嘴唇，更紧地抓住了我爸的手。

他俩在屋里继续喝酒，我站在楼道上往外看，一灯法师房间的灯亮着，他不喝酒，不吃肉，不抽烟，不打牌，他坐在台灯下读书，楼上的欢笑声影响不到他。我回头看着我爸和铁蛋叔叔，男人和男人真不一样。我在想，我将来会是什么样的男人？小兰会是什么样的女人？我越想越头晕，可我现在还不想回去睡觉。我想和一灯法师说说话，他明天一早就出发，我不方便去打扰。现在是晚上，我即使想见小兰也不能去找她。

我下楼，在院子里走了几圈，我再次想到你。我想对你说，因为你的出现，我对自己有了新的认知；因为你，我喜欢上了诗歌，我现在正在尝试写诗歌。只要写了，无论写得怎么样，你都会为我们鼓掌，这是你经常说的一句话。我想起来，你还在黑板上写过这两句话：散文是语言的漫步，诗歌是语言的跳舞。我一边想着你，一边在院子里跳舞。我不知道跳了多长时间，我晕乎乎的，跳累了。石凳旁边有一棵海棠树，坐下来后背可以靠在树上。我坐下，闭上眼睛，在短短的梦乡里，我看见这样一幅图景：我举着一灯法师那支长长的笔，在白色的墙壁上写下了两行字，那是我送给小兰的诗，我同时也送给你：

  女孩露出了肩膀
  小鸟在她的肩上

原载《十月》2021年第 6 期

每周要闻

周李立

我一定错过了很多。坚硬的山峦上,我们站成一排的时候,我这样想。

别问为什么要站成一排。我们谢家人只要站在一起,铁定是整齐一排。这可能是我爷爷训练的结果,他在部队的时候是个半大不小的首长,退伍后也见不得家里出现不成队形的杂物,他曾把我奶奶针线盒里的纽扣都排了队形,从大到小,按颜色分类。如果纽扣会讲话,他还会要求它们报数的。

我们把坟墓也修成一排。从前我并没意识到这有什么特别。如今,这些人离开我有些年头了,这年春节来上坟,跟他们站成一排了,才发觉这真是奇特——我没想到自己还会自觉与他们站成一排。我刚才甚至还不经意往前挪了两步,以便保持队形。这让我骄傲还是沮丧?我知道其实都有些。

现在活着的人站了一排,死掉的人也躺了一排,很难说哪一排更整齐。死掉的人按时间顺序分别是:我奶奶,我二叔,我爸,我爷爷。

我妈站在我左边,表情平静。我不知道她在嫁给我爸来到谢家的时候,是否习惯跟家人站成一排。这不是轻松的事,令人紧张。但很明显,如今她非常适应这种谢家人做派,哪怕本质混乱,表面也讲规矩。不只我妈,还有我婶——一共三个,分别是大婶、二婶、小婶。

小时候我把二婶叫中婶,我认为既然有大有小,当然得有个"中"。我妈花了很大力气才把我纠正过来。我妈力气不小,打我的筷子断过好几根。其实我妈才是"中"婶,这是我二婶的儿子也就是我堂哥说的,他出于报复,把我妈也叫"中"婶。我爸在谢家四兄弟里排行第三,所以我妈和我二婶,理论上都可以是"中"婶。

现在三个婶都在这个队列里。我看见她们三个,还有我妈,她们四个的白头发在我左边乱飘成一团,如果我爷爷还在,一定得让她们好好梳头。白头发都没怎么好好捯饬过,不值得。三个婶长得都不如我妈,至少她们看上去没我妈那么平静。到一定年龄如果还没平静下来的女人,是不会好看的,至少显得欲求不满。

我右边是我几个堂哥，都齐刷刷长到一米八。是我爷爷的遗传，我爷爷一米八五——这是三个婶轮番告诉我的。但我只有一米七——这是因为我妈那边的遗传，同样也是三个婶轮番告诉我的。

谢家的人都生得像棋盘一样整齐，只有我是摆错了位置的那颗子儿。我爷爷有四个儿子，四个儿子又都各自生下独子。我比小婶的儿子晚生几天，于是我从出生开始就破坏了队形。我爷爷那时候还在，他说这孩子来得迟，给我取了名字叫谢迟。结果我长得也慢，幸好我爷爷没给我取名谢慢——谢慢是我大婶的儿子。另两个堂兄，一个叫谢愚，一个叫谢拙。我爷爷还是知识分子，认为一个人的名字应尽可能谦逊，这样老天才不会嫉恨你。

我们"慢愚拙迟"四兄弟没被老天嫉恨，于是平安长大。不过我们彼此嫉恨。

谢慢站在队列最右边，他说："爷爷喔，我们送钱来了喔。"

谢愚在他左边，接着说："爷爷，钱不是谢慢给的，他没钱。他今年赌球亏本了。"

谢慢说："关你屁事。"

谢愚说："你骗了爷爷你还有理。"

谢慢说："我说的是'我们'送钱来了，又不是说'我'送钱来了，你耳聋啊，蠢蛋，难怪毕不了业。"

谢愚说："我叫谢愚，又不叫谢蠢。"

谢慢说："就说你蠢了，蠢跟愚，一个意思。谢蠢、谢蠢。"

谢愚的妈，也就是我二婶，打断他们的话，"行了行了，越来越不像话，要是爷爷听见，又要教育你们了，又该上政治课了"。

但爷爷躺在我们面前的坟墓里，不能发言。

比我早来世上几天的堂哥谢拙，现在我右手边立着。我觉得他在啜泣。真不可思议，爷爷死了十年了，他还这么伤心。我犹豫要不要先劝劝他，又觉得那未免太造作了。

结果谢拙先劝起我了："别难过了，就是失恋而已。"

"关你屁事。"我说。我确实失恋，真没什么。那姑娘在上火车前最后一刻告诉我，她反悔了，因为她其实还没做好跟我回乡过春节的准备。

"搞什么飞机啊？"我冲她嚷。

她不甘示弱，冲我嚷："老娘不干了，你以后自己搞飞机吧。"

她是武汉姑娘，反正我是嚷不过她。

她倒也没说错，我确实每天都在"搞飞机"。我在一个航天集团工作，地点我不能说，因为工作性质比较保密。那地方保密到连姑娘都没一个。

武汉姑娘是我大学同学，她的职业也是搞飞机，只是没那么机密。我们隔着两座山头，周末可以在山崖上激情。如果哪个周末两人都比较颓丧，激情完了就搂一块儿看看夕阳。

武汉姑娘没跟我回乡，这意味着我又一次破坏了谢家的队形。她还表示，再也不会跟我看夕阳了，她要考研究生去，以便离开那个破山沟里的研究所。

我妈自然很失望，好在我妈年近六十也依然知书达礼，我就爱我妈这样彬彬有礼的姑娘，无论天大的事情发生，她也能扭头回去过她的日子，不像武汉姑娘那样稍不对就嚷着骂娘。

谢拙这些天没少拿我失恋的事戳我。但可能也怪我，是我戳他的痛处在先。去年他被单位开除了，是我年前回家之后才知道的。当然，他认为这也"不关我屁事"。

"爷爷，我失恋了，但是谢拙被开除了。"我讨厌告状，但跟这几个堂兄在一起，我必须抢占先机，反正爷爷也听不见了。开除当然比失恋严重，在我爷爷看来。

我得意洋洋斜着眼看谢拙的时候，我妈拉拉我的袖子说："别幼稚了。"

我说："走走形式汇报工作嘛。"

"那你就更别幼稚了。"我妈说。

谢拙比我还幼稚，他居然哭出声来了："爷爷，我是冤枉的，他们开除我是不正确的。"

我差点笑出声了。没想到谢拙这么幽默，跟沉默的爷爷还想讨论正确不正确的问题。他从小就这样，认错向来比犯错快。在他哭哭啼啼说自己在学校被欺负，是因为学校里的人都说他有两个伯伯之所以死了，是因为谢家人都输不起之后，我爷爷就再没批评过他哭鼻子。

但我另两个堂兄，没我这么厚道，他们幸灾乐祸地说："谢拙搞翻了，他把人家女的搞翻了才被开除的。"

"我那是正常恋爱，凭什么开除我？"谢拙不得不停止抽泣，就像他不得不抽泣一样。他明白现在再装可怜，爷爷也不能保护他了。其实他一点儿也不可怜，因为还能把姑娘搞翻。那个被搞翻的姑娘非要嫁给他，但他不想娶。没想那姑娘比我的武汉姑娘还猛，闹了两次自杀，未果，干脆去告谢拙强奸，要鱼死网破。强奸当然是不成立的，因为全单位都知道他们的恋爱关系，但影响总是不好，然后谢拙被挑了个别的错儿，受到开除处分。

"你们几个，一个字都不准说了。"我大伯，站在队列遥远的另一边发威。这些人里我最怕大伯，我那几个堂兄也是。作为长子，大伯从我记事起就像我爷爷的复制品，现在他更像我爷爷留在人间的代言人。

于是我们就都闭嘴了。我左边，还是我妈和婶子们的白头发在飘，乱作一团。山风浩荡，是我爷爷当年选的这地方。那是我奶奶去世之后。这些人里我最喜欢我奶奶，奶奶也最喜欢我。因为我个子小，奶奶说我是谢家的小精灵。而谢家的男人和男孩们，都长得五大三粗，最大作用就是迎着光挡亮，他们在屋里站成一排，就像黑社会开会，我爷爷就是头头。我想我爷爷当年选这块地方的时候，可能没想到会有这么大风。风现在把我们全吹得睁不开眼，站不住脚，我们还得在大风中分出精力、提高警惕，以免被手足同胞的哪句话给占了便宜。我希望我们赶紧下山，正月南方的阴风，可不是闹着玩儿的。但大伯还没发话，毕竟我们还有重要的流程没有走完。

我之前问我妈："今年还要不要去上坟？"因为我知道，我妈是每个月都会去上坟的。我爸也在那儿躺着，和他的二哥并排着。两兄弟生前齐心协力，好在死后还能在一块儿，相互照应。他们比我们这一代团结，不搞分裂。

我妈说："你大伯说，得去，大年初三，全家一起去。"

"那我该说啥？"我问。这也是谢家传统，每到上坟就汇报自己近况，跟交代罪行一样。这规矩是我爷爷定的。他是一家国营厂的书记，一辈子都负责党建工作，每周开会都要听取党员同志们汇报思想动态，我爷爷管那叫每周要闻，不明所以的人还以为是国际时事汇报，其实就是个人生活那些事儿。只是谢家的每周要闻，没人说破事儿，大家都捡好话说，不过是哄爷爷开心嘛。谢慢说过，他那阵子迷上赌博，跟爷爷说自己在从事竞技体育事业，力争为国争光。我爷爷居然信了。

"你该说啥就说啥呗。"我妈说。

我说："我没啥好说的。"

"说说工作。"我妈说，"你爷爷喜欢说工作。"

这倒是真的，我爷爷是老军人，他总说在部队他就喜欢开会。后来转业到厂里，从车间的支部书记当到全厂的书记，可见他多么擅长开会。

"但我那是保密工作。"我说。

"你就说不保密的部分呗。"我妈的平静，有时也很无趣。

全是保密的部分。我想。

"我能不能不说?"我问,我觉得反正我爷爷都上天了(希望是),他不需要我们说些谎话哄他开心了,他能看见我们,知道我们日日年年如何度过,我们不必每周汇报。

我妈摇头说:"那你就在山顶上吹着风想,想出来说什么了,我们再下山。也没啥,就是吹风有时候会吹坏脑子。去年镇上有个小子,就是给阴风吹坏了,成了脑积水。"

我赶紧摇头,说我知道说什么了,让她别担心。我是谢家最聪明的人,我不会让自己脑积水。

我其实有很多话想告诉我爷爷,我只是不想在一家男女老少面前做汇报。我想保留一点隐私,毕竟我也是干保密工作的。那些话我宁愿在心里说,对着我爷爷、我奶奶和我爸。

"你至少也去听听他们说什么呗。"我妈说。没错,她是个聪明的人。

"他们说的能信吗?"我说。

"那倒也是。"

大伯说话了:"爸,您别担心,我们都挺好的。"

大婶在队列另一端远远附和:"就是就是。"她就是个不断附和丈夫的女人。

大伯不理她,继续说:"爸,您和妈的老房子,我们去年卖掉了,您放心,都是按您的意思分的。"

二婶耐不住了说:"爸,我不知道您什么意思,反正我们分得少。"二婶爱撒娇,她到现在都没明白,如果不是她撒娇,二叔也不会死,可能我爸也不会死。那阵子二婶撒娇,要二叔换房子,后来房子没换成,二叔被假中介骗了几十万元。假中介带着二叔去看过一套相当不错的三室一厅,只是三室一厅的房主自己并不知道这件事。二叔当然是看中了三室一厅,那样的价格,没人会看不中那么好的房子,之后就是假中介携款潜逃。桥段幼稚到难以置信。

二叔解决这件事的办法是自杀,因为几十万元里有十万元是公款。二叔倒是自杀成功了,安眠药让他走得安详。他以为问题解决了,不知道十万元公款,还得我们各家凑钱还上。

"那也是爸的意思。"我小叔终于说话了,他说,"爸生前说过的,那个事,二哥有不是,将来要少得些。"

"他没什么不是。"二婶不饶。

"回去再说,好吗?只是两千块的事。"我妈居然插了嘴。

我知道情况不对，说："就是我们家多分了两千嘛，我赔给二婶。"

二婶不说话。她的白头发在我妈脑袋上缠绕着。

"爸，二弟三弟在那边，您多照应，尤其二弟，我们没亏待他，我们还给二弟妹凑钱，买了养老保险，让他放着心啊。"大伯说。

二婶还不说话。我旁边的谢拙，忙着翻白眼。谢拙的妈妈，就是我小婶，她跟二婶一样，都没工作，这些年最大的愿望就是有个养老保险，本以为儿子谢拙能顶事儿的，至少能当半份养老保险用，没想，谢拙被开除了。

大伯接着说："好了，我退休一年了，常读书，勤散步，都是按爸您教我的来做的。我现在也没什么念想了，就想谢慢学好，找个正经工作。我说完了。该小弟了。"

堂哥谢慢，性子却急，他忙不迭抢过话头："爷爷，我有正经工作，是博彩公司，我还是分公司经理呢。就是去年有点背，您在那边多保佑我，我没别的，就是想赚点钱。博彩是国家认可的行业，没问题的，爷爷，是正经行业，您就只管保佑我发财吧！"

"正经工作？就是卖彩票呗。"二婶小声哼了声，可能谢慢没听见，我听见了。

大婶也听见了，她急了，说："博彩公司，听见吗？国家认可的，比你们家谢愚强。"如果不能附和丈夫，她还可以附和儿子。

谢愚自然不甘示弱，他说："大婶，我怎么得罪你了？"

二婶也帮腔："谢愚还在念书呢。"二婶的儿子谢愚，这些年一直在念书，他研究生念了五年，眼下没毕业，我们都认为他还会再读五年。

大伯咳嗽了声，又安静下来。小叔平时很少说话，尤其那年二叔和我爸出事后他就更不说话了。我听说他小时候就是结巴。"我……我……没什么好说的。"

"怎么没有？"大伯吼了声。

"是……是大哥。我这一年，拿了分房子的钱，想做点小生意，但还不知道做什么。可能……可能……"小叔一着急又结巴了。

小叔的儿子谢拙，抢着说："可能炒房去。"现在全国人民都在炒房。

小婶赶紧解释："没有，没有，我们没有炒房，不会的，不会的。"我注意到小婶瞪了儿子一眼，谢拙又瞪回去。眼风在我和我妈头上，闪电碰闪电般，迸出火星。

"你们不说去炒房吗？"谢拙忍不住，"我都看见你们去找中介了。"

"那是给你结婚买房子。"小婶极力掩饰。毕竟，炒房在谢家是敏感话题，尤其不能让躺在我爷爷身边的二叔和我爸听见。其实我爸是不会炒房的，他只是替二叔还债，二叔死了，谢家人都分得一笔债务，我爸当时开餐馆，分得多些，就还了五万元。为这五万元，我爸加班加点干活，晚上还去电影院门口卖烤串。烤串没挣多少钱，不到一年，他给自己烤出一身病，再之后三个月，人就没了。

最大的堂哥谢慢又说："谢拙把人家姑娘搞翻了，还结什么婚哪？"

"关你屁事。"谢拙和他妈异口同声。

大伯主持公道，"好了，小弟就说到这里，爸，他大意是要开始做点小生意了，但还没计划好。"

小叔在旁拼命点头。

轮到谢愚，"爷爷，我研究生毕业了，有几份不错的工作等我。"

谢拙在一旁冲我挤眼睛。我们都知道，谢愚还没毕业，更没工作。但谢愚从小就有撒谎不脸红的本事，把爷爷哄得高高兴兴地给他最大的那块西瓜吃。

谢愚接着说："爷爷在那边别担心我们，我真想你，你想买什么尽管买，想吃尽管吃。"

谢慢忍不住了，说："行了，这是废话，爷爷还能吃吗？"

谢愚一脸无辜地说："我就这么一说。"

谢拙开始给爷爷诉苦，说他虽然被开除了，但决定趁这段时间多看看书。

冬天的坡地是铁灰色的，枯枝像风干的骨殖一般伸向天空，又被风刮得东倒西歪。我想起我工作的山沟，那里绿叶常年不落，似乎时间是静止的，连同我的生命，一块儿静止下来。我很喜欢这份工作，但我不能说，毕竟他们都同情我，认为我好不容易上完大学，应该去大城市当白领。我没当成白领，常年穿普蓝色工作服，衣服上下到处都是口袋。

我说："爷爷，我们确实很想你们。"

"说完了？"大伯问。

"说完了。"我说。

我听见我妈在叹气。她叹气的时候就可能是想我爸了。

"再说点儿？"大伯又问。

"一是我的工作不能说，保密的。二是，爷爷可能不想听我们说的。三是，我被吹得说不出话了。"我说完觉得自己有点像我爸，总是一二三地说话。

我妈打圆场，"这孩子回来就受风了，有点感冒"。

"没感冒。"我说。我不喜欢这种圆场，我们说了太多不真实的圆场话，这不是爷爷想要的。

我妈不说话。我知道她觉得委屈。

大伯说:"那也行,谢迟不错,搞飞机的工作,不容易,尤其那么小的时候三弟就走了,三弟现在也可以放心了。"

我爷爷临死前,还有一口气的时候,叮嘱大伯和小叔,一家人要团结,每周要闻得坚持下去。

大伯点头,随后听我爷爷宣布:"他也得参加。每周就不必了,每年吧,你们来看我们,说说话,就当每年要闻了。"

大伯点头,小叔在一旁抽噎,始终不说话。要是我爸爸和我二叔还在,就好了,大伯肯定是这么想的。他俩都比我小叔擅长说话,尤其我二叔,当过广播员,全县人民都听过他在高音喇叭里念紧急通知。大概出于对这职业的习惯印象,我们一般不把二叔的话当真。

我妈还说,她生下我后,谢家妯娌们就以探视为名来找她,我小婶比我妈分娩只早几天,她们妯娌四个就在医院大花园里吃零食、晒太阳、座谈。"她们都不好对付。"我妈回忆说。从那开始,她们四个时常打麻将,当然在牌桌上,她们更难对付。

姓谢的人都说过之后,我们开始烧纸。

荒山不怕烧,但那堆火怎么也燃不起来。我远远站着看,多年前我就这样。那时候我爸还在,不时嫌弃地看我一眼。我本来是要接手我爸的餐馆的,但我的愿望从小就是搞飞机,这可能令他伤心。是我爷爷支持我一生搞飞机,我爸爸很失望,他知道谢拙很想接手那个餐馆,一度考虑过,只是谢拙总是扶不起的样子,说话唯唯诺诺,看见漂亮姑娘就比看见亲娘还亲。

"我们要放鞭炮的啊。"谢慢没烧纸,离我们远远地站着,他的黑色羽绒服被风刮得鼓成气球,仿佛稍不留神他就会飞起来。

"烧完纸才放。"大伯往火堆里扔金黄的元宝。

"烟太大了。"谢慢捂着鼻子。

大婶说:"那你别过来,就站那边。"谢慢最不愿听他妈妈的话,大婶越让他往远处站,他越要凑近鞭炮的引线。"得先放鞭炮,爷爷才知道收钱嘛。"谢慢说。

我眯着眼睛,在墨色般的烟雾里寻找我妈的身影,我想把她拉到我身边来。她这天穿深褐色的衣服,像所有中年孤寡的妇人一样,小心翼翼用晦暗的颜色让自己呈现出容易理解的哀伤。我拉着她的胳臂把她往自己身边拽的时候,惊讶于这场面多么似曾相识。小时候我们给奶奶上坟,那时这片山冈上,只有奶奶躺在这里,鞭炮点燃之前，我妈总是把我拉回她身边，让我站在她前面。我能记起她两只手掌紧紧撑住我的两肩，第一声鞭炮炸出来那一刻，她手掌的轻微抖动会传递到我全身。我始终认为这只是因为她害怕鞭炮，而不是担心我害怕。我的肩膀承受着她绵软但决不轻巧的力量——这大概是我没有堂兄们个子高的原因，因为我被她一年一年地这样摁住了肩头。

如今我妈不能再轻松地按住我的肩膀了，但她依然站在我身后。

风把她的头发吹起来，发梢蹭在我脸上，我觉得很痒。空中开始飞舞着纸钱燃烧后的灰烬，翩跹的黑色蝴蝶打着旋儿不断往上飞去，片刻之后蝴蝶的翅膀纷纷散开，化成细碎的黑色颗粒，一场黑雨即将遮天蔽日。

除了我，其他男人都或远或近地在火堆儿附近蹲下来，不时往火堆儿里投掷几张金黄的纸钱。他们围成一圈的样子让我想起还是小朋友的我们，在幼儿园玩丢手绢的游戏。游戏中，我们四个堂兄弟，一边拍手而歌一边保持警惕。这些年后，我才发现，小小手绢的落地之处，总是和人世间的事同样，在最不被预料的时候，它就出现在你身后，你起身捡起，奋力奔跑，但为时已晚，你捡起手绢的那一瞬间，败局就已注定。因为你捡起它就是一种臣服，你臣服于游戏规则，这意味着你必得臣服于降临于你身后的所有东西，无论那只是一方手绢，还是亲人的故去，或者是你自己的命运。

女眷们站在我附近，或捂着鼻子，或挥手驱赶扑面而来的烟尘。我没有去忙活烧纸钱或者摆放鞭炮，而是跟个女人一样站得远远的，这并没有带给我什么愧疚。我始终是游戏中出离于外的角色，就像我也是谢家唯一在外工作的后代，我接受这方手绢。

是大婶先在我左边叫出来，"嘿！小心！"

随后才是一声巨大的爆炸。仿佛巨石在山间滚落，撞击声持续了很久。浓烟如乌云落在山坡上，迅速弥漫开来。

我下意识转身，想搂住我妈，她小小的身子忽然就变成了一只不安分的雏鸡，拼命要挣脱我。我没能抱住她，她朝向鞭炮爆炸的区域奔跑。她一定弄错了方向。

"谢慢！"有女人在喊，但黑色粉尘迷住了我的眼睛，我暂时不能确定这喊声是不是我妈。

鞭炮炸得比我们期待的要猛烈十倍。可能是不合格产品，引燃荒坡上大片合格的枯草。火势顷刻就帮我们引爆了近旁所有还没来得及点火的不合格鞭炮。声响、气味、烟雾……一时间我不知道哪一种更具危害更值得担心。

或许我应先担心这些人。我已经看见了谢慢，他像战斗英雄般从浓烟中跳出来，浑身上下都闪着金色的小火星。他周围烽烟滚滚。远处的天边，似乎有一只巨大的鸟在盘旋，不敢落下，发出悠长的呜咽，观照一个家族在荒坡遭逢的危机。我来不及看鸟，我应该让自己迅速回到坡地上的混乱中来。但我迟了一步，我的名字"迟"，此后想来竟充满暗示，我意识到谢慢已经跟那些鞭炮一样——不应该点燃却被点燃了——的时候，两个同样从胡乱升腾的烟雾中跳出来的"战斗英雄"，跳起来，把谢慢扑倒在地。

谢慢倒在离我很远的荒草上，荒草燃烧的焦干气味让我眩晕，我也许该屏住呼吸。谢慢身上的火苗也被他们拍灭。

我看清了把谢慢扑倒的人，一个是我大伯，另一个是谢拙。他俩也不得不因为这次壮举而在荒草间翻了几个滚。但最先从地上弹起来的是谢慢。他的动作真是不配他的名字。我小跑过去，想把大伯和谢拙扶起来。我还不知道我妈在哪里。

谢慢与我擦身而过，宛如火柴划过鳞片，我感到热浪在我脸颊边，轰然升腾。

谢慢跑过去以后，我才听见他的声音，"快，去救谢愚，那个蠢货。"

我们都忽略了谢愚。爆炸前，他蹲在那儿烧纸钱，爆炸之后再没听见他的动静。

女眷们一起尖叫，无数个声音似乎都在呼喊谢愚。我承认有不好的猜想刹那间掠过我脑海，但就像突然现身随即就被我置之不理的那只大鸟，我绝不让自己理会它。

鞭炮炸不死人，我想。然而可能是我妈，在哭号间大声嚷："别是炸聋了。"

如果在平时，这话想必会成为比鞭炮引线还有用的导火线，引发婶婶和堂兄们无止尽的争吵。在此时这句话引来的只是更多的慌乱。我二婶像盲人般伸直胳臂，跌跌撞撞地拉住从她面前奔过的每一个人，再跟每个人说同样的话："谢愚呢？谢愚呢？？"

火势最猛烈的时刻，谢愚忽然现身。我弄不懂他如何在爆炸发生后的几秒钟，从烧纸钱的地方窜到那堆鞭炮附近。我也弄不懂为什么我连开口都来不及的时候，谢愚已经加入了扑火的队伍。

这支队伍看起来很不成样子，女人们扑火的动作就像喂鸡时往地上撒小米，男人们脱下外套，妄图摁住火苗，因此点燃了羽绒服易燃的化纤面料。小小的白色羽绒被释放出来，混迹在空气里密布的粉尘中，黑与白裹挟在一起，飞得很高。

我判断此处的地形其实无碍，火势不会蔓延，荒坡周边干硬的土地，即便是最擅长喷火的红孩儿，也无能为力。我爷爷当初选中这片坡地，这样看来也有他的道理。

他们在我面前跳跃、呼喊，相互阻拦，不让对方离火苗更近。直到再也没有荒草可供火焰吞噬，火苗像凋残的花瓣，一点点地萎谢，最终黯淡、寂灭。我感到有东西在脸上，我抹了把脸，手上沾满粉尘，我张开手掌，看见手心有几道黑印。

我大概是被烟尘迷了眼睛，才会落泪的。我还看见我的家人们，每个人满脸都是黑乎乎的东西，只剩下眼白在惊恐中颤动。大伯开口说话时，我还瞥见他雪白的牙齿。黝黑的面庞上，那几点婴儿肤色般的白，格外耀眼。

大伯骂了几句脏话，又骂了几句谢慢，骂得非常狠。大婶拿出湿纸巾给自己的丈夫和儿子擦脸，小婶也做着同样的事。我妈和二婶不知道是因为没有湿纸巾，还是因为没有活着的丈夫，她们两人显出缺少用武之地的尴尬。这或许比意外的起火更让二婶无法忍受，于是她主动担负起说话的任务。

"新年就要火哦，红红火火，谢家今年要旺了。"二婶说。她笑得一定比她自以为的还要尴尬。因为这些人都顾不上说话。一阵忙乱之后，勉强恢复体面的家人，才顾得上回应她。我们又站成了一排。

"也是哦，这是大吉大利啊，爷爷是你在帮我们吗？看来今年做什么就能成什么。"谢慢说。他已经完全忘记他是整场火的始作俑者。

和刚刚在爷爷墓前讲的那些话一样，我们每个人又轮流说了些假话。不同的是这一轮发言，我们只需要在发言中提到"红火"和"兴旺"，而不再是搜肠刮肚虚构一段不存在的美好生活，再用恳切的言辞、谦卑的语调在众人面前表演出来。

所以我也说了，我说这是天意嘛，看来谢慢是要彩票中奖，到时候我们见者有份。哪怕我并不真的相信，哪怕我们都不相信，一场无伤大雅的小小山火，就会确保谢慢彩票中奖、谢愚硕士毕业，确保谢拙来年有一份新的工作，或者确保我的武汉姑娘回到我身边。

亲人们极尽所能描述或讨论这场灾祸，我们难得让心中所想与口中表达出来的含义完全一致。我们换着方式将它陈述为节庆中发生在谢家的最好的事情。

我想起刚才，有过非常短暂的瞬间，在火势刚起时，或者是众声呼喊谢慢或谢愚的时候，他们是真实的。还有更早之前，我们在爷爷的坟前互相揭发，也是真实的。那么现在呢？伪装似乎在危险来临前就主动撤离了，当共同的危机过去，一切重归平静，所有人从一场不被期待的狼狈中重整旗鼓，恢复日常面貌。我们让自己迅速显得热诚而欣喜。这也是必要的，甚至也是真实的。几种矛盾的真实，其实并不矛盾，这就是我们的家庭生活。

这一年我回家前，我妈打电话给我，让我给她买一个血压计。在网上买，要能戴上手腕的，能同时检测睡眠、心跳和呼吸频率的。她的妯娌们都有这样一个能戴上手腕的血压计。"幸福牌比较多，但不是最好的，科龙最贵，你大婶就有一个，但也觉得没那么好。"

"给你买最贵的。"我说。其实说得相当敷衍。她说的谢家人的事，我多数都记不住。她总是以这样的方式提起那些人："你还记得你大婶那一年给你从贵州带来一串珍珠项链吗……"我不记得我曾经有过珍珠项链，但我也没提出这样的疑问，贵州为什么会出产珍珠项链？我一个男生为什么会获赠珍珠项链？

我不知道是我的记忆还是她的记忆出了问题。但无论谁出了问题，都不是我想谈论的。

我说："好，买个科龙牌血压计。"

我妈说："也不一定要买科龙的，太贵了。"

我说："好，买个幸福牌的。"

"便宜没好货，我还不知道他们用这个幸福牌的，是不是好用。"

我说："那好吧，我去网上看一看，研究一下。"

我妈妈说："那敢情好，如果你能研究一下。"

我自然忘掉了这件事。也不算全忘，那天，我们下山，我妈紧紧拽着我的袖子，我们走在队伍的最前面。我的三个婶走在我们身后，她们仍旧未能让那种盎然的情绪消退，我听见她们在聊惊险的扑火，她们形容它足够引发心跳过速或导致血压飙升，于是她们领悟到手腕式血压计在关键时刻的作用。我没回头，但我仿佛看见，她们纷纷挽起袖子，露出科龙牌或幸福牌的高科技手镯。

我想起被自己遗忘的事，满心愧疚，犹豫着怎么跟我妈解释。因为我忽然明白，她并不真的需要血压计，但从另一个角度说，她也确实需要三个婶都拥有的东西。这也是家庭生活的原则，在相互的比较中才得以成立。

但是我妈只是紧紧捏了我胳臂一把，无限悲凉地说："走快些，我们都别回头。"我就知道，无论我买哪种品牌的血压计，对她都于事无补了。跟大婶和小婶一比较，我妈再也无法拥有的东西，其实是我爸。

我们越走越快，不知是因北风灌满耳朵，还是因爆炸引发的耳鸣，我不确定我妈一路上不断喘着气重复的话是不是："我们把多分的钱都给你二婶……再多给她一些……"

原载《红豆》2020 年第 4 期

献给星先生

鬼 金

左锋还记得第一次拜访星先生是他写诗的时候。星先生是望城德高望重的作家。那次拜访好像是左锋在报纸上看到星先生的诗歌在外省的一本诗歌杂志上获了二等奖。那组诗歌是左锋在报亭买的杂志上看到的。他几乎是站在报亭外面，把那组诗歌读完的，整个人都非常激动。这组诗歌跟之前左锋在《望城日报》副刊上看到的星先生的诗歌完全不一样，诗句里藏着星光和刀锋。左锋把杂志放到背包里，走到公交车站，还是兴奋的，血液在血管里燃烧着。左锋下定决心要去拜访星先生，拿着他的诗歌，去向星先生讨教，或者拜星先生为师。左锋虽然不和望城的那些诗人们来往，但他知道那些人都在讨好星先生，并从中得到星先生的推荐，诗歌才得以发表。其实，这些人让左锋心生鄙夷。左锋看不上那些"诗人"们写的东西。如果说望城只有一位诗人的话，那么只能是星先生。那些人把写写画画当成了敲门砖，最后都纷纷走上仕途或改变了命运，到处指手画脚，俨然把自己当成无所不能的学者型领导。这些对于还在工厂里挣扎的左锋来说，不是没想过，但想也是白想，因为他的性格决定了他的命运。那时候的左锋已经明白要改变自己，首先要改变性格，但他做不到。他喜欢自由，喜欢批判，喜欢逍遥自在……或者说左锋在文字里迷恋"死亡诗学"，或者说"灰色诗学"。他的诗歌投出去都石沉大海，这让左锋怀疑自己是否有写作的才华，但他仍有一颗火热的诗歌之心。现在左锋偶尔想起来，还会觉得那时候自己的诗歌是来自青年的苦闷，而没有与时代发生关系。这种释放有真实的一面，但在文学期刊上发表还是有相当差距的。有些文学爱好者，根本达不到发表的水平，自己花钱或者找关系要点钱出版了一堆垃圾废品，而且还自视甚高地以多产作家自居，欺骗那些外行。左锋曾在收拾旧物的时候，看到过去写的诗歌手稿，是那么幼稚可笑，偶尔有灵光的句子连自己也不知所云。左锋烧毁了之前的所有手稿，其中，有一封杂志的退稿信，左锋读了几句，心里有些不舒服。烧毁这些，也是对过去的埋葬。从那之后，左锋停笔五年。没事的时候，看看书。几年后，左锋写起了小说。

左锋记得第一次拜访星先生是中秋节前的一天，他刚下夜班，躺在床上睡觉。家里来了客人，在和母亲聊天。左锋上了一宿夜班，累了，他被母亲和客人的谈话声吵醒了，但懒得睁开眼睛，就躺在那里听母亲和客人聊天。他虽然闭着眼睛，但仿佛能穿透屋顶，看到天空中一朵肝状的云，在半空中升起。天空仿佛病了似的，被那云感染着。左锋突然想写点什么，但因为有客人的来访，他不想起来，去见陌生人。客人来访，好像还买了东西。客人临走的时候，母亲让客人把东西拿走。母亲说，来看我们就好，还买什么东西呢？客人说，明天不就中秋节了吗？母亲和客人推推搡搡的，让左锋很烦。他的脑海中莫名地想起星先生。左锋从床上起来，吃了午饭，和母亲说，要去拜访一个人。母亲说，什么人啊？左锋说，望城的一位作家。母亲知道左锋也写东西，还老是埋怨他点灯熬油的，写那东西有什么用。这次，母亲没说。母亲说，那就把刚才客人拿来的两瓶酒和那袋葡萄带去吧，明天中秋节，你总不能空着两手去人家吧？左锋说，不用。我就是去拜访一下。母亲说，你这脑子也不知像谁？我让你拿着你就拿着，人情世故，还是要懂的，再说，你还是有求于人家。

文学是神圣的，他不想用送礼把神圣玷污了。但拗不过母亲，揣着几页诗稿，拎着东西，坐公交车，去了星先生家。

对于星先生的家，左锋之前还是从别人的嘴里打探过的。以前他好像还开过饭馆，后来，关闭了饭馆。当时好像望城的很多所谓诗人都去给星先生的饭馆捧场。星先生关闭了饭馆后，现在住的地方距离左锋上班的工厂不远。是二楼，窗外是一个平台，平台下面是商业门市。左锋有时候下班，出厂门坐车回家，会不禁看一眼那个平台，有时候，还真能看到星先生穿着一件灰色睡衣，站在平台上锻炼身体。那时候的星先生已经七十多岁了，但看上去不显老，像六十多岁。左锋会停下来，看一会儿，他甚至有跑过去喊一声星先生的冲动，但他克制住了。下夜班的时候，左锋还能看到星先生家的灯亮着，他会站一会儿，点一支烟，遐想着，星先生是在看书，还是在写作。那黑夜中亮着的灯让左锋的心里面暖暖的。左锋梦想过要成为星先生那样的诗人，甚至要写得比星先生更好。星先生的诗歌还是传统了，在表达上有些陈旧，缺少叙事，而左锋想写得现代一些，让文本的内部变得开阔起来。如果说星先生的诗歌呈现的是人间，那么左锋更想呈现的是地狱。他时常幻想着自己是那个但丁，他的人生也存在着同样的一部《神曲》。左锋也幻想过自己是艾略特，写出一部他所置身的时代《荒原》。

在公交车上，看着放在地上的两瓶酒和一袋葡萄，左锋感到阵阵脸红。他在心里面懊悔了。公交车到了星先生家附近的车站，左锋拎着东西从车上下来，他站在车站望着星先生家的平台。空荡荡的平台上，没有星先生的影子。他看了一下手表，下午一点十五分。他仍在犹豫要不要去敲开星先生家的门。左锋只想以文学的名义去拜访星先生，而不是……他看到路边的垃圾箱，想把东西扔进去。

左锋还记得小时候，家里来了客人，母亲让他叫阿姨或者叔叔什么的，左锋扭过头去，咬紧牙关，就是不叫。母亲的脸上挂不住了，要打他，说他不懂事儿。客人们就说，孩子还小，长大就好了。等客人走后，母亲就会百般责备左锋，说他要学会礼貌，学会……左锋听着就烦，心想，我为什么一定要和我不喜欢的人说话呢？母亲叹息着说，你这样，长大后，在社会上可怎么混呢？跟客人打个招呼，你是能掉二斤肉，还是客人会拔了你的牙？母亲的训斥对于左锋来说，根本没起作用。那之后，只要来客人，左锋就躲起来。

其实，拜访星先生，左锋也是下了很大决心的。他同样担心过会被星先生冷落，但那种渴望被承认的欲望让左锋蠢蠢欲动。

左锋经过一番心理斗争，最后还是走过马路，向星先生家走去。平时，他只是望着星先生家的平台，这次他要找到那栋楼的楼门。这是一个胡同样的巷子，两边都是旅馆，还有成人用品店和舞厅。在望城，左锋时常听工友们说起舞厅里的那些事情，那种只许摸，不许什么的话。住在这样的地方，左锋不知道星先生是怎么让自己安静下来写作的。虽然，星先生已经老了。左锋透过成人用品店的玻璃拉门，往里面看了一眼，那些鲜艳的器官让左锋脸红了。一个穿着旗袍、黑色丝袜的舞女从旁边的二楼铁楼梯上走下来，后面跟着一个相貌猥琐的男人。那舞女看上去四十多岁，旗袍、黑丝袜和高跟鞋把她衬托得格外风情。左锋紧张地瞟了一眼，看着舞女走下楼梯和一个男人搭上出租车走了。左锋在脑子里回忆星先生的诗歌，好像他真写过批判廉价欲望的诗歌。当时，看到那样诗歌的左锋还是很佩服星先生的，可是几年后，他觉得星先生的诗歌里有一种吃不着葡萄说葡萄酸的味道，是对舞女的不尊重。那些舞女也是被生活所迫才去舞厅谋生的。虽然左锋那时候还没有和女性的身体接触过，但他在阅读中认为女性是伟大的。

在那铁楼梯下面摆放着三个绿色垃圾箱，填满了垃圾，地上也是垃圾，散发出难闻的气味。星先生生活在这样的环境中，竟然能写出那么诗意的诗。左锋看到楼门洞旁边的灰色墙上挂着星先生的信箱，他判断从这里上楼，就是星先生的家了。他闻到了楼内灰尘刺鼻的霉味。左锋在一楼站了一会儿，硬着头皮上楼，来到二楼，他看到左面和右面各有一扇门，不知道应该敲哪扇门。左锋将耳朵贴在白铁皮包裹的门上，想透过门板，听到星先生的声音。以前，在某次文联的会上，他听过星先生的声音。屋内非常安静，什么声音也没有。左锋又跑到另一扇门，继续倾听着，还是没有任何声音。这时候，左锋听到有上楼的脚步声，他连忙从门前离开，站在楼梯旁边。上来的是个中年女人，她上下打量着左锋问，你找谁？左锋紧张地说，我找星先生。女人说，哦，是那个写诗的星先生吗？左锋点了点头。女人说，左面那扇门。左锋说，谢谢。女人的目光让他紧张。现在，他已经没有退路，只能去敲左面的那扇门。女人看他敲了门才顺着楼梯上楼了。他的耳朵里回响着女人高跟鞋的声音，是那么刺耳。门开了，是个六十多岁的女人，诧异地问左锋，你找谁？左锋说，我找星先生。女人说，你们约好的吗？左锋说，我是冒昧来拜访星先生的。女人面露难色说，星先生在午睡，你有事吗？我可以替你转达。左锋说，这不明天是中秋节了，我来看看星先生。我可以等他一会儿吗？女人看了眼墙上的老式挂钟，快两点钟了。女人说，你要等一会儿。左锋说，我可以等。女人说，那进来等吧。从女人的目光中，左锋能感觉到她对他的厌恶，还有冷漠。女人说，你坐在沙发上等吧。她走近一个房间的门，侧耳听了听，说，还在睡。左锋说，没事儿，我可以等。他突然变得顽固了，之前的那种羞耻感竟然在紧张中消失了。他有想抽烟的冲动，想抽支烟来缓解自己的说不清的愤懑情绪。那一刻的左锋内心是混乱的。女人拿过一个果盘，里面有几个苹果，对他轻声说，吃个苹果吧。左锋说，谢谢。他说完，却没有动。他用眼睛的余光打量着这个瘦弱、矮小的女人，心想，她是星先生的妻子？还是星先生的保姆？女人的目光不时瞟着老挂钟。时间在那一刻变得缓慢。女人转身进了另一个房间。客厅里只剩下左锋一个人坐在那儿。左锋幻想此刻躺在两个房间的两位老人，他们如尸体般在沉睡着。而他像一个来收尸的人。这样的幻想是残忍的，却真实出现在左锋大脑中。他坐在那里突然觉得这屋子是阴凉的，他怕弄出响声惊动那两个睡觉的老人。他置身在客厅里，只觉得老挂钟的声音，剪刀般把他剪成一片一片的……左锋脑海里蹦出来四个字"自取其辱"。那一刻，他心中对文学的崇高感突然丧失殆尽，变成一种黏稠的汗液般的东西附在他的皮肤上。左锋觉得热，但又不好意思把外套脱下来，他看上去那么拘谨，随时都要崩溃似的。他在意念里念叨着，星先生，快醒，星先生，快醒。不知道是不是左锋的意念起了作用，他听到星先生的屋内传来一阵咳嗽声。他吓了一跳，屏住呼吸，以为自己听错了，他再次竖起耳朵，果然咳嗽声来自星先生的屋内，咳嗽声过后，伴随着咯痰的声音。左锋觉得膀胱胀胀的，想要小便，但他夹紧双腿，在那里等着。屋内的咳嗽声和咯痰声停止了，变得安静。左锋想，星先生不会又睡了吧？这么想的时候，左锋有些急了，他刻意咳嗽了两声。屋内的星先生问了，谁在客厅？左锋说，我。星先生问，你是谁？另一个屋子里的女人听见了左锋说话，从屋子里出来。看样子，她刚才进屋去，并没有睡觉。她小心地敲了敲星先生的门，推开门说，你睡醒啦？有人来访，等你很长时间了。星先生问，什么人啊？女人说，你如果不见的话，我就让他离开。孩子真的等了很长时间了。星先生说，那就让他进来吧。女人转身对左锋说，进来吧。左锋紧张得双腿都在打颤，他进了星先生的书房。只见星先生倚靠在书架中间的一个单人床上。星先生穿着肥大的睡衣，像被装在一个口袋里似的。左锋看到他的手伸进睡衣内，在挠痒。即使那肥大的睡衣遮掩着，仍能看出来星先生很胖，肚子很大，腆腆着，像扣了一口锅。星先生打量了一眼左锋，目光犀利。星先生说，年轻人，你叫什么？左锋说，我叫左锋，喜欢写点诗歌，来让老师指教的。星先生说，哦，你咋知道我住在这里呢？左锋说，从别人那儿打听到的。星先生说，那你的诗歌带来了吗？左锋小心翼翼地手颤抖着，把抄写着诗歌的几张纸拿出来，毕恭毕敬地递给星先生。那样子像膜拜神。左锋站在那里，能感觉到星先生的气场。他和那些书架上的书一样，有着强大的气场。那么多书，让左锋羡慕。他当时的想法是将来也要有自己的一间书房，甚至要比星先生的大。左锋憋得实在难受，说，星先生，我想去趟卫生间。星先生眼睛盯着左锋抄写在纸上的诗歌，头也没抬，从嘴里冒出来一句，你去吧，门口右侧那个门。其实，左锋进来换鞋的时候，已经凭借味觉判断出来，那个就是卫生间。左锋急匆匆地去了卫生间，他撒完尿的时候，觉得浑身都轻松了很多。他洗了手，看到洗手池旁边放着一个半米高的缸，他向里面望了一眼，里面有几条锦鲤在游来游去。他看了一会儿锦鲤，发现旁边有一袋鱼食，他捏了几粒，扔进浴缸内，看着锦鲤在争抢鱼食，左锋笑了笑，才从卫生间出来，回到星先生的书房。只见星先生还在看他抄写在纸上的诗歌。左锋不想打扰他，轻轻来到书架前，认真地看着那些星先生的藏书。每一本都是左锋想占为己有的。他从书架上抽出一本惠特曼的《草叶集》，翻看了两页。他竖起耳朵，随时等着星先生说话，但他又不想坐在床对面的沙发上，俯首帖耳地望着星先生。左锋把《草叶集》插入书架，又在书架前移动着。星先生关于诗歌的书很多，小说很少。他期待星先生对他的诗歌进行点评。至于褒贬，他已经不在乎了。他知道自己没有名气，是个刚刚踏入文学领地的愣头青。只有文学能让人平等。地位、金钱、权力这些都不能让人彼此间真诚相待。无论你多么有地位，当再大的官，在谈论文学的时候，这些东西都应该退场，否则那会对文学造成伤害。即使文学在这个时代已经低微、边缘化，但毕竟还存在着。文学还是这个世界上能凿壁偷光的理由。

左锋在书架前留恋着，双腿站得有些累，他回到星先生床前不远的沙发上坐下来。星先生的目光从纸上抬起来，说，年轻人，你是做什么的？左锋说，一个工人。星先生又问，多大了？左锋说，二十三岁。星先生的眼睛一亮，看着左锋说，年轻人，写得好啊，你这样的文字是先锋的，是超现实的，但这样的文字发表可能有困难，但我希望你写下去。这里面有几首，我可以帮你修改一下，投给本市的一家报纸，或者你拿着我的修改稿去报社找某某。星先生从床上坐起来，倚靠在墙上，两只苍白的大脚丫子对着左锋。左锋点着头，心里面还是喜悦的。那种喜悦更像是人的本能。这种本能左锋在以后的写作中时刻都会警惕的。他对星先生说，谢谢您。星先生说，可以看出你的才华，但才华是一时的，你要有耐心，坚持磨下去。左锋点了点头。星先生说，你的文字注定会经历一段黑暗时期，只要你坚持，一定会见亮的，至于什么时候，我也不知道。你的文字跟望城的那些人都不一样，这才是对的。那些人大多在模仿我，只是在语词上渗透进他们虚假的情感，已经变成了语言游戏。那种只剩下词语的诗歌是死的，虽然它们充斥报刊的版面，但你要警惕，不要为一些浮名而堕落。堕落，这个词在左锋耳边回转着。左锋说，谢谢您老师。星先生说，如果你想改变生存状态，你完全可以借助文学这块敲门砖……就看你想要什么？星先生说着，手不时伸进衬衣内抓挠着。看上去他很痒。星先生又说，你还年轻，文学的路很长，可能是一辈子的事情。左锋说，我来拜访您，也跟那些人的心情差不多，也想得到您的认可，能推荐发表当然是求之不得了，我知道这种想法是可耻的。星先生说，那也没什么，发表毕竟可以给人信心，很正常，只是虚荣心是害人的。要向外看，不要陷入狭隘之中，除了文学，还有很多艺术门类，都可去涉猎，尤其是书法，是最不用脑子的，人人都可为之，写不了文章的都干这个，《兰亭序》照着抄一遍就是一幅自己的作品，《红楼梦》抄一百遍也还是别人的，那能是你的作品吗？所以，一切艺术门类中文学的难度是最大的，因为它传递的是人的思想和觉悟，是指导人类进步的阶梯，你明白吗？左锋点着头说，谢谢。

　　星先生说了这么多，让左锋放松下来。他觉得星先生已经让他感觉到了一种应有的尊重和平等。

　　星先生：你看不看新闻？

　　左锋：不看。

　　那你写什么作呢？

　　左锋沉默。（他当时在心里不服气，多年后，他才悟到星先生说得对，星先生说的是文学与时代的关系。）

　　星先生：你有女朋友了吗？

　　左锋：没有。

　　要恋爱。我现在是岁数不行了，不久前的一个活动上，有个四十多岁的女士，把我二百多行的长诗，背诵出来。如果我还年轻的话，我就……

左锋笑了笑。

星先生还说起他在某个时期，被关在监狱里的经历。他就是从那个时候开始创作诗歌的。无论我们的人生经历多少黑暗，都要找到属于你自个儿的光明……我必须承认，在监狱里的那些日子，如果没有文学的话，可能已经自杀，不在这个世界上了……

星先生说话的语气变得沉重。

左锋默默地看着星先生，正是那段痛苦的岁月，让星先生变得豁达了。星先生还提到了另一件事，那就是他的儿子之前也在工厂里，是保卫科的门卫，没想到有一年被几个盗窃厂里物资的人，堵在门房内给打死了。星先生说，他死的那年才二十五岁，比你大两岁。星先生说得很平静。

左锋看了看时间已经下午四点多钟了，他站起来，要走。星先生说，留下来吃饭吧？左锋说，不了。已经很打扰您了。谢谢您。

星先生说，凭我的经历，我还想告诉你，如果能远离文学，就远离。左锋惊了一身冷汗，没有吭声。临出门的时候，星先生说，你这几首诗，我帮忙改一下，给你投到市内的报纸上去。左锋说，谢谢。星先生说，没事儿的时候，常来玩，我喜欢你这个年轻人。左锋说，只要您老不烦，我会常来打扰的。

从星先生家出来，下雨了。左锋深深地呼吸了一口雨雾中的空气，雨的气息里裹挟着泥土的气味。

那次拜访之后，左锋并没有和星先生走得太近。他对星先生的一些行为，心生罅隙。在一个文学活动上，很多人都给星先生敬酒，他很享受那种众星捧月。左锋没有给星先生敬酒，直到星先生提出来让左锋敬酒。左锋那段时间刚刚胃出血，不能喝酒，但星先生就是不依不饶的。他说，你不敬我酒，但我敬你酒，你总要喝了吧？倔强的左锋就是没喝。他看出来星先生在众人面前，脸上挂不住了。星先生甚至在酒桌上，还提到了左锋第一次去他家拜访的事情。左锋借着上厕所的理由，逃跑了。还有一次，是星先生过生日。其实，左锋不知道，是星先生的"学生"打电话来的，左锋硬着头皮去了，看到很多人都给星先生随礼，左锋便只好向人借了二百块钱，给了星先生。

左锋很久都没见星先生了，但他还是能从别人的耳朵里听到一些他的消息。左锋在望城成了一个另类。很多人吹捧星先生的时候，说星先生是望城诗歌的一面大旗，大家要围到这个圈子里来，只有那个左锋跟个小丑似的喜欢独自舞蹈。左锋后来转向了小说创作，也谈恋爱了，结婚了，生孩子了。他仍在工厂里。他已经把工作作为生存的手段，但仍在文学的路上。

突然有一天，大年初七，左锋正在家里写小说。一个电话说，星先生去世了，初十葬礼。他停下了写作，来到窗前，点了支烟，想着这个人留给自己的全部感受，他望着窗外前夜下的大雪覆盖着的万物。只有白茫茫的一片。他的眼泪下意识淌出来了。

初十的早上，左锋去了殡仪馆。来的人不多，左锋在这个场合才看到了几个他平时真正喜欢的脸孔。那些平时紧紧围绕星先生的人好像在这一天都集体出差去了。人生冷暖，人走茶凉。左锋站在角落里窥望着星先生的遗像，还有躺在水晶棺里的星先生。他控制着，不让自己流下眼泪。星先生七十九岁。站在角落里的左锋听人说，望城的诗歌大旗倒了。追悼会开始后，左锋跟在人群的后面，给星先生深深鞠了一个躬，还随着葬礼的车队去了火葬场送了星先生最后一程。火葬场的风很大，山野间一片白。左锋看到从烟囱里飘出来的白烟，被风吹散了。

某一天，左锋在整理书架的时候，发现了惠特曼的《草叶集》，他想起星先生也有过跟他同样版本的《草叶集》。星先生已经去世三年了。星先生去世后，左锋听到很多他所谓的"学生"们开始争夺着做望城的那面诗歌大旗。而星先生已经再也没人提及了。

左锋决定给星先生写一篇小说，来纪念他和星先生之间的友谊。

星先生安息吧！

原载《朔方》2021年第1期

贝蒂太太

卢文丽

一

心里默念着埃兹拉·庞德的诗走出地铁,又默念着自己的诗走向中央商场。Hello,小姐姐,能给我一分钟时间吗?一位穿蓝色西装的小哥,笑吟吟地拦住我。他长着一张娃娃脸,头发染成金黄色,腮上有雀斑,腋下夹着一叠印刷品。

现如今搭讪流行叫小姐姐。之前,叫姐。再之前,叫小姐。这种情形,在大型商场门口,或天桥上,都遇到过,不是推销做发型,就是游泳健身、美容美体。我浅浅一笑,绕过他。

姐,等一等,您对学英语感兴趣吗?他在我身后一溜小跑地问。

不感兴趣,谢谢。我不失礼貌地回答,一门心思往前走。

您一看气质就特好,不瞒您说,您长得特别像我美国的朋友黛西……

我的脚步迟疑了一下,上大学时,我的英文名也叫黛西,与此同时,心灵有种被抚摸的感觉,我忽然觉得出门前戴的珍珠项链有些老土。

或许是那一秒钟的迟疑,我听到穿蓝色西装的小哥朗声说:我在这条街上站了这么久,一看就知道您是我们要找的人。

说起来,英语我并不陌生,我大学就是英语专业,但毕业后七弯八拐,做了会计,年轻时学的那点知识早还给老师了。儿子博士读完,留在美国工作,每年我都会去看儿子,在那儿住上两个月,给儿子做饭,也邀请儿子的洋邻居来吃饭。每次,看到儿子跟邻居们相谈甚欢,我却插不上几句,很是惭愧,真不好意思告诉他们我曾是英语专业的。

我看着像爱学习的人吗?

呵呵,是这样子,我们有个免费的课程领取活动。他的声音听上去很诚恳,您不妨去体验一下,喏,中心就在那儿。他朝右手边那幢大厦指了指。

好,我说。

一个穿职业装和高跟鞋的女孩迎了上来，自我介绍是顾问。穿蓝色西装的小哥跟我告别，还很有礼貌地鞠了一躬。

女孩热情洋溢地带我参观教学和办公区域，一些衣着时尚的人，有中国人，也有外国人，在里面走来走去或窃窃私语，看上去十分高级，又有几分神秘。上到二楼，是个大平层，开放式空间分割出一格格位置，每个位置上都有一台电脑。穿高跟鞋的女孩把我领到一楼办公室，跟一个穿条纹长袖衬衫的小伙子说了串英文。小伙子自我介绍叫杰克，是中心副校长。杰克开门见山地问我，学习英语的目的是什么。我说：去国外看儿子可以不求人。杰克抬手，冲我打了一个响指，说，您算找对地方了。

杰克坐在一张"生而无畏勇闯天涯"的广告画下，开始给我介绍，他讲得很细，滔滔不绝，夹杂着许多我听得懂或听不懂的单词，手中的圆珠笔在一张 A4 纸上又写又画。高跟鞋女孩进来，给我端上一杯咖啡，然后是一碟水果沙拉，杰克举了学习一门新语言改变人生的案例，以及不懂外语的狼狈与窘迫，听上去句句戳心窝子。我听得偏头痛都犯了。高跟鞋女孩走进来，打开一小瓶"多特瑞"精油给我做了肩颈按摩。十分钟后，我的偏头痛好了。杰克让我说"谢谢"这个单词，我说了好几遍，杰克都默默摇头。然后他为我做了示范，咧开嘴，露出牙齿和舌头，强调了咬舌的重要性。这一招端的是厉害，让我为过去岁月中说过的那些个"谢谢"感到羞惭。那会儿，外面天色已黄昏。杰克说您饿了吧。我说我不饿。不一会儿，一份藜麦鸡肉西红柿轻食晚餐，已由外卖送达我的桌前。吃好鸡肉沙拉，我跟着高跟鞋女孩去财务室，签了合同，交了为期两年的学费。于是，我重新拥有了这个英文名：黛西。

我承认，这是我近年来耗时最长的一次血拼。

二

来中心上课的多为年轻人，有毕业没多久的大学生，正在找工作、换工作的。职业五花八门，包括护士、医生、IT 工程师、导游、机场安检员，也有做外贸的私企业主、准备出去陪读的中年人。

第二个周末，我认识了贝蒂。那会儿，她坐在饮水机旁边，低头吃着隔壁超市买的日式饭团。

我端着浮着立顿红茶包的水杯，跟她打招呼。

你好，我叫黛西。

她吃惊地抬起头。我见到一张暗黄干燥、皱纹横生的脸。她伏在桌上，握着一只泡着枸杞的保温杯。靠背上，挂着一只帆布袋。这一瞬间我感到与她似曾相识。

你好，我叫贝蒂。她含混回答着，努力地将口里的饭尽快咽下去，然后摸出餐巾纸，匆匆擦了嘴，清清喉咙，又清楚地重复了一遍：你好，我叫贝蒂。

她的确很显苍老，但眼睛里有亮晶晶的光芒在闪烁。

您也是……我问。

是的，贝蒂说，我买了十次体验课。

我一向反对以貌取人，但这位似曾相识的贝蒂和即将开始的高端英文课程，似乎有点不搭。我感到有点尴尬，仿佛让她知道了我内心的想法似的。我朝她挤挤眼睛，她也朝我挤挤眼睛。我对她笑笑，她也朝我笑笑。我看到她的牙齿上沾着一丝暗绿色的苔菜叶，便匆忙扭头走了。

开课后，老师们叫她贝蒂太太，于是大家都叫她贝蒂太太。虽然没人公开说，但大家都觉得她跟这个空间没半毛钱的关系。她穿着很脏的旧球鞋、松松垮垮的运动衣裤，身上似乎还散发着一股菜市场的气味。

上英语角时，贝蒂太太总是坐在第一排中间，像一尊弥勒佛，膝盖上搁着帆布袋，帆布袋上搁着笔记本，哈着腰，不时地在笔记本上写啊记啊的。

一些有优越感的学员，有意无意地，也喜欢在贝蒂太太身上刷存在感。

——贝蒂太太，请往边上移一点，别把我手机信号挡住了。马克嬉皮笑脸地说。马克是名导游，也是班上最爱开玩笑的男生。于是，贝蒂太太坐到了最后面，也很少主动发言。上完一堂课，大家都不知道贝蒂太太来过没。

每周末的派对，需要自找搭档，两人一组。除了我，很少有人愿跟贝蒂太太搭档，因为她的口语差。如果其他小伙伴找我做了搭档，贝蒂太太就一准落了单，孤零零坐在角落，竖着耳朵听大家热烈交谈，嘴里低声嘟哝着，似乎在重复别人的话。除了嘟哝，双手还在腿上不停地画着什么。

那天，给我们上课的是安妮小姐，一个总是面带微笑、身材性感的金发美国女人。

OK，安妮小姐说，今天的话题是——梦想。

安妮小姐是个非常耐心的老师，她的声音也像百灵鸟一样婉转动人。她总是微笑着对你说："有什么需要我帮忙的吗？"

嗯哼……我叫安娜苏，我的梦想是交更多的异性朋友。安娜苏是位全职太太，有一双玫瑰花瓣一样翘起的嘟嘟唇，喜欢说"嗯哼""Oh, my God"或者夸张地做一些瞪眼、捂嘴动作，上课时，鼻子上架着她的迪奥大墨镜。

我叫艾米莉，我的梦想是当一名医生。艾米莉是医院血液科护士，额头上刚冒出两颗可爱的青春痘。

我叫马克，我的梦想是周游世界！做导游的马克神气地说。

请说说你的梦想好吗，黛西太太？安妮小姐转头对我说。

我叫黛西，我的梦想……呃，应该就是没有梦想……我迟疑地说。

噢，黛西太太，这听上去有些糟糕，我的意思是，每个人都应该有自己的梦想。安妮小姐冲我鼓励地点点头，抬起下巴望向远方，明亮的目光盯着贝蒂太太。安妮小姐有着老师的眼睛，能发现最容易被忽略的细节。

那么，请说说你的梦想吧，贝蒂太太。

贝蒂太太一听安妮小姐点到她的名字，肩膀一震，佝腰紧搂怀中的帆布袋。

贝蒂太太，张开嘴巴对于学习一门语言非常必要。安妮小姐用迷人的声音说。

……呃……咳咳，我叫贝蒂……贝蒂太太神情局促、吞吞吐吐开了腔，又打住。

笑声响了起来，很快又像退后的潮水，低了下去。

……呃……呃……我的梦想……是周游世界，咳咳……贝蒂太太的发音比较古怪，既不是美音也不是英音，带着点儿宁绍地区的口音。

Oh——My——God——！安娜苏捂嘴，夸张地惊叹一声。

什么？贝蒂太太？马克冲周围的人眨眨眼，觉得贝蒂太太的梦想不该跟自己一样。

我的梦想是周游世界！贝蒂太太快速复述了一遍，她咧着扁扁的嘴，看起来不知是哭还是笑。

听起来很不错！贝蒂太太。安妮小姐点着头，看了下手腕上的表，你能说得更具体一点么？

呃……我想开着车，从南走到北，我要去看看全世界，我要去南极，还要去北极……

或许因为受了鼓励，贝蒂太太说得很溜，眼里闪着光，认真的模样让人忍不住想笑。

贝蒂太太，你觉得南极的企鹅会跟你说 Hello 吗？马克嘎嘎地笑了起来，他私下里曾对我们说贝蒂太太走路的样子像企鹅。

滨湖公园七孔桥边，有一位汪师傅，养了一只会说英语的喜鹊，据说还是标准的牛津音呢，贝蒂太太认真地说，喜鹊能说英语，企鹅也能吧？

能，一定能，马克模仿着企鹅的身段，怪声怪气地说：贝蒂太太，你好。

安娜苏说，嗯哼，贝蒂太太，为了与企鹅更好的交流，我建议您做一套企鹅服。

那您就跟企鹅打成一片了，马克说。

大家都笑了起来，教室里的气氛顿时显得十分活跃。

你们见过我年轻时的样子，就不会这么说了！贝蒂太太突然嗓门尖利地说。

笑声止息。大家的嘴都吃惊地张开了，看着贝蒂太太，仿佛她的头上长出两只角。

贝蒂太太从帆布口袋里掏出一个皮夹子，又从皮夹子里取出一张照片，在大家眼前晃了晃。

看看吧！贝蒂太太昂着脖子，把照片递给我。照片上，一个剪着短发的年轻女孩，满怀憧憬地站在一座雕像前。

我把照片递给安妮，安妮递给马克，马克递给安娜苏，安娜苏递给汤姆……照片又回到我的手里，我把照片还给贝蒂太太。

我朝贝蒂太太竖起大拇指。众人也对她竖起了大拇指。

真是一个美丽的女人！贝蒂太太，安妮小姐说，您今天的表现太棒了！我们每个人都需要葆有自己的梦想，人一生最大的遗憾就是没有梦想，我们要把遗憾最小化，你们每一个人都请永远记住——

Do yourself！安妮小姐大声说。

Do yourself！贝蒂太太喃喃着。

三

因为耳根子太软，经不起顾问的软磨硬泡，一个月后，我又升级成了VIP会员。我从大教室搬到VIP室，成为VIP会员后，顾问说，还有VIP课程、私人定制课程，学习效果会更好。我说对不起，没钱啦。

VIP室和大教室隔着透明玻璃，有大红色的头等舱座位、饮水机、咖啡机，以及饼干、面包等小点心，VIP们大多神龙见首不见尾，大多数时候，这里很空。我经常跟贝蒂太太隔着透明玻璃打招呼，也经常看到她要么嘴里喃喃自语着，脑袋上架着耳机，像个女飞行员，那个圆圆的耳机像熊猫耳朵；要么肩上架一个蓝色U型枕，仰头张嘴打着盹，桌上摊着吃了一半的面包、笔记本和一只泡着枸杞的保温杯。

那天的英语角主题是：家庭。大家又七嘴八舌地聊开了。

我喜欢的家庭氛围是，我家猫咪蹲在我的身边，跟我一起看电视。单身护士艾米莉说。

嗯哼，我喜欢的家庭氛围是，每周跟老公去打高尔夫球……嗯哼，我们家用了很多年保姆，我经常把旧衣服送她穿……安娜苏变声变调地说。

我喜欢的家庭气氛是，外面下着雨，妈妈在厨房做饭，我在睡懒觉。汤姆说中文有点结巴，说英文却十分顺溜。

哈哈，汤姆，你这个妈宝男！汤姆话音刚落，响起一阵哄堂大笑。

可是，当一个沙哑的笑声也响起时，全班的笑声戛然而止。那是贝蒂太太的笑声。贝蒂太太停止了她的笑声，她知道大家的眼光都在自己身上。这时，前台传来一阵喧闹，一个五大三粗的男人，不顾阻拦冲了进来。

这是一个皮肤粗糙、赘肉松弛的穿西装短裤的中年男人。他一眼看到了贝蒂太太，径直冲过来。

给我回家做饭去。男人怒吼道。

我不是一辈子给你做饭洗衣的。贝蒂太太端坐着，纹丝不动。

那个男人挥手打了贝蒂太太一巴掌。贝蒂太太和他扭打起来。有人前去帮忙。有人打了110。五分钟后，赶来三个警察。警察斥责男人扰乱公共教学秩序。男人骂骂咧咧地走了。

贝蒂太太脸色苍白，眼中泛着泪光。安妮小姐走过来，递给贝蒂太太一杯水，轻声地问，贝蒂太太，有什么需要我帮忙的吗？贝蒂太太摇摇头。

我邀请贝蒂太太去隔壁的"蓝蛙"坐坐。我们在大厅找了个安静角落，我点了薯角、通心面。

室内播放着钢琴曲，调子轻柔而又散漫，像一条自在的小溪，男歌手低沉的声音，像秋天的河水缓缓流淌：

　　万物皆有裂痕，
　　　那是光照进来的地方。
　　　…………

黛西太太，让你们见笑了。贝蒂太太说。

没关系，我说，家家都有难念的经。

我知道，他们都瞧不起我，但你是个例外。她说，其实，我不在乎，能让大家开心，我愿意扮演一个傻企鹅。

我说，企鹅一点儿也不傻。

她苦笑着说，谢谢。不瞒你说，从出生到现在，我没过几天好日子。父母去世得早，我有两个弟弟，从小我们跟奶奶生活。奶奶重男轻女，什么好的都是先给弟弟。我放学还要赶回家去做饭，照顾弟弟，经常挨奶奶打骂。十八岁那年，我匆匆把自己嫁了出去。婚后，我发现他不仅自私，还爱摆老爷架子，在家里呼来喝去，一个不爽就骂人。只要他在家，我说话走路做事都得小心谨慎。家里什么事情我都不能做主，连看电视，都要等他睡了。两年后，我们有了女儿。一年十二个月，他只会偶尔出去工作两三个月，平时打打麻将玩玩手机游戏，女儿放学也不接送。后来我下岗，去超市打工，去建筑工地跟人建房子，像男人一样扛水泥、搬砖头，他也对我不闻不问，休息时就出门和朋友去钓鱼、打乒乓球，回来后就发酒疯。后来，他发展到动手，有次掐住了我的脖子。我说离婚吧。他说，我为什么要离？即便对我再不满，一旦离婚，他的安稳日子就到了头，他还得找伺候他的人，这才是让他恐惧的，因为他像一只蜗牛，背上的壳已跟肉长在一起，他是决计不会离婚的。至于情感需求嘛，外面找找就好了，只要壳还在。那时，女儿还小，我怕女儿长大后被人瞧不起，就没再提离婚的事。好不容易把女儿拉扯大，我又开始给女儿带孩子，依然完全没有自己的生活。女儿头胎生了个闺女，第二年生了个小子，两个孩子出生后，都是我帮忙带。我得了抑郁症，整晚睡不着觉，大把大把吃药。当两个孩子都上幼儿园了，女儿悄悄地给了我一笔钱，说，妈，你解放了，去找点自己喜欢的事情做吧。我想了半天，也想不出什么是自己喜欢做的事情，我越想越难过，觉得这一辈子真是白活了。那天，我在街头漫无目的地走，看到学英语的广告。我知道自己跟这课程不搭界，但我就想跟自己做做对头。在这里我学到了很多，并且发现自己还是一个有梦想的人。黛西，我想有一天我总会解脱的。她对我挥挥拳头，说，我已经报了名，学开车。我会的越多，世界就越小。

我站了起来，张开双臂，走到贝蒂太太面前，紧紧拥抱她。

你说得对，贝蒂。

四

疫情过后，关闭了近一年的中心，重新开放。

这里变化挺大，外教走了不少，安妮小姐也回美国了。

一开始，大教室的咖啡机撤了，过了些日子，VIP室的咖啡机也撤了，饼干、面包没有了，到后来，连立顿茶包也取消了，生意越来越不景气。因为关门这么久，中心给每个学生的学时顺延了三个月。

周末，我再次体会到当学生的乐趣。但是，我再也没见过贝蒂太太。

那个秋天，我拐入街角的咖啡厅，点了一杯桂花卡布其诺，随意翻着手机。我在网站上刷到一则新闻——

一个五十多岁的女人自驾游，跑了两万多公里，在六十多个城市里留下印迹。我惊讶地发现，画面中那个站在布达拉宫前，活泼开朗的短发女人，竟然是贝蒂太太。她正在视频中接受记者采访，讲着她的故事。她的精神很好，发型也变了，剪了个童花头。她说：去年秋天，我开着一辆小车，带着帐篷和炊具，开启了自驾之旅。第一站到了西安，从西安又到成都，在成都停了将近一个月。因为成都有很多朋友，跟朋友聚聚，停了一个月。又到云南，一路昆明、丽江、大理、香格里拉，我转过了大半个云南，从西双版纳到湛江，坐轮渡到海南，今年三月从海南到了广西，和我的两个粉丝一起，一路往西藏这边来。一路上，我结交了很多志同道合的朋友，我把自己的故事拍成视频，尝试冲浪和网络直播，没想到一不小心就火了……

记者问：你接下去的目标是什么？

先环游中国，再环游世界。

我看到贝蒂太太在画面中，像背诵台词一样地说：生活就像闯关，无论阴晴风雨，都要保持良好心态，一个劲儿地蹦跶……世上最大的监狱，就是人的内心。要听从心的召唤，为自己而活，生命是属于你自己的，你得去尝试某件让你兴奋的事儿……在这个日益紧密相连的世界，我们要学会容忍彼此，爱是明智的，恨是愚蠢的……

当视频的画面定格在贝蒂太太那张熟悉的圆脸上时，她说：没有走错的路，只有走过的路——姐妹们，Do yourself！

说完，贝蒂太太两手一摊，夸张地耸了耸肩，我知道，这个动作，也是在我们的英语班里学到的。

原载《上海文学》2021年第11期

开 窗

陈崇正

1

赵子谦拎着背包站在门口，让司机兼翻译科乔·邦苏把 N95 口罩戴好。他问邦苏，为什么没有按照他说的那样，把前座与后座用薄膜隔开。司机邦苏扶正了口罩，对老板说，把车窗开着就行了，不用那么麻烦。

"说不定就是普通感冒。"邦苏说。

赵子谦没有说话，直接上了车。刚在车上坐定，吴医生的电话就来了，赵子谦告诉他，没有耽搁，现在刚刚出发，如果没有意外，大概五个小时后能到达阿克拉。吴医生是援非医疗队的队长，高个子，平时看上去一脸严肃，但笑起来如春水初开，完全成了另一个人。他的父亲是赵子谦的战友，赵子谦让他叫他老赵，但吴医生执意叫他谦叔。几年下来算是不错的朋友，平时也能开点玩笑。但是昨晚，在反复问了几个问题之后，他在电话里非常严肃地对赵子谦说："谦叔，按你描述的症状，不是疟疾，你现在火速让司机开车，把你送来阿克拉，不能再接触传染别人，司机也必须做好防护。"赵子谦沉默了一下说，明天早上吧，现在天黑了，路上不方便。早上起来，情况果然更为不妙，浑身酸痛无力。他用背包垫着，倚着车门，调整了几次姿势都感觉不舒服。

邦苏很麻利，点火，挂挡，车很快开上了公路。从库马西到阿克拉的公路全长大约两百五十公里，赵子谦刚来到库马西那年夏天，这条由中国援建的公路刚刚移交给加纳政府，在阿玛撒曼镇举办了隆重的移交仪式，电视上有熟悉的领导人，有盛装出席的各地酋长，还有挥舞着彩旗的学生队伍。一晃眼十五年过去了，当年的一切既熟悉又陌生，而自己已经从四十出头的中年人变成年近六十的小老头，花白的头发就算染发也很快掩盖不住。最近每次对着镜子时，他总是想起自己的父亲。

父亲赵海阳在他来加纳的前一年去世，享年八十一岁。赵子谦在广西上林出生时，父亲已经三十八岁。按父亲自己的说法，他半生漂泊，一事无成，注定是个劳碌命，能在三十八岁那一年生个儿子，这已经是半辈子唯一的胜利果实。母亲为这样一段自我评价提供了证据：赵海阳十四岁时从潮州逃命来上林，全身上下穷得只有一根扁担，靠给人挑盐送货活了下来，能娶妻生子，已经算是"好彩"了。但赵海阳对此明显不服，他说小时候在潮州城郊的别峰寺，有个老和尚给他算过命，他一生的运势是在六十岁以后才会迎来一波春天。母亲对赵海阳"迎来春天"的说法大为恼火，认为是在咒她早死，两人为此还吵了一架。但从赵子谦记事开始，父亲便已经加入了村里的淘金队，在附近的山地里刨土淘金，从早到晚浑身是泥，一年到头没几天能穿上光鲜衣服。赵子谦曾经对这样一个行当从内心鄙视，他喜欢一切光鲜亮丽的东西，比如军装。长大以后，他运气不错，如愿以偿入伍，参加了对越自卫反击战，见过炮火，见过鲜血，有了一批曾经出生入死的战友。但退伍后回到家乡才发现自己的老父亲居然远赴东北大兴安岭继续淘金。母亲对他说："过了六十岁生日以后，你爸就神魂颠倒，跟着村里的淘金队去了东北。"其时上林县已禁止挖采金矿，故此淘金队只能往外走。

  父亲还真从东北赚到了钱。钱是好东西，家里盖了房子，一切都变得亮堂了，赵海阳说话也更加洪亮。这个阶段赵子谦和父亲的关系变得微妙，他似乎感觉到父亲的某种命运投影到自己的身上，三十多岁，自己也一事无成，父亲倒是每天都高朋满座，茶炉上方热气蒸腾。那些久无往来的亲戚，突然也开始热络起来，说话客气，常常有温暖之举。更让人惊奇的是，这些登门拜访的亲朋好友，居然还能耐心听父亲讲述各种故事，并且真心实意认为对提高自己的人生境界非常有裨益。

  这些故事赵子谦都听得耳朵起茧了，他帮父亲总结过夸夸其谈背后的宏观思路，一共有三个。第一个是关于健康，人的体质要分阴阳。这个扯起来完全没有边际，可以从算命讲到血液酸碱度，一直延伸到茅台酒包治百病。第二个则是关于神鬼之事，主要观点是潮州的神仙比广西的神仙灵验，一言以蔽之，潮州神仙的法力可以覆盖全球。第三个是宇宙战略布局，他坚定地认为美国阿波罗登月计划是一个完美的骗局，美国公布的各种照片是在内华达州的沙漠里拍的。这三个观点灵活运用，交叉进行，简直可以变幻出无边无际的话题，并且证据确凿，至少无法证伪。老爷子对酒桌上的人说，不服来战，我从不认输。

  以第二个观点为例，潮州的神仙确实太多，两三个小时的饭局，老爷子讲下来可以说全程没有"尿点"，跌宕起伏，引人入胜，山野鬼怪，村里风俗，每个故事都是一出好戏。关键是，许多事情便是他当年在潮州的亲身经历。"1939年端午节，日本鬼子占领汕头，一个星期以后，他们兵分两路来到潮州城外。"赵海阳的故事往往是用这么一句话开头，一下子就把气氛调动起来。这时候他会把一只瓷碗挪到自己面前，然后比画着，这只瓷碗就是潮州古城。"中共潮安县委搬迁至文祠长背山村，我们的军队两次组织反攻，希望夺回潮州城，两次都被日本鬼子打回来。"日本鬼子在潮州留下了很多罪行，也有了许多故事，而赵海阳专挑神鬼之事进行讲述，每次都能让饭局上的每个人大气都不敢出，只有他一个声音，在不紧不慢地说着，最后抖出一个包袱，引来哄堂大笑。

这样的故事和场景，赵子谦从小见识了很多遍，但必须等到他退伍归来，他才突然听懂了。所以他第一次在饭桌上追问父亲，能不能不讲故事，认真说说，这两场仗打得怎么样？老爷子本来想直接讲潮州的神仙，被当过兵的儿子这么一问，停住了，抽了一口烟，缓缓说道："打了三个晚上，山坡上全是尸体，鬼子来之前，潮州城有十万人，鬼子走后，全城只有一万多人……他们屠城啊！"讲到"屠城"二字，一阵酒劲上来，老爷子突然放声大哭，然后宣布散席："喝多了，失态了，不吃了，不吃了。"但满桌宾客，皆静坐不动，没有人离席，没有人说话。

老爷子缓过神来，倒了满满一杯酒，站起来，高举过头，然后转身，洒在地上，以敬鬼神，然后才用一种缓慢的语气说道：

"今天破例，说说我老赵的爹娘，那年我虚岁十五，端午之前家里刚为我举办了'出花园'的仪式，日本鬼子就来了。"

老爷子开始讲故事：我爹没能参加我的"出花园"，他在1938年为了保卫南澳岛，在军舰上战死。我那时血气方刚，认为鬼子来了，自己终于可以报仇雪恨。那天，我揣着磨了多日的柴刀就出门去，在街角便望到鬼子，他们用刺刀在街上练习杀人，嘿哟一声刺刀撩出，那人应声倒下，肠子滑落在地上。我第一次见到这样的情景，看傻掉了，尿了裤子，丢掉柴刀，落荒而逃，一路狂奔回家，藏进了家里的阁楼上，才发现自己已经尿了裤子。躲到角落里时，我这才看见我娘带着邻居家的三个小孩，早已经藏在那里。我娘一把紧紧把我抱住，而邻居的孩子用惊恐的眼睛看看我，又看看那扇窗户。我刚刚从窗口跳进来，忘记回头关窗，阳光正好从窗口照进来，照亮了整个阁楼。窗户只能从外面关上，而我已经能听到鬼子的皮靴踢这街道石板的声音了。我娘的目光落在我的脸上，她对我说，海阳，逃出城去，你要长命百岁，无病无灾。"长命百岁，无病无灾"是挂在我脖子上那个护身符上的话。我已经猜到她要做什么。她把几个银圆塞进我的口袋，又把我们塞进了腌制萝卜干的瓦罐里，从容站起身，到外面去关窗，然后我就听到这个小脚女人凌乱的脚步声和鬼子的呵斥声，最后是一声闷响，就什么都听不到了。我大气都不敢出，只听得角落里有一只蛐蛐，疯狂地叫个不停。我一直在阁楼里躲到午夜，月光照在榕树上，榕树的影子投在窗户上，才敢出来，顺手拿一根扁担当武器，一路狂奔出城。

路上很多逃难的人，我一路上向西，用扁担帮人家挑东西换口吃的，没想到辗转就到了广西上林，在这里扎根。所以各位见笑了，我一直都是个孬货。"

那一夜，听完父亲断断续续的讲述，赵子谦这才算第一次理解了自己的父亲，也明白为什么父亲每次睡觉必须关窗，卧室里必须完全黑暗。只有黑暗能给他带来安全感。后来到了加纳，在矿场被抢劫，矿工被枪杀之后，赵子谦也开始养成了睡觉必须关窗的习惯。父亲是对的，关窗睡觉果然能睡得安稳，老头子精得很哪。

2

"老板，醒醒，你要喝水吗？"邦苏叫醒了赵子谦，"老板你睡迷糊了，说梦话呢。"

"我说什么了？"

"你喊了几声'关窗'，我把车窗都给你关上了，后来才知道你在说梦话。"

赵子谦坐直身体，这才发现自己已经一身是汗，喉咙像着了火。他让邦苏把车窗打开，让他靠边休息一下，喝了水，又在路边撒了尿，看了看手表，只开了一个多小时，路程还长。手机上有一个未接来电，是大使馆姚领事，拨回去，姚领事询问了他的状况，然后说已经跟医疗队吴医生确认过了，医院预留了床位，有什么情况随时联系。赵子谦表达了感谢，挂了电话。

他抬头看到蓝得通透的天空，突然有点害怕，他第一次听到死亡的脚步声，就如同父亲在阁楼上听到的鬼子皮靴落地的声音。死亡第一次这么近距离凝视着自己。"我不会死在西非吧？"他自言自语道。邦苏却接过他的话，用无限接近普通话的腔调说："老板不要胡思乱想，大家还等着你回去发工资呢。"

其实在西非，生病发烧真的是家常便饭。只要发烧，医生也基本是闭着眼睛开药，都按照疟疾来治疗就八九不离十，输液，吃药，几天便又是一条好汉。但这次发烧确实蹊跷，最开始低烧，也没有什么不舒服，让赵子谦误以为是轻微的感冒，心想大概是空调直吹着凉了。拖了一天便觉得浑身酸痛，手脚乏力，他担心是疟疾，于是到医院去做疟疾测试，医生看着诊断测试卡纸，半天不说话，弄得他很紧张，她才说卡纸上显示不是太明显，也许是测试纸过期了。在非洲，各种过期太常见了，药品过期，食品过期，都是常有的事。医生还是按照疟疾给他开了点药，挂水输液，吃退烧药，出了一身汗，从医院出来已经是黑夜，凉风习习，整个人都轻松了。赵子谦以为药到病除，故此第二天照常来到办公室做事，还跟朋友们聚餐。但晚餐没有什么食欲，月亮出来时，体温也跟着升高。他继续到库马西的医院输液，但这一次，三瓶药水输完，体温却没有降下去，而且已经从低烧变为高烧，护士读出了体温计上38.9度的数字时，他想到了新冠肺炎。身边没有人得过新冠肺炎，自己也没有咳嗽，故此赵子谦在内心安慰自己应该不会那么倒霉。中加贸易商会的朋友听说他发烧了，也打来电话，随后他第一时间也报告了大使馆。紧接着吴医生也打来电话，只能听医生的话，首都阿克拉有更好的医疗资源。"更重要的是，我们中国的医疗队在这边，有什么情况，随时可以和国内的专家视频连线进行诊断。"吴医生严肃起来，那口气简直跟石头一样坚硬，让他想起他的战友老吴。

赵子谦最后一次跟老吴通电话，是在他去世的那个春天，老吴刚学会使用微信，赵子谦成为他主动添加的第一个好友。然后他们聊了很久，老吴那边已经进入黑夜，但加纳阳光灿烂，老吴觉得好玩，所以他们又打开了视频聊天，这一聊便是整整两个小时。老吴谈起了他妻子的老年痴呆症，说她最近老是忘事，这让他非常担心。赵子谦说，那要很小心，让她远离狗。老吴说，为什么？老吴的反应完全在赵子谦的预料之中，赵子谦说："你还记得我们班长吗？他年纪还比你大个几岁吧，也得了老年痴呆。"老吴点头说他还记得，只是多年没有联系。老吴又把班长带着他们在灌木丛中匍匐前进的往事温习了一遍，最后才问，这个跟狗有什么关系？赵子谦悠悠地说，我们的老班长就是被狗咬了，大意了，没去打狂犬疫苗，后来发病死了。他们家人觉得这样的死法过于荒谬，所以对外只说生病去世，没有提被狗咬的事。老吴追问，那他为什么会被狗咬了？赵子谦停了停才说：

"我们班长有老年痴呆症，脑袋基本空空的，结果那天他的女儿带他在公园散步，女儿在打电话，他傻坐看天上的云。旁边草坪上有人在训练一条大狗，主人丢球，大狗便会把球叼回来。可能太用力，那个黑色的小球滚到咱班长脚下，结果你猜我们班长怎么着？他直接扑过去把那只狗狗的玩具球压在身下，连声高喊'手榴弹大家都趴下'，把周围的人吓得一跳，大狗一看球被抢了，它可不干，上来一顿狂咬……唉，你说悲伤不？老班长什么都不记得了，我跟他打电话，他甚至都不记得赵子谦是谁了，但却还记得要用自己的身体去扑手榴弹……"

视频那边，战友老吴用手臂捂住眼睛，已经老泪纵横。

那是他最后一次跟老吴打电话，而且是视频电话。不过这通电话让老吴生了一场病，这个事是他的女儿，也就是吴医生的大姐，告诉赵子谦的。他女儿在电话里对赵子谦一通数落："谦叔，您聊点别的不行，非得聊死去的老班长，他比你大那么多岁，哪能受得了这刺激？"赵子谦连连道歉，心想果然虎父无犬女，这脾气如此火暴。老吴的女儿后来还给赵子谦打过两次电话，一次是报告她父亲去世的消息，另一次是吴医生即将援非，她专门给他打电话。她爸去世时，她在电话里没哭，但她弟弟要来非洲,她在电话里竟然哭了起来。后来赵子谦听明白了,姐弟俩闹了矛盾,已经说好不再相认,恩断义绝,从此不往来。

"你们这闹的哪一出啊?演电视剧呢?亲姐弟哪里来那么大的仇怨?"

"谦叔,反正我就一句话,您在加纳扎根多年,他这一去人生地不熟的,你多多照顾他,我爸走得早,他也就这么一个儿子了……若见到他,也千万给我保密,别说我跟您打过电话,我就当没这个弟弟。"

赵子谦又好气又好笑,只能这么劝她:"你不用说这些,那年在越南,我险些淹死在河里,是你爸硬生生把我拖回来的,你放心,好好照顾你妈妈。这小吴医生带队支援非洲,治病救人,这也是上战场。你爸上过战场,你弟也上战场,这人啊,活一辈子,总需要保护一些东西,保护亲人,保护国家,保护自己的尊严,所以你也得理解和支持他。"

因为这一个电话,赵子谦在小吴医生到达阿克拉一个星期之后,便开车到首都与他见面,两个人绕着黑星广场走了一圈又一圈,谈了很多事情。主要是赵子谦在讲,吴医生在听。吴医生是高个子,胳膊粗壮,让赵子谦感觉旁边站着一只猩猩。赵子谦跟他讲这些年他在库马西淘金的经历,如何在夹缝里生存,如何跟当地官员酋长斗智斗勇,如何跟黑势力周旋,听得吴医生惊讶不已。

赵子谦长叹一声:"我们矿上这些年,死过两个人,都不是挖矿出事死掉,而是被劫匪枪杀。每次回到上林老家,他们只看到我们光鲜亮丽的一面,从来没有看到我们拿命换钱的生活。"

年轻的吴医生却问他:"既然如此,谦叔,你为什么还要来加纳?"

3

父亲去世时,赵子谦四十二岁,他年过不惑,却一脸茫然。

办完丧事,他鬼使神差地买了车票,一路向东,来到粤东古城潮州。这是父亲的出生地,如今他却成为异乡人。他只能听懂"食茶""食饭""行""勿"等简单的词语,却无法进行哪怕最简单的会话。他站在韩江边,看着两岸的木棉树梢上仿佛着了火,盛开着深红色的花朵。花朵太多了,地上也落满了,大雨初晴,一些散开的花瓣粘在地面上,像凶案留下的血迹。他像一个侦探一样审视着这一切,内心升腾起一种说不清楚的悲凉之感。在他身后,并不巍峨的笔架山像一个手掌覆盖在大地上,湘子桥、韩文公祠和广济门城楼,这些曾经出现在一份老照片上的建筑物看起来仿佛梦中见过。老照片里有日寇盘踞在此处,父亲曾指着照片,跟他描述当年他是如何逃出来，绕道梅州大埔，又辗转到了韶关，一路向西仓皇逃命。父亲跟他讲解湘子桥如何利用浮桥实现闭合式通航，古人的智慧多么神奇。父亲说他几次想回潮州，但一直无法鼓起勇气。

"回去就回去，又不是买不起车票，有什么不敢？"

父亲拍了拍他的肩膀，没有说话。那意思他倒是能够猜到："长大你就懂了。"

父亲离开潮州时太小了，他唯一保留下来的生活习惯，是功夫茶。他冲泡功夫茶的手法简直行云流水。每天早上，父亲起床刷了牙，不喝水，直接泡茶。这时，功夫茶杯会发出清脆的碰撞之声，在这样的仪式感中，父亲才正式宣布一天的开始。

在潮州，赵子谦莫名其妙走进一家旧书店，他猜是因为店主冲泡功夫茶的动作吸引了他。

"坐，食茶。"店主招呼他，他听懂了。店主给他递烟，他说不抽。他在藤编靠背椅坐下，店主便将一杯茶放在靠近他的桌面上。两个人就这样坐着，店主也不说话，他也不知道说什么好。就这样茶过三巡，赵子谦终于忍不住问店主，这家书店赚钱吗？店主说不赚钱，可能要搬了，或者关掉，这家店能坚持到今天，也是因为这是父母留下来的店。店主大概梳理了这家书店的历史，然后说，我们潮州人都喜欢做点小生意，我这也算子承父业，父母开了这家书店，有一批固定的客源，跟朋友一样了，来什么好书都会通知他们。但今年番薯不比旧年芋，现在经营不下去，就只能关掉。店主用了一句潮汕俗语进行佐证："秋瓜不牵不上棚，大船无桨就孬撑。"店主解释说，秋瓜也即丝瓜，需要搭棚供藤蔓攀缘，行船则需要船桨才能走，比喻事业必须有所依凭。在最后，店主感慨赚钱难，又用了潮汕俗语作为总结："铜钱出苦坑，汗多眼泪少。"这个字面的意思，赵子谦立马听懂了。店主的普通话潮州口音特别重，说话时嘴里像含着橄榄。

登上回广西的绿皮火车，赵子谦听到广播里在欢迎旅客再次光临潮州，广播里甜美的声音宣传了潮州的历史和美食，同时告诉大家，潮州是著名的侨乡，有两百多万潮籍华侨分布在世界各地。望着窗外变化浮动的景物，赵子谦耳边突然回响起店主的话："铜钱出苦坑。"他想起自己的父亲一生拼搏，六十岁之后方有小成，回家养老，算是完美收官。如今这个牌局落到他的手里，父母不在了，如果找不到瓜棚和船桨，恐怕生活又会重新跌落到黑暗的境地。他穷怕了，见过贫穷中滋生的各种罪恶。一个之前他非常鄙夷的想法突然复活：也许他的使命就是接过父亲的船桨，利用家族资源复兴淘金生意。

正是这样一个想法在一年以后让他开启了加纳淘金的跌宕旅途，他逢人便说，是潮州的神仙告诉他必须这么做的。他将孤独无聊的潮州之旅描述成一次朝圣，而身边的亲朋好友居然都相信，并分享自己的经历加以佐证。对于神明之说，他们从来笃信不疑。

所以，在黑星广场，当帅气的小吴医生问他为何来加纳时，他给出一个让吴医生惊愕不已的回答："祖宗神明的召唤。"他解释说，上半辈子我没有战死沙场，下半辈子我必须衣锦还乡。是的，就像他父亲那样，赢得下半场。

四年前，他终于回了一趟广西老家。回去之前他用一个本子做了仔细的规划，回去之后一切按照计划有序进行，他像个导演一样按照剧本演出自己的"衣锦还乡"：给一家学校捐钱成立助学金，在记者的见证下拍照留念；提前在上林县城买了两套三百多平方米的房子，回家之后按照家乡习俗操办进宅仪式，在镇上最好的酒楼大宴宾客，在酒席上宣布以后会回来养老；随后拜访亲友，给最好的亲戚每家送上一根小金条，其他亲友送了戒指和项链之类大大小小的礼物，他出手大方，都是真金白银。然而这次还乡却并未给赵子谦带来"衣锦"的感觉。他在家里全新的欧式沙发上呆坐了一个早上，突然感觉非常空虚，这里的生活和笑声都不属于他，这套新房子也跟他关系不大。对房子来说，他只是一个过客。

他到老屋去，找出父亲常用的那套破旧的功夫茶具，回到新房子里一个人泡茶，热气蒸腾中，他突然有点想念库马西的挖掘机、矿洞和黑人朋友们。他将这套破旧的茶具稍微擦洗了一下，放进行李箱。这是唯一他想带走的东西。村里已经大变样，每个人也都有自己的生活，父亲那种宾客满座的生活，他也复制不了。家乡的人们除了对他的财富发出一声赞叹之外，跟他再也没有其他关系。他很快意识到，假如他死在加纳，家乡并不会有任何一个人为他感到悲伤。他与他们的生活，是两个平行世界，赵子谦又一次感受到异乡人的落寞。难道险象环生、遵循丛林法则的库马西才是自己的家乡吗？或者，自己就是一只爬行的蜗牛，所谓的家乡只是背上的壳，一直压在身上，只是他浑然不知。赵子谦不知道那些跟他一样在外面打拼的人，是如何应对这种内心的孤独的。

孤独有时候并不是因为没有爱。去加纳之前，他在上林有过一段婚姻，后来过不下去，和平分开了。到了加纳之后，他有一个黑人女朋友，叫露莎娜，他们在一起七八年了，但从来没有想过结婚。露莎娜是一个农村小学的校长，学校很小，赵子谦跟她说，你全校的学生加起来，还不如我们中国一个班的学生多，你在我们那边，大概就相当于一个班主任。露莎娜每个星期会来赵子谦这边住两个晚上。她的生活极度简单而自律，喜欢较真儿，有时候会觉得她有一些古板。也因为如此，她在同龄朋友中被视为异类，不过她已经习惯于独来独往。露莎娜说："我其实是个很矛盾的人。"她把"矛盾"说了两遍，反复调整这个词的发音。但赵子谦说他听明白了，他说，这一点他们两人倒是相同的，不矛盾。确实，他们在一起几乎不吵架。露莎娜唯一的不满是赵子谦睡觉时必须把所有窗户都关上，再把厚重的窗帘也拉上，不留一点缝隙，整个卧室完全被黑暗覆盖。

"这么黑，你完全看不见我。"

"我不需要看见。"他抱紧她。

露莎娜说她怕黑，让赵子谦给她留一条窗缝，但赵子谦从来不让步。

他们相识也很偶然，赵子谦给学校赠送了一台空调，工人早上送过去，当天下午露莎娜便亲自送了回来，她很生气，觉得赵子谦是故意给她添乱："学校没有电，你送这台空调有什么用？"露莎娜居然会说中文，虽然每次遇到一些词汇需要停下来想，像被卡住了，卡住时，她会转动眼睛，这时赵子谦惊讶于她的眼球怎么那么白。她发音不准，一字一顿地说着。赵子谦不得不到学校里去转了一圈，这里真的没有电，学生们就在炎热的教室里大声念着书。他觉得这个教室不应让孩子们在里面待着，会中暑，他挥手示意孩子们应该出去。"但孩子们喜欢读书。"露莎娜急得快哭了，她又用英语吼了一遍。赵子谦没有办法，转身离开。露莎娜以为他回去了，但过了一会儿，赵子谦却给每个教室送来一台大风扇，每台风扇配了一只方形的蓄电池。"MadeinChina！"孩子们开心得跳起来，他们对着风扇大喊大叫。赵子谦指着风扇，得意地对孩子们说，这是他说得最流利的一句英语。这些黝黑发亮的小家伙又把赵子谦围了起来，举起脏兮兮的小手开始跳舞，唱着他听不懂的歌。赵子谦看到校长露莎娜捂着脸在墙角哭泣，他们就这样成为朋友。

露莎娜是一个虔诚的基督教徒，却非常讨厌白人，特别讨厌美国人。她对赵子谦说："你有没有听过一句话，在白人来之前，加纳人有土地，他们有上帝；现在加纳人有了上帝，他们却占用了我们的土地。"赵子谦也讨厌美国人，矿上的兄弟被枪杀，很多人就说是美国人在背后干的。他没有证据，但认为这个说法不是空穴来风。那阵子他总是做噩梦，梦见自己被人枪杀，每一枪都正中胸口；梦里开枪的人确实是美国佬，人高马大，他能看清他们持枪的那只手手背上的毛发。

"醒醒，老板！"司机邦苏叫醒了他，"你又做噩梦了，又梦见美国人对你开枪了？"邦苏模仿他的口气喊"别开枪"，然后笑起来，说可能是路上太颠簸了，让老板睡不好。但赵子谦却笑不起来，他浑身难受，突然一阵猛烈的咳嗽，让他又一次感觉自己就要死了。

邦苏说，老板你现在的情况有点不好，是不是应该给露莎娜打个电话。赵子谦回答，不打。又问，她去做了核酸检测了吗？邦苏说，测了，阴性。

4

司机邦苏停车加油。赵子谦再也没有睡着,他只有醒着,呼吸才更为顺畅。

呼吸随时可以停止,他想。到了他这个年龄,对于死亡的思考,应该说是一个必修课。人生的关窗时刻,他曾多次见证过。记得那时他还没有到加纳,母亲生病在南宁住院,他在床边陪护,在同一个病房,那个女人就在他身边死去。女人大概五十多岁,对了,就是他现在这个年龄。癌症,她对赵子谦说。语气平静,仿佛是别人的事。女人去世的那天早上,护士还没有来查房,他刚从睡梦中醒来,却看见那个女人在跳舞。窗户边上放着她随身携带的收音机,收音机里播放着音乐,音量很低,但用心听,还是可以听见清晰的节奏。她的舞蹈动作火辣,虽然可以看出来她非常不熟练,但依然让人感觉到美好。

女人转头看见赵子谦,发现他正看着她,她停下来,喘着气,有点不好意思,原本苍白的脸上竟然泛起红晕。这个舞蹈热辣的风格显然和她的年龄并不匹配。她解释说,年轻时候一直想跳这支舞,父母不让,后来结婚了,丈夫不让,但自从生病以来,她每天都偷偷在练习跳舞。只要吃了药,不头晕,她就跳舞。女人对他说,这是她的秘密。

"我从小就想当一个舞蹈家,但最后却成了家庭主妇,三个孩子拉扯大,人生也就算到头了。"

女人说,自从她开始跳舞,她又觉得癌症并不像他们说的那么可怕,心态好了,带癌生存,与癌共生,她有信心自己还能活几年。

但很多事终究无法一厢情愿。

那天夜里突然一阵慌乱,先是白天跳舞女病人的护工惊呼,然后护士来了,医生也来了,帘子拉起来,一顿操作,然后有人喊着要送ICU,但医生说不用了。病房里传出了哭声。第二天,望着空空的床位,赵子谦有点恍惚,他想起女人笨拙的舞姿,想起她向空中伸出的五根手指,像五只扑向太阳的巨大飞蛾,或如五个果断清脆的错误答案,终究无法挽留住掠过的那一束光,就这样凝固在暗影浮动之处。这个场景无数次出现在赵子谦的梦里,醒来时心头总是涌起深深的绝望。

邦苏加好汽油,刚上车,便有一个头顶大铁盆的妇女,她看到后座的赵子谦,用英语问邦苏是否需要药。邦苏跟她说车上有病人,让她走远点,她还百折不挠,一只手抓住车窗,然后说她卖的是新冠特效药,销量很好,很多人得了新冠肺炎吃了她的药之后拉肚子,拉完肚子第二天就平安无事了。

邦苏还想跟她纠缠，赵子谦说给她一点零钱然后赶紧出发。车子上路，邦苏还在喋喋不休咒骂这些无良的假药商贩。他说这个妇女是穷，但背后那些做假药的人是坏。"这些老黑！"他的口气好像他自己已经不是黑人。

邦苏是露莎娜介绍给赵子谦的，他那时刚从中国回到加纳，通过孔子学院的关系在露莎娜的小学教汉语。第一次见到邦苏，那么热的天，他居然还穿着西装，赵子谦忍不住还是嘲笑了他，但他笑笑，一直还是坚持西装领带，最后确实太热了，才换成短袖衬衫，但衣领每次都是笔挺，所有的纽扣都严严实实。赵子谦后来慢慢理解这种心理，邦苏希望自己看起来跟当地的其他人不同。他喜欢让人觉得他可以摆平一些事，每次都会笑着说："这事我去跟他们说，这些老黑太不懂事了，又笨又懒，还经常迟到。"他这种态度，这让当地人很不喜欢他。

但他有不可替代的优势：幽默、麻利、会当地的土话、会英语，还能说一口东北腔的汉语。在小学讲汉语课的收入确实太低了，所以露莎娜把他介绍给赵子谦，就这样，他成了赵子谦的司机兼翻译。他很诚恳，他跟赵子谦说，他在大连有老婆和女儿，女儿很可爱，一家人也很融洽，只是他太穷了，所以他必须赚钱，有了钱，他就可以回中国看女儿了。赵子谦相信他就是用这番话打动了露莎娜。果然，露莎娜对赵子谦说，邦苏是个很棒的小伙子，聪明能干，还风趣幽默。在赵子谦面前，邦苏称呼露莎娜为你的小女朋友；他很懂得以此来营造赵子谦的优越感，这样的恭维不露痕迹，情商高的人确实讨人喜欢。

不过，一个从大连打来的电话让邦苏的"好男人"人设彻底崩塌。那个大连女人在电话里哭诉邦苏的种种劣迹，他如何家暴她，如何欠下一屁股债，如何抛下她跟女儿一个人回了加纳。她说他在加纳有了新的女朋友，而且还不止一个。他问大连女人，你希望我做什么呢？女人在电话里说：

"您让他回大连来，我可以给他买机票，也可以原谅他。请您告诉他，他的债，我已经帮他还得差不多，不用再跑了。只要他能对我好，他想怎么样都行……"

女人又哭了。赵子谦有点蒙圈，他不知道自己是否应该参与这样的"家事"。赵子谦说，你为什么不跟他直接说呢？女人说，他把我所有的联系方式都给拉黑了。女人又说，我也不认识别的人，好不容易才联系上您，您是他老板，他会听您的，求求您了，请让他给我打个电话。

赵子谦为此反复考虑了两天，最后他还是决定不再接大连女人的电话，他跟她说爱莫能助。他明白，只要他让邦苏意识到他无法继续经营这个人设，那么他不但不会回心转意，而且会离开这个地方，离开库马西，到其他地方去工作。作为一个五十多岁的男人，他有足够的决绝来藏住这个秘密，以此留住一个得力的司机和翻译,其实也间接拯救那个大连女人,她应该忘掉邦苏,重新开始。

所以邦苏得以继续在库马西的华人圈里,继续干着翻译的工作。"让你的司机过来帮我当两天翻译。"赵子谦的朋友也喜欢这个满嘴东北话的黑人小伙子,朋友说邦苏笑起来有一口非常白的牙齿,非常帅。

5

"在阿克拉,还没有一个华人因为新冠肺炎去世,您也一定不会。"

在赵子谦觉得自己这会儿应该先交代后事时,裹在防护服后面的吴医生这么对他说。吴医生直视着他的眼睛说,谦叔,在这里我就是您的亲人,您要相信我,我在非洲的一举一动,我父亲都在天上看着。

在吴医生的眼睛里,赵子谦看到了一头冷静的老虎。他在内心感叹基因的强大。那一年,在越南山区的丛林里,雨后的河流浑浊而湍急,老吴也是用这样的眼神直视着他:"你绝对不能放手!我能把你弄出去!"如今隔着遥远的时光之河,老吴又让儿子来拯救他的生命。

小吴医生铿锵有力的几句话,确实让赵子谦重新燃起了生的希望。

"见到你,我就像回家了。"赵子谦虚弱地说。

那种消极的阴霾逐渐散去,女人举在空中的手指,日本鬼子架在城墙上的枪口,瞬间消失在阳光里。他用力地吸氧,用拳头拍着自己的胸口,然后把黑褐色的浓痰咳了出来。他觉得舒服多了,对小吴医生点了点头,重新在病床上躺下,挥手示意小吴可以离开病房,他自己可以搞定。吴医生却坐下来,他非常细心地跟赵子谦确认一件事,是否已经通知这些天跟他接触过的人必须去医院做检测。赵子谦点了点,两天前他已经按照吴医生的吩咐给最近接触过的朋友发了信息,只是他那时没有说得那么肯定,他对朋友们说的是"有可能"。小吴医生又逐一核对了接触者的姓名,他需要将这份名单提交给相关人员。

五个小时的车程他们实际上走了七个多小时,路途上奔波让赵子谦的情况变得更加糟糕。接下来的时间里,赵子谦只觉得头痛欲裂。他知道有人帮他抽血,他被车子推着转来转去,病房好像不在了,一些人在说话,随后他感到时而浑身燥热,时而寒冷彻骨,呼吸机覆盖了口鼻,自己的呼吸听起来变得十分粗重,远处有一扇窗户打开了又关上,有什么人在唱着粤语老歌,听不清楚,声音悠悠传入耳中,变成小刀,一千把小刀,一万把小刀,红色的血液流过了眼睛,又像流过了窗玻璃,或者是挡风玻璃,车子被发动,向前疾驰,一片云托举着汽车,飘浮,没有声音地飘浮，然后又狠狠下坠，耳边是风声，父亲的喘气声，喊他快跑，向前奔跑，奔跑中的腿变得僵直，一颗手榴弹滚了过来，滚到脚边，冒着烟，白色的烟，后面有人在抽烟，一张看不清楚的脸，随后是咳嗽声，好像是自己在咳嗽……

等他从一阵迷糊中醒过来之后，病房还在，小吴医生也还在。吴医生说，谦叔你总算挺过来了，喝点水，再好好睡一会儿，病情可能还会反复。再醒来时已是清晨，病房里一片寂静，不久，一个护士送来了早餐，是粥和鸡蛋，还不错，他的味觉正在逐渐恢复。

露莎娜是在第三天夜里赶到阿克拉的，小吴医生一直在劝她回去，但这个小个子女人异乎寻常地倔强，她坚持要在隔离病房外过夜，就在玻璃窗外面等他醒来。赵子谦醒来时，这个女人正靠在走廊那边的窗户上打瞌睡，她黑得像个影子。这个情景让赵子谦感到，如果此刻死去，她应该会悲痛欲绝。而这，大概正是一个人在这个世界上存在过的唯一证据吧。

赵子谦的一阵猛烈咳嗽把她惊醒。她抬头安静地看着他，没有笑，也没有挥手。他打了一个"OK"的手势，而她眼中却满是担忧。她站了一会儿，吴医生来了，跟她说了几句什么，她才回望了他一眼，离开了。

但必须承认加纳的医疗条件确实还是太差了。吴医生很忙碌，而其他医生和护士对于这种隔离病房还是非常谨慎，每次都裹得严严实实，脸上有恐惧的神色。这种害怕可以理解，但不能忍受的是加纳的护士也太粗心了，给他输液的时候针头一通乱扎也就算了，有一回还将一瓶酒精当成矿泉水递给了他，幸好喝了一口赶紧吐出，如果一口喝下应该要出事故。

病情果然反复，但再也没有像之前那样昏迷过去。吴医生早就跟他说过，这病目前还没有特效药，一切的医疗手段都是为了调动人体自身的免疫能力，去对抗这个病毒。吴医生尝试给他吃中药，药方是国内抗疫专家通过视频诊断审定的。后来护士告诉他，有些药医院里没有，吴医生自己掏钱在外面买，做通医院方面的工作才让他使用。住进隔离病房的前面几天，他一直咳嗽，咳出来的都是黑色的痰块。最为严重的一天，他每隔一小会儿就得把整个脸都埋在床边的水桶里呕吐。吃不下东西，当然也吐不出什么来，但只要将痰吐出来，呼吸就会变得顺畅。所以他也不太敢睡觉，深怕万一睡过去了，痰块堵住就再也醒不过来。经过那最难熬的几天，体温终于降下来，不发烧了，身体虽然非常虚弱，但浓痰的颜色已经不是黑色了，浑身不痛，体力也在逐渐恢复。

他心里明白，这次算是挺过来了。透过西边的窗户，可以看见满天的霞光。西非的天空就是这样，毫不吝啬绚烂的颜料。大西洋就隐没在一片椰林后面，必定有船只在海面航行。深吸了一口气,他终于有力气从那只背包里取出手机翻看,手机里有太多关心的问候,来不及一一回复。他给露莎娜打了一个电话,告诉她,以后决定开着窗睡觉。接到他的电话,露莎娜发出一声浑浊的鼻音。赵子谦熟悉这样的哭声,就像当年在学校墙角的啜泣,此刻她一定又是用手掌捂着鼻子。赵子谦长长舒出一口气,他听到露莎娜用汉语说,我可以帮你开窗。

原载《作家》2021年第11期

难言之隐

霍　君

01

随心站在距离妇科门口四五米的位置，目光与玻璃门上"男士止步"四个字的红撕扯。

红色，有很多种象征。最主流的释义是喜庆、热烈。也普适于爱情的表达，尤其是轰轰烈烈的那种。用在性格色彩上，则寓意了开朗和奔放等积极素养。用在股票市场，北美表示下跌，而东南亚市场刚好相反，是给股民带来福运的上升。它还可以作为危险的警告，令人望而却步。总之，它有千面。是最常见，最复杂的颜色。此时，困在随心目光里的红色，既不是喜悦的，也不是带有警示的那种。它比较中性，温和地告知每一个试图进入的男士，里边带有私密性，让男士们在外边等候自家的女人。

随心的身边没有男士陪伴，因此"男士止步"的告知，对她而言是无意义的。这一刻，她的男士说不定正在驾驶着网约车，将乘客送往目的地的路上。她不舍得让男士放下生意，到医院来陪伴她。多一单生意，离给儿子买房子的梦想就近一步。哪怕这一步微小得要用放大镜才能分辨出来，那也是有价值的。既然"男士止步"对随心无意义，那么告知便是多余的。一旦多余，便不讨人喜欢。真是没有自知之明，男士止步也就罢了，还红得那么张扬。不讨人喜欢的家伙，完全可以列入敌对的阵营。随心的目光威慑力极强，几个回合下来，性情温润的红便被打得落花流水，成了对方的目下败将。敌人用佯装投降来麻痹她，也是说不定的，绝对不能给红任何反扑的机会。随心这样想，也这样做了，目光死死地扭住红不放。扭住红，与红一心一意地撕扯，给焦灼制造宝贵的喘息机会。

在与玻璃门上"男士止步"的红撕扯前，随心在候诊区坐了一会儿。玻璃门的右手边，是导诊台和候诊区。候诊区里大概有七八排蓝色塑料椅子，塑料椅子被高概率地使用着，捏着挂号条的随心转了两圈儿，才找了一个空位子安放自己的身子。没人在意她,椅子上的人各自忙碌。大多数人的忙是安静的,他们沉浸在智能手机的世界里,偶尔抬一下头,看看挂在导诊台上方的电子显示屏上自己名字的排序情况。也有干脆不抬头看的,反正轮到自己就诊,会有广播呼叫,只需留出一部分听觉即可。随心前边一个挺着孕肚的女孩,将身子靠在男孩肩头,戴着耳麦刷抖音,一脸幸福的模样。依偎着她的男孩子,也在手机上闲逛。逛着逛着,微信提示音响了一声,男孩子手指灵巧地滑动屏幕,一行字跳进随心视线里:小样儿的,有没有想宝宝?五十岁的随心眼睛开始老花了,近处的字迹看上去一团模糊,稍远些的却无比清晰。"小样儿的,有没有想宝宝?"虽然只在屏幕上一打闪儿,便被男孩子手指灵巧地删除了,随心还是一字不漏地尽收眼底。"谁的信息?"女孩子问,问的时候视线没有离开手机屏幕。"我姐发来的,问检查结果咋样。"男孩子回复道。他的语气淡定、自然,丁点儿慌乱都没有。

小兔崽子。随心暗暗骂了一句。她特别想扳过年轻女孩的肩膀,面对面地告诉她,你的男人是不值得信任的,他在跟你撒谎。那样做的后果是什么?当然很糟糕,糟到不能再糟的那种。女孩子会哭闹,说不定会打掉肚里的孩子,选择跟男孩离婚。离婚肯定会扒掉男方家庭的一层皮,因为是男方有过错在先,分割财产时法律会照顾女方。倘是富足的人家,倒也无所谓,有很多层的皮可以扒。要是换成他们这样的普通家庭,只一层皮就血肉模糊,几近丢了大半条命。越是往深处想,随心越是焦灼,索性掏出手机,给儿子发了一条微信,内容如下:儿子,千万记住,将来一旦结了婚,就得对人家负责,不要三心二意,你爸你妈可伤不起。发完信息,随心仰头望向电子显示屏,想转移一下注意力。显示屏在不停地滚动着患者的名字,尾随在各个诊室的后边,令人眼花缭乱。老鹰捉小鸡般,随心在一串又一串名字里寻找自己的,找来找去也没发现踪影。自己的名字跑哪去了?谁研究出来的这个屏幕,一点也不科学,滚来滚去的,累得人眼珠子都快瞪出来了。而且,打击随心的一个细节是,像她这样在屏幕上努力寻找自己名字的,多是年老的群体。她们努力地张着浑浊的老眼,让视线紧紧地粘连在自己的名字上,唯恐一个不留神,那名字便会插上翅膀飞了。疲惫的泪液,溢出眼角,沧桑的手捏着纸巾颤抖地去擦拭。随心下意识地看了看自己的手,手背上青筋暴露,岁月感十足。她就要变成了她们,她和她们是一个群体。

座椅上,仿佛有蒺藜生出来。刚开始是一颗,在很短的时间内,就繁衍成十颗百颗千颗,扎得随心生疼。疼痛,让随心的焦灼感又加深了一重。干脆,随心站起来,踱到旁边妇科的入口处。不断地有人进入,不断地有人走出。进入和走出者,都要经过那扇玻璃门，经过玻璃门前的随心。但是，没一个人特别注意随心，她们不知道捏着挂号条的随心，正在和玻璃门上"男士止步"的红进行一场较量。她不过是一名候诊的普通患者，有什么值得注意的呢。

02

随心面前的妇科门诊，不是普通医院的妇科门诊，是三甲医院的妇科门诊。三甲医院报销的比例是百分之五十五，挂个普通号就得十五块钱，这样的数字简直是凶器，可以割掉随心的心头肉。鼓起勇气走进这家三甲医院，实属无奈之举。带着将近五个月积累的郁气，也带着对未来某种模糊的希冀。模糊，是不清晰，但绝对是存在的。它蛰伏在随心的身体内部，一方面等待郁气消散，一方面咬牙护住自己，防止被郁气吞噬干净。随心最终踏进三甲医院的大门，站在妇科门前与玻璃门上的红撕扯，当然还有之前漫长的五个月的辗转，都有模糊的希冀在助力。模糊的希冀理解随心，自己常常被忽略掉，实在是郁气过于强盛了。

这是怎样的五个月呢。组成五个月的，好像不是时间，而是数以万计同一个模样，同一副腔调的家长，他们居高临下地教训随心，日子不光是用来过的，更是用来煎熬的。"正常颜色是白色透明的，哎哟，你这是黄的，大量的黄。而且，宫颈上还有红色出血点。"医生的这句话，无情地拉开了随心五个月煎熬的幕布。

因为疫情的缘故，今年单位的体检推迟到了五月份。为避免人员聚集，指定体检医院相关科室的医生，拉着各种医疗器材，到单位上门为职工体检。杂七杂八地加起来，体检大概有六七个项目，项目没有性别区分，男女同事通用。排队体检的队列，男男女女混杂在一起。明知道没有专门的妇科检查项目，在做某一项检查时，随心还是不甘心地问了一句，没有妇科的吧？有一段时间了，随心觉得自己妇科方面出了问题。随心没有去医院检查，不单是疫情时期延续下来的谨慎，非必要不往医院跑，重点还是随心没有重视起来。应该不会有太大问题吧，不痛也不痒的。未得到重视，并不代表随心心里没装着这件事。

知道友爱医院吧？我爱人就在那里上班，他们医院每年三月都会给街道的中年女性免费体检，名额有限，报满为止。今年不是受疫情影响了么，延迟到了五月份。您是友爱街道的么？真是巧，赶紧打电话问问，看是不是还有名额。我告诉您一个座机号码，打打试试。随心明明问的是负责登记的女医生，回答她问题的却是女医生身边的男医生。男医生很热情，很碎碎念。随心嘴上谢了男医生，心里略略地不爽。男医生说友爱医院免费体检的红利是针对中年女性的，也就是说，哪怕自己戴着口罩，男医生也看出她是中年女人了。中年，已经如一根越来越显而易见的鱼刺儿，卡在随心的喉管上，每完成一个吞咽动作，都能引发由它产生的刺痛。不知道从何时起，在单位她开始被称为"老同志"，"向老同志取经""向老同志学习"这样的语句越来越频密。那样的语句，披着褒扬的外衣，实则恶毒得很，它们在嘲笑随心，你已经老化了。

"有宫颈癌筛查么，要是有，我也报个名。像我们这个年龄，每年都要做一次筛查才好呢。"和随心几乎同龄的女同事，躺在临时的医用床上，接受肾脏B超体检。"是有年龄限制的，大概是四十五岁至五十五岁之间的女性吧。"男医生两条纤细的眼睛，在女同事脸上口罩露出的部分扫了扫。正在整理衣服的随心，轻咳嗽了一声，卡在喉管的鱼刺儿刺痛了她。男医生可真够讨厌，他凭什么判定女同事的年龄不在四十五岁到五十五岁之间。她要是像女同事那样，砸在脸上的钱，一张张摞起来可以顶到房顶，也可以抓着青春的尾巴荡秋千，不至于早早地被纳入"老同志"的队列。人家女同事有一个当副局长的男人，她有么？

不开心归不开心，随心还是打了男医生提供的电话。她没有做过宫颈癌筛查，听说做一次要好几百块钱，冲着这个项目，跑一趟也是值得的。接她电话的人说，我们每年都会在社区张贴广告的，您没看见？今年的情况特殊，要是往年，名额早就占满了。您来吧，别忘了带上身份证。占到免费妇科体检名额的随心，果真请了假，带上身份证去友爱医院了。随心怎么也不会想到，这通电话后，从此会踏上一条漫长的求医路。

03

用我捎着你么？

自家男人的话，充满了关心。但褪去关心的包衣，露出的鱼刺儿锐利气质，却和单位体检时男医生的话是一脉相通的。有了痛感的随心，没好气地反问，你把我捎到友爱医院，我咋回来？自家男人回，在医院门口等着你啊。随心紧逼，要是很长时间呢？自家男人回，那就等很长时间。随心的紧逼升级，等很长时间，不做生意了？不做生意可以，儿子在北京的房子用嘴吹出来是么？自家男人青了脸色，无心和随心恋战，落荒而逃了。落荒而逃是聪明的选择，和随心对峙的结果，只能更坏。说不定，自己会尸骨无存。自从儿子大学毕业，随心的脾气渐长，哪句话说得不合她的心意了，立马便会爆炸。好像女人的体内，埋着总也爆不完的雷。

盘点从前的日子，随心也是有过随心的日子的。刚结婚的时候，随心自家男人的身份是建筑公司下属某队的队长。年纪轻轻就当上了队长，未来可谓一片光明，坐上副总甚至一把手老总的位子，皆有可能。随心的娘家在村里，娘家老房子翻修，沙子、水泥及至钢筋等建筑材料，都是借了自家男人的光，一分钱都没花。娘家新盖的房子，是村里第一个打"圈儿梁"的，钢结构的框架一般人家想都不敢想。"圈儿梁"给随心长脸，觉得自己嫁了个有本事的男人。好景不长，建筑公司每况愈下，由于缺乏竞争力，被后来崛起的房地产开发商拍成了泥饼子，泥饼子一经风干，一摔就碎了。体制内的公司，原来也是说倒就倒的。公司每个月给上保险，其他的实在无力负担，职工只好各自施展八仙过海的本领，纷纷自谋生路。随心自家的男人，谋的是一条出租车生意的路。"你们那口子干啥呢？"随心最恐惧同事问她这个问题。

日子不随心，颜色晦暗，唯一的亮光是儿子的成绩。儿子在全市最牛的高中读书，三年后考入令人艳羡的北京大学。随心总算是扬眉吐气，狠狠地骄傲了一阵子，她对自家男人许诺，等儿子毕业，你就可以喘口气了。随心说的喘口气儿，指的是开网约车的自家男人，晚上不用再加班加点，方向盘转到凌晨了。让随心想不到的是，随着毕业季的来临，新的负荷又泰山似的压在心头。那么重的压力，压得随心每完成一次呼与吸，都异常艰难。儿子留在北京工作，是肯定无疑的了，然而一毕业，要面临结婚吧，可结婚的房子在哪儿呢？在北京市区买房子，别说想，连梦都不要做。远郊的房子相对便宜，也得大几万一平方米啊。儿子说，结婚的事儿，爸妈你们别管，先租个房子结了，以后有条件了再买。凭你们儿子的能力，啥都不是问题。儿子说的是宽心话，他们真的撒手不管，那也太不懂事了。起码，首付的钱，要给儿子拿出来。否则，未来的儿媳妇怎么看他们，身边的同事怎么看他们？腰杆儿都直不起来的。为了首付，随心不去美容院，不买中档以上的衣服，不吆五喝六地和闺蜜去吃大餐。和任何人都不敢攀，不敢比，小心翼翼地花每一分钱。千般万般地委屈自己，不就是自家的男人是一个网约车司机么。疫情暴发的几个月，网约车生意几乎停摆，现在刚有了回暖的迹象，自家男人居然随随便便就说出要拿出大把时间，用来在医院门口等候她的话。随心怎么能不愤怒呢？

既然是街道上的医院，肯定在距离上占有优势。随心连公交车都没坐，蹬了二十分钟的自行车就到了。测体温，查看手机健康码，按程序确定进入者的安全性后，随心开始接受免费体检。免费体检一共有两项，一项是乳腺检查，另一项是宫颈癌筛查。检查乳腺时，乳腺科里的一个女医生，让随心把上衣撩起来，用戴着一次性手套的手，在随心露出的胸部上潦草地摸了几把。完了么？完了。有问题么？

乳腺增生，右边严重一点儿，你要是不放心，再做一个乳腺彩超。乳腺彩超是免费的？得另外收费。噢，那就算了吧。女医生举着戴有一次性手套的手，用冷峻的目光将检查者往门外推。本来，随心还想问问女医生，您爱人是不是也是医生呢，前几天我们单位体检，您爱人也去了，就是他告诉我咱这里有中年女性体检福利的。潦草和冷峻，逼退了与检查无关的话。消失在乳腺科门诊前，随心的脚步停顿了两三秒钟，她用这两三秒钟的时间劝诫住了自己，忍住，别回头。一旦回头了，她没把握能控制得住自己，不朝女医生甩出比冷峻更冷峻的眼神。她是为着另一项重要的免费检查而来，不是么。

但随心有一种预感，接下来的检查也未必就如她心愿。同样是一名女医生，从女医生眼睛四周皮肤的松弛度，以及眼角形成的放射状皱纹判断，应该比乳腺科女医生更年长。按照年长女医生的指令，随心仰躺在女性才有资格用的铁架床上，架起双腿，将要检查的部位呈现出来。年长女医生，持了一具鸭嘴状的器械，打开随心身体的私密通道。打开通道的过程，竟是这般地艰涩，不再如早些年那样顺畅。艰涩，是"老同志"该有的一种状态吧。随心再次悲伤了，又轻咳了一声。年长女医生用器材取到了她需要的样本，并且做了简短的点评，什么宫颈充血点、颜色异常之类的。宫颈为什么会有充血点，会是那个病么？不一定，也许是炎症引起的。筛查结果啥时候出来？得送到有资质的医院去检验，半个月的时间吧，有问题会给你打电话。颜色异常也和炎症有关吧？有可能。年长女医生一边把取下的样本放进一只小玻璃瓶子里，在玻璃瓶壁贴上名签儿，一边继续对随心说，你可以先用点药试试，但是药不能随便用，需要做一个化验看看是哪种细菌引发的炎症。你要是想做化验，我就顺便把样本给取了，这个快，半个小时出结果。

您刚才不是已经取样本了么？那是宫颈癌筛查的，化验得再取一份。化验是另外收费的？是。"不一定""有可能""试试"这些模棱两可的词语，像一只只无形的手掌，抡起来啪啪地扇在随心的魂魄上。产生的效果不是疼痛，而是惊惶和动荡。与此同时，与乳腺科女医生一样，年长女医生诱导随心做进一步检查的企图，令随心有一种落入圈套的感觉，在被套住前，她奋力狂奔，远离危险地带。

04

随心就像带着硫酸的奔跑者。逃出危险境地，并不代表她已经安全了。"不一定""有可能""试试"等词汇，是她怎么努力奔跑也甩不掉的硫酸。腐蚀性很强的硫酸，正在摧毁她的健康，摧毁她本就薄脆的安宁。

上网查资料,从铺天盖地的信息中,颜色异常、宫颈出血点、那个病(随心拒绝说出宫颈癌这个不祥词语)三者之间的关系。论证来论证去,也没有一个确定的结果。汪洋般的信息,叫嚣声一片,都想极力证明自己最精确。随心发现,所有的"最精确"有一个共同点,那就是"建议去医院做检查"。简直是废话,没味道的屁话。网上的"最精确"让随心想到一个问题,友爱医院的女医生们即便有诱导的因素,但也并非十恶不赦。

半个月的时间太煎熬人,万一在等待的过程中,充血点越来越多,从量变到质变怎么办。假如质变了,必将对家庭经济造成庞大的耗损,会直接影响儿子在北京婚房的首付款支付时间。既然没有资格生一场大病,那么就立即行动起来,铲除大病刚刚钻出来的幼苗。行动起来的第一步是选就诊医院,随心把选择的范围定位在一级医院的范畴。一级医院医保报销比例最高,过了八百块钱的门槛费后,报销比例达到百分之七十五。二级医院为百分之六十五,最低的是三级医院,只有百分之五十五。三级医院除了级别高,建筑群威武,医疗水平一定就比一二级医院高出多少么,民间流传的误诊案例便是有力的佐证。酸葡萄理论,坚定了随心去一级医院就诊的决心。这座城市,一级医院以及报销比例等同于一级医院的私立医院,夜晚的星辰一般闪耀。随心默默钦点了几家明亮度高、口碑良好的。被钦点的几家,没有友爱医院。友爱医院虽然"友爱"了一下随心,明显友爱的力度不够,过于小气。明明自己小气,还摆出一副别人小气的嘴脸,讨厌得很。

五个月的时间,随心跑了三家一级医院,两家有医保的私立医院,还有一家二级医院。"做TCT筛查了么?"每到一家医院,医生商量好了似的,都会发出这样的询问。随心明白,医生所说的TCT,就是"那个病"的英文缩写。她的回复从"做了,结果还没出来"渐变到"做了,大夫说有事儿打电话,到现在一直没接到大夫电话,应该就是没事儿"。翻阅着越积越厚的病历本,有的医生会问,在哪儿做的TCT检查?随心说了友爱医院的名字。问她的医生分成两派,一派表示现在的TCT检查早就升级了,友爱医院沿用的是传统版,费用相对低廉,准确率也自然是打折的。这派的观点让随心心惊肉跳。另外一派医生则云淡风轻地认为,做那个就行。"另外一派"的队伍里虽然只有一名医生,但对随心来说,无异于可以燎原的星星之火。

随心的身体,一次次仰躺在不同医院妇科的特殊床位上,一次次体验鸭嘴状的器具打开身体隐秘通道的艰涩感,一次次忐忑地守在化验室门外,然后再一次次捏着化验单听医生的宣判,"随着年龄的增长,身体免疫力的减弱,内部菌群就失调了"的判词惊人地一致。还用笔在化验单上"线索细胞阳性"下边画上横线，向随心普及医学常识，正是菌群失调，才给了线索细胞可乘之机，也正是线索细胞的作祟，才导致异常颜色的出现，异常颜色又导致了宫颈出血。随后，各种药物，内服的、外用的，一袋袋地被随心搬运回家。临走出医生诊室，不同的医生嘴巴，发出同质化的医嘱：用药一周，内服加外用，停药三四天复查。治疗期间，禁止同房。马拉松般的五个月医治旅途，也不能说没有任何疗效，出血点轻了，淡了，消失了。可是，只要一停药，之前的症状便像商量好似的卷土重来，宫颈的危机就不能解除。随心的内心再度被恐惧侵蚀。

05

治得好么？

换到第六家一级医院时，精疲力竭的随心发出了深度质疑。值门诊的是一名比友爱医院年长女医生更有岁月感的女医生，头发已经都花白了。看上去，像是退休返聘回来的那种。女医生很慈祥，笑呵呵地回复随心，放心吧，我们用了新技术，保管一次根治。女医生鼓得比风帆还满的信心，不但没给随心带来喜悦，还将随心的质疑向纵深推进。随心悄悄打开手机的录音功能，如同老牌间谍，引导老女医生再次信誓旦旦了一回。第六家一级医院，是在一家二级医院治疗无效后，随心慕名而来。在这家医院妇科门诊，她也确实看到了络绎不绝的患者。但慕名也好，络绎不绝的患者也罢，它们的力量都没能阻止随心诞下质疑这颗蛋。在就医路上，随心实在是奔跑得太久，信任遭遇了前所未有的挑战。

果然是新技术，化验单出来后，随心被安排接受仪器疗法。仪器探头的形状有些暧昧，有旁人在场的情况下，她会不好意思正视它。老女医生在探头上边做好保护措施，还涂抹了润滑的液体，然后护送进患者的私密通道。同样是一周的治疗期，同样是三四天后复查。每个晚上，洗完澡的随心，便戴上父亲的老花镜，仔细检查。连着七八天，症状了无踪影。以往的经验，七八天没有，并不代表七八天以后就没有。再连着几天没有，说明老女医生的牛没有白吹。用药后的第三天，多么重要的一个节点，随心已经等不到晚上，她需要时时刻刻关注。在单位，她打着解决内存的旗号，一趟趟跑卫生间。"水喝多了。"这是随心匆匆奔赴卫生间的理由。其实，她完全不用解释，办公室的同事根本就没人问她什么。解释，反倒是欲盖弥彰的愚蠢做法。几个月以来，办公室的同事默契地达成了统一，老同志随心肯定是得了某种不可言说的病。频繁地请假出去，然后带回来一身医院的味道。"家里最近事儿多"的说辞，和"水喝多了"一样，不过是老同志撒下的一个谎言。后疫情时期，人还是非常忌惮频繁出入复杂环境的人的。因此，随心同办公室的同事们，宁愿忍受暑热的不适，也要把口罩戴得规规矩矩。

随心当然懂得口罩背后的含义，但是她有脾气么？

一整个白天，经过无数次的确认，随心都没有发现任何踪迹。五个月，翻越了一个完整的夏，大半个秋。看不见尽头，没有方向感的翻越，将随心的耐力磨损得残败不堪。深秋，大地的娇娆转化成沉甸甸的果实，以一种收获的美而存在。难不成，困扰自己的病，也契合了大自然的规律，要赶在这个季节凋谢么。这个晚上，如果能够平安度过，说明凋谢真的要开始了。

06

第六家一级医院首个疗程结束的第三天，简直重如泰山了。在这种情形下，随心依旧没忘了抽时间做另外一件事情。这件事情的分量，丝毫不比泰山轻。晚上八点多，随心穿上外套出了家门。

深色的外套，更具有隐蔽性。下了楼，几个转弯后，随心神秘的身影，便在通往目的地的街道上潜行了。一棵棵粗壮的大部分叶片还未及脱落的法桐，强化了潜行人的隐蔽性。十分钟后，目的地到了。那是小区和小区之间谦让出来的一片空地，零散地泊着几辆网约车，两三个厮杀正酣的象棋摊儿。西边的小区明显比东边小区沧桑，含混的街灯，愈发凸显了沧桑的深度。物体也是有灵性的，失去了青春的西小区，便在丰富性上做文章，想办法吸引外界的目光。一拉溜的底商小门面，飘散出热气腾腾的烟火气。形形色色的牌匾中，按摩店足疗店以大比率胜出。据说，按摩足疗是假，提供特殊服务是真。给随心透露信息的，是自家男人。这片空地，是自家男人"趴活儿"的地方。没有约车的，就在空地上候着。空地离家里近，四周的小区也比较密集。人员的密集，与约车的几率成正比。"按摩店的女的，不是啥好鸟儿。"自家的男人，一定是看到了什么，才对随心这样说。说这话的时候，疫情还未发生，随心也未被这病套牢。自家的男人会去招惹坏鸟儿么？随心想过这个问题。答案是否定的，她不太相信半百年纪的自家男人，会将忍着腰椎变形之痛为儿子赚取首付款的钱，拿去花在不干净的地方。

遭遇疾病困扰后，随心的信任打折扣了。漫漫五个月，她严格遵照医嘱，不和自家男人亲热。自家男人配合得很好，即便亲手把外用药推进她的体内，也没有不乖的举动。他的配合，他的乖，都让随心起疑。按医嘱，随心每天都要洗内裤，然后把内裤再用开水烫一遍，以达到彻底清洁的目的。洗一个人的也是洗，经常捎带着自家男人的一起洗。随心的"捎带"目的不纯，清洗自家男人内裤前，检阅的仔细程度不比自己的粗糙，望闻切诊等医学手段都用上了。虽然对自家男人充满了挑剔，但随心并不希望这个家有任何闪失，闪失的代价太大，她根本没有买单的能力。既然不能有闪失，那就得像呵护新栽植的小树一般，前后左右地给予它安全的支撑，防止大风刮歪了。把网约车的收入，日日交给随心，是安全防护的一种。没钱的男人，能干什么呢。但这还是不能让随心彻底安心，暗中窥视，自然而然地被列入防护手段之一。

几辆泊在空场的网约车，其中就有自家男人的。自家男人的车头，刚好对着一家按摩店。化了浓妆的，比随心年轻不了多少的按摩女，坐在门店里一只小凳上嗑瓜子。冷丁看上去，女子很像坐在门口赏外边的夜景，来打发无聊的时光。细致打量，端倪便显现了。按摩女本意不在消磨时间上，而是假借闲适的状态，在搜寻猎物。下象棋的男人，看下象棋的男人，开网约车的男人，过往行人中的男人，皆有可能成为她捕获的对象。往嘴里递瓜子的那只手，承担了比递瓜子更重要的使命，有可能朝着成为猎物的男人们打招呼。那哪里是打招呼，小手一勾一勾的，明目张胆地诱惑。"勾"是有声的，嗲嗲的那种，来吧，进来吧。见被勾住的人停下脚步，或是眼睛里有了内容，小手便比出一个数字。对方认可了数字，一桩买卖也就达成了。

也许那晚的生意不太好，也许不相信搞不到对面的网约车司机，按摩女的小手朝着随心自家男人的方向勾去。自家男人的网约车，由于车头刚好面对着按摩店，门里小手的任何动作，驾驶座上的人都会看得一清二楚。男人背对随心，随心看不见男人面部的表情，只能从肢体动作上做判断。小手勾了一下，自家男人没动。小手又勾了一下，自家男人还是没动。每勾一下小手，按摩女眼睛里的狐媚气也会随着喷薄。随心的一颗心吊到了嗓子眼儿，在嗓子眼儿处突突突地狂跳，像一个百米冲刺的运动员，只要驾驶座上的男人有所动作，它便会在刹那间冲出去。天哪，自家男人的左手抬起来了，摇了几摇，在回应小手的勾引。随心的眼神穿透男人的头盖骨，转了一个弯，看见自家男人掀动眉毛，满脸低级欲望的挑逗相。他的身子也动了，就要下车了。随心嗓子眼的心脏未及冲出去，小腹一坠，一股热流从身下喷发出来。与热流喷发同步，自家男人的车子左转，驶上宽阔的马路，急吼吼地闯进夜的内部。

07

　　第六家一级医院的治疗最终以失败告终。

　　儿子婚房的压力、窥视自家男人的压力、抗拒衰老的压力，赶紧紧密地团结起来，向随心发动疯狂的进攻。要么崩溃，要么排解压力。随心有权利选择崩溃么？她悲哀地意识到，她这个权利早被生活剥夺了。随心是个知识分子，但她已经顾不上知识分子形象，气势汹汹地冲上了第六家一级医院的妇科门诊，找夸下海口的老女医生算账。我打过那样的包票么？老女医生做梦也不会想到，接下来她要为自己的疑问买单。随心亮出了证据，录音里的声音是赖不掉的。

　　眼看围观的患者越来越多，老女医生极度克制，依旧用慈祥面对杀气腾腾的随心，您这个应该属于个别的案例，从来没有出现过。虽然是个别案例，您有什么要求可以提出来，院方解决不了的，我自己来承担。老女医生才是武林高手，她的慈祥和宽厚，反倒映衬出随心有多么泼皮。随心的预想是，如果老女医生反应激烈，那么她就将泼撒到底，来一个患者揭露老女医生的骗子嘴脸。真是应了民间那句"穷的怕横的，横的怕不要命的"，老女医生肯定是看穿了随心破釜沉舟的决心，故而采取了以柔克刚的战术。没费多大力气，就达成了赔偿随心治疗费用的口头协议。当老女医生从白大褂的口袋里摸出手机，要将赔偿金"扫"给随心时，随心拒绝了，扔下一句"赔偿不是目的，希望您能引以为戒，以后少忽悠患者"潇洒转身。

　　接了老女医生的个人赔偿金，随心就输了。潇洒的转身，像一剂通络药丸，溶解了随心血脉里的一小部分郁结块垒，让她暂时不会有生命危险。

08

　　"随心请到妇科二诊室就诊！"

　　广播里好听的女声抑扬顿挫。与女声同时响起的，还有随心包包里手机微信的提示音。好听的女声和微信提示音结成联盟，齐心协力将随心粘贴在"男士止步"上的目光拉拽回来。随心掏出手机，微信是儿子的回复：老妈要是对我没信心，我就一辈子单着。后边缀着一个小鬼脸的表情包，调皮得很。随心口罩后边嘴角微微上扬，僵硬的面肌仿佛有了几丝儿活泼的气象。

　　深吸了一口气，随心踏进玻璃门。三甲医院的妇科果然气派，妇科门诊、产科门诊、专家门诊，在随心的两侧排开去。曾经在候诊区坐在她前边的年轻女孩，挺着大孕肚从产科一诊室出来，与随心擦肩而过。左手拿着检查报告的年轻女孩，可真是幸福，一边往外蹒跚而去，一边翘起右手的食指和中指，向门口等候的男孩比了一个胜利的手势。准妈妈的幸福，被爱人娇宠的幸福，无所忌惮地飞扬。随心继续往走廊深处走，仰头辨认诊室门口的牌子，看看哪间才是妇科二诊室。

如果医生要求重新做 TCT 检查怎么办？

如果检查出不好的结果怎么办？

如果治疗需要一大笔钱怎么办？

一堆的"如果"，来拉扯随心推妇科二诊室门的那只手。这时候，一直孱弱模糊不清的希冀，突然强硬地冲过来，大声训斥"如果"们，不就是一个几百块钱的 TCT 么，有什么了不起的，和人比起来钱算什么东西。再说哪有那么多的坏结果，之前的治疗方案说不定都是不准确的。希冀用它的强硬，让随心看清了它，并被它震撼。

于是，随心的手臂重新获得了推门的力量。

原载《草原》2021 年第 9 期

太祖皇帝的刀

赵 焰

一

大宋太祖皇帝黄袍加身之后,天下归心,海内降服。一统江山之后的太祖皇帝,做了无数泽被后世的好事,不过金无足赤,人无完人,乾德元年八月,太祖皇帝因为一时冲动,错将殿前都虞候张琼赐死,也引发了张琼儿子张天一为父报仇一事。这一个事情,惊天动地,惨烈人寰,前因后果十分复杂,至今提及,仍让人唏嘘哀叹。这一个故事,说起来是这样的——

江山初定之后,太祖皇帝最大的担忧,是唯恐将士重蹈兵变一事,故对带兵的将帅疑心极重。初期,太祖皇帝除了体现仁德之心,用"杯酒释兵权"的方式,解除了好些大将的兵权之外,还时常派手下人去军中刺探动向。有两位叫史珪和石汉卿的殿前武官,都是五品带刀侍卫,就经常奉命去各处巡察,打听动向。这一日到殿前指挥司巡察之时,正巧都虞候张琼尚在。张琼的官职比两人要高,听着两个中级侍卫鬼鬼祟祟不明不白地打探异常生气,一时暴怒,大嚷了起来:

"你们是干吗的?一干花拳绣腿之人,不能冲锋陷阵,跑到这里巫婆一样装神弄鬼……"

张琼的话,被门外的史珪和石汉卿听得清清楚楚,一时脸面无法放下。殿前武官,一般属于大内高手,虽然职别不高,地位却很高,归内府直管,都是皇上身边的人,不受殿前指挥司管辖。大内高手,与殿前指挥司的军官不一样,一般都是直接从民间江湖的武艺高强人士中选拔,擅长的是单对单的搏杀,不太懂战术训练。史珪和石汉卿两人,都是一等一的武林高手,内心无比骄傲,哪里听得进如此污辱之语。二人见张琼如此贬低自己,一时也忍不住,大声抗议道:

"张都虞候这就不是了,今天我二人来此地了解动态,本来是皇上的旨意,上面的安排。你违抗旨意，本来就大逆不道，又说我二人是花拳绣腿的巫婆，这明显是对我二人的羞辱。不如这样，你拿起刀来，我们来比画一下，看看是你的万夫不当之勇厉害，还是我等的花拳绣腿厉害。"

张琼本来就是一个粗人，虽有万夫不当之勇，却主要靠蛮力，一听二人不服，还要比试，嗵嗵地就步出门外，在空地上站定，回转身来，指着二人大声说道：

"来来来，正好，我们可以比试下。"

话语就像水一样，一旦泼出去，收回来也就难了。旁边一干人奋力相劝，双方也意识到真刀真枪私自比武不妥，于是商议由竹刀竹剑替代，名义上是以武会友。也不在门外，就在门内的院子里比试。比武双方，张琼自是一方，史珪和石汉卿商定，由石汉卿持竹剑应战持竹刀的张琼。就史珪和石汉卿而言，史珪的武艺要更高一筹。不过二人都是一等一的高手，史珪断定以竹制兵器比武，石汉卿即使不能获胜，也吃不了太大的亏，于是让石汉卿出手了。

张琼和石汉卿两人手持竹刀竹剑对峙。申时上刻，日照略带红光，斜斜地将翘檐的影子落在两人脚边。虽然大门关上，不过殿前指挥司内尚有八名军士观战，再加上史珪一名大内高手，双方共计九人，屏息凝神观察着面前的风云突变。

武将乃战场出身，与惯于单打独斗的大内高手还是不一样，张琼昔日在战场上以一敌百，挥舞的是三尺以上的大刀，有时候嫌刀刃不锋利，战斗的间歇，还用腰间吊着的磨刀石，在刀刃上打磨一番，然后再去战斗。战场双方对峙，密集得如人山人海，这时候兵器越沉越好，沉重的大刀，往往裹挟着一股劲道，让对方无法避让。张琼于战场之时，经常挥舞着大刀乱砍乱杀，像秋风扫落叶一样。可是具体到一对一的比试，才斗了几招，张琼就明显地落入下风：因为石汉卿脚步更快，常常是一击之后，身影出现在另外一个地方。石汉卿面对张琼，一直在院子里走着八卦步，游蛇一样起起伏伏，围绕着张琼伺机以致命一击。张琼呢，原本是擅长战场恶斗的，拿着个竹刀，轻飘飘的，感到明显不对劲，看起来狮势虎步，咄咄逼人，可是一段时间之后，明显下盘莽撞，脚步踉跄。内行的人，早已看出张琼的力不从心了。

不久，张琼似乎看出了破绽，"呀"的一声，乘着气势，将手中的竹刀如青龙偃月一样铺天盖地地压下。这一招真是要在战场上，算是一般人根本防御不了的刀法，因为战场之时，身前左右都是人，根本就无法躲避得开。可是这一招"天王盖地虎"，在一对一的较量中，高手只要稍稍地迈开步子，一个"鲤鱼翻滚"就躲过了。张琼连使几招，石汉卿都轻轻地躲过了。旁边的人看着他们的比武，感觉就像是一只凶猛的野牛，在跟一只轻盈的灵猫比试一般。

一段时间之后，张琼哇哇大叫，着实为屡击不中而气恼，干脆不顾一切地莽打莽击。石汉卿身形一晃，低下身子，执着竹剑朝着张琼的裆部刺过去，不过肩膀上同样挨了一击。两个人分别击中，就像是同一瞬间发生的事一样。

"好了！"史珪大声地嚷了出来。

双方都住了手。石汉卿情不自禁地捂住了肩膀，虽然是竹刀，不过砍在左肩膀上那一下，已让他手臂无法上举。石汉卿暗地里不禁为张琼的神力惊叹，幸亏是竹刀，要是真刀的话，这一只胳臂，恐怕早已飞出一丈多远了。张琼的裆部也被石汉卿刺出了血，血不断向外涌着，张琼一边忍住疼痛，一边寻思石汉卿剑法的快捷与狠毒，如果对方不是竹剑，自己又是避让得快，身上又穿着铠甲的话，自己下体的一对卵子至少得少掉一个。想着石汉卿等一干大内高手的阴毒，张琼的心里是又恨又怕。

二

这一场竹刀竹剑的平局，并没有让双方消除梁子，还使得双方之间的恩怨更加重了。双方都不服气，都不肯罢休，可最终还是让左右拉开了。几个拥着张琼的军士，故意大声说大内高手也不过如此，不会带兵打仗，只是吃得好、喝得好、拿着很高的俸禄，养得白白壮壮，徒有虚名。大内高手让人小瞧了，石汉卿和史珪心里窝着火，也恨恨地离开了殿前司。那一干军士，在后面重重地闭上了朱门。石汉卿和史珪一边走一边回顾着刚才的比武情况，石汉卿说若不是张琼身着盔甲，这一个比武，肯定是自己赢了。史珪倒是说了半句实话，说张琼真是天生神力，不愧万夫不当，石汉卿能打一个平手，已是很了不起的了。张琼自然也不服气，晚上约了几个人喝酒，在酒席上张琼的说法是：自己哪里使得惯轻巧无力的竹剑呢，若是在战场上抡起数十斤重的大刀，石汉卿手中的剑，早已飞出十几丈远了吧！

双方的说法，似乎都有些道理。总体而言，是两边都不服气于这一个比武，都扬言择机再比试。不过因一时半会的忙乱，比武一事，就暂时搁下了。

乾德元年八月，史珪和石汉卿向太祖密报，说张琼都虞候私养部属百余人，又禀告张琼作威作福，骄奢淫逸，搞得禁军们十分惧怕。此外，两人还汇报张琼曾污蔑诋毁前任都虞候、皇弟赵光义。太祖听了这些报告，十分恼怒，下令将张琼叫来对质。

谁知张琼性格刚烈倔强，自以为有功于朝廷，一再说自己当年曾参加"陈桥兵变"，得到过太祖赏赐的宝刀，怎么会谋反？至于那些诬陷罪名，张琼更是气不打一处来，大声嚷嚷赵家自得到天下之后，一直重用小人，排斥大丈夫，言辞之间，对太祖颇有不恭。太祖龙颜大怒，下令殿前武官拿下，严刑拷打。早已怀有报复之心的史珪，当即奋起铁挝，向张琼头上猛击，张琼毫无防备，浓烈的血柱喷发出来，溅得到处都是。随后，昏迷不醒的张琼被下令拽出皇宫，转向御史台继续拷问。

张琼在御史台经不住严刑拷打，只得招认了自己滥招家丁一事。与此同时，史珪和石汉卿呈上的材料也证据确凿。太祖看了奏章，异常生气，将赐张琼的宝刀收回，命他执宝刀在城西外的井亭自杀，又命石汉卿监斩。临刑前，皇子赵德芳找到石汉卿，对石汉卿说：虽然张琼意要谋反，犯有死罪，不过念张琼是个粗人，不懂得分寸之理，恭请暂时原谅，让石汉卿念着同为习武之人的情分上，务必给张琼一个好死。

宋时朝廷对于赐宝刀自尽，也是有理有情的，规矩如下：自尽者跪在地上，刀放在一旁；待监斩之人发令后，自尽者拿刀自刎。一旁监斩的人同时刀剑出鞘，当自刎者刀割喉管的那一刹那，咽喉里只要见着一丝丝血迹的话，监斩人可以使用手中的刀或剑，砍去自尽者的头颅，或者刺穿自刎者的要害，帮助自刎者逃离痛苦。这一个规矩的用意，还是怕自尽者下不了手，平添痛苦。所谓自尽，只是一个名义，还是要靠他人帮助才是。

对于赵德芳的意思，石汉卿表面唯唯诺诺，不过于那一天的实际情况而言，似乎并不是应允的那样。

当天，汴京城外的井亭竖起了一面大旗，猎猎迎风的龙旗之下，就是赐死张琼的现场，太祖皇帝的宝刀置放于一面金丝楠木的刀架上。行刑的时间到了，张琼身着黑色服装，被大理寺官员传唤，由禁军押至案前跪下。大理寺少卿坐在太师椅上，宣读张琼的罪状。

张琼并没有表现出过激行动，而是平静地来到案前，跪了下来。听完大理寺官员的宣读后，张琼面色苍白，眼中闪烁着毫无畏惧的光芒。他回身看了下身边监斩的石汉卿，也没有说话，只是脸上露出一些不屑的神情，尔后，伸出手来，在边上的刀架上取下太祖皇帝的刀，抽刀出鞘，伸长脖子，刀刃向内架在肩膀之上。

张琼跪地自刎之时，石汉卿立于张琼背后三尺，本可以寻找到抽刀帮助的好时机，以助他求个速死，比如刀接触于喉管的那一刹那、血溅出的那一瞬间……可是当时也不知道石汉卿在想些什么，他一直笔直站立在张琼身后，迟迟没有动手。在他身前，张琼扬起太祖皇帝的刀，一咬牙朝自己脖子抹去，试图一刀封喉。可是太祖皇帝的刀，只是当年在战场上曾经使用，虽然刀身很沉，重达十数斤，可是刀刃久未磨砺，早已不太锋利。张琼一刀划下去，只是在脖子上，划下一个不大的口子，流了少许鲜血出来，人并没有应声而倒。张琼有些慌张，怔了一怔，又狠下心来，执刀在脖子上划下第二刀。这一回血流出了不少，可是刀口尚浅，人仍没事。张琼急了，又用手上的刀，在脖子上接连划了几下，刀大约是太不锋利了，没有一刀能割断喉管，只是皮肉裂开，不断有血涌出来。血如雨水一样，把张琼淋得浑身透湿——他跪在那里，成了一个湿漉漉的血人。这个时候，包括大理寺官员在内的人士，一个个都怔住了，都不知道下一步该怎么办，也不敢随便上前，都齐刷刷地看着监斩官石汉卿。一干人自然知道这监斩的规矩，都指望石汉卿出手，给张琼一个好死。可是石汉卿此刻依旧像一尊石像一样，冷冷地，毫无表情地看着张琼。

张琼也回过头来看着石汉卿，双目相对。张琼哪里不懂行刑的规则呢，他是看懂了石汉卿的用意，故意不出手。张琼气急败坏，"当"的一声，把太祖皇帝的刀掷在地上，求死不能，求生也不得，无奈何之下，只能跪在那里，号啕大哭。

石汉卿不说话，也没有表情，还是一副冰雪人的样子，目光不看张琼，甚至也不看在场的众人。张琼一边看着石汉卿，一边颤抖地拱着手，嘴里念念有词。血继续从他的脖子上流了出来，大约是喉管已被割破，声音也发不出来。人们都知道，张琼这是在求石汉卿，让他速给自己一个好死。尽管围观的人心如刀绞，可是石汉卿仍不做任何表示，他的剑，仿佛锈蚀在剑鞘里似的。就这样僵持了大约好长一段时间，张琼大约实在忍受不住了，发疯似的捡起地上的宝刀，大叫一声举过头顶，向着石汉卿以泰山压顶的方式砍了下来。

说时迟，那时快，石汉卿出手了，人们尚没有看见石汉卿的剑是如何拔出的，张琼已应声倒下，颈部只剩一层皮，头颅已完全低垂——分明已割断脖子了。鸦雀无声中，人们看见石汉卿已从容地将剑上的血迹拭去，剑重新入鞘。直到这个时候，人们才在心底惊叹：

"好狠！"

这惊叹自然是无声的。在场的包括大理寺官员在内的所有人，都把这两个字死死地闷在了心里。

张琼被杀，石汉卿监斩。按理说太祖皇帝赐予的宝刀，刀锋的钢，都是来自西域的，可以一直保持锋利，怎么可能不一刀结果，折腾如此工夫？懂行的人都在私下议论石汉卿的狠毒，觉得太祖皇帝的刀，一定是做了手脚的。史珪和石汉卿之流，不成人之美，反而公报私仇。这样的议论持续了一段时间，自然也传到张琼妻子耳中。张琼妻子听着这样的传言，心中更是万分难过了。

张琼死后，派去调查的官员报告：张家并不富裕，可谓"家无余财"，仆从也不过三人而已。太祖听罢，沉默不语，知道冤屈了张琼，想必给他定的大多数罪状也是子虚乌有。太祖因此责问石汉卿与史珪："你说张家有家丁百人，现在何处？"石汉卿倒也灵活，恭敬地回答说："张琼所养的人，都是以一敌百的壮汉啊！"这话虽然强词夺理，却回答得十分巧妙。太祖想想人都死了，自己也有过，一时也不知道说些什么才好，也不好惩戒二人，只是私下里派宦官给张家送去了一些绢帛银两之类，以示慰问。

三

十年之后，张琼的儿子张天一长大。有一天，听母亲泣不成声叙述父亲死去的经过，发誓要为父亲报仇。可仇怎么报呢？石汉卿和史珪，都是这世上一流的大内高手，手下还有诸多鹰隼般的爪牙，连平时远远地看一眼都难，更不要说比武取胜了。有曾目睹当年张琼被杀事件的人暗暗地给张琼的妻子出主意，托人告知说："当今世上，要说第一高手，可能就是雪窦寺的晨光法师了。他出家之前，曾是西蜀的武功第一高手，一手'寸刀'法已臻化境，只是后来犯事，才千里迢迢逃到雪窦寺出家为僧。你不如将孩子张天一送到雪窦寺，一来跟晨光法师学禅，二来也看造化，是不是能跟他学一点功夫。若可以的话，将来也可以为父报仇。若不行，将来在佛法的庇护之下，也可忘却仇恨，终至生命的圆满。"

张琼的妻子听了这话，觉得有道理，于是跟儿子张天一商量去雪窦寺的事，儿子当即同意，只是对母亲表示担心，说："母亲，若儿子去了雪窦寺出家，母亲孤家寡人，儿子放心不下。"母亲安慰儿子说："你若是不在我身边，我也会少想你父亲之事，反而没有负担了。"张天一想想也有道理，就收拾行李告别母亲千里迢迢去了江南雪窦寺。这边张天一刚走出不远，母亲就用一根白绫，把自己吊在堂前的大梁上。

张天一知晓母亲自杀，已是在雪窦寺出家的半年后。到了雪窦寺之后，晨光法师并没有接受张天一出家的要求，只是让他跟寺中几个居士一道，终日跟着寺中的僧人诵经习佛。张天一见到晨光法师都难，更谈不上接触武术和剑道了。很多时候，张天一只有远远地观望晨光法师，见其人高古旷达、文雅淡定，心中很是羡慕，又觉得晨光法师气韵上并不像习武之人，也不知外人透露的消息是真是假。母亲自缢的消息传来之后，张天一泪如泉涌，匍匐在地，向母亲所在的方向拜上几拜，心里暗暗发誓：一定要学成天下无敌的武功，杀死凶手，以报父母的冤仇。

一个静悄悄的黄昏，张天一大着胆子溜进禅房，找到了晨光法师，再次表达了自己想学武和习剑的要求。晨光法师打量着张天一，虽然早已知道他的全部身世，不过仍不紧不慢地说：

"我们雪窦寺，从不留宿学武之人。这里，也没有一个人是为学武而来，都是亲近佛法的。你要留下来，须跟我学佛才是。"

"学佛能报得了仇吗？"张天一问。

"世上的爱恨情仇，都是虚妄，等你学佛彻悟了，就明白了。"

"那……那我就留在这里吧……反正，我好像也没地方可去了。"

张天一天资的确聪颖，虽然半心学佛，却进步很快。一个月后，张天一按照晨光法师的要求，在雪窦寺后山一处水声喧哗的瀑布边，每日大声诵念《法华经》等。晨光法师的要求，是让张天一在吟诵时，不仅要大声，而且要专心肃穆，心沉丹田，以意念来发出声响。这一处飞瀑高数十丈，古人题名为"音无之泷"。泷，古字是流泉的意思。瀑布流泉千丝万缕，倾泻而下，水声喧哗，仿佛龙嘶虎鸣。在这样的地方诵经，难度很大，极容易受到干扰，丧失信心，心慌意乱。张天一全不顾这些，每天用经文跟水声对话较量，声音不落下风的同时，气息也养育得相当饱满。有在场者形容，可以听不到水声，却能听到他的诵经声，一字一句，异常清晰。有人感到诧异，以为是旁门左道、哗众取宠，都是一些妖魅功夫。也有人知道其中的暗妙，解释说：这其实都是暗地里的比拼，经声脱于水声，其实经过了内在的搏击，人声胜过水声，诵经自然脱颖而出，喧哗沉入水底，瀑布归于无声。天地寂寥，四野静谧，人声独秀，应是对张天一修行最好的褒扬吧！

只有晨光法师最明白，张天一于飞瀑处诵经，其实是在练佛家"狮子吼功"的独门路径。当年释迦牟尼佛祖诞生后，曾经一手指天，一手指地，作狮子吼，云："天上地下，唯我独尊。"天上地下的鬼神，哪怕隔得十万八千里，都听得清清楚楚，继而为之折服。众多信佛之人，以为如来此举，是以演说之理，降伏一切外道异说，殊不知这其中有很深的功夫，是用压服天地的力量，来压服那些天上地下的鬼神。狮子吼，其实是一种武功，以修炼人的宏大气息，让人增添无穷内力。《五灯会元》卷九谓"寂子说禅如狮子吼，惊散狐狼野干之属"，就是说这个意思。

晨光法师让张天一在飞瀑处诵经，其实是让张天一有意无意之中，吸纳天地之精华，以增强自己的功力。雪窦寺后山瀑布边一年时间的诵经，让张天一的内力扶摇直上。

有一次讲经，说到六祖慧能在双峰山东禅寺墙壁上题写的偈语，晨光法师笑着问座下众弟子："其时，慧能还不是无心之人，既然'菩提本无树，明镜亦非台'，干吗要匆匆带着弘忍赠予的衣钵南下呢？"

众弟子面面相觑，一个个不敢回答，张天一仔仔细细地思考了一番后，觉得很圆满了，于是站起来朗朗说道：

"佛法就是世间法，寺院里难脱俗世，六祖慧能要是没有弘忍的衣钵在身，又有哪一个寺院，肯承认他修成正果呢？所以佛法必须考虑到世间法这一块，要不然慧能也无法弘扬佛教的。"

晨光法师频频颔首，认为张天一说得有理，心想张天一小小年纪，有如此慧根，实在是比当年自己强过很多。只是深仇大恨挂碍于胸中，难得进一步觉悟，更为他可惜了。

某日，晨光法师特地将张天一招到自己身边，轻声对他说："谅你也听说一些我的身世，不过世人所传，大都捕风捉影，难得完全。我就仔细地说与你听吧——我当年在后蜀之时，跟你等一样，也是风流轻狂之人，无论才学也好，武功也好，天下没有几个人放在眼中的。更何况我还有一个美若天仙的未婚妻，名叫费慧，就更增加了我的虚荣，以为无论哪方面，自己都可以俯瞰天下。对于情爱，原先我一直单纯无比，没有想太多，以为两人情浓意浓，便可以持续长远，是否白头偕老，倒没有考虑太多。可没有想到的是，当我有一次受孟昶的指派，远征边境之时，费慧却被安排入了宫中，封为花蕊夫人……"

张天一听了大吃一惊，对于晨光法师，一直只觉他武功了得，也是西蜀之人。根本没有想到，晨光法师还有这样一段尘世的宿缘。

晨光法师继续说："等我回来之后，听到这个消息，顿觉五雷轰顶。我气急败坏，恨不能立即找到孟昶，问他到底是怎么回事；也想找到费慧，了解事情的前因后果。那一天晚上，我潜入了皇宫，在后宫里寻觅了好长时间，见到费慧和孟昶居于榻上寻欢作乐。我气急败坏，拔出剑来，他们吓得魂不附体，连声尖叫。我哪里下得了手呢，只是让费慧在我和孟昶之间进行选择，或者跟我走，或者留在宫中。可是让我没有想到的，费慧毫不犹豫地选择了孟昶。我气急败坏，想立即杀了他们。费慧似乎心意已决，引颈待我下手，一点也不悔过。我实在不忍心杀她，想杀了孟昶，可又觉得没有意义。最后只好长叹一声，掷下剑走了。我发誓再也不想见这个女人了，也不想再入这个红尘世界了。于是我选择了出家，辗转大半个山河，最后来到了吴越之地的雪窦寺，干脆出家了。"

张天一咬着牙说："如此负心女子，留她何用，为什么不杀了她？"

晨光法师苦笑着摇了摇头，说："少年在青城山习武之时，师父就再三告诫我们，练武之人，必定杀人，可是杀人，也得讲一个'道'字，这一个'道'，就是杀人的仁义礼智信……"

张天一不解地问:"青城山不是道家的场所吗?怎么也有仁义礼智信来了?"

晨光法师微微一笑,说:"大道相通,这一点,以后你就明白了。"他呷了口茶,接着说,"礼之要义,就是要有敬畏之心,应该对生命敬重,杀人,不能随随便便就杀,要怀着对于生命的崇敬,怀着信义的教条去杀——仁,就是要有恻隐之心,要有善念,杀人的目的,不是惩恶,而是扬善。义,是你接受了别人的钱财杀人,受人所托,一定要帮别人把事做好,不要给死者一丝痛苦。至于智,就是杀人时间的选择,春夏之时,万物生长,是不能杀人的,只能选择秋冬之季杀人,并且午时为好,亥时最佳。至于信,任何人做事,都得讲信义,只有为正义而杀人,才是必须的选择。"

"师父你做得如此之好,有什么用呢?心里一直那么苦,也没报上仇。"

"谁说我心里受着苦呢?相反,我倒要感谢他们,使我走上了一条通天之途。"晨光法师说,"儒释道三教,我都已经历,以我的看法,相比儒家和道家,佛家更加深邃。学佛真的可以让人明白很多东西,会让你意识到诸多世界的本质。人于红尘之中,行为都受爱恨情仇裹挟,离真谛很远,一点也不快乐。"

张天一若有所思。过了一会,他还是有些憋不住,吞吞吐吐地说道:

"师父,你说得都对。诸多道理,我也都懂得。可是我还是放不下,杀父之仇,焉能不报?何况我父亲死得那样惨烈。我怎么才能杀得了那个石汉卿呢?他的武功那样高强,普天之下,恐怕找不到有几个人能胜出他吧?"

晨光法师说:"以你的功力而言,这么短的时间里,想要战胜你的对手,是很困难的。"

"那……我就报不了仇了?"张天一的提问中,有哭泣的成分。

晨光法师问:"我想知道,这一个对手的剑法到底快到什么样的程度?"

张天一给晨光法师描述:对手的拔剑速度,如今世上,应在前三了吧,可以在根本看不到拔刀的动作下,精确地斩断周围数米地方的任何东西。张天一还告诉晨光法师,以母亲的形容,石汉卿出剑之时,伴有一种类似喉管被割断的尖锐的呼啸声。母亲一直不知道这令人恐怖的声音从何而来,张天一想了很多次,也没有明白过来。

"那是因为剑上面,有一条长长的沟槽,"晨光法师笑吟吟地说,"如果拔剑速度极快,剑出鞘之时,沟槽里空气急剧划过,便会发出尖锐的呼啸声。由此可见,他的剑真是相当之快了。"

晨光法师对张天一说:"什么时候你出剑的时候,也有这样的尖锐的呼啸声,那么，你的剑可以说是练成了。"

张天一若有所思，又沉浸在对于武学的领悟之中去了。之后，每当张天一提出有关自己剑法的疑问时，晨光法师总是这样回答：

"一切都是水到渠成，水来了，河渠自然就有了。你现在不要想那么多，就照我教你的去练就是。"

四

于是张天一皈依三宝，只是没有受戒剃度。雪窦寺住持每次提议要给张天一剃度，晨光法师只是微微一笑，说还不是时候，再等等吧。其他的人也不好说什么，毕竟，雪窦寺中晨光法师德高望重，一言九鼎，雪窦寺所有的功德，都是来自晨光法师。

张天一还是想着报仇之事，寺院里的僧人经常看见他于黄昏之时，隐身于寺院东南那一片松林之中，有时候练武，有时候打坐，也不知在练些什么。晨光法师也懒得管他，只是提醒他不要忘了功课，经常督促他跟着一帮僧人，诵读《药师经》以及《南无阿弥陀佛经》。

一年之后，张天一拔剑出鞘时，也有一种类似喉管被割断的呼啸声了。张天一大喜着示范给晨光法师听，晨光法师听了，什么也没说，就抬脚走了。有一天，当张天一拔剑时，突然传来一种类似草原上练鹰的嘬哨之声。张天一且喜且疑，插剑入鞘，再次拔剑出鞘，那一种声音更加真切了。张天一又一次拔剑，又一次倾听。当他确切地听到天宇中一派清晰的呼啸声时，张天一知道天下没有人比自己拔剑快了。

张天一练成了绝技，报仇的愿望更急切了，于是急切地找到晨光法师，欣喜地告诉他自己的精进。他演示给法师看，能在麻雀毫无反应之时，飞剑切断它的翅膀。这一个拔剑的动作，连鸟都不能察觉的话，就很快了。世间的高手，反应若是超过麻雀的，怕没有几人吧。晨光法师不动声色地说："以你现在的功力，至多只是跟石汉卿打一个平手。你还不足以战胜他……这样吧。"这时，恰巧有一只蝇虫飞过，晨光法师伸出两指，轻轻地夹住了它："什么时候你可以拔出剑来，劈断眼前的飞虫时，你再来告诉我。"然后，松开两指，让蝇虫飞走了。

张天一看着师父的举动，目瞪口呆。

晨光法师又说："对于拔剑术，我也是不能教你。世间的万事万物，都要向自己的内部去寻找，内部有光亮了，外部才会变得清晰。你不是觉得自己的手法不够快吗？你不要去想自己的手法，只需关注自己内心的反应就是。"

"哦？"

"靠自己的本能反应，一定是最快的，也是最准的。"

张天一恍然大悟，感觉剑法的心得又上了一个层次。高明的上师就是这样，都是在漫不经心中，让人豁然开朗。

两年后的一天，当张天一挥舞着宝剑，迅疾地将飞舞的蝇虫一劈为二时，他变得欣喜若狂。随后，他又接二连三试了几次，每一次，都获得了成功。张天一掷剑长啸，眼泪流了一脸。当他努力压抑着狂喜，平静地将自己的本领演示给晨光法师看过后，晨光法师仍是慢悠悠地说：

"好像还不够……你面对的，毕竟是一个绝顶高手。什么时候你成为一个无心之人时，你就能战胜石汉卿了。"

成为一个"无心之人"？——张天一变得更加迷茫了。

时间仍是不紧不慢地向前走着。某日，晨光法师坐于寺中，给众僧人和居士讲解佛法。这一次，晨光法师讲的，是相对通俗易懂的《金刚经》。有俗家弟子在座下问：什么是古佛心？晨光法师眼皮都不抬一下，说道："三个婆子排班拜。"把众人说得云里雾里。又有弟子在下面问，什么是"佛"？晨光法师答曰：一个野雀儿，从东飞到西。弟子们更糊涂了。张天一心里梗堵，看到寺院边灿若霞光的乌桕树，在一旁吞吞吐吐地问：柏树子也有佛心吗？

晨光法师微笑地回答：有。

又问：什么时候成佛？

答：虚空落地时。

又问：虚空什么时候落地？

答：叶子飘红时。

张天一刹那间恍然大悟，通体释怀，脸上也有微笑了。

第二天清晨，张天一背着包袱不告而辞。走到山门之时，看见一人在那静坐，分明是晨光法师。张天一尴尬极了，只得硬着头皮走向前，向晨光法师告别。晨光法师也不计较，只是笑吟吟看着他，徐徐地说："世事都有一个因果，不是不报，时候未到。情也好，恨也好，怨也好，若心中实在装不下，你就下山，了结因果吧？待一了百了之后，想上山时，再来吧……"随后，晨光法师说："当年雪窦禅师创建寺院之时，曾作禅诗一首，写于藏经楼的墙壁上，没有几个能领会，现在我读给你听，你且记牢于心。"

张天一郑重地点点头。

晨光法师随之吟诵道：

闻见觉知非一一，山河不在镜中观。
霜天月落夜将半，谁共澄潭照影寒。

最后晨光法师摆了摆手，示意张天一离开。张天一转身，头也不回地下山去了。半月后进了汴京城后，张天一打听到，自己在雪窦寺苦练武功之时，开宝二年五月，石汉卿跟随太祖皇帝讨北汉时，被流矢射中丧生，尸体也安葬在北方了。两个仇人，只剩下一个史珪。史珪此时已是八十万禁军的总教头，武艺高强，堪称当今第一高手。

听到这样的消息，张天一如五雷灌顶，差点晕死过去。很长时间后，张天一才恍过神来，决定选择向史珪复仇。

五

这一日，大宋禁军总教头府有人急匆匆地来报："史将军，门外有一个剃发小沙弥，自我介绍是当年都虞候张琼的儿子张天一，苦学武艺十年，特意想跟大人比试。"

史珪听过之后，神色略显严峻。想了想，宣张天一进来，随后站起来迎接，吩咐茶水伺候。待张天一表达自己比武报仇的愿望之后，史珪微笑着说：

"当年是石汉卿大人与你父有恩仇，你为什么要来找我呢？"

张天一倔强地说："石汉卿已死，且无子嗣。当年你在朝廷上，用铁挝击打我父，惨绝人寰，残忍无比。我一直想着拿你的头来祭我的刀！"

史珪微微一笑，说："当年宫殿之上所作所为，着实是公事，我等当差之人，一切都是奉命，想必你应能理解。我跟石汉卿大人情同手足，出生入死，交往深厚。你既然报仇心切，也可以找我，他的恩仇即是我的恩仇。我可以满足你的心愿，陪你走上几招。"

一旁有人提醒，朝廷已有规定：比武只能用竹刀竹剑，若是真刀真剑，一定得要立下"生死状"才是。

史珪用询问的眼光看着张天一，张天一毫不考虑，坚定地点了点头。史珪让手下奉上纸笔，当即和张天一在生死状上签下了名。史珪左右之人看着稚嫩的张天一，一个个都在想："这一个眉清目秀的后生真是太莽撞了，为什么要来送死呢？"

不少人都见过史珏刀法的神出鬼没，心想这一下，这个无知无畏的后生要遭殃了。

比武正式开始。厅堂正对着的院子，即是比武的场地。史珏轻松地走下院子，张天一同样来到院子中站定。围观之人，三三两两地站在大堂的石阶之上，目睹两人亮剑。其时史珏已过不惑之年，众人虽见过史珏的武艺，却没有目睹过闻名的"史家拔刀术"。这一个拔刀术，据说异常快捷，往往是人来不及看到出刀，刀已削过人的咽喉了。

双方只是对峙，良久，也没有看见有人拔刀。两人相互凝视，在院子里缓慢地转着圈，刀一直在鞘中，鞘一直挂在腰带上。令人奇怪的是，那个青年一直双目微合，口中念念有词。史珏呢，左手握住刀鞘，右手握住刀柄，一直没有急于拔刀。众人只是觉得史珏的表情，要比后生更紧张。高手相对，都能感受到对方的过人气息吧，所以才有如此凛然之势。众人心里想的是：史将军这样的天下高手，无论如何，不至于败在一个乳臭未干的少年手上吧？不过眼前的凝重，还是让人隐隐地觉得会有一些预料之外的事发生。

史珏突然开口说话："年轻人，你再想想，现在退出还来得及。"

"什么？"

"胜负就在刀鞘中，你看不出来吗？等我拔出刀来，你后悔就来不及了。"

"你尽管拔刀吧——"

"好吧——"史珏以众人无法看清的方式，拔出了刀。人们突然见到高空中有一只大雁飞过，划过一个优美的弧线，落在众人脚下的台阶上。待落了下来，人们才发现，那根本不是什么大雁，而是一只被斩断的手臂，上面还渗着殷红的血。待众人一齐将目光从流血的手臂上拉回来时，只见眼前的史珏身子已摇摇晃晃，一丝血线从喉管上渗出抛物线，固执地射向半空。史珏摇摇晃晃地用刀指着少年，口中喃喃说道：

"你怎么……可以……这样？"

后生的左手空荡荡地滴着血，衣袖已残。从天空中落至院落石阶上的手臂分明是少年的，也不知什么时候被史珏砍断。后生的刀，仍挂在腰上的刀鞘中，没有拔出的痕迹。好半天，众人才回过神来，估计情景是这样的——史珏拔刀出鞘后，砍向少年，少年用自己的左手，生生地挡住了史珏的刀；右手的刀，则像燕子的尾巴一般从史珏的喉管掠过，又重回刀鞘。

史家刀术迅疾无比，没想到，后生的刀更快。更让人惊异的，还是后生用了这种最不讲理的方法——竟然用自己的肉躯，来阻挡一击必中的史家刀术。这种刀法，是最简单的，也是最快准狠的。

众人还没想明白之时，史珏已轰然倒地。

少年随后打开放在边上的包袱，用干净布料将左手扎好，又将落在地上的半只残手包得整齐，放进包裹背上。做这一切时，少年神色自若，目中无人，把众人看得呆了。一直到众人还在恍惚之中，少年苍白着个脸，向着台阶上的众人鞠了一躬，然后转身离去，不知所踪。

原载《清明》2020 年第 5 期